徳間文庫

危険領域

所轄魂

笹本稜平

第一章

1

一昨日の春の嵐で、仙台堀川《せんだいほりがわ》公園の桜はほとんど散ってしまった。人々の服装も春めいてきて、街の風景全体がコート一枚分軽くなったような気がする。

葛木邦彦《かつらぎくにひこ》は、西大島《にしおおじま》駅周辺の人の流れに目をやった。

とくに大きな事件もなく、定時通勤のきょうのような日は、自宅のある一之江《いちのえ》から西大島まで都営地下鉄新宿線で通う。駅から城東署《じょうとうしょ》まで徒歩で十五分ほどで、朝食後の腹ごなしにちょうどいい。

この春の人事異動では、葛木自身にも所属する刑事組織犯罪対策課にも大きな変化はなかったが、息子の俊史《としふみ》に思いがけない辞令が下った。警視庁刑事部捜査第二課理事官への着任だ。

俊史は警察庁採用のキャリアで、現在の階級は警視。それだけでいまも警部補の親父《おやじ》から見ればはるか高みの存在だが、あと数年もすれば警視正だ。一般の警察官はその歳《とし》で巡査部長が順当で、警部補になれれば上出来と言える。

何年か前に俊史は、捜査一課の管理官として警視庁に出向し、城東署管内で起きた連続殺人事件の捜査本部を指揮したことがある。そのときすでに俊史は警視だったから、万年警部補の親父としてはなんとも複雑な心境だった。

若いキャリアへの現場での風当たりは強かった。かといって立場上あからさまに風除《かぜよ》けになってやれるわけもなく、葛木は神経をすり減らす日々だった。

しかし無事に事件が解決してみれば、俊史は思いがけず骨のあるところを見せてくれた。猪突猛進《ちょとつもうしん》のきらいはあったが、城東署の同僚たちは、そんな俊史に好感を抱くようになった。

肩で風を切る警視庁捜査一課の猛者《もさ》たちを相手に、こうと思ったら一歩も退《ひ》かない。これから警察庁という官僚社会の階段を上っていくうえでお誂《あつら》え向きの性格とはお世辞にも言えないが、本人はそれでいいと割り切っている。キャリアとしての自分の仕事は警察の曲がったところを正すためで、出世は目的ではなくその手段に過ぎない。出世のために節《せつ》を曲げたら、ミイラとりがミイラになると言って憚《はばか》らない。

遺伝子の配列にどこで異変が起きたのか、親父は凡庸《ぼんよう》を絵に描いたような頭の出来なのに、息子のほうは一流国立大学出身で、国家公務員採用I種試験に合格した。そのとき志望したのが警察庁で、本人は、刑事である親父に憧れてだと言っていた。

　葛木はかつて警視庁の捜査一課に所属していた。家庭のことはすべて妻任せで、捜査、捜査に明け暮れた。くも膜下出血で急死した妻の死に目にも会えなかった。

　そのときの慚愧《ざんき》に堪えられず、ひどい鬱《うつ》状態に陥《おちい》って、悩んだ末の選択が所轄への異動だった。刑事は潰《つぶ》しの利《き》かない商売だ。永年勤めた警察という職場への愛着もあった。

　警視庁刑事部捜査一課殺人班といえば、叩《たた》き上げの刑事にとっては憧れのステータスだ。しかし所轄に異動してからは、身に染みついていたエリート意識がそげ落ちて、世の中の見え方が変わってきた。

　それまでの葛木にとって、世間には被疑者とそれ以外の人間しかいないようなものだった。ところが所轄の刑事に必要なのは一般市民と同じ目線だ。

　強行犯担当の部署とは言っても、殺人捜査専業の本庁捜査一課とは大いに違い、所轄では殺人事件は滅多に起こらない。その一方で、傷害や強盗や窃盗といった事件は頻発《ひんぱつ》する。限られた人員でこなすためには部署の垣根にこだわっておられず、空き巣からコンビニ強盗、破廉恥犯《はれんちはん》の類《たぐ》いまで、まさに何でも屋といったところだ。

　殺人事件の被害者は口を利けないが、そうした事件の捜査は被害者の話を聞くことから始まる。そこで出会うのは、本庁捜査一課の時代には気にも懸けなかった人生の絵模様だった。

妻は子供のころから俊史にいつも言い聞かせていたという。自分は警視庁捜査一課の刑事である葛木邦彦のファンなのだと。お父さんは立派な仕事をしているのだから、それをしっかり支えるのが家族の務めなのだと――。そんな言葉で、妻は糸の切れた凧《たこ》のような自分という存在を、幼い俊史の心にしっかりと繋《つな》ぎ止めてくれていた。

そんな話を妻は葛木にはしなかった。妻が死んでまもなく、それを教えてくれたのは俊史だった。捜査一課殺人班の刑事としてのプライドは、自分の力で勝ち得たものだと独りよがりに思い込んでいた。日々、市井《しせい》の人々と接するうちに、妻の思いが心に染みてきた。刑事である前に一人の人間であるという、いちばん当たり前なことを忘れていた自分が見えてきた。

同時に刑事という商売が、これまでとは別の意味でかけがえのないものに思えてきた。公権力を振りかざして凶悪犯を追いかけるだけが能ではない。一般市民であれ、被害者であれ、被疑者であれ、人の心に寄り添うことが警察官の本分なのだ。

日本警察の父と言われる川路利良《かわじとしよし》大警視が遺《のこ》した「警察官たる者は人民の憂患《ゆうかん》を聞見《ぶんけん》する時は己《おのれ》も其《そ》の憂いを共にする心なかるべからず」の教えは、警察学校の教科書に必ず出てくる有名な言葉だが、いまならその意味するところがすとんと腑《ふ》に落ちる。

異動の辞令が出た日、俊史は浮かない声で電話してきた。

「現場に出られるのは嬉しいけど、二課っていうのは気乗りがしないよ」

刑事部捜査二課は、贈収賄《ぞうしゅうわい》、選挙違反、通貨偽造、詐欺、横領、背任、脱税、サイバー犯罪などの、いわゆる知能犯捜査を専門に行う部署で、キャリアの定席が存在する部署でもある。

べつに知能犯相手だから学業優秀なキャリアを配属するということではなく、選挙違反などの事案では地元の政治家との癒着《ゆちゃく》が起きやすいからで、一定期間着任するだけで必ず異動していくキャリアの場合、地元社会との縁故《えんこ》ができにくいという考えによるものだ。階級は同じ警視でも、理事官は管理官の上司に当たり、課長を補佐して捜査活動全般の指揮を行う。定数は二名で、二課の場合、その一方は必ずキャリアということに決まっている。

「やりがいのある部署だと思うがな。殺人や窃盗とはまた別の意味で、贈収賄や選挙違反は悪質な犯罪だ」

「そうは言ってもなかなか難しい部署でね。親父だってわかっているだろう。選挙違反の捜査で後援者や秘書が逮捕されることはあっても、議員本人が摘発されるケースがほとんどないのは」

「たしかにそうだな。政治家にとって彼らはトカゲの尻尾《しっぽ》で、いつでも切れるように周到に準備してるんだろう」

「それだけじゃないよ。どこで手打ちをするか、警察が先生と相談しながら捜査を進めるというのはよく聞く話だよ」

苦い口ぶりで俊史は言った。そんな噂は葛木もたしかによく耳にする。殺人や強盗のような凶悪犯罪で被疑者と裏取引をすることはまずあり得ないが、部署によっては、そういうやり方も捜査手法の一つと割り切っている節がある。

暴力団担当の組織犯罪対策部第四課が、抗争を未然に防ぐために双方の幹部に和解案を持ちかけることもある。薬物や銃器密売の捜査で、軽い罪を見逃す代わりに、情報提供やおとり捜査に協力させるというのもよく聞く話だ。

それが政治家となれば、警察に対しても影響力がある。本部長人事は国家公安委員会に任命権があり、各本部の予算の大半は都道府県の一般財源から支出される。だからそこを牛耳る政治家に過剰に気を遣う。

「こんどの人事は勝沼《かつぬま》刑事局長の肝煎《きもい》りなんだろう」

「そうだと思うけど、本人から直接は聞いていない。辞令を出すのは長官官房の人事課だからね」

「そういう悪弊を正すことを、おまえに期待してるんじゃないのか」

葛木は言った。勝沼巌《いわお》警察庁刑事局長は、歳は離れているが、俊史の大学のゼミの先輩に当たり、同窓会で意気投合して以来、なにかと目をかけてくれている。どうやら俊史の向こう見ずな正義感が気に入っているようで、成り行きで俊史と葛木が手がけるかたちになったある事件では、後ろ盾となってなにかと尽力してくれた。

警察庁内部では、長官もしくは警視総監のポストを窺《うかが》う位置につけていると見なされているようだが、入庁以来、ほぼ一貫して刑事畑を歩んでいて、警備・公安が幅を利かせる警察庁の勢力図のなかでは異色の存在と言っていい。

曲がったことを嫌い、庁内政治にかまけることなく、実力でのし上がったという評判で、かつて警視庁に出向していた時期に現場で付き合ったことのある古参の刑事のあいだでもなかなか評価が高い。

「そうだとしたら買いかぶりだよ。おれ一人の力でできることなんて高が知れてる。それより、おれは親父の領分で仕事をしたいんだ。捜査二課なんて、せいぜい扱えるのは選挙違反やけちな詐欺事件くらいで、大きなヤマはみんな地検の特捜に持っていかれる」

「そう決めつけることはないだろう。捜査権という点じゃ警察も地検も同等だ。先に端緒《たんちょ》を見つければ、いくらだって捜査に乗り出せるはずだ」

「ところが暗黙の線引きがあるらしくてね。検察というのは一種の国策捜査をやるところだから、政界と裏で段取りを決めて捜査を進める。大物政治家を失脚させるような捜査もたまにはするから、一見苛烈《かれつ》な印象もあるけど、それもある意味で政界の力学を反映した結果らしい」

「たしかに、国民から見ればどう考えてもクロとしか思えない事案で、不起訴になるケースがよくあるな」

「捜査二課にしても、その警察版という要素はあるんだよ」

「このまえの籠城事件のときは二課が積極的に動いてくれた。おかげで大物政治家を検挙できたじゃないか」

それは警察内部の犯罪を告発するために、元警視庁の警察官が引き起こした城東署管内での立て籠《こ》もり事件のことだった。

真実を隠蔽《いんぺい》したい警視庁上層部と、それを潔しとしない葛木たち現場の警察官のせめぎ合いは予断を許さなかった。その帰趨《きすう》を決めたのは勝沼の意を汲《く》んで動いてくれた捜査二課だった。

「二課が掘り出した政治資金規正法違反のネタは、あの場合は別件だった。本筋は殺人教唆《きょうさ》だったから、普通のケースとはかなり事情が違うよ」

俊史は警戒を緩めない。背中を押すように葛木は言った。

「心配することはないだろう。おまえはこれまでもやりたいようにやってきた。筋さえ通すなら、上の人間も下の人間もそうは横車が押せないものだ。どうしてもおかしな圧力がかかるようなら勝沼さんだって控えている。そんなことでうだうだ言っているのはおまえらしくないぞ」

「そうかもしれないね。でもおれとしては、親父がやっているような、白と黒がはっきりする仕事をしたいんだ。こんどはだいぶフラストレーションが溜まりそうな気がするよ」

そんな話をしたのが二週間ほど前で、当人はもうすでに異動を終え、新米理事官として現場で揉《も》まれているころだろう。

殺人捜査のプロとしての親父に憧れたという俊史の思いが本当だとすれば、政治的なバイアスのかかりやすい二課の仕事が当人の意に沿わないことはよくわかる。

しかし仕事というのはそういうもので、状況は違うが、葛木にしても組織で動いている以上、捜査の本筋と関係のない軋轢《あつれき》に悩まされるのは珍しくはない。

そもそも最初に管理官として警視庁の捜査一課に赴任したとき、俊史自身が現場でさんざん味わわされたのがそれだった。親のひいき目もあるかもしれないが、お陰で一回り大きく成長したと、そのときは感慨深いものがあった。

今回は畑違いの上に身分の開きもさらに大きい。俊史と仕事で付き合う機会はなさそうだが、それでも警察庁で書類仕事をしていたここ何年かと比べれば、気分も一新することだろう。

親父としてはなんとかつつがなく任期を終えて、めでたく警視正に昇任して欲しいという願いはあるが、その一方で出世のことなど頓着なしに自らの信念を貫き通す、馬鹿がつくほどの硬骨漢《こうこつかん》でもあり続けて欲しい。

組織社会ではその二つの願望は相反《そうはん》するが、空気を読むことにだけ長《た》けた出世の虫に成り下がるなら、俊史もあえて警察という職場を選ぶ理由はなかったはずだった。なんにせよ、鷹《たか》を産んでしまった鳶《とんび》の心境はいわく言いがたい。

2

午前八時ちょうどに刑事部屋に着くと、班でいちばん若手の若宮良樹《わかみやよしき》巡査が銘々《めいめい》の湯飲みにお茶を淹《い》れている。

始業時間は八時半で、ほかの連中もその前に顔を見せるのが普通だが、たまたまここ数日は厄介《やっかい》な事件を抱えていないため、のんびり出て来ていいと各自に言ってある。若宮は昨夜は当直で、きょうは非番になる。

全員集まったところで昨夜の状況を報告し、そのままなにもなければ、帰宅して一眠りしてから自由に時間を過ごせるが、あくまでそれはなにもなかった場合の話で、どちらかというとそういうケースのほうが珍しい。

刑事組織犯罪対策課は扱う事件の数が多いうえに慢性的に人手不足だから、新たな事件が一つ起きれば当直明けの非番もふいになる。運良く帰宅できたとしても、やはり事件が起きれば呼び戻される。どこの事件の現場にもそういう不運な刑事が必ずいて、目を赤くして生あくびを嚙《か》み殺しているからすぐわかる。

「お早うございます。きょうもいい天気ですね」

若宮は如才《じょさい》なく挨拶《あいさつ》する。ゆうべも特段の事件はなくよく眠れたのか、声も表情もすっきりしている。

「お早う。このままなにもなければ、いいデート日和《びより》になりそうだな」

冷やかし気味に葛木は言った。最近彼女ができたようで、非番の日や休日には必ず会うことにしているらしいが、その非番や休日が思ったようにとれないのが最近の悩みの種で、突発的な事件でデートをキャンセルせざるを得ず、携帯を耳に当て平謝りしている若宮の姿をときどき廊下で見かける。

「そこは刑事ですから、もちろん事件が最優先です。そういう話は彼女もよくわかっていますから」

若宮はしかつめらしい顔で応じるが、頰の辺りが緩んでいるのはご愛嬌《あいきょう》だ。

「ゆうべはなにもなかったのか」

「交通事故が二件あっただけで、うちが出張《でば》るような事案はありませんでした」

警察無線の受信機もきょうはどことなく寡黙で、通信指令本部も閑古鳥《かんこどり》が鳴いている様子だ。ときおり入ってくる交信も、こちらの管轄からはだいぶ離れた場所の事件に関するものばかりだ。

事件というのは群れをなして発生する傾向があるようで、いまはたまたま低調な時期に当たっているらしい。そういう周期があらかじめ読めれば、警察としても事前に人員をシフトしたりが可能だが、そこに規則などほとんどなく、いま暇だからと安心していると、突然団体で押し寄せる。

そのとき無線機のスピーカーから気になる音声が流れ出した。

「警視庁通信指令本部より各移動へ、緊急。南砂三丁目一八のマンション、ハイツ南砂駐車場で男性が死亡しているとの通報あり。付近を移動中の機動捜査隊ならびに自動車警ら隊は至急現場に向かい状況を保全のこと。繰り返す。南砂三丁目一八のマンション、ハイツ南砂駐車場で——」

緊迫した通信指令本部の担当官の声に耳を傾けながら、若宮は苦り切った表情だ。

「どうやら、きょうのデートはお預けになりそうだな。じゃあ、行こうか。ほかの連中には道々連絡を入れて、現場に直行させればいい」

若宮には気の毒だが、ここはやむを得ない。事件が最優先と自ら言っている以上、それを信じてやるのが上司としての筋だろう。

「そうですね。でもその人、なにもきょう死ななくてもよさそうなものなのに」

ぶつくさぼやきながらも、若宮は先に立って走り出す。着任当初は死体を怖がる情けない新人だったが、泣く子も黙るデカ長の池田誠《いけだまこと》に鍛えられて、近ごろはいっぱしの刑事の顔つきになってきた。

3

到着した現場には自動車警ら隊のパトカーや機動捜査隊の覆面パトカーがすでに到着し、立ち入り禁止の蛍光テープが張られ、遺体はブルーシートで覆われていた。

パトカーのサイレンを聞いて集まってきたのか、マンションや近隣の住民と思《おぼ》しい人々が遠巻きにして様子を窺っている。

「動きが速いな。これじゃ機捜の出る幕がないよ」

声をかけてきたのは第一機動捜査隊城東分駐所小隊長の上尾《あげお》孝信《たかのぶ》。葛木のかつての同僚で、年齢も同じ。階級も同じ警部補だ。管轄が城東署の管内と重なるため、こちらに来てから仕事での付き合いも多くなった。

「事件性は？」

訊《き》くと上尾はあっさり首を横に振る。

「たぶん飛び降り自殺だな。おれが見た限り、人為的な外傷はなかった。首の骨が折れているのは素人《しろうと》目にもわかった。倒れていたのはマンションの外壁のすぐ近くで、屋上もしくは途中階の外廊下から飛び降りると、ちょうどそのあたりに落ちる」

「通報したのは？」

「マンションの管理人だよ。朝の巡回をしていて見つけたそうだ」

「死亡時刻は？」

「検視官が来ないと判断できないが、きのう最後に巡回したときは見ていないそうだ。住み込みじゃなく通勤だから、夜のあいだの状況はわからないということだ」

「夜間に物音や人声を聞いたり、不審な人間を見かけた住民は？」

「うちの連中が聞き込みをして回っているが、いまのところ、それらしい証言はとれていない」

「遺体の身元は？」

「まだわからない。管理人の話だと、このマンションの住人じゃないそうだ。ジャージの上下にスニーカーという姿で、ポケットには小銭がいくらか入っていただけで、名刺やクレジットカードの類いもない。年齢は五十前後といったところだろう」

「マンションの住人じゃないにしても、近隣に住んでいた可能性は高いな」

「ああ。遠出するような出で立ちじゃないからな」

「外廊下や屋上に遺留品は？」

「とくに見当たらない。検視の結果によっては鑑識が入るかもしれないんで、いまは現場保全を最優先にしてるんだよ」

やられるほうは迷惑な話だが、自分とは関係のないマンションや商業ビルを勝手に死に場所に選ぶケースは珍しくない。ベテラン機捜隊員の上尾の場合、そういうケースに遭遇したのは一度や二度ではないだろう。そのとりあえずの見立ては当たっている可能性が高い。葛木は言った。

「まずは検視待ちだな。自殺という結論が出れば、あとは区役所の仕事で、おれたちはお役御免だ」

事件性があれば警察が捜査に乗り出すことになり、殺人と判断されれば特別捜査本部が設置される。しかし自殺なら、警察の仕事は遺体の一時預かりと身元確認までで、引き取り手探しや火葬の手配は警察の所管ではなくなる。

「そういうことになりそうだな。しかし自殺というのは、殺しとはべつの意味で気が重くなるよ」

上尾は嘆息《たんそく》する。そんなやりとりをしているうちに、強行犯捜査係の面々が集まってきた。状況を説明すると、池田は拍子抜けしたように言う。

「久しぶりにでかいヤマかと思って、張り切って飛んできたんですがね。ここんとこ空き巣やら下着泥棒やら、窃盗関係の下請け仕事ばかりで、このままじゃ本業の勘がなまっちゃいますよ。検視官はまだなんですか」

「そろそろ来るんじゃないのか。時間が時間だから、道が混んでるのかもしれないし」

「どうせ連絡を受けただけで自殺と決め込んで、のんびり構えてるんでしょう」

「そうかもしれないな。しかしまだ一〇〇パーセント断定できる話でもない。自殺を装《よそお》った殺人というのは、決して珍しいもんじゃないからな」

「そこを見破れなかったら警察は大恥さらしですよ。しかしそういうのも、実際には案外多いような気がしますね」

池田はぎくりとすることを言う。一たび殺人と認定されれば、警察は総力を挙げて犯人を追うが、今回のようにまず自殺が疑われるケースでは、その判断は検視官一人にほぼ委《ゆだ》ねられる。その目が節穴だとは言わないが、神ならぬ身であれば、重要な手がかりを見落とすこともあるだろう。

しかし刑事はそこを検証できない。よほど状況が不自然なら検視結果に異議を唱えることはできるが、そうでなければ検視官の判断で一件落着というのが通常のパターンだ。池田の言うことが当たっていないとは葛木も言えない。

「検視官のご到着ですよ」

若宮の視線の方向を見ると、マンションの駐車場にグレーのセダンが入ってくる。検視官の公用車の覆面パトカーだ。

補佐役の鑑識課員を引き連れて降りてきたのは葛木も顔見知りの中西《なかにし》という検視官で、仕事が丁寧《ていねい》で検視結果の説明も理路整然としていて、現場の刑事たちの評判もすこぶるいい。葛木たちに歩み寄って如才なく声をかけてくる。

「よう。遅くなってすまん。途中の道が混んでてな」

「お早うございます。現場は保全してありますので、さっそくお願いします」

葛木が応じると、中西は蛍光テープを跨《また》いで遺体に向かった。鑑識課員が慎重にシートを外す。葛木たちはテープの外でその様子を窺った。

遺体はアスファルトの上に仰向けに横たわっていて、かなり凄惨な状況かと思っていたが、とくに出血が見られるわけでもない。外観から気づく異状は不自然に曲がった首の角度くらいだ。

十分ほどで中西は仕事を終え、葛木たちのところへ戻ってきた。

「死後硬直がやや進んでいるから、死亡したのは六時間から八時間前。まだ全身には及んでいないからそれ以上ということはないだろう。つまり死亡推定時刻は午前一時から三時のあいだということになる。死因は頸骨《けいこつ》の骨折で、ほかに外傷はない。屋上、もしくは途中階からの転落とみてよさそうだな。転落した原因については、遺体からはなんとも言えんが、人と争ったような様子はない。おれのほうからは自殺という見立てで上に報告しておくよ」

「その可能性が高そうですね。先乗りした機捜が外廊下や屋上をざっと見た限り、不審な形跡や遺留品はなかったようです。夜間に物音や人の声を聞いた住民もいまのところ出てきていません」

「だったら、これで一件落着ということになりそうだな」

「そのようですね。ご苦労さまでした。我々のほうからも本庁に報告しておきます」

「よろしく頼むよ。早く身元を突き止めて、遺族に知らせてやらんとな」

神妙な調子で言って、中西は帰って行った。その姿を見送りながら上尾が言う。

「そういう話なら、現場の補充捜査は機捜がやっておくよ。あんたたちはほかにもいろいろ仕事があるんだろう」

「そうしてもらえると助かるよ。雑多な仕事をいくつも抱えていてね」

それは嘘ではない。空き巣やスリのような事件は多発する割にはなかなか足がつかない。被害額が小さい場合、それにばかり人員を張り付けるわけにもいかず、被害者からの事情聴取をもとに一件ごとに捜査資料を作成するのがとりあえずの仕事で、そのデスクワークが馬鹿にならない量になる。

現場の仕事が多忙なときについそういう仕事をため込んで、事件が少ない時期にはそちらで忙殺《ぼうさつ》される。殺人事件がないときは遊んでいられる本庁捜査一課の刑事とはそのあたりがだいぶ違う。

そんなやりとりを傍《かたわ》らで聞きながら、若宮の顔がにやついている。消えかけていた非番の権利がこれで復活しそうだというわけだ。そんな思惑を知ってか知らずか、池田がさっそく口を挟む。

「まだ自殺と断定できたわけじゃありません。ここはうちの縄張りですから、機捜の皆さんにすべてお任せというわけにはいきませんよ。なあ、若宮」

「そう言われても――」

若宮は嫌気をあらわにするが、池田は気遣いする気配もない。

「係長たちは本署へ戻ってくださいよ。これからまた別の事件で出張ることもあるでしょう。なにしろ人手が足りませんから、ここは私と若宮で十分です」

「あの、僕はきのうは当直で――」

若宮は抵抗を試みるが、池田はどこ吹く風だ。

「仮眠室でたっぷり寝たんだろう。寝過ぎるとかえって頭がぼけるぞ」

「係長――」

若宮は助け船を求めてくる。なんとか言ってやりたいところだが、池田もその傍らで、甘やかすことはないと言いたげな目配せをしてみせる。

池田は刑事としてもやり手だが、若手の育成には定評があり、刑事・組織犯罪対策課長の大原直隆《おおはらなおたか》も一目置いている。いま刑事として伸び盛りの若宮の教育係を当面は池田に任せようということで、大原と葛木も考えが一致している。可哀想だがここで池田の面子《メンツ》は潰せない。

「乗りかかった船だ。もうしばらくホトケに付き合ってやるのも供養《くよう》になるだろう」

振り切るように言ってやると、若宮も観念したように頷《うなず》いた。

「しようがないですね。僕が一緒じゃないと池田さんも心細いんでしょう。付き合ってあげないと気の毒ですから」

「言ってくれるじゃないか、若宮。だったらとことん付き合ってもらうぞ。上尾さんだって忙しい身だ。そういつまでもここに張り付いてはいられないからな」

池田は舌舐《したな》めずりするような口ぶりだ。いかにもしょげ返った若宮の表情が対照的だが、そんなやりとりを見ていると、いま自分の班でいちばん息の合ったパートナーがこの二人のように思えてくる。

こんなふうにして池田はこれまでも後輩たちに刑事の魂を吹き込んできた。そうして育った若手が中堅になり、また新しい世代を育ててくれる。そんな警察官があちこちに生まれれば、この国の警察組織にも希望が持てる。真に市民のため、国民のための警察にしたいという俊史の青臭いまでの志にも血肉が通うことになる。

4

本署に帰って状況を報告すると、大原は一安心といった様子だった。

「よかったよ、事件性のなさそうな死体で。いや、死体は死体だから、よかったというのは問題があるな。それでも、もし殺しだったら危なく帳場《ちょうば》（特別捜査本部）が立つところだった」

事件によっては本庁や周辺の署からの応援を含め百人を超す人員が動員され、それを維持する経費はすべて所轄署の負担になる。そのうえ所轄の刑事は本庁から出張ってくる捜査一課の下働きで、事件が解決すれば手柄はみんな彼らが持っていく。

何年か前、区内の連続殺人事件の帳場が立って、管理官として俊史が着任したとき、本庁捜査一課の刑事たちと葛木たちのあいだにも不穏な空気が漂った。

刑事物のドラマでは華やかな舞台として扱われる特別捜査本部は池田のような事件の虫には格好のアスレチックフィールドかもしれないが、所轄の人間一般にすればできれば避けて通りたい悪路とでも言うべきものなのだ。

「検視官もマンション上階からの転落死で間違いないと言っています。夜間に不審な声や物音を聞いたという証言でも出てこない限り、自殺で落着しそうですね」

楽観的な気分で葛木が応じると、大原は頷いて言う。

「うちの近所のマンションでも、去年、飛び降り自殺があったよ。死んだのは近隣の民家の住人だ。自殺志願者にとっては、階数の高いマンションは格好の死に場所に見えるらしいな。そのあとマンションの管理組合は、自殺に使われそうな場所に転落防止のネットを張ってえらい物入りだったそうだ」

「それも迷惑な話ですね」

「勝手に死なれるのも困ったもんだが、下を歩いている住民の上に落ちてこられたら道連れにされかねない。それを惧《おそ》れてのことらしい。ただの自殺だとマスコミもいちいち報道しないから目立たないが、警視庁の管内でも、近ごろずいぶん多いと聞いてるよ。なんにせよ、決していい時代じゃないな」

「本来必要なのは転落防止ネットじゃなくて、自殺を未然に防ぐセーフティネットなんですがね」

「たしかにそうなんだが、世知辛《せちがら》い世の中だからな。みんな自分のことで精いっぱいで、他人のことに気を回している余裕はないんだろう」

「理由はそれぞれなんでしょうが、生きていれば開ける未来もありますからね」

実感を込めて葛木は言った。妻の死でひどい鬱状態に陥ったとき、何度も自殺を考えた。それは苦悩というより、むしろ甘美な誘いだった。生は苦痛に満ちていた。死はその苦痛からの解放だった。

その誘惑から救ってくれたのは、自分への妻の思いを教えてくれた俊史の言葉であり、落伍者でしかなかった自分を温かく迎え入れてくれた、大原を始めとするいまの職場の仲間たちだった。

生きていてよかったと、いまはしみじみ思うのだ。生き続けることで、それまで目を留めることすらなかった沢山の大切なものを手に入れた。そしてただ生きているというそのことが、なににも勝る人生の宝なのだということを、理屈ではなく魂のレベルで納得できた。

「しかし誰なんだろうね。そのマンションの住民じゃないとなると」

大原は首をかしげる。身元を特定する遺留品がいまのところ見つかっていない。自殺という結論で落着しても、身元の捜査は警察がやることになっている。

だからといって事件性のない遺体の身元確認にそれほど大きな労力は費やせない。やれるとしても近隣での聞き込みくらいで、それでわからなければ警視庁や所轄の広報で情報提供を呼びかけるが、けっきょく自治体の手で荼毘《だび》に付され、無縁仏として埋葬されることになる。

「服装からすると、遠くから来たとは考えにくいんです。周辺での聞き込みで、すぐに答えは出るんじゃないですか」

「そうなって欲しいな。無縁仏にしちまうのはやはり気が重い」

大原はため息をつく。そのとき葛木の携帯が鳴った。池田からの着信だ。応答すると、弾《はず》んだ声が流れてきた。

「あの遺体の人物、防犯カメラに映ってましたよ。一階のエレベーターホールです。エントランスの方向から歩いてきて、エレベーターに乗るところまで映っていました」

「一人だったのか」

「ええ。周りに人の姿はありませんでした。時間は午前一時四十分。検視官が言っていた死亡推定時刻と矛盾しません。照明が比較的明るくて、カメラの間近だったもんですから、画像は割合鮮明です。遺体の写真と照合しましたが、人相からも服装からもその人物とみて間違いないです」

「一人で来たとなると、ますます自殺の可能性が高いな」

「ところが、そう結論づけるのは早計かもしれないんですよ」

池田はなにやらほのめかす。いちばんのネタを後出しする癖は直しようがない。

「ほかにもなにか見つかったのか」

「マンションの敷地内の、ほかの防犯カメラもすべてチェックしました。すると――」

池田はもったいをつけるように一息入れる。苛立《いらだ》ちを覚えながら問いかけた。

「すると、なんなんだ。話を先に進めろよ」

「駐車場の出入り口にも防犯カメラが設置してありましてね。そこに男が二人、映っていたんですよ」

「時刻は？」

「午前一時五十分です」

「その人物がエレベーターに乗ったすぐあとだな。顔は識別できたのか」

「場所が暗いうえにカメラから距離が離れていたもんですから、そこまでは無理でした。科捜研に頼んで画像処理してもらえばもう少しましなものになるでしょうけど」

「出て行くところは？」

「それも映っていました。その二十分後に同じ場所を通って出て行きました」

「その二人はエレベーターは使わなかったんだな」

「ええ。しかし駐車場側から外階段を上れば、エレベーターは使わなくても上階に行けますから」

「人相以外で、なにか特徴は？」

「一人は瘦《や》せぎすで背が高く、もう一人は小太りで小柄な印象です。どっちも黒っぽいウィンドブレーカーのようなものを羽織り、下はジーンズとスニーカーといったラフな感じでした」

「いかにも怪しいな。自殺という線ですんなり落着とはいかないようだな。管理人もその二人には心当たりがないんだな」

「顔が判別できないんでなんとも言えませんけど、風体や身体的特徴からは、見覚えがないという話でした」

「同じところを通って出ていったことを考えても、マンションの住民じゃないと見るのが妥当だな」

「どうもこれから忙しくなりそうですよ。まずは遺体の身元の特定です。いま亡くなった人物の画像をモニターの画面から撮影したところです。それを機捜と我々の携帯に転送して、近隣を聞き込んでみます。若宮のデートも当分お預けになりそうで、なんだか気の毒なんですがね」

わかってやっているからたちが悪い。その一方で暇なときは、早く嫁をもらえ、落ち着いた家庭を持ってこそ刑事は腰を据えて仕事ができると発破《はっぱ》をかける。

「山井《やまい》もそっちへ向かわせようか」

傍らで捜査ノートを広げながら耳をそばだてていた山井清昭《きよあき》巡査が身を乗り出す。こちらも池田の教え子で、デスクワークより外で汗を流すのが好きなのは池田譲りだ。ここ最近は署内での書類仕事が中心で、いささかげんなりしていたようだ。しかし池田は素っ気ない。

「上尾さんたちも乗りかかった船で、もうしばらくこちらに腰を落ち着けるそうですから、とりあえず手は足りてます」

「わかった。次の報告を待ってるよ。応援が必要になったらいつでも言ってくれ」

そう応じて通話を終えると、山井は不満を隠さない。

「また池田さん、美味《おい》しいところを独り占めしようとして。サポートが若宮だけじゃ手に余りますよ」

「いったい、どういうことになってるんだ」

大原が不安顔で問いかける。詳しく状況を説明すると、苦い口ぶりで大原は言う。

「まずいことになりそうだな。その二人をとっ捕まえて事情を聞くまでは、殺しじゃないとは断定できなくなった」

「現場周辺からは、まだ捜索願は出ていないんですね」

「生活安全課に確認してみたが、まだなにも出ていないそうだ。子供や認知症の高齢者ならともかく、普通の大人が一晩家に帰らないくらいで警察に届け出るケースはまずないからな」

「けっきょく聞き込みしかなさそうですね。防犯カメラの映像をコピーして近隣住民に見てもらっていけば、心当たりのある人が出てくるんじゃないですか」

「のっぽとちびの二人組にしても誰かが目撃している可能性はあるだろう。いまの時代、午前二時前後なら起きている人間はいくらでもいる。近くのコンビニに立ち寄ったかもしれんし、マンションの周辺に不審な車両が駐車していたかもしれん」

「そのあたりは上尾と池田がきっちり聞き込んでくれるでしょう。とりあえず報告を待つしかなさそうですね」

「ああ。いまは決め手になる材料が乏《とぼ》しい。本庁へ報告するのはまだ早いだろう。署長には一応事情を説明しておくよ」

「そうですね。寝耳に水で帳場が立つようなことになったら、さぞや心臓にも悪いでしょうから」

落ち着かない気分で葛木も応じた。

5

俊史が電話を寄越したのは、それから一時間ほどしてだった。

「おう、珍しいな。元気でやってるか」

葛木は明るい調子で問いかけた。ここ一週間ほど、俊史からは音沙汰なしだった。新米理事官としての仕事にもそろそろ拍車がかかるころだろう。またぞろ愚痴《ぐち》でも聞かされるのかもしれないが、それも親父の務めだと思えば半ば心楽しくもある。

「ああ、着任したとたんに大きな仕事が待っててね。それで電話もできなかったんだ。捜査一課とは雰囲気が違うけど、やはり現場の空気はいいもんだね」

「それはよかった。どんな仕事か知らないが、やり甲斐《がい》があるんならけっこうな話だ」

興味を感じなくもないが、たとえ親子のあいだでも、他部署の仕事を詮索《せんさく》するのは警察社会では御法度だ。うっかり漏《も》らせば俊史が守秘義務違反に問われかねない。

「電話したのはその仕事の絡みでね」

やや声を落として俊史は応じる。意外な成り行きに葛木も声を潜めた。

「そういう話をして、問題はないのか」

「問題はないよ。公務の上での話だから」

「というと？」

「無線を聞いて知ったんだけど、城東署の管内で、転落死した男性の遺体が見つかったそうだね」

「ああ。ついさっき現場へ行ってきたよ」

「自殺の可能性が高いようだね」

「検視官はそう見てるんだが、断定はしていない」

詳細な事情については、こちらとしてもまだ教えられない。そこは俊史も承知のようで、慎重に探りを入れてくる。

「いま捜査中というわけか。遺書でも残していてくれれば話は簡単なんだけどね。身元は特定できたの？」

「まだなんだよ。小銭を少し持っていただけで、ほかに所持品もなくてね」

「そうなのか。じつは確認して欲しいことがあってね」

「こっちの事件と関係があるのか」

不審な思いで問いかけると、俊史はおもむろに切り出した。

「梶本恒男《かじもとつねお》という人かどうか、調べてみてくれないか」

唐突に飛び出した具体的な人名に、当惑しながら問い返した。

「誰なんだ、その人物は？」

「詳しいことは言えないんだけど、いま追っている事件の切り札とも言える情報提供者でね。その人物とゆうべから連絡がとれないんだよ」

「家はどこなんだ」

「江東区南砂四の二六。現場まで歩いて行ける距離だね」

「自殺する惧《おそ》れがあったのか」

「ああ。いろいろ圧力を受けていた気配がある」

「どこから？」

「勤めている会社からだよ。現時点ではそれ以上のことは言えないんだけど」

「雲を摑《つか》むような話だな」

「きょう、こちらの捜査員が会って話を聞く予定だったんだ。ところがきのうの日中に確認の電話を入れたら、どこか怯《おび》えている様子だったらしい。捜査員が、名前は絶対に出さない。会ったことも秘密にしておく。不利な立場になるようなことは絶対にないと説得すると、そのときは渋々承知したんだけど、夕方になってメールが届いて、やはり会うのはやめにする。今後は一切接触しないで欲しいという内容だった。捜査員はすぐに電話を入れたんだけど、何度やっても応答しない。メールを送っても返事が来ない」

「相手の電話は携帯なのか」

「誰に話を聞かれるかわからないので、会社にも自宅にも電話はしないで欲しい。連絡はすべて携帯にということだった」

「それとなく会社か自宅に電話をしてみたらどうなんだ。いるかいないかくらいはわかるだろう」

「その約束を破ったら、以後、話には応じないと何度も釘《くぎ》を刺されている。生きていてただ思い悩んでいるだけなら、そういう小細工をしてばれたとき、すべて御破算にしかねない」

　俊史はよどみなく答える。しかしもしそうなら、その人物にとって携帯は唯一の通信手段のはずだ。しかしマンションの遺体は携帯を所持していなかった。葛木は問いかけた。

「なるほどな。日中の電話でその捜査員は、自殺もしかねないという感触をもったということか」

「そのときはそこまで考えなかったらしいんだけど、たまたま警察無線のやりとりを耳にして、つい気になりだしたようなんだ。現場が自宅から近いし、年齢も近い。それにこちらが扱う事案では、そういうキーパーソンが自殺に追い込まれて、真相が解明されないまま事件に幕が引かれてしまうことが少なくない」

「政治家の収賄や政治資金規正法違反なんかで、秘書や関係者が自殺するような話はよく聞くな」

「その捜査員も過去にそういう経験をしたことがあるらしい。それで不安になって上司に相談したらしいんだよ」

「それが管理官経由で理事官のおまえの耳に届いたわけか」

「いや、今回の事案はスケールが大きいんで、二課の第三知能犯捜査第一、第二係と第四知能犯捜査第一係が合同で捜査に当たっていてね。それを統括するのがいまのおれの仕事なんだ」

「三班の合同捜査か。よほど大きな事件なんだな」

「捜査一課の特別捜査本部と比べたら人員が一桁違うよ。ただ、今回は地検の特捜に負けない布陣で行こうという二課長の強い指示があってね」

「特捜と張り合うわけか」

「張り合うというより出し抜こうということだね。政治関係でも企業関係でも、大きな犯罪はみんな向こうに持って行かれる。今回の事案を認知したのはこちらで、地検はまだ端緒すら摑んでいない。捜査権では同等なのに警察はいつも冷や飯を食わされる。今回こそは警視庁捜査二課の意地を見せてやろうと、二課長は張り切ってるんだよ」

「勝沼さんの意向も働いているのか」

「おそらくね。このあいだはつい親父に愚痴を言っちゃったけど、二課は思っていたより骨っぽいところだね」

「だったら、いい職場に当たったんじゃないか」

「そのようだね。ただしこの話はまだ伏せておいてよ。こちらの動きを地検には知られたくないから」

俊史は言い添える。葛木は訊いた。

「その捜査員は相手の顔を知っているんだな」

「もちろん知っているよ」

「だったら顔写真を送るよ」

「遺体の写真を？」

「それもあるが、防犯カメラに映った画像があるんだよ。それをいまから転送しようか。うちのほうからその人の自宅や会社に連絡をとってもいいんだが、それほど警察からの電話を嫌っているんなら、やはり藪蛇《やぶへび》になりかねないからな」

「たしかにね。そうしてもらえたらありがたい。でも貴重な捜査資料なんだろう。部外に出して問題はないの？」

俊史は杓子定規に問い返す。葛木は言った。

「我々にしてもまず身元特定が先決で、いまこちらの捜査員がその写真を持って近隣を聞き込んで回っているところだ。それと同様で、そちらが面識がある人物かもしれないと言うんなら、貴重な証言になるわけだから、だれもとやかくは言わないよ」

「それならいいね。じゃあ、おれの携帯に転送してくれる？」

「ああ、いま手元にはないんで、うちの若宮に転送してもらうよ」

「じゃあ、待ってるよ。こちらとしては別人であって欲しいんだけど、もしその人物なら親父たちにすれば一歩前進だ」

複雑な思いを滲《にじ》ませて俊史は通話を切った。そのやりとりを伝えると、大原は鷹揚《おうよう》に頷いた。

「別に問題はないんじゃないのか。それで身元が特定できれば、こっちにしてももっけの幸いだよ。しかし、そううまくはいかないような気がするな」

「向こうにしても、気になるから確認しておきたいという程度の話でしょう。外れならそれでけっこう。むしろそのほうがこちらとしてはありがたいわけですから。怪しい二人組のことはもうしばらく伏せておきます。息子といっても他部署の人間ですから」

「現状ではその判断でいいだろうな。まだ他殺と決まったわけじゃない。しかし地検と張り合うような大きなヤマというのはなんとも興味があるな。世間を騒がすような経済事件や政治事件というと必ず地検に手柄をとられて、正直、捜査二課には歯痒《はがゆ》い思いをしてたんだよ」

「人員の面でも捜査能力の面でもうちの捜査二課が劣っているわけじゃないはずなんですが、どういうわけか、そういう流れになってますね」

先週、俊史が電話で漏らした愚痴がそれだった。苦い調子で大原は言う。

「警察は、犯罪を認知すれば選り好みせず捜査に乗り出すしかない。しかし向こうは美味しそうなネタだけを選んで総力を傾注できる。実際のところ、連中が着手した事案より、しらばくれて見逃した事案のほうがはるかに多いんじゃないのかね」

「そういう現状に不満を持っている人間も警察サイドにはいるでしょう」

「ああ。勝沼刑事局長なんかもそうだろう。息子さんを二課の理事官に押し込んだのは、たぶん勝沼さんなんだろう」

大原の見方も葛木と同様のようだ。いま手がけているというスケールの大きい事案は、そうだとすれば俊史にとって大きなステップボードだと言えそうだ。

6

さっそく連絡を入れると、池田は勢い込んだ。

「そういうことなら、殺しの線もあながちあり得ない話じゃないですね。口封じかもしれませんよ」

「二課が手をつけている事案がなんなのかわからないが、その人物がなにかに怯えていたのは間違いないようだ。死んでいたのがその人物だとしたら、そういう線も視野に入れておいたほうがいいかもしれんな」

「そのときは二課と共同捜査ということになるんでしょう」

「そう簡単にはいかんだろう。殺人ならあくまで一課の商売だ。だからといって二課の協力がないと捜査はうまく進められない」

「二課は二課で地検との関係もあるでしょうから、情報をぜんぶ出してくれるとは限りませんね」

「そのあたりはトップ同士で調整してもらうしかないが、バックに勝沼さんがついていれば、交通整理もやりやすいかもしれない。その前にまずは遺体の身元特定だ」

「葛木理事官には若宮にメールで写真を送らせます。身元に関しては、我々のほうにはまだ耳寄りな情報が入っていませんので、二課の話にはやはり期待が持てますよ。ところで、例の二人組に関係しそうな話がありまして――」

「なにかわかったのか？」

「上尾さんのチームが聞き込んだんですが――」

ここ数日、マンションの近隣の住民が、路上に夜間、黒いワゴン車が停まっているのを見かけていたという。

その住民は町内会の役員をしており、日ごろからその一帯の違法駐車に神経を尖《とが》らせていた。そこは狭い道路で、消防車や救急車など緊急車両の通行妨害になるためで、ナンバーを控えておいて、何日も続くようなら警察に通報することにしていたらしい。

ゆうべの深夜も同じ場所にそのワゴン車が停まっているのに気づいていた。見かけたのは午前零時少し前で、いつからいたのかはわからない。日中、そこにいなかったのは間違いないという。

朝七時過ぎにもう一度確認すると、すでに車はいなくなっていた。住民が警察に連絡し、所有者を調べてもらうと、そのナンバーは偽造されたもので、車は盗難車の可能性が高いという。

「その人は、二人の男を目撃したわけじゃないんだな」

半ば落胆しながら葛木は問いかけた。怪しい話なのは間違いないが、防犯カメラに映っていた二人の男との関係を直接示唆《しさ》する材料だとはまだ言えない。しかし池田は期待を込める。

「見かけていたら決定的なんですがね。しかし、関連があると考えたくもなるじゃないですか。犯罪性の疑われる複数の出来事が、たまたま場所も時刻も重なって起きる確率は低いはずですよ」

「そう言われればたしかにそうだ。見過ごしていい話じゃなさそうだな」

「一仕事になりますが、今夜、その近辺を張り込んでみましょうか。同じ車がやってきたら、こちらの事件との関連は薄いことになりますが、来なかったら逆に怪しい」

「その場合、Nシステム（自動車ナンバー自動読取装置）で足取りをつかめるかどうかだな」

「ナンバープレートが偽造されたものだとしたら難しいでしょうね。プレートを付け替えられたらお終《しま》いですから」

「だったら目撃情報が出てくるかどうかだ」

「殺人の可能性がもう少し高くなれば人手をかけて動けるんですが、現状じゃ、そこまでの態勢はとれませんからね」

勢い込んで見せたものの、池田の反応は尻すぼみだ。けっきょく自殺という決着になりそうだが、それでも腑に落ちない部分が多い事件ではある。

「とりあえず写真の件はよろしく頼む。遺体の身元が特定できれば、関係者から事情を聞ける。二課のほうからもある程度の情報は入れてもらえるだろう」

「自殺なら事前にそれらしい挙動があったかもしれないし、家族に遺書を残していた可能性もあります。だれかに命を狙われていたとしたら、それらしい気配を周囲の人間も感じていたかもしれない。そのあたりの見当はつくんじゃないですか」

「ああ。こう言っちゃなんだが、事件性のないただの自殺で、二課が接触しようとしていた人物とも別人だという結果がおれからすればいちばん望ましいな。そうじゃないと、中途半端な態勢で捜査に時間を費やして、けっきょく真相解明に至らずという厄介な話になりかねないから」

葛木は覚えず本音を漏らした。

7

俊史から電話が来たのは、それから程なくだった。

「親父。まずい結果になったよ。いま担当の捜査官に写真を見てもらったんだけど――」

「やはり梶本という人物だったのか？」

「間違いないそうだ。二課にとっては痛手だよ。自殺であれなんであれ――」

「何者なんだ、その人は？」

「トーヨー・デベロプメントの総務部企画室長だよ」

「トーヨー・デベロプメントってのは、一部上場の大手レジャー施設開発会社じゃないのか」

「ああ。最近はカジノ・ビジネスに力を入れている。日本での解禁を視野に、いまは海外で大規模カジノの運営に積極進出しているようだね」

「総務部企画室長というのは、かなり偉い人なのか」

「一般的なランクで言えば課長クラスで、取締役クラスからはほど遠い。要するに中間管理職だね」

「警視庁で課長といえば、権限は相当なものだが」

「民間企業とは組織の成り立ちが違うからね。警視庁じゃおれクラスでも公用車を使えるけど、民間だったらかなり大手の会社でも役員以上しか使えない。その下の部長や課長は電車通勤が当たり前だから」

「だったら、死なれてそれほど困るような機密情報を、その人物が握っていたとも思えんがな」

「そうでもない。汚れ仕事というのは、だいたいそういうクラスの社員が担当するものらしい。役員以上の人間は手を汚さない」

その道のベテランのような調子で俊史は言う。現場の刑事からの受け売りだろうが、異動の激しいキャリアにとっては、吸収が早いのも取り柄の一つだろう。

「差し障りのない範囲で教えてくれないか。二課はどういう容疑で動いているんだ」

「贈賄《ぞうわい》だよ。もちろん最終的なターゲットは、与野党を含めた複数の収賄側の政治家だけどね」

「カジノ関連でか」

「ああ。パーティー券を買うとかいったレベルじゃない、かなり巨額な金が動いている」

「着任早々、大きなヤマに当たったな」

「二課としても気合いを入れていたんだけど、梶本氏の自殺はかなり痛手だよ」

俊史は深いため息を吐く。声を落として葛木は言った。

「これはまだ表に出して欲しくないんだが、じつは自殺じゃない可能性を示唆する事実が出てきてね」

「自殺じゃない？　つまり他殺ということなの？」

俊史の声が裏返る。葛木はため息を吐いた。

「うちにとっても二課にとっても、ややこしい事件になりそうだな」

第二章

1

「いよいよ殺しの線が強まってきたじゃないですか」

俊史が確認した遺体の身元の件を伝えると、池田は鼻息を荒くした。困惑を隠さず、葛木は言った。

「別人であって欲しかったんだが、事件というのはなかなかこちらの希望どおりにはいかないもんだな」

「まあ、自殺の可能性が消えたわけじゃないですから、そうがっかりしなくても――」

池田は妙な慰め方をするが、愚痴《ぐち》ったほうも愚痴ったほうだから仕方がない。

「おれのほうで奥さんには連絡を入れておいたよ。これから山井に迎えに行かせて、おれが立ち会って遺体の確認をしてもらう」

「自殺にせよ他殺にせよ、気が重い仕事ですよね」

「たしかにな。いつも言葉が思い浮かばずに苦労するよ」

捜査一課に在籍していたときは、そういう仕事は所轄に任せておけた。殺人事件で犯人を突き止めるのはむろんいちばん大事だが、刑事の仕事はそれだけではない。マスコミが報道するわけでもないし、総監賞や功績章の対象になるわけではないが、遺族の心のケアという仕事もじつはきわめて重要だ。

遺族は被害者ともっとも密接な関係にあり、場合によってはその証言が捜査の行方《ゆくえ》を左右することもある。それ以上に遺族も警察官も同じ人間だ。そこをないがしろにすれば、警察と市民の心は乖離《かいり》する。

市民の心を見失ったとき、警察は砂上の楼閣《ろうかく》に過ぎないものになる。そんな考えも所轄の中間管理職として仕事をするようになるまでは心に留めもしないことだった。池田が問いかける。

「家族は驚いていたでしょう」

「ゆうべ夜中に家を出たきり帰ってこないので、捜索願を出そうかと考えていたところだったらしい」

「しかし梶本という人、そんな夜中に、そもそもどうして出歩いていたんでしょうね」

「それ自体は珍しくないそうなんだ。ストレスが溜まると寝付けなくなるたちで、そんなときはよく夜中に散歩に出ていたらしい。物騒な時代だから止めたほうがいいと奥さんは言っていたらしいが、それが不眠症の特効薬だと言って聞かなかったそうだ。いつも上下のジャージ姿というのも遺体の状況と一致している」

「ここ最近、人に付け狙われているような不審なことは？」

「まだそこまで立ち入った話はしていない。とりあえず家族が本人と確認するまでは正式な結論は出せないわけだから」

「そりゃそうだ。しかし状況からすれば、その人でまず間違いなさそうですね」

「そうなると、二課の捜査が頓挫《とんざ》しかねないな」

葛木は不安を口にした。梶本恒男と捜査二課はあくまで秘密裏に接触していたはずで、もし他殺だとしたら、その犯人を追及していけば梶本と警察の繋がりが明るみに出てこざるを得ない。

政界からは圧力がかかるだろうし、それ以前に証拠は隠滅されるだろう。梶本に期待していた証言以外に二課がどこまで事実を押さえていたのか、そこは俊史からもまだ聞いていない。

「二課だってそう間抜けでもないでしょう。それほどの大きなヤマなら、二の矢、三の矢を用意しているはずですよ」

池田は他人事《ひとごと》のように楽観的だ。背後で勝沼が動いているとしたらたしかにそのとおりで、たった一人の人間の証言だけを頼りに三班合同の大捜査チームを組んだりはしないだろう。

問題は殺人事件だった場合で、その場合は捜査一課が動くことになる。現場を管轄する城東署に特別捜査本部が設置され、葛木も当然そこに配置される。

しかし一課と二課では捜査手法がまったく異なる。二課が得意とする隠密捜査は、人海戦術が基本の一課の手法とは相容れない。勝沼にすればどちらも自分の領分で、その調整にはさぞかし頭を悩ますことだろう。葛木は慎重に言った。

「とりあえず殺人の可能性については、もうしばらく内輪の話だけにしておいたほうがよさそうだな。迂闊《うかつ》に動いて二課の捜査に水を差すことになってもまずい」

「もちろんですよ。こっちだって下手に騒ぎ立てて、けっきょく自殺だったという話になったら面目丸潰れですから」

万事承知という調子で池田は応じた。

2

「間違いないです。夫です――」

城東署の遺体安置所で、それだけ言って梶本の妻は泣き崩れた。

中西検視官はあくまで自殺という見立てで、司法解剖をすべきだとの具申《ぐしん》はしなかったようだ。現場から争いごとがあったような物証は見つからず、不審な物音や人の声が聞こえたとの証言も得られなかった。

エレベーターホールに防犯カメラが設置されているのは一階だけで、梶本がどの階で降りたかはわからない。しかし一階に戻ったところは映っていないので、やはり上階、もしくは屋上から転落したのは間違いない。

そんな報告を受けて、本庁捜査一課の庶務担当管理官も事件性なしと判断したようで、ついいましがた大原に連絡があり、遺体は身元が確定した時点で遺族に引き渡し、捜査はそこで終了という指示が届いた。

もちろんそれは本庁サイドはこれ以上は関与しないという意味で、不審な点があれば追加捜査を行うのは所轄の裁量の範囲だ。

しかし現状では自殺というのが警察の公式な見解のため、遺族に殺人の可能性を示唆するのは憚《はばか》られる。

「お気の毒です。差し障りない範囲でお話を伺えますか」

穏やかに問いかけると、妻はハンカチで涙を拭い、気持ちを奮い立たせるようにきっぱりと頷《うなず》いた。書類作成上、こんな状況でも事情聴取しなければならないのは辛《つら》い仕事だが、話を聞くことで、そのままでは折れそうな遺族の気持ちを支えてやれることもある。

地下の遺体安置所から刑事部屋のあるフロアーへ移動し、その一角の応接スペースに腰を落ち着けた。山井がお茶を出したところで、葛木は切り出した。

「最近、ご主人になにか変化を感じたようなことはありませんでしたか」

「主人はとても真面目で責任感の強い人でした——」

妻は葛木の質問には直接答えず、感情を抑えた口調で語り出した。

「会社があってこその自分だというのが口癖でした」

「そんな性格がストレスの原因になったとお考えなんですね」

「そうじゃないんです。そんな主人の献身を会社はまったく評価してくれないばかりか、主人を使い捨てのモップかなにかのように扱って——」

その声の調子にやり場のないような憤りが混じる。そこに戸惑いを覚える一方で、妻が語るそんな梶本の生き方にかつての自分が重なり合う。葛木自身、妻に負担をかけた慚愧はいまも拭えないが、警察組織のなかでことさら不遇だったという思いはない。それでもどこか他人事ではないような気分で葛木は問いかけた。

「会社とのあいだで上手くいかないことでもあったんでしょうか」

「主人は家では会社についての愚痴はこぼしませんでした。でも夫婦だからわかります。ここ最近は無理に元気にしているようで、どこか不自然でした」

「自殺に至るような兆候は？　たとえば鬱《うつ》病の症状があったとか？」

「不眠症の傾向はもっと以前からあったんですが、毎日休まず通勤していました。帰宅も夜遅くなりがちでしたが、それも結婚したときからずっとそうでしたから」

「日常生活の面で、とくに変調はなかったんですね」

「ええ。ただ――」

「なにか心当たりのことでもありましたか」

「二ヵ月ほど前の日曜日、会社の上司の方から電話があったんです。いまは取締役になっているんですが、主人の入社以来の先輩で、なにかと目をかけてくれていた方です」

「どういう電話だったんでしょうか」

「内容は聞かせてもらえませんでした。ただ普段は温厚な主人が、そのときはかなり感情的になっていました。それじゃ話が違うと言って、なにか押し問答をしている様子でした――」

そのときの情景が目に浮かぶように妻は続ける。

「気になって、そのあとなにかあったのかと訊いたんですが、答えてくれませんでした。仕事のことについてはいつもそうなんです。企業秘密に関わることだと言って」

妻は無念そうに唇を嚙み締める。俊史から聞いていた話と嚙み合ってきた。葛木は身を乗り出した。

「そのあと、ご主人の態度になにか変化はありましたか」

「その日は一日じゅう気分が塞いだ様子でしたが、翌日からはいつもと変わりありませんでした。私もそんなことがあったのを忘れていたら、しばらくしてある新聞記事を目にしたんです」

「ご主人のことが載っていたんですか」

「違います。主人の会社の役員人事のニュースだったんです」

妻はわずかに声を震わせた。

「そこにどういうことが？」

「同期の方が取締役に昇進していたんです。主人はいまも室長なのに、そちらは一昨年、営業部長に昇進しているんです。そのとき上司の方から言われたそうです。ちょっとしたタイミングの問題で、主人には次の人事で部長にとの声が出ているのでしばらくの辛抱だと。主人の会社には次長職がおかれていないので、課長待遇の企画室長から部長への昇進は大抜擢《だいばってき》だと当人は喜んでいました」

「しかしご主人のほうにはけっきょく昇進の話はなく、そちらの方が？」

「ええ。上司の方からの電話で夫が珍しく怒っていたのは、その話を事前に知らされたからだとわかったんです」

「そのことについて、ご主人はなにかおっしゃいましたか」

「どうなっているのかと私が訊いても、ほとんどなにも答えませんでした。上司と電話でやり合ってから、どちらかというと主人はさばさばした様子だったんです。頭の切り替えが速い人で、あのときはすぐに気持ちの整理がついたんだと思います。でも実際に人事が発令されてみると、やはり心穏やかじゃなかったんでしょうね。寂しそうにぽつりと言ったのが記憶に残っています。会社はおれを飼い殺しにするつもりだと——」

不穏な思いで葛木は問い返した。

「それはどういう意味なんでしょうか」

「主人には主人なりのプライドがあったんです。会社にとって自分がどれほどかけがえのない存在か、それを会長や社長を含めた上層部は知っているはずだと——。故人の恥を晒《さら》すようですが、じつは主人は三年前に警察から事情聴取されたことがあるんです」

思いもかけず話が核心に向かっているような気がして、葛木は居住まいを正した。

「警察というと、警視庁ですか」

「違うんです。そのときは福井県警でした。県内のある市で主人の会社が手がけたリゾート施設開発に絡んだ贈収賄の疑惑が出てきて、そのときの現金の受け渡し役が主人だったんです」

「ご主人からその話を？」

「いいえ。仕事についてはとにかく秘密主義でした。そのときは福井に出張に行くと言って出かけて、一週間家に帰らなかったんです。主人の部署は総務部企画室というところで、普段は長い出張はほとんどないんです。ところがたまたまテレビを観ていたら、主人の会社が関係した贈収賄事件のニュースが流れてきて、実名は出ませんでしたが、地元の政界工作の実行責任者が県警で事情聴取されているという内容だったんです。慌てて宿泊先のホテルに電話を入れて問い詰めたら、主人はそれが自分だと渋々認めました」

そう言われて葛木も思い出した。一時、新聞やテレビで大きく取り上げられたことがある。俊史はそのことには触れなかったが、トーヨー・デベロプメントという社名を聞いたときなにか引っかかるものを感じた。たぶんそんな記憶が頭のどこかに残っていたせいだろう。

ただその事件自体はけっきょく真相解明に至らず、贈賄側からも収賄側からも一人も逮捕者が出ずに終わった記憶がある。そんな話をすると、妻は気丈な表情で頷いた。

「本当にやったのかと私は問い質《ただ》したんです。主人は自分の立場上、やったともやっていないとも言えないと苦しそうに答えました。私にとってはそれで十分でした。やっていなければきっぱり否定できたでしょう。主人は会社のためにそんな汚れ仕事を引き受けていたんです」

俊史から聞いた話とそのあたりは一致する。贈収賄事件のキーパーソンとして事情聴取されたのが梶本で、事件そのものが未解決のまま終わったとすれば、彼は県警に対し、すべてを否認したものと想像できる。

もしそのリゾート施設開発に絡んだ贈収賄疑惑が事実だとしたら、ことの善悪は別として、彼は会社に多大な貢献をしたことになる。おそらく彼はそれまでも、同じようなかたちで刑事訴追のリスクを伴うような仕事を担当してきたわけだろう。しかし会社からの人事上の見返りは、彼からすればあまりに薄情なものだった。

そんなときに捜査二課の接触を受けて、梶本は職務に関わる重要機密を提供しようといったんは決意した——。背後にあるそんな事情が妻の話からは窺えた。

「それでご主人は思い悩んでおられたわけですね」

「表向きは明るく振る舞っていましたが、もともと不眠症の傾向があったのが、最近だいぶひどくなったようでした。危ないから止めて欲しいといくら言っても、それがいちばんの特効薬だからと、最近は週に何回も夜の散歩をしていたんです。人に弱みを見せるのが嫌いな性格なんです。妻の私にもそうなんです。だから本当の気持ちは相当辛かったんだと思います」

妻はかすかに嗚咽を漏らし、手にしていたハンカチで目尻を拭った。葛木は訊いた。

「ご自宅に遺書のようなものはなかったんですね」

「夜中に散歩に出たきり帰ってこなくて、私もそのときはもしやと不安を覚えたんです。それで書斎や居間を探してみたんですが、書き置きのようなものは一つも見つかりませんでした」

「そのときすでに自殺の可能性も考慮されていたんですね」

葛木は確認した。不審な二人組のことが頭にあるとはいえ、ここまでの話を聞いただけでも、自殺に至る動機は十分あったと考えざるを得ない。

「それもたしかに考えたんです。でも――」

妻はそこで口ごもった。葛木は促した。

「気がかりなことがあれば、なんでもおっしゃってください」

妻はもう一度目尻の涙を拭い、意を決したように口を開いた。

「主人はもしかしたら、殺されたのかもしれません」

「殺された？」

葛木は問い返した。防犯カメラに映っていた二人組の話はまだ妻には伝えていない。その妻が殺人の可能性に言及したことには由々しいものを感じた。

「でも、警察は自殺ということで捜査を終わりにするんでしょう？」

妻はこちらの出方を探るように問いかける。彼女のほうから新たな材料が出てくるようなら話は別だが、ここまでの事実を総合しただけでは、やはり自殺という判断に傾かざるを得ない。

「現状では本庁の捜査一課も自殺という見方をしています。検視の結果もその可能性が極めて高いというものでした。しかし、もし奥さんのほうで不審な点があると感じられるなら、所轄のほうで継続的な捜査を続けることは可能です」

とりあえずそう答えておくほかはない。夫の死に接した直後で、それを自殺だと言われても俄《にわか》に信じがたい思いもあるだろう。そもそもその死すら、できれば信じたくないだろう。葛木も妻の突然の死を知ったとき、ひたすらなにかの間違いであることを願ったものだった。

夫の会社への忠誠と貢献、それに対する会社の無情な処遇――。その話の全体は梶本の自殺を強く動機づけるものだが、一方で、その結果として彼は会社を裏切り、会社にとって致命的な情報を警察に提供する気になったという見方も成り立つ。

妻が殺人の可能性をほのめかす根拠はたぶんそのあたりにあるだろう。口封じのために殺されたという見方だ。しかしそれが単なる想像のレベルに過ぎないのなら、こちらにすれば殺人を視野に入れた捜査を継続する根拠としては薄弱だ。不審な二人組と近隣の路上に駐車していた偽造ナンバーの車の件を梶本の死と結びつける積極的な材料はいまはまだない。

「じつは数日前から、怪しい人たちが家の近くをうろついていたんです」

妻はわずかに声を落とした。傍らで色めき立つ山井を目顔で制し、葛木は平静を装って問い返した。

「どういう人たちでしょうか」

「どこかの会社員という感じじゃなく、黒っぽいウィンドブレーカーにジーンズといったラフな服装の見慣れない二人組です。日中は見かけないんですが、夜になるとやってきて家の前を行ったり来たりしていました。二階のベランダで洗濯物の取り込みをしていて気づいたんです」

「そのあとも何度か見かけたんですね」

「ええ。それもあって、主人には夜の散歩を控えるように強く言ってはいたんですが、近所のアパートに新しく越してきた住人だろうと言って、主人はとくに気にもしなかったんです」

「顔とか背格好とか、身体的な特徴はわかりますか」

「一人はひょろりとして背が高く、もう一人は小柄で小太りな感じでした。暗がりで顔まではよくわかりませんが、どちらも三十代から四十代くらいに見えました」

年齢についての部分は新情報だが、ほかのところは防犯カメラに映っていた二人組と一致する。こうなるととても偶然だとは言いがたい。

「それだけじゃないんです――」

妻はさらに一段声を落とした。

「このまえの日曜日、主人と一緒に近くのショッピングセンターへ行ったんです。買い物を終えて駐車場に向かっていると、すぐうしろで激しい音がして、振り向くと大きな金属の看板が落ちていました。一つ間違えば私たちの上に落ちていた。間一髪で助かったんです。屋上に取り付けられていたものらしいんですが、風もないのにどうして落ちたのか、店の人は首をかしげていました。いまになって思うと、そのときも誰かに命を狙われたんじゃないかと――」

そこまで言うのは大袈裟なような気もするが、妻としてはあらゆることに疑心暗鬼にならざるを得ない心境なのだろう。

葛木も普通だったら考えすぎだと言うところだが、防犯カメラの映像や不審車両の件があるから一概に否定はできない。妻が言う不審な二人の男の風体が、カメラに映っていた二人組と酷似しているのも大いに気になる点だった。

「そういう疑惑をお持ちだということは、奥さんは、ご主人が自殺に至るほどの精神状態にあったとは考えていないからなんですね」

「さっき主人の遺体を見たときは、やはり自殺なのかと思いました。でもこうして時間が経《た》つにつれて、どうにも不自然な気がしてくるんです」

深刻な調子で妻は訴えかける。親身な調子は崩さず、かといって殺人の疑惑にはまだ全面的に共感はしていないという微妙なニュアンスを保ちながら葛木は問いかけた。

「不自然と言いますと？」

「先ほども申し上げましたように、主人は真面目で責任感の強い人で、それは会社に対してだけではなく、家族に対しても同様でした。息子も娘も独立して、いまは二人暮らしですが、主人がなによりも気にかけていたのが私たち二人の老後と子供たちの将来でした。いまが自分にとって正念場で、自分の退職後も家族が安心して暮らしていける経済基盤をつくるために、いま全力で仕事に取り組んでいるんだというのが口癖でした」

「そんなご主人が、遺書も残さずに自殺するようなことはあり得ないとおっしゃるんですね」

「会社を辞めたら豪華客船で世界旅行するのが私たち夫婦の夢でした。息子も娘もまだ独身で、二人が結婚して孫が生まれるまでは、自分が一家の大黒柱だからと、息子や娘が帰ってきたときもいつも張り切って言っていました。今度の人事のことにしても、必ず見返してやると考えていたはずなんです」

「だとしたら、会社の関係者によって殺害されたと？」

「そんなこと、信じてはいただけないでしょうね。言っている私も突拍子もない話だとはわかっています。証拠もなにもありませんから。でも私にはどうしても信じられないんです。主人が私たちを残して、さよならも言わずに勝手に死んでしまうなんて」

哀切な調子で言って妻はまた涙を拭った。葛木としては辛い立場だ。できれば捜査継続の意思を表明してやりたいが、葛木の一存で言っていいような話ではない。

自殺ではなく殺人だという妻の話に期待したほどの強い説得力はない。先ほど電話で二人組の話をしたときは俊史も驚いた様子で、二課のほうもまさか会社側が殺人を企《くわだ》てるまでは想定していなかったようだ。

「お気持ちはお察しします。突然のことでなかなか心の整理がおつきにならないと思います。我々としても、自殺というのはあくまでとりあえずの結論だと考えているんです。いまも現場周辺での聞き込みを続けておりまして、事件性を強く疑わせる証言や物証が出てくれば、速やかに殺人捜査に切り替えて、特捜本部を設置し、本格的な捜査に乗り出す態勢になっています」

いま葛木に言えるのはそこまでだ。間違ったことは言っていないが、警察としてのごく一般的な事件への対処のあり方を説明しただけで、とくに踏み込んだ考えを示したわけではない。妻もそのあたりは察しているようで、どこか力のない調子で応じる。

「主人が死んでしまったことは間違いないので、私もこれ以上面倒なことには巻き込まれたくないんです。ただ納得できない気持ちがどうしても残るんです。もし望まない死だったのに、それを私たちが自殺ということで片付けてしまったら、主人は浮かばれないと思います」

「その点については全力を尽くします」

「もし自殺だったとしても――」

無念さを嚙み締めるように妻は言った。

「主人をそこに追い込んだのは会社です。その意味で、主人が会社に殺されたのは間違いありません」

3

夕刻、俊史が城東署を訪れた。

私的な用向きだから公用車は使わず電車でやってきたというのがいかにも俊史らしいが、久しぶりに親父と一杯飲《や》りに来たという口実はカムフラージュで、本題は梶本恒男の一件をこれからどう扱うかという相談だ。大原とも示し合わせて、亀戸駅前の行きつけの鮨屋《すしや》で一献《いっこん》ということにした。

とりあえずのビールで乾杯したところで、俊史は切り出した。

「梶本氏が死んだのは、我々にとってもちろん痛手だよ。ただ問題はそれだけじゃなくてね。もし殺人事件で、その背後にトーヨー・デベロプメントがいるとしたら、一課の捜査の手がそっちのほうに及ぶことになる」

「警戒されて証拠隠滅やら別の口封じに走られたら、二課にとっては困ったことになるだろうな」

葛木の言葉に、俊史は大きく頷いた。

「本当にトーヨー・デベロプメントが殺害に関与していて、その事実が明らかになればいいんだよ。そのときは当然、事件の背景として梶本氏が関与した贈収賄疑惑の全容も浮上してくるわけだから。問題は、捜査に乗り出したはいいものの、トーヨー・デベロプメントの関与を立証するには至らず、中途半端なかたちで捜査が終了した場合で、そのときはおれたちのヤマもそのままお宮入りになりかねない」

「その辺のことが頭にあるから、うちのほうもいまは慎重に動いているんですよ。本庁サイドは自殺でけりをつけることに決めたようだけど、それで済ませていいものかという迷いが、まだこちらにはあるんでね」

刺身の盛り合わせに箸をのばしながら大原が言う。複雑な表情で俊史が応じる。

「二課にとってはまさに諸刃《もろは》の剣といったところですよ。あえて願望を言えば、ここは自殺で決着してくれるのがありがたい。いまここで一か八かの博打《ばくち》を仕掛けなくても、真相解明に至る道筋がほかにないわけじゃないですから」

「そっちのほうの見通しは明るいのか」

葛木は訊いた。今後の成り行きによっては、こちらの捜査が二課にとって障害になることもあるだろう。俊史は力なく首を横に振る。

「明るいというほどじゃないけどね。梶本氏の証言が得られれば短期決戦で勝負がつくと踏んでたんだよ。こうなると態勢を立て直すにも手間がかかるし、敵も警戒し出すだろうし」

「おれが聞いた話だと、梶本氏が二課の捜査員と接触している気配を、奥さんはまったく感じていなかったようだな」

梶本の妻との面談の内容はすでに電話で伝えておいた。二課は梶本が置かれていた境遇についてある程度のことを把握し、それを糸口に説得工作を進め、情報の提供を要請していたらしい。

梶本と会社の確執は妻が語った事情よりもだいぶ以前にまで遡《さかのぼ》り、秘密裏の接触は一年以上前に始まっていたという。短期決戦と俊史は言ったが、それが射程に入るまでに忍耐強い説得工作が長期にわたって続けられていたわけで、二課にとってはたしかに大きな痛手だろう。

「接触は極力慎重にやっていたからね、会社はもちろん、奥さんにも気づかれないようにね。だから、梶本氏に会社からなんらかの圧力がかかって自殺に追い込まれた、ないしは殺されたのだとしても、警察との接触がばれたせいだとは考えにくいんだよ」

俊史は首をかしげる。いつもなら地検に出し抜かれて当然の大きなヤマを、二課が独自に内偵し、満を持して本格捜査に乗り出そうとした矢先のことで、その口ぶりには悔しさが滲む。

「そうだとしたら、あくまで会社内部の事情によって彼が追い詰められた可能性があるな。

自殺か他殺かは別として」

「奥さんの勘というのは案外馬鹿にしたもんじゃないぞ。ご主人が仕事の話をしないといっても、長いこと夫婦をやってたら、夫の会社がどういう性格のところか自《おの》ずとわかってくるものだ。それにトーヨー・デベロプメントくらいの会社になると新聞や雑誌のネタになることも多い。現に旦那が福井県警で事情聴取を受けていることを、奥さんはテレビのニュースで知ったわけだから」

大原はしかつめらしい顔で言ってビールを呷《あお》る。葛木は俊史に問いかけた。

「トーヨー・デベロプメント絡みのニュースとなると、あまりいい話ばかりじゃないんだろう」

「過去の新聞記事をいろいろ漁ってみたんだけど、芳しい話は少なくて、ほとんどがグレーっぽい取り上げられ方をしているね。あの種の商売は地元の政界と無縁では成り立たないし、そこから国政レベルの政治家へもパイプが繋がっているわけで、犯罪として摘発されないぎりぎりのところを上手に綱渡りするのが、あの業界の経営者の才覚みたいなものだからね」

「まあ殺人疑惑にせよ、そこに会社が関与していた話にせよ、いまのところは想像のレベルだ。池田たちには例の不審車両の件でもうしばらく動いてもらうが、そこで他殺を強く示唆する材料が出て来るかどうか。本格的な捜査態勢に移行する可能性はきわめて低いと思うよ」

割り切れない気分を残しながら葛木は言った。大原も頷く。

「警察ってのは事件が起きてなんぼの商売だけど、世間にとっては事件なんてないほうがいい。奥さんの気持ちもわかるけど、会社からなにか圧力がかかって自殺に追い込まれたとしても、それは民事の世界の話で、警察の領分じゃないからね」

「なんにしても、二課としては仕切り直しするしかないね。梶本氏が、過去の汚れ仕事のことを日記かなにかに書き残してくれているといいんだけど」

未練を覗かせる俊史に葛木は言った。

「おれが会った時点では、書き置きのようなものは残っていなかったという話だったが、遺品整理をしていて、もし会社での仕事に関するメモやノートのようなものが出てきたら知らせてくれるように頼んでおいたよ。場合によっては殺人の可能性を示唆する証拠になるかもしれないということにしてね」

「それはありがたい。奥さんが言うように、会社が自らの手で殺害した事実はないとしても、会社によって精神的に追い込まれての死だったのは間違いないような気がするんだよ。殺人じゃなくても、贈収賄の疑惑で会社の幹部を摘発できたら、奥さんも多少は溜飲を下げられると思うんだ」

俊史は期待を覗かせる。同感だというように大原が言う。

「私怨《しえん》を晴らすのが警察の仕事じゃないが、悪を悪として摘発するのがおれたちの本業だ。それをまっとうすることで奥さんも気持ちが収まるならけっこうなことじゃないですか」

「勝沼さんとは連絡を取り合っているのか」

葛木が訊くと、俊史はもちろんだというように頷いた。

「今回の事案は局長の肝煎りでね。以前から警視庁に限らず、各警察本部の二課の消極性に不満を持っていたらしい。一部上場企業や国政レベルの政治家が絡んできそうな事件だと、警察サイドからわざわざ地検に情報を提供して、よろしくお願いしますと下駄を預けるような風潮があってね。それで今回の事案の報告を受けたとき、すぐさま警視庁の捜査二課長を呼んで、絶対に地検には渡すなと厳命したそうなんだよ」

「地検に対しては、まだ情報は行っていないんだな」

「警視庁の二課はもちろん、警察庁の刑事局でもこの事案については箝口令を布いている。いまのところ地検特捜部が認知している気配はない」

「地検の特捜はもらいネタ専門だからね。警察側からご注進に及ぶという話もいかにもありそうだけど、そもそもがマスコミが騒ぎ立てたネタに便乗して正義の味方を演じるパターンが最近多くて鼻につくね。政治家がライバルを蹴落とすために地検にチクるというようなこともよく聞くよ。実際、地検の捜査能力なんてその程度のもので、自分たちでネタを掘り起こす能力は案外低いんだよ」

大原は苦々しげに言う。勢いを得たように俊史は身を乗り出す。

「勝沼局長もそんなことを言ってましたよ。公訴権は検察だけが持っているけど、みんなそこを誤解して、検察が上だというような意識が現場の警察官にもある。しかし警察には独立した第一次捜査権が付与されていて、その部分では検察と同格だ。たとえ大規模な汚職や経済事案でも、通常の刑事事件のように警察が事実を解明し、送検した事案を検察が公訴するというのが本来のかたちで、地検のやり方は刑事司法の現場を混乱させているだけだというのが局長の考えなんです」

「まさにそのとおりだね。司法捜査の現場にそこのけそこのけで押しかけてきて、美味しいところだけかっ攫《さら》う。その結果、警察は無能だというレッテルが自然に貼られてしまう。この国の司法の屋台骨を支えているのは警察で、地検の特捜なんて体のいい火事場泥棒に過ぎないことを、国民にもっと知ってもらわなきゃいかん」

我がことのように大原は気炎を吐く。検察に対するそんな燻《くすぶ》った思いは刑事捜査に携わる大方の警察官に共通するものといえるだろう。警察と検察は一般にセットのように思われているが、じつは必ずしも仲がいいわけではない。

検察庁は法務省の管轄下にある役所の一つに過ぎない。一方の警察庁は内閣府に属する国家公安委員会の管轄下にあり、いわば総理大臣の直属機関で、役所としては検察より格が上だというプライドもある。

ところが刑事捜査の現場ではつねに検察官が上から目線で警察に指図をし、送検してしまえばお役御免。あとは拘置所代わりに警察の留置場を利用するくらいだ。

そこまでならまだ我慢できても、特捜部などという警察と張り合うような組織をわざわざつくり、警察の領分に我が物顔で割り込んでくる。

刑事局長のプライドとして、そんな立場にいつまでも甘んじてはいたくないというのが勝沼の気持ちなら、同じ警察組織に身を置く人間としてぜひとも肩入れしたくなる。そんな思いを込めて葛木は言った。

「うちのほうもとりあえずは自殺ということで決着がついたことにしておくよ。梶本氏自身はとくに有名人じゃないからマスコミが報道することもない。ただし、それほど人員を割《さ》けるわけじゃないが、怪しい二人組と不審車両の関係は調べを進めることにしよう。あくまで盗難車事件として扱えば、梶本氏の件で動いているとはだれも見ない。もしなんらかの関連性が見つかれば、そちらと連携して捜査を進めるよ」

そこまでは大原とすでに話が済んでいる。大原にしても城東署長にしても、特捜本部が設置されるのはご免被《こうむ》りたいが、かといって他殺の可能性がある事案を黙って見過ごすのはいい気分ではない。

幸い本庁の一課は自殺と決めつけて一切関心を示さない。二課もその件が殺人事案としてクローズアップされるのを好まない。バックグラウンドでの勝沼の調整に期待して、その作戦で行くのが最良だろうというのが大原と葛木の結論だった。

「そうしてもらえると助かるよ。もしトーヨー・デベロプメントが関与した殺人の疑惑が浮上してきたら、勝沼局長に調整してもらって、一課と二課の合同捜査というかたちをとることになりそうだね。扱い方さえ間違えなければ、政界の大物を多数含んだ大がかりな贈収賄事件の全容を解明する突破口になるわけだから」

「少々変則的だが、ここは二兎を追う作戦で行くしかない。それにはその態勢がいちばん落ち着きがいい。ただし梶本氏の件は当たるかどうかわからんぞ。ここで詳細を聞かせるわけにはいかんだろうが、二課はほかにはどういう攻め手を持っているんだ」

葛木はあえて問いかけた。二課にとっては捜査上の機密事項だろうが、こちらは手の内を洗いざらい出している。それでは情報の共有という点でバランスを欠く。情報不足が原因で、やらずもがなのことをやってしまうこともありそうだし、重要な事実を見落とすこともあるかもしれない。

「まだ大まかなことしか言えないけど、収賄側からの情報提供者と接触しているところなんだ」

「それが誰だかは、おれたちには聞かせられないわけだな」

「与党の大物政治家の秘書だよ。いまのところはそこまでしか言えないんだけど」

俊史は喉まで出かかった言葉を押し戻すように口ごもる。葛木は万事承知したというように頷いた。

「それだけ聞いておけば十分だ。もし今後の捜査の過程で政治家の名前が出てくるようなことがあったら、慎重に対処すればいいんだな」

「そういう状況になればもっと詳しい情報が提供できるけど、梶本氏の件が、現状ではまだ海のものとも山のものともわからないわけだからね」

「ああ。おれたちもなにか役に立てればいいんだけど、これぱっかりはこっちの筋書きどおりにはなかなか運んでくれないからね」

親身な調子で大原が言う。彼も俊史の気性はよく知っている。葛木の息子だからというわけではなく、これまでいくつかの事件をともに捜査して十分に気心が通じている。

自分の場合はただの親馬鹿に過ぎないが、叩き上げの所轄の警部とキャリアの警視という身分の上の垣根を越えて、同じ警察官として響き合うものを感じてくれているらしいことが葛木にとっては嬉しいことなのだ。

「無理はしていただかなくてけっこうですが、僕は大原さんや親父の力を信頼しています。池田さんたちも頑張ってくれているようだし、なにかいい材料を掘り出してくれるんじゃないかと大いに期待してるんです」

俊史も信頼を滲ませる。本籍は警察庁でも、警視庁に出向して最初に臨場した現場が城東署だった。幸か不幸かたまたまそこに親父がいて、大原や池田のような筋金入りの所轄刑事たちがいた。

それは俊史のキャリア人生に少なからぬ影響を与えたはずだった。持ち前の青臭い正義感に彼らの所轄魂が染み込んで、これまで葛木が付き合ったことのあるキャリアとはひと味違う変人に生まれ変わった。そのことは葛木にとっても誇らしい。

4

池田と若宮は翌日も周辺の聞き込みをして回ったが、はかばかしい情報は出てこない。上尾が率いる機捜のチームは、本庁が自殺という判断で幕を引いたため、それ以上梶本の件に関わっているわけにもいかず、通常のパトロール業務に戻っていった。

大原が本庁の捜査三課に確認したところ、近隣の路上に停めてあった車はやはり盗難車の可能性が高いということだった。都内北区の月極駐車場で盗まれた同じ車種、同じボディーカラーの車があり、二週間ほどまえに警察に盗難届が出されていた。

ナンバープレートは偽造されたもので、最近は精巧なものをつくる闇業者が横行しているらしい。

さっそく山井がNシステムで検索をかけてみたが、該当するナンバーの車は捕捉されておらず、Nシステムのない一般道を選んで走行したか、付け替えが簡単な偽造プレートを使って頻繁に交換したかだろうという。

その車の所有者は五十代の会社員で、葛木が直接本人に電話で確認したところ、ここ四、五日は九州に出張していて、東京に戻ったのはきのうの午後だとのことだった。投宿先のホテルに問い合わせてアリバイもとれた。

もちろん当人には梶本の件との関係は一切言っておらず、そうした質問は盗難車発見の際の通常の手続きだと説明して、相手も納得してくれた。

本庁サイドの話では、ここ数ヵ月のあいだに北区周辺で車両の窃盗が相次いでおり、大規模な窃盗団による犯行との見方で、捜査三課と一帯を管轄する赤羽、滝野川、王子の各警察署の合同チームが捜査に当たっているという。

そちらのほうで新しい情報があれば知らせて欲しいと大原のほうから捜査三課に依頼してはあるが、それに関しても梶本の転落事件との絡みだとは言えない。

城東署管内でも数件の車両盗難事件があり、関連性があればお互いに協力できるからとお茶を濁しておいたようだが、二課が進めている秘匿《ひとく》捜査との兼ね合いで一歩踏み込んだ情報収集ができないのが歯痒《はがゆ》いところだ。

外回りをしている池田から電話が入ったのは、山井と一緒に昼食に出ようとしていた矢先だった。

「ついさっき、妙な話を聞き込みましてね」

池田はいかにも興味をそそろうとするように声を落とす。

「妙なというと？」

いつもながらのもったいい付けに辟易《へきえき》しながら問い返すと、池田はさらに声を落として切り出した。

「梶本氏を見かけたという人物が出てきたんです」

「どのあたりで？」

「例のマンションです。見かけたというのはそこの住人なんですよ。きのうは不在で話が聞けなかったんですが、きょうはたまたま休みで在宅していたもんですから」

「しかし管理人は見覚えがないと言っていたんだろう」

「その人は区内で飲食店を経営していて、店を仕舞って帰宅するのが午前様になるんだそうです。それで写真を見せると、深夜に何度かエレベーターに乗り合わせたことがあると言うんですよ。あのマンションの管理人は通いで、夜はいませんので」

「どちらも決まった時間にエレベーターを使うというわけじゃないだろう。偶然で何度か乗り合わせているとしたら、梶本氏はかなり頻繁にマンションにやってきていた可能性があるな」

「そう考えていいでしょうね。しかしそんなにしょっちゅう来ていたとしたら、自殺の下見とは考えにくいですよ」

思案げな調子で池田は言う。葛木は問いかけた。

「梶本氏が何階で降りたかはわかるのか」

「その人は八階に住んでるそうなんです。乗り合わせたときの記憶では、梶本という人は九階のボタンを押していたそうです」

「あのマンションは、たしか十階建てだったな」

「もちろん本当に九階で降りたかどうかまでは確認していないし、九階のボタンを押したのはカムフラージュで、その人が降りた直後に別の階のボタンを押したなんてこともあり得ますけど、まあそこまで勘ぐることもないでしょう」

「九階に用事があった――。そのあたりになにか糸口がありそうだな」

「管理人に確認した限りでは、梶本氏があのマンションの一室を所有したり賃借したりということはありませんでした」

「だれか知り合いが住んでいた。梶本氏はかなり頻繁にそこを訪れていた――。犯罪とは別の怪しい匂いがしてきたな」

不眠症の特効薬だというのは口実で、梶本は妻に隠してあのマンションに居住している誰かと深夜の逢瀬《おうせ》を重ねていた――。そんな穏やかではないことをどうしても想像してしまう。

会社の夫に対する不遇に憤り、その死に涙していたきのうの妻の顔を葛木は複雑な気分で思い浮かべた。もちろんまだ想像に過ぎないが、そうだとしたら梶本の死は会社との諍《いさか》いとは関係なく、不倫の男女関係に由来するものということになる。似たような考えなのだろう。重い口ぶりで池田も言う。

「このまま捜査を続けると、奥さんにとっては厄介な事実が出てきそうですね」

「ああ。こちらがやるべきは事件性の有無までで、それ以上先へは踏み込むべきじゃなさそうだな」

「ええ。そっちは警察の領分じゃありませんから。しかし梶本という人、一筋縄でいかないところがありますね。二課は信用して接触していたんでしょうけど、下手をすると、どこかで掌《てのひら》を返されるようなことになっていたかもしれませんよ」

「人間というのは難しい生き物だな。もっともみんながみんな正直者なら、警察の仕事なんて、ほとんどなくなるわけなんだが」

「そうなると我々の飯の種がなくなってしまいますからね。ある意味、因果な商売ではありますよ――」

池田は一つため息を吐いてから、気合いを入れ直すように言う。

「いま管理人は食事に出てますんで、帰ってきたら九階の居住者名簿を見せてもらって、それをもとに各戸をもう一度総当たりします。きのうは不在のところが何軒かあって、まだ話を聞いていないところもあるんです」

「防犯カメラの映像も、過去に遡ってチェックしたほうがいいな」

「そうですね。最近はハードディスクに記録するのが主流ですから、保存期間は長いはずです。ただ警察の要請であっても管理組合の理事長の承諾が必要だそうでして、きのうは前夜の分だけという話でOKしてもらっていますんで、もう一度、許可を要請する必要があります」

「ああ。必要なら課長に一筆書いてもらうよ。もちろん、そこまでしなくても協力は得られると思うがな」

一筆というのは捜査関係事項照会書のことで、令状のような強制力はないが、提示されて協力を拒否するところは少ない。とはいえ警察からくる文書というのは一般人からすれば気持ちのいいものではないので、それに頼らず市民との阿吽《あうん》の呼吸で協力を得るというのが所轄刑事の腕の見せどころとも言える。

「心配は要りませんよ。自殺であれ他殺であれ、自分たちのマンションで死人が出るというのは嬉しい話じゃないですから。再発防止の観点からも警察への協力は惜しまないでしょうよ」

池田は張りきって答える。よろしく頼むと言って通話を終えて、早めの食事から戻ってきた大原に事情を説明すると、大原も困惑気味の顔で応じる。

「奥さんには気の毒だけど、なんだか拍子抜けで終わりそうな気がするな。二課もたちの悪い男に目をつけていたもんだ。下手をすりゃただ引っ掻《か》き回されて、捜査そのものが頓挫しかねなかった」

「私もそんな気がします。まだ決め付けるのは早いと思いますが」

「しかし少なくとも、梶本恒男が殺された可能性はほとんどなくなったと見るのが妥当だろうね」

「だとしたら、不審な二人組はまったく無関係ということになります」

「ああ。いつまでも池田に関わらせてもおけん。あいつにも溜まった書類仕事はいくらかやらせないとな」

そうは言いながらも大原はどこか物足りなそうだ。きのうの俊史との話し合いで、二課が仕掛けようとしている大勝負に多少なりとも協力できることを喜んでいた。俊史に手柄を立てさせたいという親心にも似た心情もあっただろう。

それ以上に大原にも刑事の魂がいまも健在で、大きなヤマを目《ま》の当たりにすれば、自然に心が躍るようだった。

かといって城東署に帳場が設置されるのは迷惑で、それなしで勝沼が背後で仕切る二課の大捜査線に自分も一枚加われるという話なら、大原にすれば美味しいとこ取りといったところだろう。

その点は葛木も似たようなもので、せっかく気持ちが乗っていたところへ水を差されたような気分でもある。

5

そんな事情を報告すると、俊史は落胆を隠さなかった。

「突破口になるかもしれないと期待してたんだけどね。こちらの調べも甘かったよ。梶本氏のような重要証人の場合、身体検査はきちんとやっておくべきだったんだ」

「そうは言っても、もしこちらの想像通りだとしたら、奥さんも完全に騙《だま》されていたことになる。そう簡単には把握はできなかっただろうよ。下手に尾行でもして怪しまれたら、それだけでせっかくの接触工作が水の泡になりかねなかったわけだから」

「まあ、悔やんでも仕方がないね。せっかくまた親父たちといい仕事ができそうだったのに」

「役に立てないのは残念だけど、新天地で活躍してくれることを願ってるよ」

「ああ。気分を入れ替えてなんとか次の手掛かりを摑まないとね。しかし収賄側の証人というのもなかなか大変だよ。海千山千という点じゃ政治関係者は民間企業なんか目じゃないからね」

「知能犯と言うくらいで、頭だけで悪事を働く連中だからな。おれたちが扱う連中とはタイプが違う。頭脳と頭脳の勝負になるからお前向きじゃないか」

警察が扱う刑法犯罪の分類では、二課が扱う選挙違反や経済犯罪、贈収賄、詐欺など、実力行使を伴わない犯罪は知能犯罪とされ、葛木たちが扱う殺人や強盗、傷害など、暴力や脅迫などの実力行使を伴う犯罪は強力《ごうりき》犯罪とされる。

同じ犯罪と言っても、犯行の動機から背景からすべて違うから、知能犯捜査の経験のない葛木からアドバイスできることはほとんどない。そこに一抹《いちまつ》の寂しさは感じるが、身分の上ですでに水を開けられた親父としては、これまでより一回り大きな舞台で、警察官としてさらに成長して欲しいと願うのみだ。

「こういう場合の頭脳というのは学歴とはまったく別だからね。その意味でおれがとくべつ頭がいいなんてことはない。いまは現場の刑事たちから学ぶことばかりだよ」

「それでいいんだ。人間なんて死ぬまで勉強の連続だ。いちばんまずいのはなんでもわかっている気になることだよ」

「そうだね。人間というのは複雑な生き物だよ。今回のことも、親父が奥さんから聞いた話からは想像もしなかった結末になりそうだし」

「おれだってそうだよ。もっとも被疑者の事情聴取や取り調べだってそんなもんだ。何度も何度も騙されて、こっちも少しずつ知恵がついてくる。だからといって最初から相手を嘘つき扱いしたら、向こうもこちらを信用しない。おかしな話だが、刑事と被疑者の関係は、信頼で結ばれないと成立しない。騙されるのを覚悟の上で、まず相手を信じてやることがすべてのスタートラインなんだ」

「そういう話を久しぶりに聞けたよ。まだまだ親父からは教わるものがたくさんあるね」

「おだてたって、おれの干からびた財布からはなにもでないぞ」

「そんなの当てにしてないよ。親父にはこれから楽しい老後が待ってるんだから」

「早くも引導を渡す気か」

「いやいや、そのまえに親父の知恵と経験を搾りとれるだけ搾りとらなくちゃ。そのためにはまだまだ元気でやってもらわないと」

「あんまりおれを頼りにするなよ。ああでもないこうでもないと毎日悩みながら、行き当たりばったりやってきただけの人生だ。知恵だ経験だというようなご大層なものは持ち合わせていない」

「そこが親父の持ち味なんだよ。偉そうな口は誰でも利けるけど、そうやって身につけた知恵は現場で生かせる本物なんだ。おれもせいぜい見習って、たっぷり悩まなくちゃいけないね」

「人生、悩む材料はいくらでもある。それが血となり肉となるんだと考えて、逃げずに立ち向かっていくことが大事だな」

「また一ついい話が聞けたよ。じゃあこっちはこっちで頑張ってみる。いい結果が出たら知らせるよ」

「ああ。楽しみにしてるよ」

そう応じて心に温かいものを感じながら通話を終えた。身分の上では大きく引き離された親父に対する俊史なりの気配りだろうが、息子におだてられて悪い気分はしないものだ。

6

昼食を終えて刑事部屋に戻ったところへ、池田から携帯に電話が入った。

「ややこしいことになってきましたよ」

困惑気味に言いながら、池田はどこか嬉しそうだ。自殺で一件落着とはいかないような、新しい材料でも見つけたのか。

「居住者名簿を当たったんだな」

「そうなんです。ところが困ったことに、九階の住人はすべて妻帯者でして」

「ということは？」

「不倫相手に会いに通っていたわけじゃなさそうですね」

「人に見られてはまずいと思って、とりあえず九階のボタンを押して、そのあと別の階に行った可能性もあるだろう」

「それも考えてほかの階の住人もすべて確認したんですが、ほとんどが家族持ちでした。一人暮らしの住人は三人いました。男性が一人に女性が二人。ただし女性はどちらも八十過ぎの高齢者です」

「それじゃ不倫説は成り立ちにくいな」

「かといって、自殺の下見に足繁く通っていたというのも不自然な話ですね」

「防犯カメラの記録は見せてもらえそうか」

「ええ。いま管理人室にいます。管理人さんが理事長さんに連絡を入れてくれて、快く承諾してもらえました。過去一ヵ月分が残っているそうで、カメラは何ヵ所もありますから、早送りしても、すべて見るには二、三時間かかりそうです」

「そうか。ご苦労だが一応すべて確認してくれ。ひょっとしたら梶本氏以外にも不審な人間が映っているかもしれない」

「けっきょく例の二人組がまた浮上してきましたね」

池田の声がわずかに弾む。いったんは鳴りを潜めた事件の虫がまたぞろ騒ぎだしたようだった。

そのときデスクの上で電話が鳴った。山井がすぐに受話器をとって、二こと三こと応答し、送話口を手で塞いで声をかける。

「梶本さんの奥さんからです。急ぎの用件のようです」

なにかあったら連絡してくれと、きのうは直通番号を教えておいた。さっそく遺品のなかから貴重なメモでも出てきたか。あとでかけ直すと池田に言って、山井から受話器を受けとり、「葛木です」と応じると、やや興奮気味の梶本の妻の声が流れてきた。

「きのうはありがとうございました。遺体はけさ引き取りました。じつはついさっき気になることがありまして――」

妻は早口で語り出した。

警察からは遺体は携帯電話を所持しておらず、周辺を捜索しても発見されなかったと聞いている。しかし夜の散歩に出かけるとき、万一の場合にそなえて携帯電話は必ず持っていくように言っていた。

それでもたまたま忘れたのかもしれないと、家のなかを探してみたが見つからない。帰ってきていた息子が、それなら父親の携帯に電話をかけてみればいい、音がするからどこにあるかわかるだろうというので、さっそくダイヤルしてみたという。

しかし夫の携帯の呼び出し音は聞こえない。やはり夫は携帯を持って出かけて、どこかでなくしてしまったのだろう。そう思って切ろうとしたとき、携帯の呼び出し中の信号音が途絶え、どこかざわついた環境音と、かすかな人の息づかいが耳に流れてきた。

誰かが電話に出たらしい。妻は慌てて「もしもし」と呼びかけた、そのとたんに相手は通話を切った――。

「携帯は家に忘れたんじゃなくて、だれかが持ってるんです。その人が夫を殺した犯人かもしれません。警察なら位置を調べられるんでしょう。お願いします。早くその人を捕まえてください。夫の恨みを晴らしてやってください」

妻は悲痛な声で訴える。ただならぬものを覚えながら葛木は応じた。

「わかりました。すぐに電話会社に協力を依頼し、位置情報を検索します。ご主人の携帯番号を教えてください」

第三章

1

携帯電話の位置情報取得には令状が必要だ。事情を話すと、大原はすぐに請求書面の作成に取りかかった。

最近の携帯電話やスマホにはＧＰＳ機能が搭載されていて、令状さえあればその位置はピンポイントで把握できるが、位置情報を取得した旨のメッセージがその端末に表示されたり、バイブレーションで通知されたりする仕組みになっている。

そのため、たまたま対象者が端末の電源を入れているときに検索をかければ、いったんは位置情報を取得できるものの、相手が犯罪に関わっているようなケースでは警戒して電源を切ってしまうことがほとんどで、そのあと移動されてしまえばもう足どりはつかめないし、証拠隠滅の恐れもある。そんなことから、ＧＰＳによる位置情報は、これまで一般に思われているほど刑事捜査では使われてこなかった。

しかし最近になって総務省が新たなガイドラインをつくり、令状があれば本人への通知なしに位置情報を取得できるようにした。

とはいえあくまで行政指導のレベルの話で、現状では普及している端末の多くが非通知の位置情報取得に対応しておらず、そもそも外部から位置情報を取得する機能がないアイフォンのような機種もある。プライバシーの問題もあり、メーカーやキャリアがどう対応するかはいまのところ不透明だ。

ただしGPSよりも精度は劣るが、基地局情報による位置特定に関してはそうした制約がない。都心部のような人口密集地では比較的高い精度で位置を把握でき、即身柄を押さえることは難しいが、捜査の網を絞ることは可能だ。基地局情報は一定期間データベースに保存されているため、直近なら大まかな足どりをたどることもできる。

問題は令状の請求事由をどうするかで、現状では刑事事案として立件していないため、裁判官をどう納得させるかが大原の悩むところだ。日本での令状発付率は九九パーセント近く、出ないことのほうが珍しいが、なくした携帯を探すためでは、いくら大盤振る舞いの裁判官でも却下するのは間違いない。腹をくくったように大原は言う。

「他殺の可能性が浮上したと書くしかないな。この件については二課が追っている事案とあえてリンクさせる必要はないし、奥さんも見たという不審な二人の男の話と、現場で見つからなかった携帯を何者かが所持している事実だけで十分令状は出ると思うが」

「請求自体は課長の職権でできますが、本庁に知られると具合が悪くないですか」

葛木は確認した。警視庁の内規では、令状や逮捕状の請求を行った場合、その旨を本庁捜査一課の庶務担当部署に連絡することになっている。自殺で決着した話を所轄の判断で蒸し返すとなると、本庁とのあいだで一悶着《ひともんちゃく》起こりかねない。

「なあに、おれが忘れたふりをしてしらばくれてりゃいいんだよ。発覚してやいのやいの言われたら、勝沼さんにすがりつけばなんとかしてくれるだろう」

「それしかなさそうですね。まずは梶本氏の携帯を持っている人物がどこにいるかです。それが大まかにでもわかれば捜査は一歩前進しますから」

「盗難車両のことを含め、怪しい二人組の件にたっぷり尾鰭《おひれ》をつけて書いてみよう。奥さんが目撃した話だってあるし、死体で発見された人間の携帯を誰かが持っているというだけで、十分すぎるくらい怪しいからな」

「そのあたりのことはあとで俊史に伝えておきます。俊史経由で勝沼さんの耳にも入れておいたほうがいいでしょう」

「そうしてもらえるとありがたい。内規違反で減給処分なんて食らったら、ただでさえ薄っぺらな財布が干物になっちまう」

「しかしこの事案、手が付けられないほど謎が多いですよ。携帯電話の件や二人組の件もそうですが、梶本氏本人の行動にも不審な点が多すぎる」

「そうだよな。二課が追いかけている話とは別の方向で、やばい話がぼろぼろ出てきそうな気がしてきたよ。自殺で決着をつけて、そのままファイルを閉じたほうが、奥さんにとってもよかったなんてことにならなきゃいいんだが」

大原はあらぬ方向に気を回す。しかし言われてみれば、あのマンションでの梶本の不審な行動に関してはトーヨー・デベロプメント絡みの疑惑とは結びつけにくい。

「いずれにしても、犯罪の匂いがするのは間違いないですよ。ここまで来て放っては置けないでしょう」

気を取り直すように葛木は言った。大原は大きく頷いた。

「もちろんそうだ。おれたちが事件を選り好みしちゃいかん。それじゃ死んだ人間が浮かばれん」

2

大原は一時間ほどで請求書面を書き上げ、それを持って山井が裁判所に飛んだ。令状の発付は地方裁判所か簡易裁判所のいずれかで行うことになっているが、まだこの件で注目されたくなかったので、請求先は警察関係者の出入りが少ない東京簡裁にしておいた。

山井からは二時間もせずに連絡が来て、令状はあっさり発付されたという。これからその足で梶本が使っていたキャリアの本社へ向かい、情報の提供を要請する段どりだ。本来なら葛木が動くべきところだが、署内でもこの件は目立つかたちにしたくないので、山井にすべて託すことにした。

むろん山井は張りきっていたが、大企業の本社ビルというのは葛木あたりでも腰が引ける。若い山井一人で不安なところもあったが、それから小一時間で、山井は結果を報告してきた。

やはり相手は携帯の電源を切っているようで、GPSによる位置情報取得はできなかった。しかし基地局情報からは意外な事実が出てきた。妻が梶本の電話を呼び出し、何者かがそれに応答した時刻の携帯の所在場所は東京駅の東海道新幹線のホーム付近だった。その一帯は基地局が密に設置されているため、かなり狭い範囲で絞り込めたらしい。

梶本が夜の散歩に向かうとき必ず携帯を持って出るという証言が正しければ、何者かがそれを現場から持ち去ったことになる。

足のつきやすい携帯をわざわざ持ち去ったということは、そのなかになにか重要なデータが残されていたと考えることもできる。

一方で、もしその人物が梶本を殺害した犯人だとしたら、なぜ携帯の電源を入れたままにして、かつ妻からの電話に応答するという失態を犯したのか。

これからまた携帯に電源を入れることがあるかもしれないので、それを常時監視して、位置が把握できたときに通報してくれないかと山井がキャリアに要請したところ、常時監視は困難だが、向こう一週間程度なら一日何度かチェックを入れることは可能だという。しかしそれ以上長期となるとコンプライアンス上の問題があって難しい。その後の移動状況を確認したい場合は、また新たに令状を取得して欲しいという話だったらしい。

いずれにしても、その人物が位置情報を把握されることを惧れて以後電源を入れない可能性は高いし、逆に電源を入れたままどこかに捨てて、当人は別の場所に移動されたら、こちらはただ翻弄されるだけで終わることになる。

いまどき犯罪に関わるような人間なら、携帯やスマホが絶えず位置情報を発信している機器だくらいは知っているはずだ。たまたまうっかり応答してしまったとしても、そんな失策を何度もやってくれると考えるのは甘い認識というものだろう。近年、警察庁が携帯の位置情報を犯罪捜査に生かそうと躍起になっているが、現場の刑事の感覚としてはせいぜいその程度のものなのだ。

とはいえどんな理由であれ、その人物が応答したことで、事件に繋がる新たな関係者が浮上した。例の二人組の可能性もむろんあるが、そちらを事件に結びつける直接的な材料がない現状では、とりあえずそう考えておく必要があるだろう。そんな報告を聞かせると大原は唸《うな》った。

「そいつが犯人であれなんであれ、すでに東京にいないのはおそらく間違いない。東京駅の東海道新幹線のホームにいたとなると、そこから向かったのは名古屋や関西方面の可能性が高いな」

若宮とともに聞き込みから戻ってきていた池田が口を挟む。

「国外に高飛びする気かもしれませんよ。羽田や成田からじゃ足がつくと思って、名古屋空港や関西空港から出国する算段じゃないですか」

しかつめらしい顔の池田を尻目に、若宮が身を乗りだす。

「それもあり得ますけど、やはり素直に名古屋や大阪方面に用事があったと考えるべきじゃないですか。もともとそっちの人間で、今回は一仕事するために東京に出てきたとも考えられますよ」

「なんにしても、捜査範囲が地理的に広がるのは所轄にとっては具合が悪いな」

大原は渋い顔で言う。警察は縄張りで仕事をする役所で、横の連携はどうしても不得手だ。近隣の所轄同士ならまだ気心が知れたところがあるが、警察本部同士となると警視庁と神奈川県警のあいだでよく言われるように、ライバル意識がきわめて強く、犬猿の仲と言っていいようなケースもある。

犯行現場が複数の都道府県に散らばっていれば、警察庁が広域事件に指定してそれなりの捜査態勢が組まれるが、今回の事件程度ではそこまでは望めない。現地の本部や所轄に然《しか》るべく挨拶をして、こちらから捜査員が出かけるしかないが、まだ立件すらできていない事案のために人手を割くのは難しい。

「いま闇雲《やみくも》に名古屋や大阪へ飛んだって、そこにその人物がいる保証はないし、名前も顔もわからないんじゃ指名手配もできない。携帯の件は事件性を示唆する重要なヒントではありますが、現状ではとくに打てる手はなさそうですね」

無念さを滲ませて葛木は言った。せめてピンポイントで位置が特定できていれば、そこに捜査員を向かわせることができた。その人物がいなくても、関係者や近隣住民から聞き込みはできただろうし、身元を特定する物証が得られたかもしれない。

「奥さんが気を揉んでいるだろう。ここは正直に事情を話すしかなさそうだな。変に期待を持たれてもまずいから」

大原が言うので、重い気分で梶本の妻に電話を入れた。ここまでの状況を説明すると、妻は事情は理解したが、いかにも力を落としたようだった。

「犯人を見つけるのは無理そうですね。そもそも殺人事件だということも立証できないんですから」

そう言われれば答えに窮《きゅう》する。なにかの理由で梶本があのマンションを頻繁に訪れていた話はなおさら口にできない。

「なにぶん本庁が自殺という結論を出してしまった関係で、こちらもやれることが限られていまして。ただご主人の携帯を何者かが持ち去り、その携帯がつい先ほどまで東京駅の構内にあったという事実は動かせません。なにかと制約はつきますが、我々としては当面捜査を継続する方針です」

「主人の携帯に、なにか大事な秘密が隠されていたようなことはないでしょうか」

「と言いますと？」

「まえに話したことがあるんです。あなたの携帯には大事なお得意先や役所関係の人の住所や電話番号が入っているから、なくしたりしたら大変ねって。そのとき主人は、そういうデータは、すべて暗証番号でロックをかけているから大丈夫だと言っていました」

「わざわざ暗証番号をセットしていたということは、そこに他人に知られたくない情報が含まれていることをご主人が認識していたと理解できますね」

とりあえず葛木はそう応じた。捜査活動の上での迅速性を優先して、葛木はそういうことはしていないが、携帯の電話帳やメモの類いに暗証番号を設定すること自体はとくに珍しいことでもないだろう。

「ええ。でもその気になれば破るのは簡単だというようなことを新聞で読んだことがあります」

「仰《おっしゃ》るとおりです。それなりの知識がある人間ならわけはないでしょう。奥さんはその中身をご覧になったことはないんですね」

「ありません。仕事に関係したものがほとんどのはずですから、とくに興味もなかったので、こちらから見せてほしいと言ったこともありません」

「ご主人がお使いの機種は、いわゆるスマホですか」

「いいえ。ガラケーというんですか。普通の携帯です」

スマホとガラケー――いわゆるフィーチャーフォンでは、内部に保存できるデータの量は前者が格段に多いが、ガラケーでもメモ機能を使って短い情報なら格納できるし、ボイスメモという機能もある。

セキュリティの観点から言えば、内部データの暗号化ができるスマホのほうがより強固だと見ることもできるが、ガラケーはウィルスが侵入する惧れがないため、逆に情報漏出のリスクは少ないとも考えられ、要は一長一短というところだろう。葛木はいまも使い慣れたガラケーを愛用している。

いずれにしてもその人物が梶本の携帯を持ち歩いている理由は、内部の情報に関心があってだと考えるほうが合点がいく。そう考えると、もし梶本が殺害されたとしたら、やはりトーヨー・デベロプメントの贈賄疑惑の線かとも思えてくる。

「ご主人は、名古屋や大阪方面になにかご縁はありましたか」

「勤め先は大阪にも支社がありますが、主人はそちらに勤務したことはありません。東京から西には縁戚関係もないんです」

「その後、今回のことに関係しそうな書類やメモ、あるいは遺書のようなものは出てきましたか」

「葬儀の手配で忙しくて、そちらには手が回らないんです」

「失礼しました。ご事情はお察しします」

「でも、一区切りついたら家じゅう探してみるつもりです」

妻の口振りには、まだ諦めないという強い意思が感じられた。

3

ここまでの状況を伝えると、俊史は電話の向こうで深いため息をついた。

「ややこしい状況になったもんだね。まだなんとも言えないけど、なにかの理由で携帯を現場から持ち去った人間がいるのは間違いない。その点を考えると、やはり事件の背後にトーヨー・デベロプメントがいる可能性は高いよ」

「池田が防犯カメラの映像を過去一ヵ月分チェックしたんだが、想像したとおり、梶本氏は五回訪れていた。ほぼ週一回というペースだな」

「なにをしに来ていたか、わかったの？」

「エレベーターに乗るところと降りるところしか映っていない。一階から上に向かって、だいたい三十分から一時間後に降りてくる。服装はいつも死亡時と同じジャージの上下だそうだ」

「ほかに不審な人間は？」

「映っていなかった」

その報告はつい先ほど受けていたが、張り切っていた池田も、やや拍子抜けしたようだった。

「しかし、そのマンションにとくに知り合いがいるわけでもないのに、いったいなにをしていたんだろう。三十分から一時間というのはけっこう長い時間だよ」

「その点も含めて、謎は膨らむ一方だな。そのあたりの事情を勝沼さんに伝えておいてもらえるとありがたいんだが」

「そうだね。親父たちが動いていることを一課の偉いさんたちが知ったら、どういう横やりが入るかわからない。そのときは勝沼さんに仕切ってもらわないと」

「二課と一課が連携するまえに、まずうちと二課で道筋を立てておくべきだろうな」

「ああ。できれば派手に殺人の帳場を立てたくないんだけどね」

俊史は意味ありげなことを言う。結婚式や葬式ではないから、特捜本部に派手だ地味だの違いはない。要するにこちらの捜査を手加減して欲しいということか。真意を探るように葛木は言った。

「だからといって、殺人事件として立件されたら、特捜態勢で動くのが捜査一課の習わしだからな」

「そうなると、二課が追っているホシが証拠隠滅に走る。いま接触している情報提供者にしても、怖くなって協力を断ってくるかもしれない」

「その情報提供者とは、どこまで話が進んでるんだ。与党の大物の秘書だと聞いたが」

「まだ名前は出せないんだけど、その大物はそろそろ後継者に地盤を譲る時期に差しかかっているようなんだ」

「なにやらお家騒動の匂いがするな」

「まさにそのとおりで、先生、その秘書にゆくゆく地盤を譲ると以前から言っていたらしい。ところがここへ来て突然、大手の商社でサラリーマンをやっていた息子を後継者にすると言い出した」

「その秘書は裏切られたと思ったわけだ。なんだか梶本氏のケースと似てるな」

「企業や政治家絡みの犯罪では、そういう恨み辛《つら》みが内部告発の誘因になるパターンが多いんだ。もちろんそんな信号を見落とさないように絶えず目配りするのが二課の刑事の日常業務でね。一見派手な捕り物は、そういう長期にわたる地道な努力があってこそなんだよ」

「おれたちの仕事は、死体が出たり怪我をさせられたりものを盗まれたりといった具体的な被害が端緒になるが、贈収賄となるとそういう意味での被害者がいないからな」

「だから一般の刑事事案と比べて端緒が見えにくい。地検の特捜はもらいネタで商売ができるけど、こっちはそうは甘くない。しかし贈収賄や脱税の本当の被害者はおれたちを含めた国民全体なんだよ。直接的な被害者がいないことをいいことにして甘い汁を吸う連中を野放しにしていたら、傾くのは国の根幹だからね」

「そういう意味では地味だが大事な仕事だな。テレビドラマじゃ主役はいつも捜査一課だけど、そろそろ二課の真骨頂を世間に見せないとな」

着任当初はなにかと愚痴っていたが、二課の水は意外に俊史に合うようだ。発破をかけるように言ってやると、受けて立つように俊史も応じた。

「そうだよ。二課が主役の刑事ものが、そのうちきっと大ヒットするよ」

4

梶本恒男の死体が発見されてから一週間経った。

違法駐車の不審車両を通報したマンション近隣の住民には、また同じ車がいたら連絡して欲しいと依頼しておいたが、梶本の死体が発見された日以降、車を見かけたという情報は来ていない。

携帯電話のキャリアからは、あれ以降、梶本の携帯が使われた形跡はなく、位置を特定できる情報は得られていないとの報告があった。

けっきょくこちらから動ける糸口は皆目なくなって、耳寄りな情報が入るのを待つしかない状態だ。梶本の死についてはマスコミも関心を示さず、自殺であれ他殺であれ、トーヨー・デベロプメント関係者はさぞや胸をなで下ろしたことだろう。

梶本の妻のほうも、自宅からは遺書、あるいは書類やメモの類《たぐ》いは見つからなかったようだった。息子に梶本が使っていたパソコンのなかも見てもらったが、とくにそれらしいものは存在せず、暗号化されているような特殊なファイルもなかったという。

梶本の葬儀には会社の同僚のみならず、社長や主立った重役も参列したとのことだった。むろん会社側からは、想像もしなかった出来事で、惜しい人材を失って残念でならないといった月並みな悔やみの挨拶があっただけで、その死と会社での職務の関係を示唆するような言葉は一切聞かれなかった。

それは妻も想定していたことで、葬儀の場では会社側を刺激するような言葉は口にしなかった。捜査二課がトーヨー・デベロプメントの贈賄疑惑で梶本に接触していたことはまだ妻には言っていないが、妻は妻で、夫の死がそれと無関係ではないという思いを捨てられないようだった。

だからといってそれを立証する術《すべ》がない点ではこちらと同様で、葬儀を終えてから妻はそんな状況を葛木に報告し、どんなかたちであれ、夫の無念を晴らしてやれないものかと悔しさを滲ませた。

気持ちはわかるが、警察は私怨を晴らすための機関ではない。葛木としては、他殺を示唆するような新たな事実が出てきた場合には遅滞なく動くつもりだと答えてやるのが精いっぱいだった。

むろん葛木も気持ちは落ち着かない。不審な二人の男の件にせよ、何者かが携帯を持ち去った件にせよ、十分事件性を疑わせる材料だ。死の直前まで二課の捜査員とのあいだに接触があり、自らが関与した贈賄事件を内部告発する意思を持っていたという点も妻が抱いている疑惑を裏付けるものと言える。

一方で梶本が深夜にあのマンションを頻繁に訪れていたという事実は、それとは別の理由による自殺もしくは他殺の可能性をも示唆している。

そんな状況を横目に見ながら、俊史たちは政治家ルートからの疑惑解明に力を注ぐことに方針を切り替えたらしい。そう割り切れば、むしろ梶本の件ではこのましばらく動きがないほうが都合がいいという思惑もあるようで、こちらに積極的な捜査を促すような気配がない。

池田たちも平常業務に戻り、げんなりした顔で溜まった書類仕事に追われている。

その日の夕方、機捜の上尾から連絡があった。

「見つかったよ、例の車らしいのが――」

「例のって、あのマンションの近くに停めてあった不審車両か」

「足立区千住大川町の河川敷だ。ここ数日停めたままになっていて、近隣の住民から通報があったんだよ」

上尾の声がどこか深刻だ。腑《ふ》に落ちないものを感じて葛木は問いかけた。

「車の盗難なら機捜の出番じゃないだろう」

「ところが、その車内から困ったものが出てきてね」

池田の癖がうつったのか、上尾ももったいをつけるように一つ間を置く。

「困ったものって、まさか――」

「そのまさかがたぶん当たっていそうだな。出たんだよ、死体が」

「どういう死体なんだ」

「警察無線は聞いていないのか」

「うちの管轄じゃないんで聞き流していた。そういえば放置車両の車内から自殺死体が出たような話だったな」

「ああ、検視はまだなんだが、一見したところ自殺死体だ。男で歳は四十代といったところだな」

上尾は含みのある言い方をする。慄《おのの》きを覚えながら葛木は言った。

「マンションの死体と嫌な感じで繋がってくるな」

その車が間違いなくマンションの付近に停まっていた不審車両なら、二つの事件が偶然によるものとはとても言えない。

「しかしやり方は最新型だよ。車内で硫化水素を発生させてね。最初に現場に着いたのが近所の交番の警官だったんだが、閉め切った車内にガスがかなり滞留していたようで、危なく巻き添えを食うところだった」

「家庭用の漂白剤となにかを混ぜてガスを発生させる方法だな」

「どれも簡単に手に入る品物だ」

「ネットでそういう情報が流れて、それで自殺するのが流行《はや》ったな。巻き添えを食う被害者も出て社会問題になった」

「駆けつけた警官は以前その手の自殺の現場に立ち会ったことがあって、匂いを嗅《か》いだだけで硫化水素だとわかったらしい。すぐに消防を呼んでガスの始末をしてもらい、なかを確認した。現場に同行した救急隊員が死亡を確認している」

「遺体の身元は?」

「まだわからない。これから鑑識が入る。たぶん所持品から特定できるだろう」

「その車、間違いなくマンションの近くに停まっていたものなのか」

「たぶんな。メーカーも車種もボディーカラーも同じ。ナンバープレートの取り付け部分に細工がしてあって、簡単に付け替えられるようになっている。いまはプレートそのものが外されている。それで付近の住民が不法投棄車だと思ったようだ」

「マンション付近にあった車は偽造ナンバーだった。それならほぼ間違いないな」

「ナンバーはなくても、車台番号を調べれば、盗難届を出した被害者の車かどうかは確認できる」

「死んでいたのは、例の二人組の片割れじゃないのか」

「なんとも言えんな。スーツを着てネクタイをしている。服装からはどうしても別人の印象が強い」

「しかしその車がマンションの近くに停まっていたのと同じだとしたら、こっちの事案と無関係だとはとても考えられない。自殺なのかどうかも疑わしくなる」

「そもそもそっちの事案にしてからが、他殺と考える余地を多分に残しているからな」

思案げな調子で上尾は言う。携帯電話の件を含め、この間に出てきた事実を葛木は伝えた。あくまでオフレコだと釘《くぎ》を刺した上で、二課がトーヨー・デベロプメントの贈賄疑惑との関係で梶本の件に強い関心を持っていることも伝えておいた。

足立区内の事件では所轄が違うから、葛木のほうはいまのところ身動きがとれない。機捜は管轄地域が複数の所轄に跨がっているから、こういう場合は情報源として貴重で、そのためにはこちらの情報も適宜渡しておくことが肝心だ。

「ひどく大きな事件のような気がしてきたな。どちらの現場にも同じ車が存在したとなると、二人の不審死が自殺だとは、やはり考えにくくなる」

「身元や死亡推定時刻がわかったら教えてくれないか」

「ああ。息子さんが抱えている事案との絡みもあるだろう。そっちが把握している情報については、おれはまだ聞いていないことにする。あんたたちも、いまは殺人事件として立件するのは手控えているんだろうから」

上尾は事情はわかっているという口振りだが、それでは俊史と示し合わせて捜査に匙《さじ》加減をしているようで聞こえが悪い。

「捜査二課の捜査対象と具体的に繋がるかどうかはまだわからない。母屋《おもや》（警視庁）の判断を覆せるだけの材料もいまはないんでね。動こうにも動けないというのが本当のところだよ」

「どっちも自殺に偽装した殺人だとしたら、素人の仕業《しわざ》とは思えない。例の不審な二人が関与しているのはまず間違いないだろう」

「そうだとしても、捜査は難航しそうだな。車のなかに、なにか決定的な物証でも残っていればいいんだが」

「そっちの事件では他殺を疑わせるような物証は出なかった。こっちは車という物証があるわけだが、手慣れた連中の仕業だとしたら、それ以上のお土産は残してはくれないだろう。母屋はまた自殺ということでけりをつけてしまいそうな気がするよ」

「ああ。あっちにとっていちばん嫌なのは事件がお宮《みや》入りすることで、それなら自殺で済ませたほうが失点にならなくていいという判断も働きがちだから」

皮肉な口振りで葛木は言った。本来あってはならないことだが、警視庁といえども人員には限りがある。解決困難な難事件に大量の人員を投入し、挙げ句の果てに迷宮入りでは捜査機関としての稼働効率が著しく低下する。それだけの資源を投入すれば、もっと楽に解決できた事件がほかにいくつもあったはずだという話になってくる。

「お、いま検視官がご到着だ。鑑識の車も一緒だよ。とりあえずの答えが出たら連絡をいれるから」

上尾はそそくさと通話を切った。

5

「今後の捜査の結果待ちだが、なんだか難しい方向に進みそうだな」

報告を聞いて大原は渋い口振りで言う。池田も楽観はできないという表情だ。

「所轄が跨がっているだけでも面倒なのに、二課との連携の問題もあるわけですからね。しかしそっちの事件とこっちの事件が繫がっているのは間違いない。やはり自殺は偽装で、どちらも犯人は同じやつですよ」

「足立区内の事件を本庁が殺しだと判断したら、どっちに帳場が立つかだな。向こうの所轄はどこになる?」

大原はまずそのあたりが気になるようだ。葛木は答えた。

「現場が千住大川町ですから、千住警察署でしょう」

「だとしたら署としての規模はうちのほうが大きいから、こっちが指名される可能性があるな」

「ただ関連性があると言っても、こちらはまだ他殺と立証されたわけではないですから、その場合は順当に千住署ということになるんじゃないですか」

「そうならいいんだが、二課はこれまで以上にやりにくくなりそうだな」

「二つの事件に関連性が認められても、トーヨー・デベロプメントが絡んでいるかどうかはまだわからない。逆に今回の死体がそっちの件と無縁なら、こっちの件も同様だと判断できるでしょう」

「それなら、どっちもおれたちの領分で捜査を進められる。そのうえ帳場が千住署に立てば、こっちは気楽に加勢できるんだが」

大原は期待を滲ませる。殺人の可能性がある事案を放っておくのは気が重い。かといって城東署に帳場が立つのは負担が大きい。そこは千住署に犠牲になってもらって、こちらはあくまで助っ人として捜査に加われれば一挙両得という目算だろう。

「むしろトーヨー・デベロプメントが関与している可能性は薄まったんじゃないですか。どっちも他殺の可能性は高いけど」

池田が言う。葛木は頷いた。

「そんな気はしてきたな。これまで二課が接触していたトーヨー・デベロプメント関係者は梶本氏一人のようだから」

「保険金殺人ってのはないでしょうかね。自殺や自然死を偽装するのがそういう場合のお定まりのパターンですから」

「梶本氏の奥さんに関してはそれはあり得ないだろう。それなら自殺ということで決着をつけて保険金を受けとるほうが手っとり早い。じぶんのほうから会社に殺されたというような面倒な話を出して、わざわざ問題を複雑にする理由はない」

「奥さんが知らないところで保険をかけられていたということもありますよ。いまは被保険者の承諾なしに契約はできないようになってますが、そんなのはあくまで決まりで、たちの悪い営業員と結託すればやりたい放題ですからね」

池田はその読みに自信ありげだ。可能性としてはそれがたしかに高そうだ。だったらことは簡単で、日本国内で営業している保険会社にチェックを入れて、夫を被保険者とする保険契約が、妻が知らないところで締結されていないかどうかを調べればいい。

足立区内の件にしても同様で、もし偽装殺人の可能性が濃厚なら、捜査本部は当然そこを確認するだろう。いずれにせよいまは足立の捜査待ちだ。

「そう簡単ではないような気がするな――」

大原が首をかしげる。

「これだけ短期間に二度、それも距離的に近い江東区と足立区で保険金殺人をやらかすだろうか。そうだとしたらずいぶん間抜けだ。保険会社が不審に思ってチェックに入ったら、保険金を受けとれないどころか、警察に通報されて足がつく」

池田はあっさり首を横に振る。

「お言葉を返すようですが、保険会社がどれだけいい加減なことをやってるかは、ここ最近も発覚した連続保険金殺人事件を見てもわかるじゃないですか。チェック機能がザルだからそういうことが起きるんです」

「それはたしかに言えなくもないな。一度やってみたら、意外に簡単に保険金を受けとれた。これならいけるとさらに犯行を重ねる。だとしたら保険会社のせいばかりとは言えない。偽装殺人を見抜けなかった警察にも非はあるな」

血気盛んなデカ長の見解を大原は素直に受け入れる。その一方で警察の落ち度もちくりと指摘し、遠回しに発破をかけている。

実際に過去の保険金殺人事件では、いったん自殺や病死として処理された事件が、別件の捜査の過程で殺人事件として浮上するパターンがきわめて多く、複数の犯行が繰り返されたようなケースでは、その責の大半は警察が負うべきものだったとも言える。

それはそうだとして、今回の二つの事件がもし殺人だとしても、果たしてそう単純な構図に収まるものなのか。

妻が訴えた梶本と会社の確執と、それに起因する捜査二課との接触の事実が葛木の脳裡《のうり》で強く結びついて離れない。

そうだとしたら、梶本が死んだマンションの近くにあった黒いワゴンと同一とみられる車のなかで死んでいた人物は、梶本ともなんらかのかたちで繋がるのか。

ここまで来ると、二人の死に事件性がないとはとても言えない。しかし根拠といえば憶測と五十歩百歩の状況証拠ばかりで、刑事事件として立件するには具体的な材料があまりにも足りない。

「でも足立のほうだって、母屋が自殺で済ませてしまうかもしれませんよ。こちらで目撃された黒いワゴン車の話は、早い段階で千住署の担当者にも知らせておいたほうがいいと思いますが」

意気込んだ調子で若宮が言うと、たしなめるように池田が応じる。

「いやいや、ものごとにはタイミングというのがあるんだよ。千住や母屋がどのくらい本気か、もうしばらくお手並みを拝見してからでいい。はなからやる気がないとしたら、せっかくのネタも握り潰されて終わりだ。あとで決め球になりそうな材料は、もうしばらく大事にとっといたほうがいい」

池田の言うことにも一理ある。こちらにしても、母屋の決定に従って店を畳むことはできたのだ。そうしないのは所轄刑事としての矜持《きょうじ》だと葛木は思う。大原にしても池田にしても、山井や若宮にしても、刑事としての直感で殺しの疑念が拭えない事件に、上の仰せに従って蓋《ふた》をするのは沽券《こけん》にかかわることなのだ。葛木は言った。

「上尾もこちらの捜査状況については、まだ腹に仕舞っておくと言っている。向こうが殺人事件として立件し、きっちり捜査に乗り出す気があるようならいくらでも情報は提供するが、そうならないんならもうしばらく隠し球として温存し、こちらの手で真相解明に繋げるべきだろうな」

「二課へは情報を入れておかなくていいのか。とりあえず梶本氏の件に関してはトーヨー・デベロプメントとの関連性は薄まったわけだから、向こうもそこを頭に入れて動いたほうがいいだろう」

大原が言う。そのとき、あるいはという思いが葛木の頭に浮かんだ。関連性が薄まったどころか、ひょっとして足立区の死者はまともにその繋がりではないのかと――。

二課が接触していたトーヨー・デベロプメントの社員は梶本一人だと聞いていたから、その関係で二人目はあり得ないと勝手に思い込んでいた。しかし二課がまだ把握していない内部事情によって、排除の対象になった人間が別にいたという可能性を否定する根拠はなにもない。

もしそうだとしたら、二課にとっては予想もしなかった展開になるだろう。というより、二課がこれまで追ってきた贈収賄事案が、一課による殺人捜査によって解明されるという思いがけない結末を迎える可能性もある。

「いま、ふと思いついたんですが――」

そんな疑問を口にすると、大原は笑って言った。

「そりゃ考えすぎじゃないのかね。一人だけなら個人的な事情による自殺で世間は納得するけど、同じ会社の人間が立て続けに自殺したとなれば、社内に言うに言われない事情があるんじゃないかと誰でも考える。疑惑に蓋をするつもりが、かえってそれを増幅する結果になるだろう。巧妙な政界工作でのし上がった一部上場企業が、そこまで間抜けなことはしないと思うがね」

「しかし、悪いやつというのは図に乗る傾向がありますからね。さっき話に出た連続保険金殺人の犯人にしても、最初は一回のつもりが、成功体験に惑わされて回数を重ねてドジを踏む。利口なやつほどうぬぼれが強いから、凡人には考えられないポカをやる」

池田は今度は葛木の肩を持つ。あいだを取り持つように葛木は言った。

「まずあり得ないとは思いますが、多少は考えておいたほうがいいと思っただけです。いずれにしても、身元が判明してから連絡しても遅くはないでしょう。検視官がどう判断するかも気になるところですし」

大原が頷いて応じる。

「そうだな。そこまでなら、答えが出るのにそう時間はかからないだろう。その車にしてもこっちの現場付近で目撃されたのと本当に同じかどうか、まだ確証がとれているわけじゃないんだし、じたばた慌てて見当違いじゃみっともない」

6

梶本の妻から電話が来たのは、それから一時間ほど経ったころだった。どこか興奮した様子で妻は切り出した。

「いま、夫の携帯から電話がかかってきたんです」

「本当ですか。かけてきたのは誰ですか」

葛木は慌てて問い返した。

「誰だかわかりません。携帯を拾ったのでお返ししたい。ついては謝礼を二十万円用意して欲しいと言うんです」

「奥さんの携帯にですか」

「いいえ、固定電話のほうです。主人の携帯に自宅の番号として登録してあったので、それを見てかけてきたようなことを言っていました」

「録音はされましたか」

「いいえ。とっさのことで、どう操作したらいいかわからなかったので」

「しかしご主人の携帯には、暗証番号が設定されていたのでは？」

「そのはずなんです。でも電話帳を見てかけてきたということは、それが外されていたのかもしれません」

「二十万円というのは微妙な額ですね」

「ええ。主人の携帯にどうしてそういう値段をつけたのか。もしそこに重大な秘密でも隠されているのなら、もっと金額が大きくてもいいはずです。かといってなくした携帯を届けてもらう謝礼としては、常識的にみて額が大きすぎます」

　妻は当惑を隠さない。葛木は言った。

「そもそも拾得物を返却する代償に謝礼を要求すること自体が犯罪に該当します。奥さんはどう対応されたんですか」

「おかしな話だとは思いましたが、着信したのは主人の携帯の番号で間違いないので、どう受け渡したらいいのか訊いてみたんです」

　真剣な調子で妻は言う。葛木は問いかけた。

「相手はどういう方法を指定しましたか」

誘拐であれ脅迫であれ詐欺であれ、金銭を要求する犯罪ではその受け渡しの方法が犯人逮捕の決め手だ。警察側にとって重要なチャンスであると同時に、犯人側にとってはいちばんリスキーな局面でもある。

「足立区内のある住所を指定してきて、そこにレターパックで二十万円送付するようにと。それを確認したら携帯を自宅に送ると言うんです」

「足立区内ですか」

意外な思いで問い返した。前回特定できた携帯の位置情報は東京駅の東海道新幹線ホーム付近で、てっきり名古屋や関西方面へ行ったものと思っていたが、少なくとも、いまは東京都内にいるらしい。

「そうなんです。お待ちください――」

妻は少し間をおいてから、メモしてあったらしい送付先の住所と名前を読み上げた。葛木はそれを手元にあったメモパッドに書き留めた。

足立区千住元町二九の四〇、山上勇二《やまがみゆうじ》――。車の中で変死体が見つかった現場に近そうだ。

「どんな感じの人物でしたか」

「声の調子からすると、若い男という印象でした。どこか気弱そうで、脅迫するというより哀願するような調子でした」

「現金はもちろんまだ送っていませんね」

「まだです。でも主人の携帯が戻ってくるなら、送ってもいいかと思ってるんです。それを調べれば、なにか大事な事実が出てきそうな気がして」

「それより、その男を捕まえたほうが話が早いでしょう。まず我々が動いてみます。ただし場合によっては、中身はお札じゃなくていいですから、適当なものをレターパックで送っていただくことになるかもしれません――」

葛木は慎重に説明した。山上という男の自宅に出向いて事情聴取することはできるが、身に覚えがないとしらばくれられたら、こちらには証拠がない。その場合は男がレターパックを受けとった現場を押さえるのがいちばん確実だ。

「わかりました。必要なときはいつでも言ってください」

気丈な調子で妻は応じた。

通話を終え、話の内容を伝えると、若宮は色めき立った。

「その男を捕まえれば、事件は一気に解決するじゃないですか。いますぐ出かけて事情聴取しましょうよ」

「いやいや、これはそう単純な話じゃなさそうだな」

池田は渋い表情だ。若宮はそれでも勢い込む。

「だって住所も名前もわかってるんだから、強面《こわもて》の池田さんが締め上げればすぐに白状しますよ」

「そうじゃないんだよ。手の込んだ偽装殺人をやるような連中にしては、今回のやり方は間抜けすぎるだろう。要求する金額が二十万円というのもケチ臭い。どう考えても素人の思いつきだ」

大原も唸る。

「それは言えるな。事件に直接関与しているとはとても思えない。しかしそいつが梶本氏の携帯を所持しているのは間違いない」

「だとしたら、案外難しいですね。うっかりこちらから出向いて、やばいと思われたら、せっかく出てきた携帯を処分されちゃうかもしれませんよ」

山井は思案げだ。葛木は言った。

「じかに本人に当たるのはあとにして、まず山上という人物の素性を当たってみる必要がありそうだな」

「それがいいんじゃないですか。この一件、どうも腑に落ちないところがある。なんならこれからその所番地の家に出向いてみましょうか。近所でどんな人間か話を聞いてみてもいいし、当人が出歩くところを見られるかもしれない。こういうケチな犯罪に走るろくでなしかどうかは、風体を見るだけで判断できますから」

池田は言いながら、デスクに広げていた書類を片付け始める。それを見て山井と若宮も立ち上がる。彼らにとっては書類仕事から解放されるお誂《あつら》え向きのネタにはなったようだ。

「出かけるんなら、千住署に一言挨拶しておいたほうがいいだろう」

大原が気を利かせるが、池田はきっぱりと首を横に振る。

「そりゃまずいですよ。根掘り葉掘り訊かれたら、こっちの手の内をさらけ出すことになりますから。なに、ばれないようにやりゃいいんです。先方は例の変死事件で手いっぱいですから、ほとんどフリーパスですよ」

「だったらおれも行くよ。一悶着起きたときの謝り役としてね。たまには外の空気も吸ってみたいし」

言いながら葛木も立ち上がった。

7

千住元町は遺体が発見された河川敷のある千住大川町に隣接しており、山上という男の住所も荒川に面した一帯にある。

アパートやマンションや戸建てが入り混じった住宅街で、遺体が発見された河川敷は目と鼻の先だ。

梶本の妻から聞いた住所には、たしかに山上の表札のかかった家があった。和風の二階建てで、都内の住宅街にしては建坪も広い。

玄関の脇の壁にはやや古びた金属の郵便受け箱があり、そこには山上勇二・冨美代《ふみよ》の文字がある。冨美代は妻の名前だろう。

玄関の横手にガレージがあり、やや年式は古いが、一目で高級車とわかるセダンが停めてある。

家屋は築二十年は経っていそうだが、手入れが行き届いているようで、荒れた印象はなく、むしろここ最近の建売住宅にはないある種の風格を感じさせる。

表通りからやや奥まった場所にあり、周囲の街並みは人通りも少なく閑静だ。

素知らぬ顔でその前をいったん通り過ぎながら、池田が耳打ちする。

「思ったとおりじゃないですか。この造りの家に住んでいて、けっこうな高級車に乗っていて、どうみても金に困っている様子はないですよ。たかが二十万円のためにケチな犯罪をやらかすとは思えませんけどね」

「ああ。だれかが名前を騙《かた》ったような気がするな」

他人の名前を使って不正な金品の授受をする手口の一つとして、よその家の郵便受けを利用する方法がある。用心深い家では郵便受けに南京錠を取り付けたり、マンションなどの集合ポストではダイヤル錠がついている場合もあるが、錠なしで使っている家は少なくない。

そんな家の住所を送り先に指定して近辺で見張り、郵便の配達員が投函したのを確認して目的の品物を持ち去る。名前を騙られた側はなにも気づくことはなく実害もない。人通りの少ない地域を選べば人に見られる心配もない。受けとる側にとっては、手間はかかるがきわめて安全な手口と言える。

そのとき道路の向こうからバイクに乗った警官がやってきた。地元の交番のパトロール用バイクだ。その警官に池田が手を振ると、向こうもにこやかに手を振り返し、傍らに走り寄って停止した。

「よう、池田さん。なにしてるの、こんなところで？」

警官は親しげに声をかけてくる。ほぼ同年配とおぼしいその警官に、池田も砕けた調子で語りかける。

「いや、ちょっとね。うちの所轄の事案でお邪魔してるんだよ。相変わらず元気そうじゃないの」

「それだけが取り柄だからね。そちらは城東署の皆さん？」

「ああ。こちらはうちの係長の葛木さんで、そっちの二人が若手の山井と若宮――」

池田は葛木たちを振り向いて続ける。

「この人は西川《にしかわ》さんと言ってね。警察学校の同期なんですよ。そのとき息が合って、以来親しく付き合わせてもらってるんですが、交番のお巡りさんが自分の天職だと言って、いまじゃ千住署の地域課の主みたいな存在なんです」

「なんだか牢名主《ろうなぬし》みたいな言い方だな。いや、能なしの私でもつつがなく勤められる職場が交番だってだけですよ」

面映《おもは》ゆそうに西川は言うが、そういう警官の存在こそが地域警察の生命線とも言える。

「そんなことはないですよ。我々の仕事は地域課の皆さんの日常の仕事があって初めて成り立つんで、皆さんがいなかったら陸《おか》に上がった河童《かっぱ》みたいなもんですから」

率直な思いで葛木は応じた。西川は人のよさそうな顔をほころばせた。

「まあ適材適所ということで、月給泥棒をやってるわけじゃないですから、そんなふうに言ってもらえるとうれしいですよ」

「きょうは忙しかったんじゃないの。この近所で変死体が出たそうじゃない？」

池田が鎌をかけるように問いかける。西川はよくぞ訊いてくれたというように身を乗り出す。

「そうなんだよ。死因は硫化水素による中毒死のようで、おれも危なくガスを吸って道連れにされちゃうところだったよ」

上尾が言っていた、現場に真っ先に到着した警官が西川だったらしい。池田は興味津々という顔でさらに問いかける。

「交番勤務も命懸けじゃない。それで自殺なの？　他殺なの？」

「たぶん自殺じゃないかと思うんだけど、現場にいたのは最初だけで、鑑識が来たところでお役御免になったから、その後の情報は耳に入っていないんだよ」

「硫化水素自殺は一時流行ったからね」

「これで二度目だよ。最初のときの臭《にお》いを覚えていたから、すぐに気づいて消防を呼んだんだけど、人を巻き添えにするような自殺は止めてもらいたいね。いや、巻き添えにしなきゃなにしてもいいってわけじゃないけどね」

一つ間違えば殉職したかもしれないような状況について話しながら、西川は悲壮感一つ見せない。池田はさっそく本題に入る。

「ところで、あそこの家の山上勇二さんて人だけど、話をしたことはある？」

「なに、あの人のこと調べてるの？」

西川は怪訝な表情で問い返す。

「いや、犯罪の容疑とかいうのじゃなくて、ほかの事件の絡みで参考までにという程度のことなんだけど」

「この土地にずっと暮らしている人で、地元の企業の社長さんだよ。長年、町内会長をやっていて人望もある。地元に公園をつくる話なんかが出ると率先して寄付するし、体の不自由な子を自分の会社で積極的に雇ったり、要は慈善家だね。この土地であの人のことを悪く言うのはよほどの臍《へそ》曲がりだよ」

西川が嘘をつく人間ではないことは直感でわかる。だとしたら、そんな山上がたかだか二十万円のために法を犯すような人間ではないことも十分想像がつく。

池田が軽く目配せをする。いいだろうというように葛木が頷くと、池田はやおら切り出した。

「いや、じつはちょっとした強請《ゆすり》の事案でね。山上さんの名前を騙って現金を受けとろうとしているやつがいるようなんだ――」

梶本の不審死やトーヨー・デベロプメントのことはぼかして大まかな状況を説明すると、いかにも不快だというように西川は言った。

「よりによって山上さんの名前を騙るなんて。そういうろくでもないのを逮捕するんなら、おれがいくらでも協力するよ。とりあえずその話、山上さんの耳に入れておいたほうがいい。いまは会社にいるはずだ。すぐ近くだから案内するよ」

8

山上が経営しているのは住宅専門の建築会社で、案内されたのは歩いて五分ほどのところにある本社のオフィスだった。

資材や機械の保管倉庫や木材の加工場を近隣に数ヵ所持ち、中小企業ながら大手のライバル企業と伍して、地元ではなかなかの存在感を発揮しているというのが道々聞いた西川の話だった。

山上は西川とは顔馴染《なじ》みのようで、アポなしで訪れても嫌な顔はせず、葛木たちを社屋の一角の応接室に案内した。六十前後の恰幅のいい人物で、会社のロゴの入ったグレーの作業着を着ているが、温厚な笑みを湛えた柔和な表情からは、たしかに西川が言うとおりの人柄を想起させた。

西川が大まかなところを聞かせると、山上はいかにも驚いたという顔で応じた。

「そういうことをする人間がやはりいるんですな。これまで郵便物を盗まれたようなことはなかったたし、地元にそういう悪さをするものはいないと信じ込んでいたから、郵便受けに鍵は取り付けていなかった。いちいち南京錠をかけたり外したりするのも億劫なもんですから。そこを調べ上げての犯行というわけですな」

慇懃《いんぎん》な調子で葛木は言った。

「最近、レターパックを使った振り込め詐欺や架空請求詐欺が横行しております。場合によっては巨額の被害が発生するものですから、我々としては一罰百戒《いちばつひゃっかい》という考えで今回のような些細な金額の事件でも積極的に摘発する方針で臨んでいます。ぜひ山上さんにご協力いただきたくてお邪魔した次第でして」

「もちろんご協力させていただきますよ。まずは郵便受けに鍵を取り付けなきゃいけませんな」

「いえ、それは今後のことにしていただいて、今回は犯人に実行させて現行犯逮捕したいんです。ご自宅に郵便が配達されるだいたいの時間はおわかりですか」

「午後二時くらいだと記憶してますよ」

「その前後の時間を含めて我々がご近所で張り込みます。配達される日にちは、郵便局に協力してもらって前日に確認できますので」

「うちのほうはなにもしなくていいんですか？」

「ええ。むしろ犯人に警戒されないように、普段と変わりなくしていてください。ご迷惑はかけないようにいたしますので」

「わかりました。そんなことで犯罪の抑止にご協力できるんなら、もちろん異存はありません」

山上は力強く請け合った。それではよろしくと丁重に挨拶してその場を辞し、山上と別れて近くに停めておいた覆面パトカーに戻ったところで、葛木の携帯に着信があった。上尾からだった。

「死んでいた男の身元が分かったよ——」

周囲の耳を憚って連絡を寄越しているのだろう。声を落として上尾は続ける。

「梨田正隆《なしたまさたか》。所持していた名刺から判明した。自宅は足立区内で現場に近い」

「検視の結果は自殺なのか」

「母屋はその可能性が高いとみているようだ。死亡推定時刻はきょうの午前一時から三時くらい。車はその四日前から停まっていたから、盗難車の件とは関係なく、たまたまそこにあった車を死に場所に選んだという見方をしている。ただ今回は検視官が判断を保留していて、これから司法解剖が行われる」

「他殺の可能性もありとみているわけだな」

「そういうことだろうな。しかし問題はその人物の職業だよ」

上尾はさらに声を落とした。ただならぬものを覚えて葛木は問い返した。

「というと？」

「あんたから聞いた例のオフレコの話と関係がなくもなさそうだ」

「二課が動いているトーヨー・デベロプメントの事案か」

「その後、政界関係者との接触を図っていると言ってたな」

「ああ。つまりどういうことなんだ」

「梨田は与党の大物政治家、狩屋健次郎《かりやけんじろう》の公設第一秘書なんだよ」

第四章

1

「梨田正隆？」

城東署に向かう覆面パトカーの車中で上尾からの情報を伝えると、電話の向こうで俊史は不審げに問いかえした。戸惑いを覚えながら葛木は言った。

「狩屋健次郎代議士の公設第一秘書だというんだが」

「その秘書のことは知っている。おれたちのターゲットが狩屋代議士だったのも親父の見立てどおりだ。ただしその秘書はおれたちが接触しようとしていた相手じゃないよ」

「どういうことなんだ」

「二課が接触していたのは公設秘書じゃなく私設秘書なんだよ。公設秘書というのは国から給料が出るんだけど、狩屋代議士のような大物になると何十人も秘書を抱えている。公設秘書は筆頭格の政策担当秘書と公設第一、第二秘書の三人しか認められない。それじゃ足りないから自腹で大勢の秘書を雇っているわけだけど、番頭格の大物秘書は、じつは私設の場合が多いんだ――」

梨田という公設秘書に関しては、二課はこれまでとくにチェックをしていなかったようだった。

公設第一秘書は表向きはナンバー2の位置づけになるが、梨田は前任者が一身上の都合で退職したため、その穴埋めとして五年前に採用された。

民間会社の経理畑にいて、数字に明るい点を買われたが、まだ政治家の活動全般を仕切るにはキャリアが浅く、地元選挙区の支持者からの人望はいま一つというところらしい。

「二課が接触していたのは、番頭格の私設秘書だったのか」

「ああ。そちらに死なれたわけじゃないから、いくらかは安心できたけどね。国から給料を貰《もら》う以上、公設秘書には汚れ仕事は任せにくい事情があったんだろうね」

「誰なんだ、その私設秘書は？　ここまで来たらもう聞かせてくれたっていいだろう。こっちの捜査もこれから面倒な方向に向きかねない」

葛木は踏み込んだ。腹を括《くく》ったように俊史も応じた。

「そのようだね。親父たちとの連携がこれから重要になりそうな気がするよ。その秘書は片山邦康《かたやまくにやす》といって、狩屋に忠誠を誓ってかれこれ三十年近く仕えてきた。なんでも父親が狩屋と大学の同期で、若いときに会社を興して羽振りのいい時期があったらしい。そのころ狩屋は大蔵省の官僚で、政治家への転身を目指していて、片山の父親は金銭面を含めていろいろ支援をしたらしいんだよ」

「狩屋にすれば恩人だな」

「その恩人が、狩屋が衆議院議員になった翌年に交通事故で死亡したんだよ。会社はまったくのワンマン経営で、大黒柱を失うとあっという間に傾いてしまったらしい。息子の片山邦康は当時大学生で、学費が捻出できず退学を考えた――」

それを耳にして救いの手を差し伸べたのが狩屋だった。大学を卒業するまで学費を援助して、卒業後は自分の秘書として雇用したという。

政治の世界とよほど相性がよかったのだろう。最初は小間使い程度の仕事だったが、片山はすぐに頭角を現した。若いが機転が利き、ときに泥水を被《かぶ》ることも厭《いと》わない働きぶりをみて地元選挙区の支持者も可愛がった。

むろん狩屋本人も彼の働きを高く買い、はっきりと言明したわけではないにせよ、言葉の端々に、行く行くは自分の後継にと考えているようなニュアンスを滲ませた。

そんな状況から、片山を自分の後継に擬する狩屋の考えは、周囲の人々からもごく自然なものと受け止められた――。

狩屋の長男は政治の世界に入ることを嫌い、大学卒業後は大手商社に入社した。次男は画家になり、その後ニューヨークに移り住んで、そちらも政治には関心を示さなかった。娘は普通のサラリーマンと結婚し、平和な家庭生活に満足している。

「片山という人もそれを信じて疑わなかったようだね。ところが商社勤めしていた長男が数年前から心変わりしたようで、父親の地盤を自分が引き継ぐと言い出したらしい」

同情するような調子で言って、俊史は続ける――。

長男はなんとか取締役までは出世したが、そのあたりまで行くと、将来社長の椅子に座れるかどうかおおむね見えてくるものらしい。そのラインから自分が外れていると見切って、それなら政治家として名を成そうと一念発起した。

父親も長男にそう言われれば心が動く。そんな噂が片山の耳にも入って、代議士にそれとなく訊いてみると、答えがだんだん曖昧になっていく。

自分を後継にするという話について、とくに証文を交わしたわけではなく、口約束ですらない。しかし政治の世界ではそういう話は以心伝心で伝わるもので、後援会や地元の政界でも暗黙の了解事項と見なされていた。ところが昨年、長男は会社を退職し、地元の大学の特任教授に着任した。

一流企業の重役クラスが退職後にキャリアを生かしてそうした職に就くことはよくある。しかしそれだけで生活していけるだけの収入が保証されるわけではない。普通の意味での転職ではなく、長い東京暮らしで地元との縁が薄かった自分を、正統な後継者として認知させるための下準備だということは容易に想像がついた。

現に着任直後から地元の新聞やテレビに自分のコーナーを持ったり、経済活性化のシンポジウムに参加したり、あちこちで講演をしたりして、地元で積極的に名前を売っているという。

二課がそんな情報を耳に入れたのは、狩屋の選挙区を抱える福井県警からだった。梶本の妻が言っていた福井県内でのトーヨー・デベロプメント絡みの贈収賄疑惑での直接の捜査対象は地元の市会議員や県会議員だったが、その背後に狩屋がいたのは間違いなかった。

捜査が真相解明に至らずに終了したことを県警はいまでも悔やんでいて、狩屋の地元事務所周辺の情報にはその後も耳をそばだてていたらしい。

「そんな情報があって、二課は片山という秘書に接触しようとしたわけだ」

葛木はようやく納得がいった。同じ刑事部門でも、強行犯担当の葛木たちと知能犯担当の二課とでは仕事のやりかたがずいぶん違うようだ。

殺人や強盗といった犯罪の捜査は現場と周辺地域で完結するケースが多いが、中央の政治家が関与しているような贈収賄となると、捜査は地理的に大きく広がらざるを得ない。警察本部同士の縄張りにこだわっていたら大きな獲物を取り逃がす。遠く離れた福井県警とそんなレベルの情報のやりとりができるのはある意味でうらやましくもある。

「そうなんだよ。これも代議士の画策かも知れないけど、以前は月の半分近く、片山氏は地元に顔を出していたのに、最近はほとんど東京に張り付いていて、福井県警はなかなかチャンスがない。それで警視庁のほうでなんとか接触できないかと向こうも期待しているようなんだ」

「死んだ梶本氏も、福井県警の事情聴取を受けたと奥さんが言っていたな」

「ああ。もう一歩で崩せたのにと、福井のほうは悔しがってたよ」

「それで片山という人は協力してくれそうなのか」

「じつは大きな声じゃ言えないんだけど、向こうは向こうで条件があってね」

「というと?」

「彼自身の行為で法に抵触する部分については訴追しないという条件なんだ」

「司法取引か。しかし日本ではまだ認められていない」

「それが可能になるように法改正しようという動きはあるけどね。ただしそれは裁判の場での話で、二課にしても商売敵《がたき》の地検特捜部にしても、実際は捜査段階でよく使っている手法なんだよ」

「清濁併せ呑む気概が必要な部署だな、二課というのは」

葛木は嘆息した。そういう話を平気で口にできるようになったことを、俊史の成長と言うべきか、それともモラルの低下と言うべきか。二課にとって不可欠な捜査技術なら一概に否定はできないが、要は程度の問題で、匙《さじ》加減一つ誤れば証拠隠滅の不祥事に発展しかねない。

「ただしこちらの事情もあるから、丸々免罪とはいかない。やり過ぎれば公判の維持にも差し障りが出る。そのあたりの事情は梶本氏のときも同じだよ」

「勝沼さんも、そこは承知なんだな」

「ああ。OKは出ている。どのあたりで話をつけるか調整しているところだった」

「だとしたら、相手のほうも清水《きよみず》の舞台から飛び降りる覚悟だな。罪状は多少軽くなるにせよ、訴追は免れないわけだろう」

「そうでもないよ。あくまで結果次第だけど、政界を揺るがすような大贈収賄事件が摘発できれば、検察もある程度の論功行賞は考慮するから」

「地検の特捜が黙っていないだろう」

「警察が捜査して送検された事案は刑事部の扱いになるから、特捜部は関係ない。東京や大阪の地検特捜部は組織内でも突出していて、不快感を持っている検事も少なくないらしい。そっちのパイプをうまく使えば、検察を味方につけることもできなくはない」

「勝沼さんが、そういうパイプを持っているわけか」

「なくもないようだ。いまの検事正とは過去に何度か仕事をしていて、お互い気の置けない間柄らしいよ」

俊史はこともなげな口振りだ。勝沼が承認している話なら、あえて葛木が横槍を入れることもない。

「じゃあ、梨田正隆の件は、とくに捜査の障害にはならないんだな」

確認すると、やや困惑気味に俊史は応じる。

「そうも言えないね。自殺したのがその不審車両のなかだったとすると、例の二人組と無関係だとはやはり言えない。となると梶本氏の件とも繋がってくる」

「梨田という秘書に関してはまったくノーチェックだったのか」

「ああ。福井県警もあまり重要度の高い人物とは見ていなかった。それに捜査上も対象は絞らないと具合が悪い。同じ事務所や企業に所属する何人もの人間に接触を図れば、それだけ気づかれる可能性が高まるからね」

「自殺か他殺かはまだわからないが、どちらにしても、狩屋代議士の周辺でなにかが起きているらしいとは言えそうだな」

「問題はそこだね。どうもおれたちの踏み込みが足りなかったようだ」

「二課にとって想定外のことが彼らのなかで起きているとすると、逆にそこが突破口になるとは考えられないか」

気を取り直すように葛木は言った。通常の刑事捜査でも、それはよくあることなのだ。事前の想定にこだわりすぎて、より重要な糸口を見失うほうがむしろ怖い。

そんな瞬間のことを「事件が自ら語り出した」と葛木は言ってきた。その言葉に謙虚に耳を傾けることが、困難な事件を解明する鍵となることがしばしばある。

「おれもそんな気がしてきたよ。自殺であれ他殺であれ、事件の関係者から立て続けに二人の死者が出た。それが偶然ではない一連の出来事だとしたら、そこを突いていけば向こうは大きなぼろを出すかもしれない」

「現状で、そっちはどのあたりまで網を絞れているんだ」

「いまのところ間接的な話ばかりでね。カジノ法案推進派の議員とトーヨー・デベロプメントの接触が極めて頻繁で、政治資金収支報告書の記載を見ても、トーヨー・デベロプメント本体および関連会社から、パーティー券購入を含めさまざまな政治献金が行われている。ただし政治資金規正法に抵触するようなものはいまのところ見つかっていない」

「それだけじゃ、事件の端緒としては弱いんじゃないのか」

「もちろんほかにもある。情報というより噂の類いなんだけど、トーヨー・デベロプメントと縁の深い議員の親族が盛んに不動産やら高級外車を購入しているらしいんだ。当然、預貯金や有価証券もあるはずで、いわゆるヤミ献金も親族の資産にしてしまえば政治資金規正法の適用は受けない。必要になったら親族からの借り入れという体裁をとって還流する。手口としてはとくに目新しくもないけど、これがなかなか摘発しにくい。狩屋に関してはそういう噂は出ていないけど、そのグループを取り仕切っている黒幕だというのは政界の常識と言っていい」

「法がそれだけザルだということだな」

空《むな》しい気分で葛木は言った。やや力なく俊史も応じる。

「一般犯罪の捜査と違って物証が少ない点が二課が扱う事案の難しいところでね。関係者の証言から状況証拠を積み上げて、令状を取って家宅捜索をして、帳簿や書類の類いを押収して初めて証拠らしい証拠が見つかるケースが大半なんだ」

「それだって、捜査の動きを察知されれば事前に隠滅を図られることもあるわけだ」

「問題はそこなんだよ。ことの成り行きで親父にはここまで話しちゃったけど、その点はとにかく極秘にして欲しいんだ」

真剣な調子で俊史は言う。そのことを後悔しているようにも聞こえて、応じる葛木の声に覚えず不快感が混じった。

「そんなことは百も承知だよ。しかし二つの事件が他殺だと判明して殺人捜査に乗り出すことになったら、おまえたちが扱っている疑惑も重要な動機として考慮しなくちゃならないだろう」

「親父たちにとっては二人の不審死の事件を解決することが大事な仕事だというのはわかるけど、それで本命の贈収賄事件が解明できないとしたら、二課にとっては大きな痛手になる」

俊史は言いにくそうな口振りだが、なにを求めているかは明瞭に伝わってくる。

「そこまで含めて、おれたちに捜査を加減しろというのか」

「難しいところだけどね。もしトーヨー・デベロプメントのトップや狩屋代議士が捜査の俎上《そじょう》に載るようなら、そこから一気に贈収賄の件に繋げられるかもしれない。しかしそこまで行き着けなかったときは、虻蜂《あぶはち》取らずに終わりかねない」

「言いたいことはわかるよ。しかし殺人事件となれば帳場《ちょうば》が立つ。そうなったらおれの一存でやれることはなにもない」

「願望を言えば、もうしばらく殺しの帳場は立てて欲しくないんだよ」

「おれたちのほうはいまのところ立てようにも立てられない状況だ。しかし足立の死体については母屋もまだはっきりした結論を出していない」

「そっちで帳場が立つ可能性もあるね。ただこちらにしても片山という秘書はいまやなけなしの財産でね。彼と話がつくまでは、狩屋やトーヨー・デベロプメント側に警戒させたくない。梶本氏のようなことになると、まさに致命的なんだよ」

「微妙な要請だな。それは勝沼さんの意向でもあるのか」

「そう理解してもらっていい」

悪びれるふうもなく俊史は言う。しかし葛木にすればおいそれと受けられる話ではない。

「梶本氏の件で新しい事実が出てきても、それが二課のターゲットに繋がるような話なら、しばらく伏せておけという意味だと理解していいんだな」

「ああ。少しのあいだでいい。もし殺されたんだとしたら、トーヨー・デベロプメントの上層部が関与している可能性が高い。親父たちだってそっちを挙げずに、実行犯を訴追するだけで終わるんじゃ意味がないんじゃないのか」

「もちろん、動くとなったらとことんやるよ。その連中を絶対に追い詰める」

「おれたちだって同じ気持ちだよ。敵の牙城に攻め入ることができなければ、なにもしなかったのと変わりない。勝沼さんは自分の首を懸けてでもやり抜く腹のようだ」

「勝沼さんはともかく、捜査二課長はどうなんだ」

「もちろん勝沼さんと一心同体だよ。このヤマを警視庁の存在感を世に示す絶好のチャンスだと考えている。大規模な企業犯罪や贈収賄事件が地検特捜部の専門分野のように世間で見られていることに、以前から腹を据えかねていたのは勝沼さんと同様だ」

強い調子で俊史は言う。捜査の先行きに一抹《いちまつ》の不安は感じるが、やるからには真の黒幕を挙げなければならないという点で最終目的は一致する。葛木は言った。

「それで、もう一つ報告があるんだが――」

「梶本氏の関係か？」

「そうだよ。じつはきょう、奥さんのところに電話があって――」

梶本の携帯からかかってきた不審な電話の件を聞かせると、俊史は勢い込んだ。

「予想もしない糸口が飛び出してきたね。その男の身柄を押さえれば、梶本氏の死の真相が明らかになるかも知れない」

「いや、あまり期待はしないほうがいいだろう。どうも犯人と直接繋がっているとは思えないんだ」

「というと？」

「どんな理由であれ、殺人を犯した人間にしてはやっていることがケチ臭い。たった二十万円のために、わざわざ尻尾を覗かせるような行動を真犯人がとるとは思えない」

「たしかにね。偶然、梶本氏の携帯を拾って、出来心で奥さんに金を要求したといったところかもしれないね。しかし携帯を手に入れた状況やその携帯そのものが、事件解決の手掛かりになる可能性もある」

「期待できるのはそこだな。奥さんの話だと、梶本氏はその携帯に暗証番号でロックをかけていた。電話帳を覗いて自宅にかけてきたとなると、すでにロックが解除されていたか、あるいはその男が解除したかだな」

「四桁の暗証番号なら、ハッキングの知識があれば突破するのは簡単だと思うけど、気になるのはその中身だね」

「ああ。大事なヒントが隠されているかもしれない。これから梶本氏の奥さんの了解を得て、指定の宛先へレターパックを送る。中身はただの紙でいい。そのあと奥さんに、発送した旨を連絡してもらえば、罠《わな》にかかるのは間違いない」

「朗報を期待しているよ。案外、なかにお宝が詰まっているかもしれない」

「荒川の河川敷で死んでいた梨田という秘書については、そっちのルートでも当たってみてくれないか。自殺するような動機があったかどうか。あるいは——」

「殺されるような理由があったかどうかだね。もちろんすぐに動いてみるよ」

打てば響くように応じて俊史は通話を切った。傍らのシートで電話のやりとりを聞いていた池田が訊いてくる。

「なんだか妙な雲行きのようですね」

「ああ。署に帰ったら課長も交えて相談したい。おれの一存で決めていい話じゃなさそうだ」

落ち着きの悪い気分で葛木は言った。

2

「俊史君の言うこともわからないわけじゃないが、一時的にではあれ、殺人事件の端緒を握り潰すことにもなりかねない。たとえ勝沼さんの意向だとしても、はいそうですかと丸呑みはできないな」

酸いも甘いも嚙み分けたベテランの大原も、ここはさすがに頭を捻る。

鳩首会議を開いているのは大原に葛木、池田、山井、若宮の、今回の事案に関わったメンバー全員だった。

俊史とのあいだで、この件に関しては秘密厳守ということになっているが、捜査は葛木一人ではできない。あくまで潜行捜査というかたちならチームをしっかり固めるのが肝心で、それには情報の共有が鉄則だ。

警察のような組織では、上に立つ人間に、情報を把握しているのは自分たちだけで十分で、ほかの人員はただの手駒だという感覚がみられることが多い。しかし葛木の経験では、そういう組織の多くが失敗する。

理由もわからず働かされている者は、逆に内輪の情報に関心を持つ。自分たちに明かされていない秘密に気づけば、生まれるのは上司に対する反感だ。本来なされるべき捜査より、組織の矛盾をあげつらうことに汲々とするようになる。

トップダウンを至上とするそうした組織運営が仇となり、実質空中分解したような捜査本部を葛木はいくつも見てきた。

そんな考えは大原とも共通していて、捜査上の機密とされるあらゆる情報をチームが共有するという方針が、葛木の班では徹底している。そうすることで結束が強まって、外部への不用意な情報のリークは、いまのチームではこれまで一度もない。

葛木たちが千住方面に出かけているあいだ、大原は千住署の課長にそれとなく探りを入れていたが、これといった情報は得られなかったようだった。

帳場が立つのを嫌う点はどこの所轄も似たり寄ったりのようで、向こうは自殺で決着がつくのを願っていて、いまは積極的に聞き込みをするでもなく、本庁の判断を待っているという。

こちらも似たような事案を抱えていたが、本庁が早々に自殺という結論を出してすでにお役御免だというような話をすると、露骨にうらやましがっていたらしい。

「むこうはまだ、トーヨー・デベロプメントと狩屋代議士の関係についてはなにも知らないようだ。当然、梶本氏の死と今回の梨田という秘書の死はまったく別件と認識している。自殺の現場になったあの車にしても、こっちのマンションの近くにあった不審車両と同一だと断定する根拠はないから、けっきょくのところ、俊史君や勝沼さんを困らせるようなことはやりたくてもできないのが実情だがな」

嘆息する大原に、葛木は言った。

「当面はそういうことですが、これからなにが飛び出すかですよ。殺しで間違いないという感触を得たとき、見て見ぬふりをするわけにはいきませんから」

「例の携帯の件があるからな。満塁ホームランとはいかないにしても、シングルヒットくらいにはなりそうな気がするよ」

大原は控えめに期待を覗かせる。梶本の妻には先ほど電話で事情を話しておいた。偽の札束を入れたレターパックはこちらで用意し、きょうのうちに発送するので、梶本氏の携帯宛に、その旨メールを入れて欲しいと依頼すると、一も二もなく応諾した。

遅くない時間に郵便局へ持ち込めば、あすには配達されるだろう。時間は決まっているので、そのとき現場で張り込めば、とりあえず窃盗の現行犯で逮捕できる。

それなら所轄が違っても手続き上の問題はとくにないが、念のために大原が事前に仁義を通しておくという。こちらの管内で起きた恐喝事件の関係だと説明すれば、とくに横槍を入れられることもないと大原は楽観的だ。

「そいつは殺しとは関係ないかもしれませんが、住んでいるのは山上という例の社長の自宅の近所じゃないですか。郵便受け箱に鍵がかかっていないのを知っていたんだし、郵便が配達されるのを監視してなきゃいけないわけですから、案外目と鼻の先にいるのかもしれませんよ」

池田が言うと、若宮が身を乗り出す。

「だとしたら、梨田という秘書が死んでいた場所とも近いじゃないですか。もしそのあたりで携帯を拾ったんだとしたら、殺害の現場を目撃していたかもしれません」

「そうお誂え向きにことは進まないと思うがな。しかしそっちの現場周辺で拾ったものだとしたら、梨田という人と梶本氏の死は確実に結びつく。そうなると自殺という線はまず池田は確信ありげに鼻を蠢める。もしそうなら、そのときは葛木も重要な決断を迫られる。明らかに殺人としか考えられない二つの事件を、とりあえず腹に仕舞って模様眺めをする気には到底なれない。即刻殺人を視野に捜査を開始しなければ、事件は瞬《また》く間に風化する。葛木は言った。

「そのときは息子に気を遣わなくてもいいぞ。向こうの都合に合わせて本来やるべき仕事に手加減をしたんじゃ、なんのための警察かわからない」

「もちろんそうさせてもらいます。しかしそこはこっちだってうまく立ち回る必要があるんじゃないですか。二課が追っている連中のなかに本ボシがいるのは間違いない。実行犯を挙げても、そっちを逃がしたんじゃ元も子もない。その点では、二課とおれたちは立場が一緒ですから」

池田は微妙なことを言う。上司の息子に気を遣って筋を曲げるような男では決してない。もし二つの事件が殺人だという確証が得られたなら、実行犯以上に教唆した人間の検挙が重要だ。

暴力団が絡んだ殺人事件で、組長クラスの幹部が検挙されるのはごく稀《まれ》だ。ピラミッド形の組織の暴力団で、トップの教唆なしに下っ端の組員がライバルの組員や一般市民を殺害するようなことはあり得ない。しかし組織ぐるみで真相を隠そうとすれば警察も手を拱《こまね》くことになる。

政治の世界も似たようなところがあるといえる。汚職や政治資金規正法で摘発されるのは秘書や後援会関係者止まりで、政治家本人は不起訴となるケースが大半だ。その壁を突破するには二課との連携も必要になると池田はみているのだろう。悠揚《ゆうよう》迫らぬ調子で大原が言う。

「いまの段階で先々の心配はしなくていいだろう。流れを大きく変えられるだけの材料をおれたちはまだ得ていない。とりあえず梶本氏の奥さんに電話をかけてきたやつをとっ捕まえることだ。あとは勝沼さんがどう仕切るかの話だろう。本物の悪党をとっ捕まえるためだったら、多少捜査に融通を利かせることになってもおれは気にしない」

3

翌日の昼過ぎに葛木たちは、千住元町の山上邸の付近で張り込みを始めた。きのうと同様、家の周辺は人通りが少ない。挙動不審な人物も見かけない。

適当な厚みの紙束を封入し、差出人を梶本の妻名義にしたレターパックは郵便局に直接持ち込んで、きょうの二時前後に配達されることをすでに確認してある。

だからといってその時間だけ張り込むというわけにはいかない。なにかの理由で配達時間がずれることもあるかもしれないし、その男が下見に現れることもあるだろう。

山上社長には、家人が不審な人物を見かけても素知らぬ顔をしていてくれるように要請してある。梶本の妻はきのうのうちに、現金を送った旨のメールを夫の携帯宛に入れてくれた。

覆面パトカーでは見破られる惧《おそ》れがあるので、この日使ったのは葛木のマイカーで、山上邸が見通せる三〇メートルほど離れた場所に車を停め、そこに葛木が一人残って状況を監視する。

池田と山井と若宮は付近の路地に身を隠して待機する。男が現れたら葛木が携帯で連絡し、郵便受け箱からレターパックを抜き取るのを確認したところで現行犯逮捕という段取りだ。

上尾からは、きのうあれから追加情報が入っていた。梨田正隆が死んでいた車は、盗難届を出していた北区の会社員の車だったことが車台番号から確認できた。

盗難車のなかでの変死となると、やはりなんらかの事件性を考慮せざるを得ない。一度は自殺というかたちで収まりかけていた本庁の捜査一課も、そのままファイルを閉じるわけにはいかず、かといって帳場を立てるほど強い殺しの心証が得られたわけでもなく、とりあえず所轄と機捜が現場周辺での聞き込みを継続することにしているという。

遺体は司法解剖が行われたが、死因はやはり硫化水素中毒で、それ以外に不審な薬物やアルコール類は検出されず、とくに外傷もなかった。

硫化水素の元となる二種類の薬品は小型のペットボトル二本に別々に入れられ、車内の床に撒《ま》いて混合させていた。ボトルからは当人の指紋が検出された。

不審なのは車内に残されていた複数の指紋で、当人のものと車の所有者のもの以外に二名の指紋が採取された。所有者の家族のものでもなく、車両を盗んだ者の指紋だと考えられたが、指紋照合を試みても、過去に犯罪を犯した者で該当する人間はいなかった。

俊史にもその情報は伝えておいた。殺人事件としていますぐ立件される可能性はないとみていくらか安心したようだが、困ったことに、頼みの綱だった私設秘書の片山邦康が二の足を踏み始めているらしい。

梨田の死についてはすでに耳に入っているようで、連絡を担当している捜査員の話では、なにかに怯《おび》えているような気配が感じられたという。

贈賄側関係者の梶本の死と収賄側関係者の梨田の死を片山が頭のなかで結びつけるのは不思議ではない。しかし自殺であれ他殺であれ、その理由について思い当たる節はないかと尋ねても、自分はなにも知らないと答えるばかりで、取り付く島もなく通話を切ってしまうらしい。

「梨田という秘書が死んだ理由について、間違いなく彼はなにかを知っていて、同じ危険が自分にも迫っていると感じている——。捜査員はそういう感触をもったそうだよ」

怖気《おぞけ》だつような調子で俊史は言った。葛木は確認した。

「だからといって、ここで退くわけにはいかないだろう。それじゃ警察までもが卑劣な恫《どう》喝《かつ》に屈することになる」

「もちろんそうだよ。片山氏については、なんとか接触を維持すると同時に、生命の危険にも配慮しなきゃいけない。今後はおれたちのほうで身辺に人を張り付けるつもりだよ」

「人の警護なんて、二課はあまり得意じゃないだろう」

「そうでもないよ。行動確認は二課の重要な捜査技術でね。収賄側の容疑者にぴったり張り付いて金の遣いぶりをチェックしたり、対象の会社や政治家の事務所の人の出入りを監視したりということには慣れている」

「しかし人手がいるだろう」

「そのために、今回は異例の合同チームを立ち上げている。それに人海戦術は地検の特捜にはできない警察の得意技でね」

「それならいいんだが、もう人が二人死んでいる。三人目の話は耳にしたくないよ」

「ああ。そこは二課がなんとかするしかない。しかし梶本氏の事件がもしおれたちが接触していたことに起因するとしたら――」

口ごもる俊史に葛木は言った。

「取り返しがつかないことで自分を責めてもしようがない。しかしおれたちの仕事に人柱は無用だ。本当の悪党を検挙するという最終目標に変わりはないが、その点に関しては全力を尽くそう」

「そうだね。どんなに社会的影響の大きい知能犯罪でも、その解決のために人の命を犠牲にしていいという理屈は成り立たない。ここからは極力慎重に動かないと」

「梨田秘書の死が自殺ではないとしたら、例のマンションの防犯カメラに映っていた二人組が今回の件でも実行犯だった可能性は高い。場合によっては、その二人を検挙することを優先する必要もあるだろう」

腹を探るように葛木が言うと、慌てたように俊史は応じた。

「それじゃ本命が警戒するよ。狩屋みたいな強い政治権力を持っている人間が本気でガードを固めたら、それを突き崩すのは並大抵のことじゃない」

「しかしどんな大企業だろうと大物政治家だろうと、この日本でそういう手の込んだ人殺しを引き受ける人間を探すのは容易じゃない。二人を検挙できれば、新たな殺人の当面の予防にはなるだろう」

「たしかにそうかもしれないけど、難しい選択だね」

思い悩むような調子で俊史は言った。葛木はさらに一押しした。

「片山という人は、二課にとっていまやなけなしの切り札なんだろう。その人にまで死なれたら、そちらの捜査は頓挫しかねないんじゃないのか」

「ああ。その惧れはたしかにある。ただし、もし親父のほうで殺人事件として立件するよ
うなことになる場合は、必ず事前に連絡して欲しい。こちらはこちらでいろいろ対処しな
くちゃいけないから」

俊史は歯切れの悪い口調で言って通話を終えた。息子は息子で自分の立場と親父の立場の狭間で辛《つら》いところではあるだろう。一方の葛木も、息子の立場を考慮して実行犯逮捕のタイミングを逃すことになれば、所轄の仲間たちに申し訳が立たない。

勝沼が本腰を入れている事件となれば、一課が二課がという線引きにはこだわらず、刑事部の総力を挙げての捜査という方向を目指すだろう。

しかし言うは易く行うは難しで、捜査手法の違いが現場に混乱を起こす事態も予想できる。その混乱に巻き込まれて割を食うのはおそらく葛木たち所轄の面々だ。そう考えれば、この事案はなんとも気が重い。

4

午後一時を少し回ったころ、葛木の車のすこし先にあるアパートから二十代半ば過ぎぐらいの男が出てきた。

葛木はシートに身を沈めてダッシュボードの陰に身を隠し、わずかに顔を覗かせてその

動きを見守った。

男は山上邸の方向に歩いて行く。ときおり周囲に目配りはしているが、葛木の車に不審を抱いた気配はない。肩からトートバッグを下げているが、とくに用事があるような様子もない。

郵便はまだ配達されていない。梶本の妻に電話を寄越した男なら、配達される時刻はおおむね把握しているはずで、その点からすれば必ずしも怪しいとは言えないが、葛木はピンとくるものを感じた。

トートバッグのなかに物が入っている様子はない。服装は薄手のカジュアルなジャケットにジーンズにスニーカー。いずれも高級感はなく、髪はぼさぼさで、財布が豊かそうな印象はあまりない。

サングラスをかけていて人相はいま一つわからないが、身長は高からず低からず。ひょろりと痩せていて肌は青白い。人は見かけで判断できないとよく言うが、このケースに関しては自分の直感に自信がある。

郵便はまだ配達されていないから、あるいは下見のつもりかもしれない。池田たちが不用意に姿を見せると警戒される。池田に電話を入れて状況を説明し、感づかれないように身を隠すように指示をする。

男は山上邸の前で立ち止まると、郵便受け箱のなかをちらりと覗き込み、取り出し口の取っ手を軽く引き、すぐにもとに戻した。まだ配達されていないことと、鍵がかかっていないのを確認したようだ。

男はまた歩き出し、その先の角を曲がって姿を消した。葛木はすぐさま池田に電話を入れた。

「間違いないな。たぶん配達員が来る時刻を知っていて、そのころに戻ってくるつもりだろう――」

見たばかりの状況を説明すると、池田も気づかれないように観察していたようだった。

「おっしゃるとおり。人相風体はわかってますから、もう捕まえたようなもんですよ。警戒されるといけませんから、係長は車を視界に入らないところに移動してください」

「そのほうがよさそうだな。車はどこかに乗り捨てて、おれもそっちに合流するよ」

「我々だけで大丈夫ですよ」

「いやいや、おれもたまには捕り物をしてみたいから」

「それならご自由にどうぞ。しかしいまの男、どう見ても人殺しなんかできそうもないじゃないですか」

「おれもそう思う。たまたま携帯を拾って、出来心で奥さんに金をせびったというあたりが妥当だな」

「まあ、なんにせよ、そいつが梶本氏の携帯を持っているのは間違いないわけですから、多少は意味のある証言が得られるんじゃないですか」

池田はどこか楽しげだ。同感だというように葛木も応じた。

「まずはそれを期待しよう。殺人事件として立件するタイミングはまた別の話になるかもしれないが、切り札を手に入れておけば、おれたちがいつでも状況を動かせる」

5

近くのスーパーの駐車場に車を停め、徒歩で現場に戻ると、池田は山上邸の横手の路地の電柱の陰に身を隠していた。

屋敷を囲う生け垣がいい具合に葉を茂らせ、表の通りからはまず見えない。山井と若宮は道路を隔てて斜め向かいの路地にいるという。

家の前の道路に目を向けながら、池田は小声で語りかけてくる。

「しかしこの事案、変に面白いじゃないですか。殺しのヤマはいくつもやってきたけど、本ボシがここまで大物というのは初めてです。殺人事件というとけっこう世間が注目しますが、犯人はもともと世の中の役にも立たない屑《くず》みたいなのばっかりでしょう」

「今度の犯人は、どうもそういうのとは毛色が違いそうだな」

「屑には違いないですけど、半端な屑じゃないですからね。贈収賄やら政治資金規正法違反は連中の持病と言っちゃなんだけど、とくに珍しくもない犯罪類型じゃないですか。しかし殺人とセットとなると大したもんで、なかなか捕まえ甲斐がありますよ」

「一課と二課が総力を挙げて取り組む事案というのはおれも初体験だよ。もっとも一課はいまのところ動く様子もないが」

「いっそ母屋抜きのほうがいい結果が出そうな気がしますがね」

「そうもいかないだろう。これだけ大きなヤマだと、いくらなんでもおれたちだけじゃ手に余る」

「人が大勢いりゃいいってもんでもないでしょう。おれがこれまで見てきた帳場で、本当にいい仕事をしてたのはせいぜい五、六人ですよ。あとはやってるふりをしてるだけで、早い話、殺人事件の帳場なんて、予算を分捕るためのデモンストレーション会場みたいなもんですから」

「そうやって分捕った予算が所轄にも潤沢に回ってくるんならいいんだが」

「どこへ消えてしまうんだか知りませんが、我々の商売は、交通費から携帯電話代から自腹を切るのが当たり前ですからね。そのうえ本部から来る連中に顎《あご》で使われたんじゃ気分が腐るってもんですよ」

「おれも昔はあんたのような所轄刑事の気分をずいぶん腐らせてたんだろうな」

胸にちくりと痛みを感じながらそんな感慨を漏らすと、池田は慌てたように手を左右に振った。

「そういう意味で言ったんじゃないんです。ただ、本部の刑事にもいろんなのがいますから。葛木さんのように仕事ができて人格者でというような刑事が少なすぎるんですよ、この国の警察には」

ターゲットのスケールが大きいせいか、池田の話も大きくなる。面映《おもは》ゆい思いで聞き流していると、マナーモードにしてあった携帯が唸りだした。取り出すと俊史からの着信だった。

「いま大丈夫かな。取り込み中ならかけ直すけど」

「池田たちと張り込んでいるところだ。ついさっき犯人とおぼしい男が姿を見せた。現物を盗み出すのを確認して現行犯逮捕する」

「じつはその件なんだけど――」

俊史はいかにも言いにくそうに口ごもる。

「ついいましがた、二課長も交えて勝沼さんと話をしたところなんだ」

「なにかややこしい相談をしたような口振りだな」

先手を打つように葛木は言った。俊史は腹を括ったように切り出した。

「その男から二つの事件が繋がるような証言を得ても、しばらくは表沙汰にしないで欲しいんだ。要するに――」

「捜査一課にはまだ黙っていろということなのか」

「そうなんだ。もちろんどちらも勝沼さんの管轄だから、一課を排除するというような話じゃない。ただ殺人事件としていま立件すると、いちばん大きな魚を逃がすことになりかねない。だからおれたちとしてはタイミングを選びたい」

「つまり一課はこの件では動かないというんだな」

「少なくともこの時点ではということだよ。当然、上のパイプを通して捜査一課にも話は伝えておく。しかしそれは一課長までの話にとどめておくことになる」

「明らかに殺人事件だということを立証する事実が出てきたとしてもか」

「報告はおれのほうで逐一受けて、二課長と勝沼さんに伝えるよ。そのルートから一課長の耳にも入るはずだ。だから親父のほうからは、その件で本庁とじかに連絡をとらないで欲しいんだ」

「殺人となれば一課のヤマだ。二課に殺しを扱うノウハウがあるのか」

「そこはもちろん一課の手を借りることになる。そのときは帳場も立つし、親父たちにも参加してもらうことになる。しかしいまそれをやると狩屋が動き出す。政治のルートから圧力をかけられると、そこで捜査が頓挫しかねない」

「そんな圧力、跳ね返せばいいだろう」

「狩屋クラスの大物となると、そう簡単な話じゃないんだよ。与党の元幹事長で閣僚も何度か経験している。いまも有力派閥の領袖《りょうしゅう》で、警察官僚がまともに闘って勝てる相手じゃないよ。たとえ勝沼さんでもね」

「まともじゃない闘い方ってのがなにかあるのか」

「殺人の件に関しては当面一課は動かず、もちろん帳場も立てない。しかし証拠集めは徹底してやって欲しいんだ。土壇場で一気にひっくり返すための隠し球としてね」

「先に殺人教唆で逮捕したほうが手っ取り早いんじゃないのか。動機を解明していけば、贈収賄の件にしたって自然に答えが出てくるだろう」

「狩屋はたしかに大物政治家だし、トーヨー・デベロプメントも一部上場の大企業だけど、そういう連中だけ挙げたところで、けっきょく氷山の一角に過ぎない。狩屋はすでに引退を視野に入れているし、トーヨーにしても果たして本物の悪党にたどり着けるかどうか。また新たに自殺者でも出て、それが黒幕だったことにされてしまえば、すべては闇のなかだよ」

「死人に口なしか。政治が絡んだ事件ではよくある話だがな――」

割り切れない思いで葛木は言った。この事案が単純な殺人事件の構図には当てはまらない極めて難しいケースだというのはよくわかる。しかしすでに二人の人間がおそらくは殺されている。葛木たちにとっては大事件だ。それを刺身のつまのように扱われているようで気分はよくない。やや辛辣な調子で葛木は続けた。

「例の秘書の件で司法取引めいた話をしていたが、まさか贈収賄事件の真相を明らかにできるなら、そっちは目をつぶってもいいというような腹づもりじゃないだろうな」

「親父は、おれや勝沼さんをそこまで疑うのか」

俊史はわずかに気色ばむ。葛木はそれでも言葉を続けた。

「それだけ大きなネタだと見ているから、殺人捜査は後回しにして、まず贈収賄の捜査を仕上げようという目論見なわけだろう」

「殺人事件が軽いネタだなんて言ってないよ。ただ、捜査を進める段取りとして、まず片山秘書の証言を梃子《てこ》にして敵の牙城の扉をこじ開ける。そこでトーヨー・デベロプメントのトップや狩屋の周辺の人間、もし可能なら代議士その人を検挙できれば、殺人教唆のほうは自然に落ちると思うんだ」

「虻蜂取らずで終わったらどうするんだ。所轄に異動はしたが、おれだって根っからの殺しの刑事だ。このヤマは間違いなく殺人で、おれたちのやり方で実行犯を捕まえる自信がある。そこから教唆の糸をたどっていけば、おまえたちにとって本命の大物政治家や企業トップにたどり着ける。贈収賄の件こそ、そのとき自然に落ちてくる」

思わず強い口調になった。殺人担当刑事のプライドで偉そうな口を利いているわけではない。俊史の言うイレギュラーな作戦に、なにか危ういものを感じるからだ。

「しかし親父だって、この事案が二課にとって起死回生の大作戦だというのはわかっているだろう。これまで地検特捜の後塵ばかり拝してきて、近ごろは事情のわからないマスコミが捜査二課無用論をぶち上げたりするようになってきた」

「地検は大きな事件をつまみ食いしているだけで、選挙違反から詐欺からコンピュータ犯罪から、二課がしっかり仕事をしている領域はいくらでもあるじゃないか」

「でも、世間はそんなふうには見てくれない。おれだって二課に配属されるまではなにか不甲斐ないものを感じていたんだよ。でも着任して現場の捜査員の生の声に接すると、なんとかしなきゃと思うようになった」

「大事なのは世間の評判より、本当に世間のためになる仕事をしているかだ。その意味で二課は十分すぎるほどの役割を果たしているじゃないか」

「花形の捜査一課にいた親父にはそのあたりの感覚がわからないと思うよ。たしかにマスコミが騒ぎ立てるような事件ばかりがおれたちの商売じゃない。でも大事なのは仕事へのプライドだよ。いま親父が言ったような地味な事案だって、自分たちの仕事へのプライドがあってこそ身を入れて取り組める。地検ばかりがマスコミに派手に取り上げられるのを横目で見ながら、切れそうな気持ちを必死で繋いで、日々の仕事に励んでいる捜査員たちを見ていると、おれも考え方が変わってきたんだよ」

　俊史は思いを込めて訴える。葛木も本庁捜査一課から異動して、所轄刑事たちの悲哀とプライドを身をもって感じた。二課といえば俊史の場合に限らずキャリアの指定席が多い部署で、エリートの止まり木といったイメージもある。しかし現場の刑事たちのそんな気持ちにはなかなか思い至らなかった。

「言いたいことはわかるよ。しかし狩屋にしてもトーヨー・デベロプメントの上層部にしても、どうやら並のワルじゃなさそうだ。二課のこれまでの商売のやり方がそのまま通じるわけじゃないと思うんだが」

「もちろんよくわかっている。だから親父たちの協力がぜひ必要でね。勝沼さんもそこを大いに期待してるんだよ。一課が動けばマスコミがすぐに感づく。しかし所轄レベルの捜査ならほとんど関心を示さない。これまでいくつか付き合ってきた事件で、親父たちの実力を勝沼さんはよく知っている」

「買いかぶられちゃ困るな。しょせんは所轄の刑事課の一班に過ぎない。百人、二百人の大所帯で人海戦術を駆使する特捜本部とはパワーが違う」

「人手が必要なら二課から応援部隊を出してもいい。かつて一課にいたことのある刑事もいる。足を使って情報を拾い集める地道な作業という点じゃ、親父たちと似たようなところがある」

俊史は熱を込めて言う。しかし葛木は即答を避けた。

「そうは言われても、おれの一存で決められることじゃないからな」

「そうだね。大原さんにも相談しなくちゃいけない。そっちの成り行き次第だけど、タイミングがよければ、おれが夕方そっちへいくよ」

「ああ。いろいろ話し合ったほうがよさそうだな。ともかく、いまは捕り物を一つ片付けなくちゃならん」

「そうだね。案外、重要な糸口が見えてくるかもしれないね。勝沼さんも二課長も関心を持ってるよ」

「おまえもいろいろ目配りすることがあって大変だな。しかしやるからには二課の仲間と心中する覚悟じゃないとな。キャリアの腰掛け仕事だと見られたら、下は決してついて来ないから」

葛木は言った。自分にとっても予期せぬ重荷を背負う仕事になったが、その点は俊史も同様だろう。道筋は違ってもターゲットは一緒だ。できるものなら足を引っ張るようなかたちにはしたくないと、親馬鹿根性がまた首をもたげた。

話の内容を伝えると、池田はむしろ歓迎のようだった。

「いいじゃないですか。勝沼さんがそこまでおれたちを買ってくれてるんなら、期待に応えなきゃ申し訳ないですよ。どうせ美味しいネタをくれてやっても、けっきょく捜査一課の下働きでいいとこ取りされて終わりですから。それなら二課と連携しておれたちの手で本ボシを押さえれば、一課の連中はぐうの音《ね》も出ないでしょう」

「その代わり、定年まで本庁からお呼びがかかることはなくなるぞ」

「それでけっこう。葛木さんだっていまさら戻る気なんてないんでしょう」

「おれは真っ平だ。所轄の空気が体に馴染んで頭も体も生き返った。いま戻ったらガス中毒で死んでしまう」

「まったく。あいつらの鼻息は硫化水素並みですからね」

言いたい気持ちはわからないでもないが、無理に波風を立てることもない。

「なかにはまともなのもいくらかいるから、そこまで言っちゃ気の毒だがな」

「だから葛木さんも気兼ねすることなんかないですよ。べつに息子さんが抱えているヤマだから肩入れしようっていうんじゃないんです。言うなれば所轄刑事の意地ですよ」

ことさら気負う様子もなく池田は言った。

6

午後二時少し前にバイクに乗った郵便局員が路地の前を通り過ぎた。池田が道路のすぐ手前まで出て、隣家の角から様子を窺い、ほくほくした顔で戻ってくる。

「来ましたよ。向こうもこの手前のどこかに隠れて、局員が来るのを待ってたんでしょう。通り道を知ってたわけですよ」

言いながらポケットから携帯を取り出して、短縮番号を押してすぐに切る。相手は山井か若宮だろう。それが容疑者登場の合図になっている。

山上邸の前でバイクが停まり、郵便受け箱にものを投げ込む音がする。ふたたびバイクが走り出し、しばらくしてまた停まる。

走っては停まりを繰り返しながらバイクの音がしだいに遠ざかると、こんどは例の男が素知らぬ顔で路地の前を通り過ぎた。葛木と池田は山上邸の生け垣から顔を覗かせて、背後から男の動きを見守った。

斜め向こうの路地からも若宮の顔がわずかに覗くが、男が気づいている様子はない。

山上邸の前で男は立ち止まり、周囲を軽く見渡してから、郵便受け箱の取り出し口に手を伸ばした。

「行こうか」

葛木が声をかけると、池田は頷き、先に立って表の道路に出た。

男は蓋を開け、なかからＡ４サイズの厚紙のパッケージに入った郵便物を取り出した。それを肩から下げていたトートバッグに忍ばせると、ゆっくりした足どりでそのまま歩き出す。

山井と若宮が路地から出てきて、そのまま路上に立ち止まる。葛木たちも男のすぐ背後に追いついた。池田がドスの利いた声で問いかける。

「ちょっと待て。おまえ、いまなにをした」

振り向いた男の顔が引き攣《つ》った。

「あの、なにをって、おれはなにもしてませんよ」

「人様の郵便受け箱から封書を抜き出すのは泥棒だ。いい大人が、そのくらい常識だろう。窃盗の現行犯で逮捕する」

「逮捕って言われたって。おれ宛に来た郵便物を受けとっただけですよ」

言いながら男は慌てて立ち去ろうとするが、行く手は山井と若宮が塞いでいる。

「だったらそのバッグのなかの封書を見せてくれないか。宛先を確認させてくれよ。それからおまえの身分を証明するものだ。運転免許証でもなんでもいい」

「急にそんなこと言われたって――。そもそもあんたたち、いったい誰なんだよ」

「こういう者なんだが」

池田はポケットから警察手帳を取り出した。男の顔から血の気が引いた。池田はさらに追い込んでいく。

「おまえ、この家の人間なのか。だったら泥棒だとは言えなくなるけど、ちょっとここの人に訊いてみようか」

「違いますよ。でも受けとったのは本当におれ宛のレターパックで、この家の人に迷惑をかけたわけじゃないんだから」

「誤配されたと言いたいのか。しかしおまえにどうしてそれがわかるんだ」

「誤配というんじゃなくて――」

「だったら他人の名義を騙ってだれかに郵便物を送らせたということになるな。振り込め詐欺や架空請求詐欺で、最近そういう手口がよく使われているようだがな」

「でも、それ自体は犯罪じゃないんでしょ」

男は痛いところを突いてくる。たしかに他人宛に郵便物を送らせただけでは犯罪には該当しない。

「それなら恐喝や詐欺に罪状を切り替えてもいいんだぞ」

「でもそっちのほうだと、現行犯逮捕の要件は満たさないんじゃないですか」

どこかで法律を齧《かじ》ったことがあるのか、男はまたも屁理屈を繰り出してくる。苦虫を嚙み潰す池田に代わって葛木が言った。

「いま君が取り出したレターパックは、おれたちが送ったものなんだよ。こちらの住所宛にね。嘘だと思うんなら中身を確認してみたらどうだ」

男は唇をゆがめた。

「騙したんだな」

「騙すもなにも、君が携帯の持ち主の奥さんにやったことは恐喝だ。さらにどういう理由であれ、他人宛の郵便物を勝手に持ち去るのは窃盗だ。いまのところ誰にも被害は与えていないから、素直に認めれば起訴猶予か略式起訴で済む」

そう言い終えるか言い終えないうちに、男は身を翻し、若宮と山井のあいだをすり抜けて駆け出した。

二人は慌ててあとを追う。葛木と池田も追いかける。見た目がひ弱そうだったからつい甘く見ていたが、男は意外に足が速い。

しかし二、三〇メートル走ったところで男の逃げ足は鈍くなる。スタートダッシュはよかったが、持久力はそうたいしたものではなかったようだ。

追いついた山井がジャケットの襟を摑んで引き倒す。その弾みで男がかけていたサングラスが路上に落ちた。

手錠を取り出しながら若宮が男の顔を覗き込み、驚いたような声を上げた。

「おまえ、里中《さとなか》じゃないか」

「知り合いなのか?」

池田が問いかける。若宮は言った。

「高校時代のクラスメートです。東京にいるという話は聞いてたんですが、こんなところで出会うとは——」

第五章

1

「おまえ、どうしてこんな馬鹿なことしたんだよ」

城東署に戻る車中で、若宮はいかにも情けないという調子で問いかけた。男の名前は里中昌也《まさや》といい、出身は若宮と同郷の群馬県高崎市で、同じ高校に通い、クラスも一緒だったらしい。

「こんなのが犯罪になるとは思ってもみなかったんだよ。落とし物を拾ったら謝礼をもらう権利はあるんじゃないのか」

手錠を掛けられ、池田と若宮に挟まれて後部席に座り、里中はすっかりしょげ返っている。

「それは拾得物として警察に届けた場合で、それも価格の百分の一以上百分の二十以下に相当する額と決まってる。届け出をしなかったら占有離脱物横領罪。それを材料に金品を要求したら恐喝罪に当たる。そのうえ他人宛の郵便物を抜き取るのは窃盗罪だ。これだけで罪状が三つあるんだよ」

若宮は淀《よど》みなく説明する。本格的な取り調べは署に帰ってからになるが、訊けるだけのことはいま訊いておいたほうが話が早い。葛木は運転席でハンドルを握り、ここは池田と若宮のお手並み拝見ということにした。里中は不安を隠さず問いかける。

「刑務所に入るようになるのか」

「それはおれが決められることじゃない。しかし、一つ一つは微罪でも、数がまとまれば罪は重くなる。場合によっては実刑もあるかもしれないな」

素っ気ない調子で若宮が答えると、里中は悲痛な声で訴える。

「悪気はなかったんだよ。携帯をなくした人は困っているだろうから、返してやれば見返りがもらえると思ったんだ」

「それが犯罪になるという認識があったから、他人の名前を騙って現金を受けとろうとしたわけだろう」

若宮が突いていくと、里中は押し黙った。池田が口を挟む。

「そもそも拾ったというのは本当なのか。盗んだわけじゃないだろうな」

それが死亡した人物が所持していたものだとはまだ明かせない。もし里中が梶本の死になんらかの関与をしていたとしたら、それは犯人だけが知り得る事実に属する。

「拾ったんですよ。嘘じゃありません」

「どこで?」

「荒川の河川敷です。うちから歩いてすぐのところです」

その点はこちらの読みどおりだ。これで少なくとも梶本と梨田の死は繋《つな》がったことになる。池田がさらに訊《き》く。

「いつだ?」

「おとといです」

「おととい?」

若宮が慌てて問い返す。梶本の妻が夫の携帯にかけた電話に何者かが応答したのは七日前だ。その話が本当なら、それは里中とは別の人物だ。

「ああ、間違いないよ。お袋の誕生日で、朝のうちにおれのほうから電話をしたんだ。拾ったのはその日の午後だから」

真剣な表情で里中は答える。さらに問いかけようとする若宮を遮るように、池田が言う。

「詳しい話は署に戻ってから聞かせてもらおう。まあ、それほど重い罪状じゃない。正直にすべて話してくれれば略式起訴で済むかもしれない。その場合は罰金を払えばその場で釈放だ」

池田の狙いはよくわかる。車のなかでの話では正式な供述にならない。これ以上突っ込むと、逆に警戒されて口が重くなってしまう惧れもある。

ここまでの話で里中が梶本や梨田の死に関与していないとはまだ断定できないし、そうではないにしても、なにか重要な情報を持っているかもしれない。少なくとも里中が今回の事件の真相に繋がる貴重な糸口なのは間違いない。

「本当ですか」

里中はすがるような調子で確認する。池田は鷹揚《おうよう》に答える。

「実害はなかったわけだし、なくした携帯が戻れば所有者も嬉しいだろう。ただしおまえのほうで正式な裁判を受けたいと希望した場合は別だがな」

「そんなことしませんよ。いま、本当に後悔してるんですから」

神妙な調子で里中は訴える。話題を切り替えるように若宮が問いかける。

「おまえ、いまなにをしてるんだ」

「なにもしてないよ。先月、勤めていた職場を馘《くび》になったんだ」

「なにか悪いことでもしたのか」

若宮は不審げに問いかける。里中は切ない調子で否定する。

「違うよ。リストラされたんだよ。正社員じゃなくて非正規雇用だったから有無を言わさずで、退職金もびた一文出なかった。そこは一種のブラック企業で、失業保険にも入っていなかった」

「それで金がなかったわけか」

「食うだけで精いっぱいで、貯金をするゆとりなんかなかったからね。おまえは結婚してるのか」

逆に問いかけられて、ばつが悪そうに若宮は応じる。

「まだだよ」

「おれもだよ。でもおまえは安定した仕事についているから、その気になればいつでもできるけど、おれなんかこのままじゃ死ぬまで独身だよ」

里中は投げやりに言う。若宮は心配げに問いかける。

「大学を出て、ちゃんとした会社に就職したって話を聞いてたけど、それからどうしたんだ」

「就職して三年目に、その会社が倒産しちゃったんだよ。コンピュータセキュリティの会社だったんだけど、社長の乱脈経営でしこたま赤字を出してね。そのあとは求人市場がどん底で、正社員として採用してくれる会社なんて一つもなかった」

「こんど馘になったのは、どんな会社だったんだ」

「データ復旧サービスをやってる会社だよ。ハードディスクが壊れたり、間違えてデータを削除してしまったりしたときにそれを復旧する仕事だよ。現場の作業員はほとんど非正規雇用だった」

「そうでもないよ。専用のソフトや機械があるから、ただマニュアルどおりにやるだけで、とくにコンピュータ関係の知識が必要というわけじゃない」

「おまえの場合はコンピュータセキュリティの会社にいたんだから、正社員になる道もあったんじゃないのか」

「そういうアピールはしたんだけどね。一種の隙間《すきま》産業だから、仕事量は安定していない。正社員として雇う気なんて会社にはまったくなかった」

「そんな関係の知識があったから、携帯のロックも解除できたわけか」

「それは違うよ。拾ったときにはロックはかかっていなかった。おれが解除したんじゃないよ」

　里中は強く否定する。これも意外な話だった。もし本当なら、携帯の中身は、里中が拾う前にすでにだれかに覗かれていた可能性がある。

　梶本の携帯は里中がトートバッグに入れて持ち歩いていたため、すでに証拠品として押収しているが、まだ梶本の妻の許諾を得ていないため、こちらはまだキーに触れてもいなかった。

「中身は覗いたんだな」

「電話帳だけだよ。短縮登録されているのが何件かあって、その一つにかけてみたんだよ。そしたら奥さんらしい人が出たから、つい魔がさして」

「ほかにはどんな電話番号が？」

「自分の会社の番号とか家族らしい人の番号しかなかった」

「メールやメモ類も覗いたのか」

「覗いてないよ」

「本当に？」

「いや、ちょっとだけ。でもなにもなかった。持ち主が削除したのかもしれない。あるいは持ち主とは別のだれかが――。着信履歴も発信履歴もなにも残っていなかった」

「なんだよ。けっきょく洗いざらいチェックしてたんじゃないか」

池田が凄《すご》みを利かす。里中は慌てて訊いてくる。

「それも罪になるんですか」

「残念ながら、刑法の規定にはないから犯罪にはならない。しかし他人のプライバシーを勝手に覗いたわけだから、民事訴訟で訴えられる可能性がなくはない」

「でも、それでだれかが被害を受けたわけじゃないから」

「結果的にな。持ち主のほうにおまえを罰する意思がなければ、さっき言ったとおり略式起訴で済む。署に着いたら本格的な取り調べに入るから、そのときはすべて正直に喋《しゃべ》るんだぞ」

「はい。もちろんそうします。どうかよろしくお願いします」

里中はいかにも殊勝な口振りだ。そんなやりとりを聞きながら、葛木は落胆を禁じ得なかった。

携帯を拾ったという話はおそらく本当だろう。東京駅の東海道新幹線のホーム付近で妻からの電話に応答したのが別人だとしたら、里中はけっきょく本ボシとは繋がらない。会社や家族関係以外の電話帳データやメールや着発信情報、メモの類いがすべて削除されているとしたら、期待していた携帯の中身もほとんど意味のないものになる。

徒労とまでは言わないが、これからじっくり訊問したとしてもたいした成果は期待できない。ルームミラーに映った池田と若宮の表情もどこか冴えない。

2

俊史は午後八時を過ぎたころにやってきた。落ち合ったのは署の近くの行きつけの鮨屋で、大原が同席したのは前回と同様だ。

本来なら理事官自ら所轄との連絡役を買って出るようなことはあり得ないが、いまは警視庁サイドも内密に捜査を進めている状況で、俊史が動く限りは父親との私的な会食とい

「それで里中はもう釈放されたの」

とりあえずのビールで乾杯したあと、俊史がさっそく訊いてくる。葛木は首を横に振った。

「せっかく現行犯逮捕したんだから、せめて一泊してもらって、送検はあすにするよ。略式起訴で罰金を支払われたら、あとは正式な取り調べができなくなるから」

「しかしその里中という男と犯人の接点は薄そうだね」

「ああ、池田が脅したりすかしたりしてしつこく追及したんだが、これといった話は出てこなかった」

「その携帯の所有者が死亡しているという話は？」

「まだしていない。二課の捜査との兼ね合いもあるし、こちらとしても、その一件絡みで千住署の縄張りで一仕事したとは見られたくないんでね」

「ああ。気を遣ってもらってありがたい。携帯を拾った場所が梨田秘書の遺体が発見された場所に近いのは間違いないんだね」

「近いには近いが、何百メートルか離れていて、遺体があった黒いワゴン車には気がつかなかったそうだ。携帯を発見した場所に鑑識を入れて徹底捜索すれば別の遺留品が出てくる可能性もあるんだが、現状ではそこまでする名分が立たない。それであす略式起訴の手続きに入る前に本人を同行させて現場を確認し、あとでうちの署員にこっそり捜索させてみようとは思う」

「千住署が気づいたら、問題になるんじゃないの」

俊史は神経を尖らせるが、こともないという調子で大原が言う。

「そういうのはよくあることですよ。いちいち仁義を通すのは面倒だし、捜査上の機密もあるから、お互いに迷惑がかからない範囲なら気づいても黙認するんです。今回の里中の逮捕にしても、池田が知り合いの千住署の警官と話をしてます。たぶん上に報告がいったとは思いますが、とくに苦情も来ていませんから」

「それならとりあえず安心です。しかし携帯そのものからなにも出てこなかったのは残念だった」

俊史は肩を落とす。ビールを一呷りして葛木は身を乗り出した。

「それがまだなんとも言えないんだよ。里中という男はつい最近までデータ復旧サービスの会社に勤めていたらしい。故障したハードディスクやメモリーカードのデータを復旧するのが商売なんだが、当然、誤って削除してしまったデータの復旧を依頼されることもあるらしい」

「ということは――」

「もし梶本氏本人もしくは別の人間がデータを削除したとしても、その後、上書きされていなければ、ほとんどの場合、復旧可能だそうだ」

「その手があったね。うちの捜査でも、がさ入れを予知して証拠になるデータを削除されてしまうケースがよくあるらしい。そういう場合、民間の会社に頼むという話はよく聞くよ。ただ今回の捜査の場合——」

「その会社から情報が漏れたら困るというわけだ」

「ああ。民間企業だから公務員と違って守秘義務違反に問われることはない。そんな事情があるから科捜研で対応できるように態勢を整備すべきだという話があるんだけど、そういう人材が内部にいないから、なかなか先へ進まないらしい。今回の捜査はその辺がとくにデリケートだからね」

「もし復旧した情報のなかに大物政治家やトーヨー・デベロプメントの重役の名前が出てきたら、興味本位で外部にリークされる惧れもある。ツイッターで流されたりしたら目も当てられない。それで、これはうちの若宮の発案なんだが、里中にやらせたらどうかと言うんだよ」

「里中に？」

「今回の件については初犯だし、梶本氏の奥さんも罰したいという気持ちはとくにないという話なんだ。それならこちらの判断で送検せずに釈放ということも可能だ。絶対に口外しないという条件で無罪放免にしてやれば、見返りに喜んで協力するんじゃないかと言うんだよ――」

葛木はそのあたりの事情を説明した。里中が金に困っているのはどうやら本当のようで、略式起訴の場合、百万円以下の罰金または科料だと言ったら、そんな金はないと泣きつかれた。

実家の両親に工面してもらえばいいだろうと言うと、親にはいまもちゃんとした会社に勤めていると嘘を吐《つ》いている。それがばれたら親が悲しむとまた泣き言を言う。その態度から、ベテラン刑事の池田も若宮のアイデアで行けそうだと判断したという。

「里中の弱みにつけ込むわけだ。でもすでに会社を辞めている身で、そんなことができるの？」

「携帯の内部メモリーの場合、分解して読み込む装置が必要だが、秋葉原あたりで売っているパーツを組み合わせれば簡単にできるそうだ。読み込めさえすれば、あとはパソコン上での処理だけだから、多少の専門知識があれば復旧は十分可能らしい」

「一種の司法取引だね」

「もしリークがあったら里中によるものだとすぐにわかる。高校生の頃から気の弱い性格だったから、そのときは再逮捕して送検すると脅しておけば漏らす心配はないと若宮は見ている。弱みにつけ込むようで気が引けるが、里中にとっても悪い話じゃない。奥さんのほうも、ご主人の死の真相に近づく手掛かりが得られるなら反対することもないと思うんだが、一応、そちらの考えも聞いておこうと思ってね」

「問題ないんじゃないの。勝沼さんや一課長からもたぶん異論は出ないよ。というより、梶本氏の件については、隠密捜査を依頼しているのはこちらのほうで、そうである以上、やり方に口を挟む立場にはない。もちろんなにか問題が出てきたら、そこは勝沼さんが責任を持って処理する。そのあたりのことは二課長からも一任されている」

俊史は力強く請け合った。こうなればその言葉を信じるしかない。いまやすべてがイレギュラーなやり方で進んでいるこの捜査を竜頭蛇尾に終わらせないためには、毒を食らわば皿までと腹を固めるしかなさそうだ。葛木は言った。

「それなら、あす里中に話を持ちかけてみるよ。たぶんあっさり乗ってくるだろうと思うんだが」

「二課長と勝沼さんにはおれのほうから伝えておくよ。うまくいけば、梶本氏の死で失ったものを挽回できるかもしれない」

俊史は声を弾ませる。葛木は話題を切り替えた。

「片山邦康という大番頭格の秘書とは、なんとか接触できそうなのか」

「すでに身辺に警護の人員を張り付けて、そのことを本人にも伝えてある。それでもまだ決断がつかないようだ」

「下手をすれば命と引き替えになりかねないわけだからな。怖じ気づくのも不思議じゃないな」

「その点では、梶本氏と梨田氏の死が、向こうにとってプラスに働いているのは間違いない」

「梨田秘書については、あれから調べは進んだのか」

「情報収集を進めてるんだけど、狩屋代議士の事務所はマスコミの取材に対してもノーコメントで押し通している。福井県警も関心を示して、地元の後援会関係者に接触しているようだけど、箝口令が出ているのか、これといった情報は得られていない。付き合いのあった議員秘書仲間はみんな驚いているようだ。ここ最近の様子からも自殺するような気配は感じなかったそうで、殺されたとまでは疑っていないけど、狩屋の陣営内部に表に出せないなんらかの事情があったんだろうという目では見ているようだね」

「もしカジノ法案に絡む贈収賄疑惑を隠蔽するためだったら、片山秘書を殺害したほうが手っ取り早いと思うんだが」

「おれも最初はそう思ったんだ。でも片山氏は代議士の周辺だけじゃなく、政界全体に顔が売れていて、狩屋の懐刀《ふところがたな》として隠然たる影響力を持っていた。たとえ自殺を装ったにせよ不審な目で見られるのは間違いない。それで手が出せないというのがうちの捜査員たちの読みなんだ」

「そこは当たっていそうな気がするな。だとしたら、その秘書は想像以上の大魚じゃないのか」

「狩屋も迂闊に敵に回せばなにをされるかわからない。それで側面からの恫喝を狙って梨田秘書を殺害したとも考えられるね。いわば見せしめだ」

「殺したという証拠はまだ出てきていないけどな」

「ああ。それに殺されたにせよ自殺したにせよ、その理由がやはり判然としない」

「千住署や母屋の動きはそっちの耳には入っているのか」

「車内で不審な指紋が発見された話は親父から聞いてるけど、捜査一課のほうには、まだ帳場を開きそうな動きはないようだ」

「ひょっとして、勝沼さんが裏から抑えてるんじゃないのか」

「そうかもしれない。おれを信頼はしてくれているけど、手の内をすべて明かしてくれるわけじゃないからね」

俊史はかすかに不満を滲ませるが、上層部には現場とは次元の違う政治があるのだろう。警視庁捜査二課の理事官と言っても、警察組織の巨大なピラミッドのなかではまだまだ下っ端で、むしろ警察庁刑事局長という立場の勝沼が、ここまでの信頼を俊史に寄せていることが異例と言えば異例なのだ。

「ことさら抑えてるってわけでもないでしょう。むこうにしてみれば、特定できない人間の指紋が出てきたというだけで、それ以外の要素は自殺ということですべて辻褄《つじつま》が合ってますから。こっちからヒントを出してやらない限り、帳場を立てるところまで行かないのは当然ですよ」

杞憂《きゆう》だというように大原が口を挟む。そう考えるのがやはり妥当だろう。こちらが梶本の死に不審感を抱いたのも俊史からの情報があってのことで、千住署はいまのところそういう情報に接していない。

梨田の司法解剖の結果でもとくに異常な点は見つからず、硫化水素による自殺という線でこのまま決着がつくのだろう。できれば騒ぎにしたくない勝沼や捜査二課長としては、あえて動かず静観を決め込んでいるといったところのはずだ。

「いずれにしても、そちらの捜査の進捗《しんちょく》状況についてはすべて教えてくれ。こちらも今後の捜査で得られる情報は出し惜しみはしないから」

釘を刺すように葛木は言った。俊史は頷いた。

「もちろんそうするよ。このヤマは親父たちとの二人三脚で行くしかないわけで、情報はお互いにすべて共有しないと信頼関係が築けないからね」

「そう願うよ。おれたちが追っている殺しの線とそっちが追っている贈収賄の線がクロスするところがこの事件の急所だ。そこを外したら、本当の黒幕を取り逃がすことになりかねない」

葛木はさらに念を押した。息子の俊史に義理立てしているつもりはないが、二課の要望に合わせた変則捜査で本業の殺しのホシを取り逃がすようなことになれば、葛木としてはやはり悔いが残る。

3

そのとき胸のポケットで携帯が鳴った。池田からだった。応答すると、気合いの入った声が流れてくる。

「里中が拾った例の携帯なんですがね。あれから鑑識に回してたんですが」

「なにか出てきたのか？」

「ええ。指紋です。里中や梶本氏のもありましたが、それとは別のものです」

「奥さんの指紋ということはないのか」

「一緒に暮らしていたわけですから、それもあるかと思って、いま電話してみました。テーブルの上を片づけているときに触るようなことはよくあるそうです」

「じゃあ、奥さんのものかもしれないな」

落胆しながら問い返すと、池田は確信ありげに否定する。

「問題はその指紋が付いていた場所なんですよ。裏蓋の内側の何ヵ所かについていまして、奥さんはそこまで触ったことは一度もないそうです」

「裏蓋の内側――」

「そうです。バッテリーとかメモリーカードを交換するときしか開ける用事はないはずなんです」

「メモリーカードもそこに入っていたというわけだ」

「そこが気になるところでして。増設メモリーとしてマイクロSDカードというのを差すようになっているんですが、それがなかったんですよ」

「だれかが抜いてしまったか、あるいはもともとなかったかだな」

「ええ。里中はそのあたりもちゃっかり調べていたようで、拾った時点ではカードはなかったそうです」

「裏蓋を開けてみたのか」

「いいえ。開けなくても携帯の画面からチェックできますから」

「不自然だとは思わなかったのか」

「べつに不思議じゃないようです。電話帳やメモや着発信記録くらいなら内部メモリーだけで十分ですから」

たしかにそれは言えるだろう。なにかの時に写真を撮ったりボイスレコーダーとして使うこともあるかと思って葛木はマイクロSDカードを入れてはいるが、実際に必要になったことはほとんどない。ちょっとした写真や通話中の録音程度は内部メモリーで十分済んでしまうからだ。

「奥さんのほうは、その辺の事情は知らないのか」

「知らないそうです。そもそもあまり機械に強いほうじゃなくて、カードの話をしてもちんぷんかんぷんでしたから」

「こっちも、そこまでは考えていなかった。梶本氏がもしマイクロSDカードに重要な情報を書き込んでいて、それが抜き取られていたとするなら、こちらとしては打つ手がなくなるな」

「そこはなんとも言えません。とりあえず内部メモリーのデータは復旧させてみる必要があるでしょう。それより問題なのは指紋じゃないですか」

「ああ。一応、奥さんのものと照合する必要はあるだろう。彼女の言うとおりで間違いはないと思うが」

「ええ。いま山井と若宮を自宅へ向かわせています。協力者指紋の採取には応じてくれるそうなので」

池田はさすがにその辺の抜かりがない。葛木は言った。

「そうなると気になるのは、梨田秘書の遺体発見現場で採取されたという身元不明の指紋だな」

「そうなんです。奥さんのじゃないことが確定したらぜひ照合してみたいんですが、千住署が黙って渡してくれるかどうか」

「こちらの捜査の内情を明らかにすれば協力しないこともないだろうが、いまは表に出せない事情があるからな」

「そこは理事官の伝手《つて》でなんとかなりませんかね」

「上層部のパイプを使うわけか。たしかにほかには手がなさそうだな」

「ぜひお願いします。なんだか匂うんですよ。その指紋と一致すれば、すべてが繋がりますから」

池田は気負い込んで言う。葛木も張りきって応じた。

「おれもそんな気がするよ。いま俊史がここにいるから、さっそく話をしてみよう」

通話を終えて振り向くと、大まかな事情はすでに察したのだろう。俊史も大原も興味津々の顔を向けてくる。内容をかいつまんで説明すると、どちらも複雑な表情だ。俊史が口を開いた。

「指紋の件は二課長と掛け合ってみるよ。難しいようなら勝沼さんが動いてくれるだろう。いずれにしても、こちらの動きを現場に察知されないようにその指紋を入手しないとね。問題はマイクロSDカードの件だよ」

「ああ。もともと入っていなかったんならなにも問題はないんだが、どうもそこがはっきりしないらしい。裏蓋の内側にその指紋があったということは、少なくとも梶本氏以外のだれかが蓋を開けてなにかを確認したわけで、そのとき抜き取られたとしたら、重要な情報がなにものかの手に渡ってしまった可能性がある」

「もしそうだとしたら、内部メモリーのデータも、そのとき消去されてしまったのかもしれないね」

「マイクロSDカードのほうは確認のしようがない。内部メモリーにこちらにとって意味のある情報が書き込まれていたんなら、いくらか希望もあるんだが」

気落ちを隠せず葛木が応じると、大原が身を乗り出す。

「悲観することはないよ。池田の勘はよく当たる。おれもその指紋、車に残されていたのと一致しそうな気がするよ。殺しの線に関しては、証拠としてそっちのほうが意味が大きいと思うがね」

「たしかにそうですね。犯人の特定には至らないまでも、二つの事件が同一犯による殺人事件だという事実の動かしがたい証拠にはなるでしょう」

いかにも心を引かれた様子で俊史が応じる。殺しの線であれ、贈収賄の線であれ、より太い糸を手繰《たぐ》ることで事件の中枢に踏み込める――。

その考えが間違っているわけではないが、しかしそうは言っても、二課には二課の、葛木たちには葛木たちの本分がある。状況に応じてそこがぶれるようでは、せっかくの共同作戦が虻蜂取らずに終わりかねない。たしなめるように葛木は言った。

「指紋の件はなんとかそちらに頼みたいが、贈収賄の線もおろそかにはしないでくれよ。そっちのほうはおれたちの手に負えない領分だから」

「もちろんわかってるよ。べつにおれたちだって遊んでるわけじゃない。親父たちに無理を言って申し訳ないとは思ってるけど、狩屋のような大物政治家が絡むと、どうしてもやり方がデリケートにならざるを得ない。警察には捜査権があるけど、連中は予算や人事を握っている。政治のルートから圧力をかけられれば警察庁長官も逆らえない。勝沼さんだって、一つ間違えば失脚するリスクだってあるんだよ」

俊史はかすかに不快感を滲ませる。その言い方に葛木は官僚らしいエゴの匂いを感じた。今回のイレギュラーな捜査態勢がしょせんは警察庁サイドのご都合主義によるもので、葛木たちは体よく手駒にされているだけではないのか。そんな疑念がふと浮かんで、覚えず言葉に皮肉が混じる。

「つまり今回の隠密作戦には、我が身に降りかかるリスクを回避する意味もあるように受けとれるんだが」

俊史は憮然《ぶぜん》と言い返す。

「そんなことはないよ。おれが言いたかったのは、勝沼さんはそれだけのリスクを負ってでも、この事案を警察の手で解明する覚悟だということだよ。その点はおれも同じだし、二課長だって配下の捜査員だって同じだよ。だからといって、政治的な圧力による上からの干渉が捜査の障害になるのは間違いないだろう」

「たしかにそうだがな――」

割り切れない思いで葛木は言った。

二課がいつまで隠密作戦を続ける気なのかはわからないが、池田の勘が当たって、梨田の遺体発見現場の指紋と携帯に残された指紋が一致した場合、同一犯による殺人事件を想定して捜査を進めるのが葛木たちにとっては常道だ。

そしてそれが遅れれば遅れるほど、現場の物証や近隣住民の目撃情報は風化していくことになる。

というより梶本の事件に関しては、遺体はすでに荼毘《だび》に付され、現場の物証は日常の清掃や風雨であらかた消えてなくなっているはずだ。

梨田のほうは遺体発見後まだ日が浅いが、千住署が当初から自殺という判断に傾いていたとしたら、現場の捜索をどこまで徹底してやったか疑問が残る。

すでにそれだけ出遅れている捜査をこの先進めていこうとすれば、どう考えても葛木たちだけでは手に余る。常識的には特別捜査本部態勢で、百人、二百人といった人員を投入して当然のケースなのだ。

「だからといって、二課にのんびり構えていられても困るんだ。こういう変則捜査をいつまでも続けられるわけじゃない。片山秘書の身辺には、なにかほかに胡散臭いネタはないのか」

「別件逮捕か。それだって、とかく世間からは非難されやすい手法だけど」

俊史は渋い顔をする。葛木は続けた。

「たしかに問題のあるやり方だが、片山秘書の身を護るという目的もある。二課の人員が警護しているといっても、それで万全というわけじゃない。殺されはしないまでも、恫喝に屈して二課との接触を完全に絶ってしまうかもしれないし、自殺される可能性だってなくはない」

「考慮する必要はありそうだね」

俊史は頷いた。葛木はさらに言った。

「情報はすべて共有するとさっきは言ったが、二課の持ちネタは本当にそれだけなのか。片山秘書の証言だけが頼りだとしたらあまりにも心許ない。その程度の材料で三班合同の大捜査チームを立ち上げるというのは無理があるような気がするんだが」

「おれたちを疑っているわけ？」

俊史は寂しげに肩を落とす。大原が慌てたように割って入る。

「どこの部署にも事情はある。べつに俊史君が隠しているわけじゃないだろう。証拠は乏しくても、捜査員が強い心証を持っていて、結果的にそれが当たりだったという話はおれたちの世界でもよくあることだ」

我が意を得たりと俊史は身を乗り出す。

「そうなんです。我々の扱う分野には、具体的な犯行現場というものがないし物証もない。犯罪の端緒はどうしても主観的なものにならざるを得ない。普通の刑事事件では見込み捜査は好ましいやり方とは言えないけど、二課の事案では、どうしてもそこに頼らざるを得ない面があるんです」

だからといって、二課の捜査に関して、こちらが得ている情報はあまりに少ない。苛立ちを抑えて葛木は言った。

「そういう強い心証があるんなら、もう少し具体的なところを教えてくれてもいいんじゃないのか。勝沼さんの肝煎りで動いているとなると、単に検察に張り合ってというレベルの話でもないだろう。殺人捜査の場合、すべてを秘匿してというのは限界がある。それじゃまともな聞き込みもできないし、科学捜査の手法も十分に使いこなせない。現に今回の指紋の件がそうで、普通なら千住署に事情を説明すれば、指紋を照合してもらうくらいわけないことだ」

「言いたいことはわかるよ――」

俊史は苦しげに頷いた。

「ただ、おれの口から言っていいのかどうなのか、ここでは判断がつかない。それだけ重要な事案だということなんだ」

「狩屋代議士のレベルではとどまらないような事案なのか」

「ああ。真実がすべて明らかになれば、国政そのものが揺らぎかねない」

「要するに、狩屋あたりは目じゃないくらいの政界の大物が背後に控えているということなのか」

「それ以上のことはおれには言えない。それからここまでの話にしても、親父と大原さんのレベルで止めておいて欲しい」

「そう言われてもおれたちは小さなチームだ。その面での非力はチームワークでカバーするしかない。そのためにいちばん重要なのが内部での情報の共有だ。おれも大原さんもこれまでそれで一貫してきた」

「もちろんわかってる。親父たちと同じ帳場で仕事をしたとき、その重要性は痛感させられたよ」

「上の人間が部下を信じられなくなったとき、組織は瓦解《がかい》する。大規模な特捜本部でも、おれたちのような所轄の小さな班でもそれは変わりない」

「ああ。だったらそこは親父たちの判断に任せるよ。でも絶対に外には漏れないようにして欲しい。警察内部に対してもね」

懇願するような調子で俊史は言った。

4

里中は若宮の提案に乗ってきた。その見返りとして、大原の判断で検察には送致せず、微罪処分として扱うことにした。

微罪処分とは検察の指示によって定められている例外規定で、被害が軽微で、被害者が処罰を望まないような場合は、検察送致しなくていいというものだ。

送検されれば検察は定められた手続きを踏まなければならない。しかし万引きや占有離脱物横領といった罪状でいちいち送検されていては検察も処理しきれない。つまりあくまで検察側の都合で決められている手続きで、被疑者は警察でお叱りを受けて無罪放免という扱いになる。

里中の場合も実害は生じておらず、梶本の妻もそれで承諾している。それぞれは微罪でも三種類の犯罪に該当するため判断としては微妙なところだが、削除されたデータの復旧をしてもらえるメリットを考えれば意に介するほどのものではない。

内部メモリーの復旧には必要な装置の準備も含めて三日ほどかかるとのことで、それに要する実費は大原が捜査費から工面することにした。

その話がまとまったあとで、里中には梶本の携帯を拾った荒川の河川敷に案内させることにした。池田と若宮が同行するという。とくに所用もなかったので、葛木も現場に出向くことにした。

そこは西新井橋に近い区営野球場の周囲の雑草の繁茂した原っぱで、釣り人が使うのだろう。踏み跡が幾筋も川辺に向かって延びている。

里中には釣りの趣味はないが、この辺りを散歩するのが好きで、気が滅入っているときはよくやってくるらしい。草地に寝転んでぼんやり川面《かわも》を眺めていると気持ちが和んでくるという。

梨田の遺体が発見された場所はそこから五〇〇メートルほど離れていて、例の黒いワゴン車は見かけていないとのことだった。

携帯が落ちていたのは川岸に近い叢《くさむら》で、一帯にはだれかが捨てたペットボトルやコンビニ弁当の容器が散らばっている。

「普段はこんなところに目を向けたりしないんですけど、その日はとくに気分が落ち込んでいて、うつむき加減で歩いていたので目に入ったんだろうと思います。人間というのは、暗い気分でいるとなんでも悪いほうへ転ぶもんですね」

里中は寂しげに笑った。彼にとっては確かにそうかもしれないが、おかげで梶本の携帯が見つかったと考えれば、こちらにとっては必ずしも悪い方向ではない。

「でもあの携帯、そんなに大事なものなんですか。なんだかすごく力を入れているような気がしますけど」

里中が訊いてくる。そう感じるのはもっともで、メモリーの復旧まで依頼した以上、ある程度の事実を教えなければかえって好奇心を抱かせる。どうしましょうかというように池田が目顔で問いかける。やむなく葛木は事情を説明した。

「その携帯の持ち主は、じつは殺害された可能性があるんだよ。まだはっきりした答えは出ていないが、君にメモリーの復旧を頼むのも、ここに案内させたのも、その捜査の一環なんだよ」

里中の顔が蒼ざめた。

「おれ、人なんか殺していませんよ。本当にここで拾っただけで、持ち主がどういう人かも知らないし」

「それはわかってるよ。だから微罪処分としたわけで、ここの検分が終わったらなんのお咎めもなしで釈放だ。その代わりメモリーの件では協力して欲しい」

「もちろんしますけど、やらせたあとで再逮捕なんてないでしょうね」

「そんな汚い手は使わないよ。協力をお願いしているのはこっちだからね。君だって一つ間違えれば殺人の濡れ衣を着せられたわけだから、真犯人が逮捕されるのはけっこうな話じゃないのかね」

「もちろんですよ。それで完全に身の潔白が証明されるわけですから」

里中は生真面目な顔で応じる。池田が凄みを利かせて注文をつける。

「ただしこの件は一切口外無用だぞ。もし漏らしたら、こっちもおまえのことを公表するからな。ただでさえまともな就職先がないのに、そんなことが世間に知れ渡ったら、人生、そこで終わりだからな」

恫喝以外のなにものでもないが、ここは大目に見るしかない。里中もそこは十分承知のようだ。

「もちろん誰にも言いませんよ。そんなことを喋れば、おれが警察に捕まったことを白状するようなもんですから」

そのとき若宮が叢のなかにしゃがみ込み、怪訝な表情でなにかをつまみ上げて葛木に示した。

「妙なものが落ちてましたよ」

長さも太さもボールペンほどで、先端がやや細く、頭のほうはピストンのようなかたちをしている。

「そこにもあります。それからあそこにも――」

若宮は次々指差した。同じものがざっと見ただけで五、六本はある。

「なんだそれは。文房具かなにかみたいに見えるが」

池田が訊くと、若宮は首を横に振る。

「違いますよ。僕の伯父が糖尿病を患っていて、よく使ってるのをみかけました。これと同じ使い捨てタイプでした」

「つまり？」

「インスリンの自己注射器です。食事の前に自分で注射して血糖値の上昇を防ぐんです。最近のは針が髪の毛くらいの太さしかなくて、痛みもほとんどないんだそうです」

「だとしたら医療用廃棄物だから、こんなところに捨てちゃまずいだろう」

「針が外に出ていないこのタイプは家庭用のゴミとして廃棄できると聞きましたが、わざわざこんなところに捨てに来るというのは変ですね。おまえが携帯を拾ったときも、ここに落ちていたのか？」

若宮が問いかけると、里中は頷いた。

「あったよ。なんだかわからないから、触りもしないし、興味も持たなかったけど」

ふとひらめくものがあって、葛木は若宮に言った。

「その注射器、落ちているのを全部集めて証拠品袋に入れておいてくれ。もちろん手袋をつけてな」

「事件と関係あるとみてるんですか」

池田が興味深げに訊いてくる。葛木は池田を傍らに招き寄せて耳打ちした。里中に余計なことを知らせる必要はいまはない。

「インスリン投与が絡んだ殺人事件や殺人未遂事件が過去に何例かあるだろう」

池田は頷いた。

「ええ。糖尿病の夫に妻が過剰投与した事件とか、看護師が必要のない患者に投与して殺人未遂に問われた事件とかありましたね」

「確信があるわけじゃないが、可能性として否定できないんじゃないか。ここにこんなものが落ちていたのが偶然だという気がしないんだよ」

「どれも死因そのものはインスリンの過剰投与じゃありませんでしたが」

「死因にはならなくても、低血糖症に陥って意識を失うことはある。もちろん場合によっては死に至ることもある」

「梶本氏も梨田秘書も、意識を失っているあいだに自殺を偽装して殺害されたとお考えなんですか」

「どちらも抵抗した形跡がなかった。そこが他殺説を主張する上での難点だったが、そう考えると辻褄が合ってくる」

上尾からの情報では、梨田の死亡推定時刻は遺体発見の二十四時間以前四十八時間以内とされている。もしその注射器が梨田の殺害に使われたものだとしたら、時間的にも矛盾がない。

「たしかに。しかし梨田秘書の場合は、司法解剖されてますよ。どうしてそれに気がつかなかったのか」

「インスリンは本来人間の体内で分泌するものだから、外から注入されたものも自然のものも区別がつかないそうだ。注射針も髪の毛ほどのものだとすれば、司法解剖でも見逃される可能性はある」

「だとしたら、完全犯罪になることもありますね」

「ああ。そういうニュースに接するたびに、世の中には発覚していない殺人事件がまだまだありそうな気がしてくるよ」

ただならぬ手応えを覚えながら葛木は言った。

5

周辺一帯を探してみたところ、注射器は八本出てきた。どれも使用済みで、表記されている使用期限にはまだだいぶゆとりがあり、外観からもそう古いものではないことがわかった。

それ以外に興味を引くようなものはとくになかった。鑑識を入れて徹底捜索すれば靴跡や微細な遺留物が出てくるかもしれないが、里中がそうであるように、不特定の人間が自由に立ち入ることのできる場所だから、まず決め手にはならない。

署に帰って、二度と悪さはしないというかたちだけの誓約書を書かせたあと、梶本の携帯を預けて里中は放免した。

妻の承諾を得た上でこちらが確認したところでは、電話帳には、自宅と会社の所属部署や関連部署らしい固定電話の番号と妻や息子と娘の携帯番号が短縮ダイヤルとして登録されていただけで、それ以外の連絡先はなにもなかった。

重要機密に関わるような相手の番号はあえて残さないようにしていたのか、あるいはその分だけを何者かが削除したのか、現状では判断がつかず、それも含めて携帯に保存されていたデータに関しては里中の解析の結果を待つしかない。

今回起こした事件について、両親に知られることを里中は極端に惧れているようで、不審な行動をとればそちらに連絡をすると言うと、そんなことは絶対にしない、作業の進行状況については随時若宮に報告すると生真面目に誓った。

八本の使い捨て注射器は署内の鑑識チームに回して指紋の採取をしてもらうことにした。それが携帯に残された指紋や梨田の遺体が発見された車のなかの指紋と一致すれば、二つの不審死を同一犯による殺人事件として立件することが可能になる。

本庁の捜査一課が表だって捜査に乗り出すかどうかは勝沼の判断次第ということになるのだろうが、問題は二つの事件を二課が追っている贈収賄事件と結びつける材料がまだ弱いことだ。

「二課がいまやっている捜査をオープンにできれば、そこへ繋げる筋立ても十分可能なんですがね」

池田は焦《じ》れったい思いを隠さない。昨夜の俊史との話については池田を含む班の全員に伝えておいた。背後にいる最大の黒幕が摘発されれば国政を揺るがしかねない大物だという話を聞いて池田も山井も若宮も張りきったが、二課の捜査の全容はいまも明かしてもらえず、片肺飛行をしているようなまだるっこしさが付きまとうのは否めない。大原は首をかしげる。

「気持ちはわかるが、おれとしてはいまのやり方でもうしばらく進んでくれるほうが有り難いんだよ。うっかり話が大っぴらになれば、うちの署に帳場が立ってしまいかねない。そうなると署内の人員を総動員することになるし、捜査一課や応援に出張ってくる近隣署の連中の接待で忙しくて、本命の捜査どころじゃなくなる」

「たしかにそうですね。それだけ大きな事件を気心の知れた身内だけで捜査できる機会なんてのは、そう滅多にあるもんじゃないですから」

納得したように池田は引きとった。山井が訊いてくる。

「例の車のなかにあった指紋、どうなってるんですか」

それに関して動きがあれば俊史が連絡を寄越すはずだが、それがまだない。

「馬鹿に手間どってるな。勝沼さんが動いてくれればわけのないことだと思っていたんだが——」

　言いながら葛木は携帯を取り出して俊史の短縮ダイヤルをプッシュした。俊史はすぐに応答した。

「ああ、親父。例の指紋の件だろう。すぐに連絡できなくて申し訳ない。いま二課長が直々《じきじき》一課長のところに出向いて交渉しているところなんだ」

「揉めてるのか」

「そういうわけじゃないんだけど、捜査二課のここまでの捜査状況をまず説明して欲しいと言うんだよ。親父たちが解明した事実も含めてね」

「だったら手の内をすべて明かしてしまうことになる。捜査一課がそれで本格的に動き出すことになったら、これまでの隠密捜査が頓挫するんじゃないのか」

「心配ないよ。勝沼さんがすでに根回しをしてるから。親父たちが動いていることについても情報は入れるけど、そっちに迷惑がかかるようなことはしないから。それよりどうだった。里中が携帯を拾った現場に出かけてみたんだろう」

「ああ、ついさっき戻ってきたところなんだが」

「なにかめぼしいものはあったの？」

　言っていいかどうか一瞬思いあぐねる。こちらは一方的に情報を引き出されるばかりでどうにも分が悪い。目顔で問いかけると、大原は鷹揚に頷いた。やむなく注射器の件を説明した。

「それ、当たっていそうな気がするよ。その注射器からも指紋が検出されて、携帯にあったのや車のなかにあったのと一致したら、二つの変死事件はこちらが追っている贈収賄事件と表裏一体の関係にあることを裏付けるものになる」

俊史は勢い込んだ。そうは言われても、葛木としてはやはり一言釘を刺しておきたくなる。

「だとしても、おれたちの手で追い詰められるのはせいぜい実行犯までで、それをトカゲの尻尾《しっぽ》にさせるかさせないかは、おまえたちの捜査にかかっているわけだからな」

「それはそうだけど、やはり材料としては大きいよ。おれたちのほうも、贈収賄だけじゃなく、殺人にまで手を染めた凶悪犯罪という視野で捜査を進めることになる。当然、捜査方針も変えざるを得ない。トーヨー・デベロプメントや狩屋の関係者が直接手を下したとは考えにくいから、そういうことを引き受けそうな闇社会との接触という線も捜査の対象にしなきゃいけない」

「そっちとこっちで歯車がうまく嚙み合えば、贈収賄と殺人を一体の事件として扱える。本当の黒幕に至る道筋が見えてくるな」

葛木も期待を寄せた。俊史たちにとっては狩屋とトーヨー・デベロプメントのトップを中心とする贈収賄疑惑の全容を解明するのが目的だろうが、葛木たちにとっては、それらの大物を殺人教唆で摘発することが最大の目標だ。

「ああ。絶対に逃さない。相手がどんな大物でもね。権力を笠に着た犯罪は国家の根っこを腐らせる。それを許すなら、警察も一蓮托生《いちれんたくしょう》ということになる」

強い調子で俊史も応じた。

6

俊史との通話を終えたところへ、今度は上尾から電話が入った。

「例の事件のことは、まだ表には出せないんだろう」

「梶本氏の件か。まだだ。いまのところ動いているのはうちの班だけだ。おまえのほうはまだ梨田秘書の件で動いているのか」

「普通なら自殺ということで捜査打ち切りなんだが、変な指紋が出ちまったからそうも行かなくなった。それで補充捜査をしていたら、新しい材料が出てきたんだよ。千住署には知らせたんだが、どうも積極的に動く気配がない。それでとりあえずあんたの耳には入れておこうと思ってね」

上尾は他聞を憚るように押し殺した声で言う。どこかから内密に電話を入れてくれているらしい。

「殺人を示唆するような材料なのか」

「というより、そっちの事案とこっちの事案の強い関連を示唆する話だ。地元のタクシーのドライバーからの証言なんだが、おとといの昼過ぎに、遺体が発見された河川敷の近くで二人組の男を乗せたそうなんだ」

犯人が特定できない凶悪犯罪の捜査では、地元のタクシー会社への聞き込みが重要な糸口になることがある。上尾たちは基本に忠実にそこを当たってみたのだろう。

「ひょっとして、その二人――」

「一人は痩せぎすで背が高くて、もう一人は小太りで小柄だったそうだよ。どっちもジーンズとスニーカーのラフな出で立ちで、普通のサラリーマンのような印象はなかったらしい」

「マンションの防犯カメラに映っていた二人と一致するな」

「それからもっと怪しいことには、車に乗せたとき異臭がしたと言うんだよ」

「異臭というと？」

「腐った卵のような匂いだったそうだ」

「つまり硫黄《いおう》臭ということか」

「そうなるな。硫化水素も同じ匂いだ」

「そこからどこまで乗せたんだ」

「北千住の駅前までだ。そのタクシーは本社からの指示でそこへ向かったらしい。普通はタクシーが流すような場所じゃない。本社へは電話で配車依頼があったようだが、非通知でかけてきたようで、電話番号は記録に残っていない」

「ますます怪しいな。死亡推定時刻とも矛盾しない。硫化水素で殺害したなら、自分たちは呼吸を止めていても、異臭は服に染み付くかもしれない」

「それで、これから北千住の駅に出かけて、当日の防犯カメラの映像をチェックさせてもらおうと思うんだ。それらしい人間が映っていたら、人相特徴をかなり正確に特定できるかもしれない」

「そうしてもらえるとありがたい。しかし機捜の判断だけで、そこまで動いて問題はないのか」

「空いている時間に補充捜査することについては、上司の了解をとっているから問題はない。梶本氏の事案との関連についてはまだ腹に仕舞っておくから、そっちに迷惑をかけることはないだろう」

　上尾は意に介す様子もない。むろん上尾と葛木の個人的な繋がりがあっての話だが、複数の所轄を跨《また》いで活動する機捜はこういうときに頼りになる。

　情報をもらうだけでは申し訳ないし、向こうにとっても今後の捜査の重要なヒントになるはずだから、ここまでに出てきた事実のあらましを聞かせてやると、上尾は大いに興味をそられたようだった。

「やはりでかい事件になりそうな雲行きだな。自殺に偽装するためにインスリンを使ったというのはいい着想じゃないか。たぶんそれであたりだよ」

「いま二課にも動いてもらって、指紋の照合を進めている。携帯の指紋と車のなかの指紋。もし注射器にも指紋が残っていて、そのどれかが一致すれば答えははっきりする」

「間違いない。二件とも殺しで、しかも同一犯によるものだ。そこから先は母屋と上の役所がどう動くかだが、この先、面白くなっていくのはたしかだな」

上尾は弾んだ声で言った。ここにも今回のイレギュラー捜査を楽しんでいる人間が一人いるようだ。その話を伝えると池田は張りきった。

「だったらもう一息じゃないですか。別に帳場を立てなくても、その二人を挙げれば事件の核心に一気に近づきますよ。あの注射器だって、もし犯人の指紋が検出されれば、購入ルートを当たって身元を特定できるかもしれません。インスリンは処方薬のはずですから、医師の処方箋がないと買えない。病院や調剤薬局にルートは絞られますから」

気合いの入った声で大原も応じた。

「ああ。その程度なら、特捜態勢じゃなくてもおれたちだけでなんとかできる。本庁の連中に所轄の実力を見せつけてやれるな」

第六章

1

きのう荒川の河川敷で発見されたインスリンの注射器からは一名分の指紋が検出されたが、それは梶本の携帯にあった指紋とは一致しなかった。

だからといってその注射器が事件と無関係だとは考えられない――。それが葛木を含め城東署強行犯捜査チームの一致した意見だった。

捜査二課と捜査一課のトップ同士の話し合いの結果、指紋の照合は二課内部で行うことになった。

城東署側は、梶本の携帯から採取された指紋と注射器の指紋を二課に預け、捜査一課も梨田の死亡現場の車のなかにあった不審な指紋を二課に預ける。それならどちらも顔が立つとの判断らしいが、現状で捜査の主導権を握っているのは自分たちだという思いがあるから、こちらとしては必ずしも面白い話ではない。

照合の結果が出たのは午後一時を過ぎてからで、それを知らせてきたのは俊史だった。二課としてはまだしばらく隠密捜査の態勢を続けるつもりのようで、俊史と葛木のあいだがいまも二課とこちらの現場を結ぶ秘密のホットラインになっている。

結果は当初の予測とはやや異なっていた。携帯の指紋は車のなかにあったものとは違っていた。しかし注射器の指紋が一致した。ただしどちらの指紋も、警察庁の犯歴データベースにある過去の犯罪者の指紋とは一致しなかった。

それに加えて、きのうの上尾の話がある。梨田の死亡現場付近で、死亡推定日時と一致する三日前の昼過ぎに、マンションの防犯カメラに映っていた二人組と風体のよく似た二人の男が、地元のタクシーを拾い北千住の駅に向かったという。

インスリン投与によって昏睡状態にしたのち、自殺を装って殺害したという葛木の推理がほぼ的中したと言っていい。その注射器が、梶本の携帯が発見されたのと同じ場所に落ちていたことも偶然の一致とは考えられない。二つの変死事件が一連のものであることは論を俟《ま》たない。

上尾はそのあとすぐに北千住駅に向かい、該当する時刻の構内の防犯カメラの映像をチェックしたが、それらしい二人の姿は発見できなかった。

しかしタクシーのドライバーが偽証をしたとは思えない。北千住の駅前で降りたとしても、そのまま駅には向かわなかったのかもしれないし、駅の防犯カメラにしても死角がないわけではない。上尾は時間があるときに駅周辺の店舗や飲食店で聞き込みをしてくれるという。

指紋の件にせよ上尾の話にせよ、捜査を前進させる重要なステップになるのは間違いないだろう。二課もいよいよ贈収賄と殺人を一体のものとして捜査に乗り出すかと葛木は期待したが、困惑を隠せない口ぶりで俊史は言った。

「じつは頼みがあるんだけど。その事実についてはまだ表沙汰にしないで欲しい。おれたちも情報を共有するのは一課の上層部とだけにする」

ある程度予想はしていたが、やはり快い気分では受けとれない。

「一課の上層部ってのは、要するにどのあたりなんだ」

「一課長と側近の理事官までだ。管理官以下には知らせない。もちろん庶務担当管理官にもね」

声を落として俊史は言う。葛木はふと怖気だつものを感じた。

警視庁捜査一課の庶務担当管理官は、一般に最古参の管理官が着任し、将来の捜査一課長の定席とも目される。

事件の現場に本庁関係者として一番乗りし、殺人事件の疑いが濃厚と判断すれば特別捜査本部の設置を一課長に具申する。捜査一課の事実上の司令塔と言っても過言ではないポジションだ。

その庶務担当管理官を蚊帳《かや》の外に置くというのは通常はあり得ない話だ。その背後に勝沼の力が働いているとしたら、今回の捜査そのものが葛木たちの意思の遠く及ばないところで動いていることになる。

勝沼が私利私欲や権力欲のために強引なやり方を押し通そうとしているとは思わない。最終的に立ち向かうべき相手が巨大だとしたら、通常の刑事捜査のしきたりにこだわっていられない心情もよくわかる。

とはいえ梶本と梨田の死が殺人によるものだということはほぼ確定した。だとすれば難事件になるのは間違いない。

葛木が庶務担当管理官なら、いますぐ特別捜査本部を設置して、総力を挙げて事件解明に当たるべきだと捜査一課長に具申するだろう。それを人員わずか数名の所轄の強行犯担当部署だけで解決するなどというのは余りに無茶というものだ。

「いったい、いつまでそういう状態を続けるつもりなんだ」

苛立ちを抑えきれずに問い質すと、俊史はいかにも気まずそうに応じる。

「とにかくもうしばらく、表には出さないでおきたいというのが上の判断なんだ」

「その上というのには、捜査一課長も含まれているのか」

「もちろんそうだ」

「さらにその上は？」

「そこまでだよ」

「刑事部長も知らされていないのか」

「捜査一課にしても捜査二課にしても、現場の裁量権は課長にある。だから個別の事案についていちいち刑事部長に報告する義務はない」

「つまり捜査に携わっている二課のスタッフ以外では、勝沼さんと捜査一課長しか知らないわけか」

「警視総監にも知られたくないというのが勝沼さんの本音なんだよ」

重い口調で俊史は言う。葛木は問い返した。

「警視総監にも？」

「ああ。警察庁内部でも、その話は勝沼さんレベルで止まっているようだ」

「警察庁のような上級官庁で、そんなことが許されるのか」

「刑事捜査に関わる事案は刑事局長の専権事項だからね。個別の事案をその都度上に報告する必要はない。一般刑法犯の認知件数は全国で百数十万。それをいちいち報告させてたんじゃ長官官房は仕事にならない。それに建前上、広域指定の事件以外は警察庁は現場に関与しない。今回も表向きは勝沼さんもノータッチということになる」

「そういうレベルでも隠密捜査をやっているわけか」

「そうじゃない。そもそも報告する必要がないからしていないだけだ。警視庁にしたって、一課長も二課長も、普段から個別事案についてはいちいち刑事部長の耳には入れていない。刑事部長が顔を出すのは特捜本部が設置されたときだけで、それ以外の事案なら事後報告が普通だよ。官僚組織というのは上に行くほど政治家との距離が近くなる。警視総監や警察庁長官がそういう方面からの圧力を撥ねのけてくれるかどうか、はっきり言って保証はないからね」

俊史は恐ろしげなことを口にする。それが本当なら勝沼は政治的な勢力との真っ向からの対決を意識しているわけで、警察庁長官や警視総監までその影響下にあると見なしていることになる。勝沼にすれば官僚生命を賭しての勝負で、しくじれば左遷《させん》はおろか失脚さえあり得る。

もちろん俊史も同罪で、以後の出世は諦《あきら》めるしかない。捜査一課長や捜査二課長も無事では済まない。彼らには勝沼と心中する覚悟があるのか。それともこの勝負にそれだけの自信があるのか――。

「そういう理由もあって帳場が立つのを嫌っているわけか。危険領域に足を踏み込むことにならないか」

不安を覚えながら葛木は言った。腹を括ったように俊史は応じる。

「それを恐れて尻尾を巻いたら、おれ自身が警察にいる意味がなくなるよ。でも勝沼さんは自分一人が詰め腹を切るつもりだよ」

「そんなことを言ってるのか」

「ああ。すべては自分の責任でやっていることで、おれを含めてほかの人間は命令に従っているだけだ。そちらに累《るい》が及ぶようなことにはしないとね。もちろん親父たちもそこに含まれる」

「そうは言っても、おれたち下っ端だってお咎めなしとはいかないだろう。おれについてはそれで本望だが、池田を始め班の連中が心配だ」

「おれが親父の息子だったせいで、妙な方向に巻き込んでしまったね。そこは心苦しいけど、親父たちに迷惑をかけるようなことは絶対にしないから」

「その目算《もくさん》はあるのか」

葛木はしつこく問い質した。自分一人の問題なら黙って腹に仕舞えることも、まだ先のある池田や山井や若宮のことを思えばやはり黙ってはいられない。

「こうできると具体的には言えないけど、おれも勝沼さんも自分の首と引き替えにしてでもそうはさせないつもりだよ。上の人間のご都合主義で働かされて、そのツケまで払わされたんじゃ警察という組織がそのうち機能しなくなる」

いまの状況ではそんな曖昧な言い方しかできないのは葛木にもわかる。けっきょく信じるしかないのだろう。もし二課が追い詰めようとしている本当の黒幕が国政を左右するような超大物だとしたら、勝沼が敢《あ》えてとらざるを得ないこの作戦の足を引っ張るようなことはしたくない。

「おれたちはどうしたらいい。このへんで捜査を手控えたほうがいいのか」

問いかける口ぶりにどうしても皮肉が混じる。俊史は慌てて否定する。

「そういうわけじゃない。むしろここまで網が絞れたことで、二課の捜査にも拍車がかかる」

「どう拍車をかけるんだ。派手に動き回ると証拠を隠滅されかねないからと、ここまで秘密裏に動いてきたわけだろう」

「張り込みの対象を拡大したよ。現役の閣僚の身辺にまでね」

「現役の閣僚？」

「そのクラスまで射程に入れている」

「国政を揺るがしかねない大物というのはそのあたりなのか」

「そこで止まればいいけどね」

「その先には内閣総理大臣しかいないじゃないか」

「ロッキード事件に匹敵する疑獄（政治が絡んだ大規模な贈収賄事件）事件に発展するかもしれないね」

溜め息混じりに俊史は言う。日本の国民として決して嬉しい話ではない。時の総理大臣の田中角栄《たなかかくえい》が中心となって関与したあの事件は、日本の政治史の消しがたい汚点としていまも語り継がれている。田中が逮捕されたのは総理退陣後だったが、まだ高校生だった葛木の記憶にも、日本中が騒然とした当時の世相がいまだに焼き付いている。俊史は続ける。

「あのとき動いたのは東京地検特捜部だった。地検特捜部という組織の存在が世間一般に広まったのもそのとき以来だと聞いてるよ」

たしかにそうかもしれない。葛木もそのころは、犯罪者を摘発するのは警察の仕事だと思っていた。以来、総理大臣でも捜査の対象にできる地検特捜部は警察よりも格が上だと考えるようになった。

その考えが間違いで、司法警察権の行使というレベルでは警察も地検特捜部も同格だということを知ったのは警視庁に奉職してからのことだった。

「政治家や大企業が絡む案件は地検特捜部の独占分野のように見られている。そんな世間の常識を覆すチャンスかもしれないな」

葛木は言った。半ばは一警察官のプライドからであり、半ばは勝沼や俊史の意気込みに水をかけたくない思いからだった。

「そうなんだ。二課の捜査員は全員気合いが入っている。もともと二課は政治家の捜査が得意でね。選挙違反の摘発は十八番《おはこ》みたいなもんだから、政治家の事務所の人の繋がりや金の動きも熟知している。今回のチームには、企業犯罪の専門家もいれば、政治犯罪の専門家もいる。張り込みや尾行といった地道な捜査が地検は苦手だからね」

俊史は自信を覗かせる。葛木は訊いた。

「おれたちが調べたことはまだしばらく寝かせておくのか。このまま賞味期限が過ぎてしまわなきゃいいんだが」

「そんなことはない。今後、狩屋の周辺の政治家に接触するようなことがあれば、強力な揺さぶりの材料になる」

「そちらについては目をつぶるから、収賄を認めろと取り引きを持ちかけるんじゃないだろうな」

ストレートに訊いてやると、俊史は強い調子で言い返す。

「冗談じゃないよ。いくら殺しが専門じゃないからって、殺人犯を見逃すようなことをしたら警察官としての自己否定だよ」

「勘ぐって悪かった。しかしそっちのターゲットがだんだん大きくなっていくもんだから、こちらとしても見通しが立たなくなってな。二つの事件が一体のものだという確信は得られたけど、そっちの贈収賄の事案と直接結びつけられる接点がまだ見つかっていないわけだから」

「しかし繋がっているのは間違いないというのが、二課長や勝沼さん、現場の捜査員の共通した見方だよ。親父だってその点は自信があるんだろう」

「一二〇パーセントと言ってもいいな」

「おれもそうだよ。だから捜査はさらに続けて欲しい。いま大っぴらに動いたところで虻蜂とらずに終わりかねない。梶本氏と梨田秘書──。その二つの死とおれたちのヤマがしっかり結びついたときは、もちろん一気呵成《いっきかせい》に仕掛けていく。親父たちの成果を決して無駄にはしないよ。それに親父たちだって、捜査一課がこれから乗り込んで、成果を横取りするのは面白くないだろう」

俊史は所轄刑事の機微を突いてくる。帳場に出張ってくる捜査一課の刑事は、所轄の刑事を自分たちの手足だと勘違いする。かつての自分がそうだった。しかしいまの葛木の立場はその逆だ。

所轄の刑事も人の子だ。警察官としてのプライドや、切れば血が出る心を持っている──。そのことをいまは身をもって知っている。本庁捜査一課を見返してやることは、多かれ少なかれ所轄刑事のだれもが抱いている願望と言っていい。

「その点は痛し痒しだな。これから捜査が進展すれば人手がもっと欲しくなるだろうが、いまははっきり言ってせいせいしている。若い連中も伸び伸びやってるよ」

複雑な思いで応じると、安心したように俊史は言った。

「ここまでだっていい結果を出してくれてるよ。殺人事件の帳場といっても、支えているのは所轄だからね。その辺は身をもって経験しているからよくわかる。もし人手が欲しかったら、言ってくれれば二課から捜査員を派遣してもいい。うちには以前捜査一課にいた人もいるから」

2

「一課だろうが二課だろうが、こっちは間に合ってますよ。それよりロッキード事件に勝るとも劣らない大事件になりそうじゃないですか。あっちは殺人まで絡んじゃいませんからね」

俊史とのやりとりを大原と池田にかいつまんで聞かせると、池田は気炎を上げた。葛木は慎重に言い添えた。

「表向きはそうだが、田中角栄の秘書兼運転手の笠原正則《かさはらまさのり》、事件を取材していた新聞記者の高松康雄《たかまつやすお》、児玉誉士夫《こだまよしお》とロッキード社の仲介を行っていたとみられる福田太郎《ふくだたろう》の三人が怪死して、口封じのために殺されたんじゃないかと取り沙汰された。どれも警察は立件しなかったがね」

「どういう死に方をしたんですか」

池田は身を乗り出す。そこが気になるのが強行犯担当刑事の習い性なのだろう。記憶のページを繰って葛木は答えた。

「笠原という人は車の中に排気ガスを引き込んで自殺、ほかの二人は急性心不全や肝硬変の悪化による急死とされているが、いずれも事件の深層を知る重要人物だった。そのあとのダグラス・グラマン事件、リクルート事件といった戦後の世相を賑《にぎ》わせた疑獄事件でも、重要人物が怪死している」

警察官に成り立てのころ、刑事に憧れて世の中の有名事件について書かれた書物を読み漁った。そのせいか、いまも妙な領分で知識が豊富だ。池田は吐き捨てる。

「当時の警察はなにをやってたんだか。今回の事件にしても、梶本氏の件を我々がおざなりに処理していたら、似たようなことになっていたかもしれませんね」

「ロッキードやリクルートの関係者の変死が殺人だとは断定できないが、今回の事案に関してはそう解釈して然るべき根拠があるからな。こっちはそこをセットにして訴追しないと」

「もちろんですよ。上のほうで政治家と取り引きをして、こっちの話を闇に葬るようなことをしたら、おれが本庁の記者クラブに出かけて全部暴露してやりますから」

池田ならやりかねないが、葛木としてはそこまで勝沼や俊史を疑いたくはない。大原が興味深げに口を開く。

「勝沼さんも腹を固めているということだろうな。たしかに過去の疑獄事件の例を見ても、半端なやり方で行けば、政治の力で捜査はいくらでも妨害できる。そこを突破した当時の東京地検特捜部は敵ながらあっぱれと言うべきだよ。ところがここのところ捏造事件やらなにやらでかなり劣化している。ここいらで警察が本気を出さないと、この国の行く末が心配だよ」

嘆く大原とは対照的に、池田はこの事案をとことん楽しむ腹のようだ。

「向こうは最初から太い尻尾を出してくれてます。その手の事件に絡む口封じの殺人は、もし立証できれば今回が初になりますから、私も大疑獄事件の解決に尽力した名刑事として歴史に名を残すかもしれません」

そのとき葛木のデスクの警察電話が鳴った。受話器をとると、山井の声が流れてきた。上尾にすべてを任せてはおけないので、北千住駅周辺での例の二人組の行動について、若宮とともに聞き込みに行かせていた。

「いま北千住駅の近くのサウナのフロントにいるんですが――」

その声が昂揚している。なにか耳よりな情報を仕入れたらしい。

「例の二人組の目撃情報か」

「そうなんです。三日前の午前二時ころ、ひょろりとしたのっぽの男と小太りの背の低い男の二人組が入店したそうなんです。一時間ほどで入浴を終えて出ていったと言うんですが、入ってきたとき変な臭いがしたと言うんですよ」

「臭いって、いわゆる腐卵臭か」

「温泉卵のような臭いだって、その従業員は言ってますけど、要は硫黄の臭いじゃないですか」

「ああ。硫化水素も同じ臭いのはずだ。荒川の河川敷近くで二人組を乗せたタクシーの運転手の証言と一致しているな」

「ええ。間違いないと思います。それでフロントには防犯カメラがありまして、その二人がばっちり映ってるんですよ」

電話の向こうで山井の声が弾む。それは大きな手がかりだ。被疑者の顔が特定できれば聞き込みの際の有力な材料になる。

公開捜査が可能な状況なら似顔絵のチラシやポスターをつくったり、テレビのニュースで放映したりもできるが、いまのところその道は絶たれている。とはいえそれを材料にした聞き込みで、さらに新たな目撃証言が出てくるかもしれず、そこから身元が割れることもある。

「その映像を借りることはできるか」

「必要なところだけＤＶＤに書き出してくれるそうです」

「それは助かるな。二人ともお手柄だった」

「犬も歩けば棒に当たるってやつですよ。本人たちもさすがにその臭いが気になったんでしょう」

謙遜しているようで、山井の声は弾んでいる。葛木は言った。

「とりあえず、そのお土産を持って急いで署に戻ってくれ。映りのいいところを選んで手配用の写真をつくる。あすからそれを持って聞き込みをすればいいだろう。忙しくなりそうだな」

「署にいれば面白くもない宿題をやらされますから、外歩きのほうが気分がいいですよ。それじゃ急いで帰ります」

山井は張り切って応じる。宿題というのは書類仕事のことで、刑事も役人の一種である以上、避けては通れない大事な仕事だが、若い連中はこれが嫌で堪《たま》らない。かつての葛木も似たようなものだった。

それを伝えると、池田はしてやったりという表情だ。

「顔写真が手に入れば、もうこっちのもんですよ。あとは例のインスリンの注射器です。これからメーカーに問い合わせて、製造番号から販路を絞り込みます」

「男二人についての聞き込みと、そっち方面でのナシ割（遺留品や証拠品の流通ルートからの捜査）となると、どう考えても人手が足りないな」

大原が首を捻るが、池田は気にするふうもない。

「刑事組織犯罪対策課が総掛かりで動けばやれますよ。課長が一声号令をかければ、なんとでもなるでしょう」

「普通のケースならそれができても、今回は隠密捜査だ。情報の共有は強行犯捜査係に限定しないとまずいんじゃないのか」

大原は葛木に目を向ける。そこはなかなか判断が難しい。人手が多いに越したことはないが、情報が外部に漏れる危険性もそれだけ増える。

「大丈夫ですよ。箝口令をがっちり布けば、迂闊なことはだれも喋りません。うちの署の連中を信じなくて、だれを信じろと言うんですか」

当然のことのように池田は応じる。たしかにそのとおりで、そもそも捜査上知り得た事実は家族にも漏らさないというのが刑事たる者の必須の心得だ。自分の属する課の同僚を疑うことは、彼らの刑事としての資質を疑うことになる。葛木は頷いた。

「池田の言うとおり、そこは信じるしかないんじゃないですか。そうじゃないと捜査は先へ進まない。そっちのほうがマイナスは大きいと思います」

大原が身を乗り出す。

「そうだな。じゃあこうしよう。二課との絡みについてはまだ教える必要はない。実際問題、あっちの捜査対象との関連性に関しては、まだはっきり立証されているわけじゃない。現状では梶本、梨田の二人の変死に関連性が認められるだけだ。母屋も千住署も間抜けでそこに気づいていないから、こちらで勝手に捜査を進めることにした——。そこまで説明すれば嘘をついたことにはならないし、捜査員も納得するだろう」

「それでいいんじゃないですか。普段は強行犯捜査係なんて名ばかりで、そうそう凶悪事件が起きるわけじゃない。空き巣や猥褻《わいせつ》事件の聞き込みでこき使われてるわけですから、ちょっとは借りを返してもらわないと間尺に合いません」

満足げな様子で池田が言う。管内で殺人事件が起きるのが嬉しいというわけではないだろうが、強行犯捜査一筋でやってきた池田にすれば、久々に気合いが入る仕事なのだろう。そのうえ今回は捜査一課の下につくわけでもない。

そんな思いは池田だけのものではないはずだ。山井や若宮のような若手にしても、これから聞き込みに駆り出される刑事組織犯罪対策課の同僚たちにしても、おそらく同様の思いを抱いているだろう。

刑事捜査の常道からそれた俊史経由の勝沼の注文に葛木も辟易していたところだったが、池田や大原の言葉が背中を押してくれた。こうなれば、葛木も気合いを入れていくしかない。

「だったらおれもあすから現場に出よう。若い連中に負けちゃいられない」

「そうこなくちゃ。ここからが所轄魂の見せどころですよ」

我が意を得たりとばかりに池田は言った。

3

大原の号令一下、翌日から刑事組織犯罪対策課総掛かりの捜査が始まった。といっても課の総人員は三十名足らずで、そこから事務職員を除けば二十数名だ。特別捜査本部の陣容にははるか及ばないが、それでもこれまでと較べれば十分なパワーアップといえる。

荒川の河川敷で見つかったインスリンの自己注射器を販売しているメーカーに問い合わせたところ、同じ製造ロットの製品は主に首都圏で流通しており、取り扱った院内薬局と調剤薬局は二百ヵ所に上った。

それを虱潰《しらみつぶ》しに当たるのは決して楽ではないが、もし例の二人組のどちらかが処方を受けたものなら、健康保険の記録から身元が判明する。インスリンは医師の処方箋がなければ販売できない。

違法なルートで入手した可能性も否定はできないが、購入者の身元が特定しにくい一般消費財と異なり、捜査の歩留まりは決して悪くない。

山井と若宮が入手した二人組の画像はすでにプリントして捜査員全員に配ってある。フロントに設置されたカメラのすぐ近くのため比較的鮮明で、聞き込みの際の有力な材料になる。

そんな新しい捜査態勢について、俊史には事後の連絡になったが、とくに異論は挟まなかった。それについてはあくまでこちらの裁量の範囲内で、丸投げしている以上、注文もつけにくいということだろう。

二人の男の写真は上尾にも渡しておいた。この事案にはいまも執心の様子で、パトロールがてら聞き込みをしてくれるという。

城東署員による聞き込みはとりあえず北千住駅周辺から始める予定で、少なからぬ捜査員が動き回れば千住署も神経を尖らせるかもしれない。

その点、大原は抜かりなかった。さっそく先方の課長に電話を入れて、あくまで梶本の変死の件の補充捜査で、マンションの防犯カメラに映っていた二人組を千住方面で見かけたという情報があったからだとしらばくれておいた。

俊史が言っていたとおり、一課長は二つの変死と二課が追う贈収賄事案の繋がりについて現場には一切知らせていないようで、先方の課長はなんの疑いもなく城東署捜査員の地元での捜査活動を了承した。

葛木は若宮とともに、まずは手近な城東署管内の病院と調剤薬局を聞き込んで回ることにした。

「ほかの犯罪を馬鹿にするわけじゃないですけど、やはり殺人事件というのは気持ちの張りが違いますね」

覆面パトカーのハンドルを握りながら若宮が言う。

葛木の班に着任した当初は、死体を見るのが大の苦手で、殺人事件というと顔を引きつらせていたものだが、鬼軍曹の池田の薫陶《くんとう》もあってか、場数を踏むにつれ強行犯捜査担当刑事らしい面構えになってきた。

殺人捜査が趣味のようなものだといえば被害者や遺族に申し訳ないが、いっぱしの刑事になるステップとしてだれにもそういう時期がある。葛木もかつてはそうだったし、池田に至ってはいまもその傾向が改まらない。葛木は言った。

「そのうえ普通の殺しとは一味も二味も違うからな。政界を牛耳る大物を殺人教唆で送検することになるかもしれん。おれだって入庁以来、そういう事件に出くわしたのは初めてだよ」

「政界を牛耳る大物って、ひょっとしたら総理大臣ですか」

若宮は興味津々という顔だ。葛木はさりげなくかわした。

「二課は贈収賄の件で射程に入れているかもしれんが、こっちはなかなかそこまではな。しかし狩屋代議士クラスをその線で立件できたとしたら、それだけでも歴史に残る快挙と言えそうだな」

「凄いじゃないですか。退職したら本を書いて一儲けできるかも」

若宮は虫のいいことを言い出した。葛木はしっかり釘を刺す。

「そうはいかない。公務員は職務上知り得た事実を外部に漏らしちゃいけない決まりになっている。それは退職後も同様だ」

「つまりどんな驚愕の事実を知っていても、墓場に持っていくしかないんですね」

「そりゃそうだ。給料をもらって仕事をしている以上、それをネタに余禄を稼ぐのは御法度だ」

「そのわりに大した金額はもらってませんけどね」

「しかし、そういうヤマに出会うと気持ちの張りが違うんだろう。そういう仕事ができること自体、幸せだとは思わないか」

「さすが警部補。年の功でうまいことをいいますね」

若宮は悪びれない。口の利き方だけ一人前になるのも困りものだが、偶然とはいえ、とりあえずこの捜査では成果を出している。

「里中のほうはどうなってる。連絡はとっているのか」

訊くと若宮は待ちかねていたように答える。

「さっき電話を入れてみました。きのう秋葉原を一日じゅう歩き回って、やっと読み込み装置の部品を集めたそうです。うまくいけばあすじゅうにはデータを復旧できると言ってます」

「そりゃ頼もしい。政界との強い結びつきを示唆する材料が出て来たら、贈収賄関係の捜査も一歩前進するな」

「二課がぐずぐずしているあいだに、うちのほうですべて解決しちゃいそうじゃないですか」

若宮は鼻高々といった様子だが、そう言いたい気持ちもわからないではない。隠密捜査の必要性はむろん理解しているものの、二課の動きが具体的に聞こえてこない。こちらは手の内をすべてさらけ出しているのに、向こうでなにがどう進んでいるのかについて、俊史も曖昧な答えしか返してこない。

葛木は捜査一課一筋で、二課のやり方はよく知らない。俊史が言っていたように、物証やら目撃証言といった具体的な証拠に乏しく、気配のようなものを察知して周辺情報を収集し、いけると踏んだら一気に強制捜査という段取りを踏む点は、地検の特捜とあまり違いはないのだろう。

大々的に帳場を立てて、捜査態勢の分厚さで被疑者にプレッシャーをかけていく。それが捜査一課のやり方で、そのためにマスコミにも積極的に情報を流す。そのあたりは二課とは水と油ほどにも違う。

二課は被疑者サイドの人間と水面下で接触したりもする。その一人が殺害された可能性の高い梶本であり、もう一人が次の犠牲者にならないとも限らない狩屋の私設秘書の片山邦康だ。梶本の件があった以上、捜査状況を秘匿することは、片山の命にも関わってくる重大事なのだ。

「先方には先方の事情があるんだろう。相手はおれたちのお得意さんとはタイプがだいぶ違う」

「そういう意味じゃ、政治家は二課にとって常連さんかもしれませんね」

「こういう大規模な事件で付き合ったことはないにせよ、選挙違反は二課の専門分野で、政治家とは気心が知れた仲と言っていいだろうな」

「問題はそれがいい方向に転ぶか悪い方向に転ぶかですよ」

若宮は厳しいところを突いてくる。葛木も本音を言えば、いまのやり方は気が重い。勝沼はいま次長もしくは警視総監ポストを狙う位置にいる。次長になれば次期警察庁長官の椅子が確定する。

むろん今後の厳しい競争を経ての結果だが、政治家に近い関係にあるという意味では、そういう高級官僚は長官や警視総監に負けず劣らずなのではないか。むしろ熾烈《しれつ》な勝ち残り戦を制するために、政治家との距離は逆に狭まることもあるのではないか——。

そんな不安を抑え込むように葛木は言った。

「おれたちは殺人捜査が本業で、政治や官僚社会の裏舞台に神経を使う必要はない。二課は二課で本気の勝負に出ているはずで、そこは信じて進むしかない。殺しの捜査は証拠がすべてで、それをしっかり積み上げていけば、自然にホシにたどり着く。まずは実行犯を押さえることだ。そこから教唆の連鎖をたどっていけば、総理大臣にだって手錠を掛けられる。そこが政治や官僚社会の力学とは無縁な、おれたち現場刑事の強みだよ」

「そうですね。いまの捜査態勢で行けるところまで行けば、自ずといい答えが出てくるんじゃないですか」

あっけらかんとした調子で若宮は言う。葛木のような古いタイプの刑事にとっては、殺人事件は特捜態勢でというのが身に染みついた常識だ。そこから外れた今回の捜査はなんとも気分が落ち着かないが、彼のような若い刑事にはことさら違和感もないらしい。

日本の警察にとって殺人は特別なもので、帳場を立てて大人数の捜査員を動員するのは殺人事件に限られる。そのせいで殺人事件の検挙率は九〇パーセントを優に超え、世界的にもハイレベルだが、一般刑法犯の検挙率となると三〇パーセント前後で、こちらは世界的に見ても低い数字だ。

しかし殺人事件だけが犯罪ではない。そして殺人事件にだけそれほどのマンパワーを割くことが果たして効率的なのかと、一課の刑事時代にもときおり感じることがあった。所轄に異動して、その感はさらに強まった。わずか十数名の捜査一課の刑事たちが、百人、二百人という所轄や近隣署の捜査員を顎で使い、鳴り物入りの捜査を展開する。

しかしそこまでする意味が本当にあるようなケースはごく稀で、捜査の難易度という点でみれば、特捜事案にはまずならない窃盗や強盗や傷害事件とそれほど大きな差があるわけではない。

所轄の刑事は限られた人員で日々殺人以外のあらゆる事件を追っている。しかしひとたび管内で殺人事件が起きれば、全員が帳場に動員されて、その他の事件は後回しになる。

殺人事件といえども、より少ない人員で効率よく捜査が進められる事案もある。もう少し知恵を使い、人員を適正に配置して、所轄にも権限を与えれば、殺人事件の検挙率は維持したままで、刑法犯全体の検挙率アップも可能なはずなのだ。

そう考えれば今回のやり方は、葛木自身が心に秘めていた、あるべき刑事捜査を実践するいいチャンスだとも言える。

4

区内の病院と調剤薬局のリストを頼りに午前中から歩き始めて、聞き込みをしたのは二十数ヵ所に及んだが、二人組の顔に見覚えがあるという情報は得られなかった。

近隣の墨田区や足立区を回っている捜査員もまだ有力な情報は得ていないようで、このやり方で首都圏の病院や薬局を虱潰しに聞き込むとしたら、それだけで相当な日数を要することになりそうだ。

病院と薬局のリストがあるなら、捜査関係事項照会書に二人の写真を添付して郵送したらどうかという案もあったが、実際に面談して話を聞くのと紙切れ一枚で問い合わせするのとでは得られる情報の質が違う。

刑事捜査で誘導訊問は御法度だが、面談してあれこれ質問することで思いがけない話が聞き出せることもある。質問用紙一枚の問い合わせでは、相手も質問内容に事務的に答えるだけだ。四方山話《よもやまばなし》も交えながらあれこれ話していくうちに、意外な鉱脈を掘り当てたことはこれまで何度もある。

北千住駅周辺で聞き込みをしているチームからもとくに朗報は届いていない。課を挙げての本格捜査に乗り出してまだ一日目で、それで成果を期待するのは無理があるとは承知の上だが、梶本と梨田の二つの事案に関しては、そもそも初動で出遅れたというハンデがある。

どちらもかたちとしては自殺として処理されていて、鑑識作業も殺人を想定した場合ほどには力を入れていない。いまさら現場を再捜査しても新たな物証が出てくるとは思えず、その意味ではあまりのんびりはしていられない局面だ。

大原から電話があったのは、午後五時を過ぎたころで、中規模の総合病院の院内薬局と、糖尿病を担当する内科医師の話を聞き終えて外に出たところだった。応答すると、気ぜわしい調子で大原は訊いてくる。

「いまどんな状況だ?」

「予定していたところはあらかた回りました。あと数ヵ所残っていますが、いまのところとくにめぼしい情報は得られていません」

「そうか。だったら残りはあすにして、これから署に戻ってこられないか」

「なにかあったんですか」

「さっき、捜査一課の理事官から電話があったんだよ」

「大原さんに直々に?」

葛木は慌てて問い返した。大原も当惑を隠せない口ぶりだ。

「そうなんだ。なんと一課長がおれたちに会いたいそうでね。今夜七時のご指定だ」

「馬鹿に急じゃないですか。うちの署にくるんですか」

「墨田区にある割烹《かっぽう》の店を指定してきた。うちのほうからはおれとあんたをご指名だよ」

「先方は一課長一人で?」

「さあ、わからない。たぶん理事官も来るんだろうが」

「いったいどういう風の吹き回しですか」

「そういう場所で会おうというんだから、なにか内緒話をするつもりなんだろう。余計な動きをするなと釘を刺すつもりかもしれないし——」

「そこは俊史と話がついています。事件を表沙汰にしない限り、なにをやってもいいと理解してますが」

「それだけじゃ心配で、なにやら指図をしようというつもりかもしれないな。渋井《しぶい》さんは現場の気持ちがよくわかる人だが、今回のようなやり方は初めてだろう。こっちにしても、じかに会って、先方の腹の内を探るのは悪いことじゃない」

大原は前向きな口ぶりだ。渋井和夫《かずお》捜査一課長とはこれまでもいくつかの事件で仕事をしたことがあり、葛木もその人柄はよく知っている。

曲がったことは嫌いだが、一方でバランス感覚にも長《た》けていて、筋を通しながら現場をまとめる微妙な舵取りのできる人物だ。所轄の経験も長いから、葛木たちのような現場の刑事の思いもよく知っている。

「勝沼さんの意向を受けてでしょうかね」

葛木は問いかけた。もしそうならここまでの捜査の方向に大きな変化はないはずだが、渋井の一存でということだと、勝沼とは考えに相違があるかもしれない。

こちらとしてはそうなると厄介なことになる。これまでは俊史経由で伝わってくる勝沼の意向に沿って考えていればよかったが、捜査一課長となると所轄の強行犯捜査係にとっては最高司令官に当たる。方針が異なれば勝沼たちと渋井とのあいだで板挟みにならざるを得ない。

いまでも大原を始め職場の同僚たちが理解してくれるので、俊史からの難題との板挟みはいくらか緩和されているが、母屋と上の役所が一枚岩でなくなると、状況はひどくややこしくなるだろう。

「勝沼さんは承知してるんですか」

葛木は確認した。大原の答えははっきりしない。

「許しを得たのかなんて、おれのほうからは訊けないよ。大枠の考えは一致してるんだろうが、勝沼さんには現場に対する直接の指揮権がないから、渋井さんとしてはある程度自分の判断で動ける余地がある」

「捜査一課としてのプライドだってあるでしょう。なんらかのかたちで指揮は執りたいという思いもあるんじゃないですか」

「そうだな。二課の都合ばかり聞いて自分は蚊帳の外じゃ、渋井さんだって立つ瀬がない。捜査一課長と言えば、桜田門の看板スターだからな」

「俊史に確認してみましょうか」

「いや、渋井さん一人の判断だとしたら、それはそれで差し障りがあるだろう。勝沼さんに言いつけるようなかたちになっちゃまずい。事後報告でいいんじゃないか」

大原は慎重だ。その考えも納得がいく。

「そうですね。渋井さんなら無茶な横槍を入れてくることもないでしょう。むしろ今回の捜査態勢に一課長としてのお墨付きをもらえれば、こちらも動きやすくなります」

「おれもそこに期待してるんだよ。いまのところ勝沼さんからじかに指示が来ているわけじゃなく、俊史君経由でいわば意向が伝わってきているだけだ。現状はすべておれの裁量で捜査を進めているが、ターゲットがあまりにでかくなりすぎて、正直心細いところもある。渋井さんがバックについてくれたほうがなにかと気が楽だ」

「渋井一課長公認の特命チームという位置づけになれば、たしかに動きやすくはなりますね」

「まあ、そこは会ってみないとわからんがな。しかし、捜査一課長が直々におれふぜいをそういう場所に呼ぶなんて、普通じゃ考えられない話だよ。今回の事案、やはり並大抵のものじゃなさそうだな」

電話の向こうで溜め息をつく大原に、葛木は言った。

「じゃあ、これから急いで戻ります。思いがけない雲行きですが、悪い方向に転ぶような話でもないでしょう」

「そうあって欲しいよ。せっかく網が狭まってきたところだ。上の都合でまた難題を持ち込まれたら、ここまでの苦労が水の泡だ」

祈るような調子で大原は応じた。

5

その足で署に戻ると、日中、北千住駅の周辺や、葛木たちと同様に都内の調剤薬局や病院を回っていた課員たちが続々と引き上げてきた。

とくに成果はなかったようで、どの顔にも疲労の色が張り付いているが、同時にやりがいのある仕事ができた満足感のようなものも感じられる。

朝一番の挨拶で大原が強調したのは、これは捜査一課が自殺と見立てて帳場を開設しなかった事案を所轄の判断で継続捜査するもので、所轄刑事の意地の見せどころだという点だった。

そのことだけをとれば嘘ではなく、本庁側からも勝沼からもああやれこうやれという指令は出ていない。極端なことを言えばなにもしなくてもどこからもお咎めはないわけで、葛木たちがきょうまで捜査を継続してきたことは、まさに所轄の意地なのだ。

「今夜、渋井一課長と美味いものを食うそうですね」

池田が近寄ってきて耳打ちする。葛木は問い返した。

「だれから聞いたんだ」

「大原さんですよ。もちろんしっかり口止めされてますけど」

当初からこの捜査に関わってきた強行犯捜査係のメンバーに対しては隠すべきではないという大原の判断だろう。それならそれでけっこうな話だ。

「おれも驚いているんだが、そういう場所に呼び出されるということは、よほど機密保持に神経を使っているんだな」

「本当は捜査一課から人を出したいところだけど、それじゃどうしても目立ってしまう。苦肉の策でおれたちを直接コントロールしようという腹ですかね」

池田はあくまでリアリズムに徹する。もちろんそういう狙いはあるだろう。こだわりのない調子で葛木は応じた。

「コントロールといっても、一課長自ら陣頭指揮できるわけじゃないからな。要するにこっちの捜査状況が二課を経由してしか入らないので、自分なりにパイプを一本通しておきたいんじゃないのか」

「今回の事案は一課長にとっても一世一代の大ネタでしょうからね。最後まで蚊帳の外に置かれて、二課にいいとこ取りされちゃ堪らない。そこはおれたちと一緒でしょう」

「そのあたりの腹も確認しておかないとな。重要なのは殺人教唆の芋づるをどこまでたどっていけるかだよ」

「狩屋の政治秘書やらトーヨー・デベロプメントの平取クラスで手打ちにされたら、こっちとしては面白くないですよ。せめて狩屋本人やトーヨーの会長、社長あたりに殺人容疑で手錠を掛けないと」

「渋井さんのことだ。とことん行けという話だと思うがな」

「それを期待してますよ」

にんまり笑って池田は言った。

6

葛木と大原は、約束の午後七時の十五分まえに指定された墨田区内にある割烹料理店に着いた。

三宅《みやけ》という理事官の個人名で予約してあるということだった。その名前を告げると、仲居が奥のほうの座敷に案内してくれた。

老舗の高級店のようで、店構えは質素だが内装は風格があり、葛木あたりの給料でそうそう足が運べる店ではなさそうだ。

捜査一課長にしても公務員で、懐具合は葛木とそれほど大きな違いはないはずだが、職務に応じた接待交際費は認められているのだろう。

普通なら城東署へ出向くなり、本庁に呼びつけるなりすれば済むことなのに、わざわざこういう場所を指定したことには、やはり葛木たちと会うこと自体を秘匿しておきたい意図が窺える。

下座にかしこまって五分ほど待つと、廊下で仲居の案内する声が聞こえ、ほどなく襖《ふすま》が開き、渋井が入室してきた。伴っているのは三宅という理事官一人で、葛木も本庁にいたから多少の面識はある。

葛木と大原が立ち上がって一礼すると、まあ座れというように手振りで示し、自らもどっかりと腰を落ち着けた。

お通しを運んできた仲居に三宅がコース料理と飲み物を注文し、仲居が立ち去ったところで渋井は切り出した。

「急な話で申し訳なかった。今回のようなケースはおれも初めてでね。とりあえず上の役所からの指示に従ってはいるんだが、捜査一課を預かる者として、現場の状況は把握しておく必要がある。それでやむなくこんな場所にお呼び立てしたんだよ」

渋井はいつもながらのざっくばらんな口ぶりだ。改まった調子で大原が返す。

「いやいや、分不相応なところにわざわざお招きいただいて恐縮しております。今回はなにやらイレギュラーな方向にことが進んでおりまして、正直、手探りでなんとかやっている状態です。新たにご報告できるようなことがあるかどうか」

「おおまかなところは二課から聞いてるんだが、向こうは殺人事件については素人だから、微妙なニュアンスが伝わってこない。勝沼さんからの意向もあって、おれとしても厄介な対応を余儀なくされている。ターゲットがターゲットだからわからなくもないんだが、殺人事件となるとおれの所管だ。これで大物を取り逃がすようなことがあればこっちに責任がかかってくる。そう考えると安穏とはしていられなくなってね」

「二課のほうからはどのあたりまで話をお聞きで？」

「江東区と足立区の二件の自殺がじつは殺人の可能性が高く、どちらも同一犯によるものと思われる。その状況証拠として、インスリンの自己注射器の指紋と足立区の事件現場の指紋が一致した。その注射器は江東区の事件の被害者の携帯が見つかった場所に落ちていた――。とりあえず把握しているのはそのあたりまでだな」

渋井の口ぶりには不審げなニュアンスがある。その程度の情報しか行っていないとしたら、それは二課が抑えているからか、あるいは勝沼の意向によるものか。

大原がどうしたものかと言いたげに視線を向けてくる。

二課が秘匿しているというより、単なるタイムラグとも考えられる。一課長も多忙な立場で、状況が変わるたびに逐一報告を受けているわけではないだろう。そんなことに気を回すより、一課長との意思の疎通に意を用いるほうが理にかなうというものだ。葛木は大きく頷いた。

仲居がビールと前菜を運んできたので、立ち去るのを待って、大原はここまでの捜査状況を子細に語って聞かせた。渋井は要所で相槌を入れながら聞き通し、傍らで三宅がしきりにメモをとる。話を終えたところで渋井は言った。

「偶然が重なったとはいえ、重要なヒントを見落とさなかったのは大したものだ。問題はその二人の足取りだな」

「顔写真があるんで、大々的に手配できれば検挙の可能性は高いと思います。しかし現状ではそれができない。足を使っての聞き込み以外にやれることがないんです」

「いまの態勢で本当にいいのか、おれもじつは悩んでいるんだよ。むしろ一課が主導権を握って実行犯を検挙する。そこから教唆の繋がりをたどっていけば、行き着くところは贈収賄事案の黒幕だ。かといって事件の端緒は二課が見つけたわけだから、そっくりこっちに寄越せとも言いにくい」

渋井は苦い口ぶりだ。捜査一課のトップの立場として、勝沼のやり方に唯々諾々《いいだくだく》と従うのはやはり不本意なようだ。

「そうは言っても、この事案のターゲットは別格です。一課が動けばマスコミが気づく。そうなると政治筋からの妨害が怖い。贈収賄関係では証拠も隠滅されるでしょう。けっきょく、いまのやり方以外に選択肢はないのでは――」

大原はそれとなく予防線を張っている。二課とのはっきりしない関係に問題がなくはないが、かといってせっかくエリート臭ふんぷんの母屋の強行犯担当刑事と付き合わずに済む現在の環境は失いたくないという都合のいい思いがありありだ。むろんその点は葛木も同様だ。思いのこもった調子で渋井が言う。

「おれも勝沼さんにはいろいろ世話になっている。刑事部門一筋で、我々からすれば希望の星だ。できれば長官の座を射止めて欲しい人だから、ここで足を引っ張るようなことはしたくないんだが、捜査一課長の重責を背負っている以上、やるべきことはやらなきゃいかん。それでわざわざこんな席を設けたわけなんだよ」

「なにか考えがおありですか」

大原が問いかける。ビールを一呷《ひとあお》りして渋井は身を乗り出した。

「とりあえず現場とのホットラインを確保したいと思っている。それについては葛木君に頼みたい。今後の捜査で明らかになったことは遅滞なくおれに教えて欲しいんだ。連絡先はおれの携帯がいい。現場を抱えて忙しいのはわかっているが、二課と一課じゃ同じ問題に対処するにもやり方が違う。指を咥《くわ》えて見ているだけじゃなく、とっさのときには二課にできない対応も可能になる」

一課と二課の関係は、俊史が言っているようにはスムーズではないらしい。葛木は慎重に問い返した。

「二課や勝沼刑事局長の動向も、わかる範囲でお伝えしたほうがいいですか」

渋井は慌てて首を横に振る。

「そこまでは要求しないよ。それじゃ君にスパイを頼むのと同じになる。二課の理事官は息子さんなんだろう」

「そうなんです。こういう状況ではなかなか難しい間柄でして」

「それがあるから二課もいろいろ頼みやすかったんだろう。いや、そのことを咎め立てする気はないよ。息子さんとはおれも付き合いがないわけじゃない。勝沼さんの秘蔵っ子だとも聞いている」

「どうもそのようです。今回の事案では、当初から勝沼さんの意を体して動いているようなんです」

「勝沼さんの見立てどおりなら、歴史に残る大事件だ。それを警察の手で解明しようという意欲もよくわかる。現役の首相まで射程に入れているとしたら、用心に用心を重ねるのは当然のことだ。その大事な役回りを息子さんに与えているわけだから、勝沼さんもよほど信頼しているんだろう」

　親父の目から見れば、その信頼が重荷にならないかと心配だが、とりあえずここまでなんとか務めは果たしているようだ。

「そうだとしたら嬉しい限りですが、この事案そのものは一筋縄ではいかないような気がします」

「おれもそう思う。本来なら捜査一課も本腰を入れなきゃいかんのだが、なにしろ警視庁でいちばん目立つ部署で、うちが動くとすぐさまメディアが追いかけてくる。だから動きたくても動けない。かといって殺しが絡んだ事件で大手柄を二課に独り占めされるのも、捜査一課長としては沽券に関わるわけなんだよ」

渋井は本音を漏らした。心配していた板挟みの状況に陥ることになりそうだ。敢えて刺激しないように葛木は応じた。

「その思いは我々も同じです。とにかく実行犯の検挙に全力を尽くします。すべてはそこから始まるような気がします」

「ああ。ご苦労だが、ここは頑張って欲しい。二課から意に沿わない注文があるようなら、おれに相談してくれればなんとでも調整するよ。贈収賄のほうと切って離せない関係だが、殺人に関してはあくまでこちらに主導権がある。それは譲れない一線だ」

渋井は満足げにビールを呷る。そのとき葛木のポケットで携帯が唸りだした。取り出して覗くと、俊史からの着信だった。

失礼しますと断って廊下に出て応答すると、硬い調子の俊史の声が流れてきた。

「親父。困ったことになった」

「なにか起きたのか」

「狩屋の私設秘書の片山邦康氏が交通事故で死亡した」

「どうして？　身辺警護を兼ねて二課の捜査員が張りついているという話じゃなかったのか」

「きのうから狩屋の選挙区の福井に出かけていて、きょうは夕方の四時くらいに福井市内のホテルにチェックインしたらしい。張り込みは地元の地理に明るい福井県警の二課に依頼していたんだけど、その一時間後に車で外出して、ホテルの前の道路に出てすぐにセンターラインを乗り越えて、向かいからきた大型トラックに正面衝突して即死した。トラックも大破したけど、そっちのドライバーは軽い怪我で済んだようだ」

「酔っていたのか」

「遺体からアルコールは検出されなかった。ところが県警の捜査員の話だと、ホテルを出て駐車場へ向かうとき、いかにも体調が悪そうで、足取りが覚束《おぼつか》なかったそうなんだ」

「なにやら怪しいな。交通事故というより、それも怪死の類いのような気がするな」

「ああ。ひょっとして梶本氏と梨田秘書が殺害された手口と同じじゃないかと思ってね」

「どこかでインスリンを打たれたということか」

「酔ってもいないのにセンターラインを乗り越えるなんてことが、まず考えにくいと思うんだよ。しかしインスリンを打たれて急激に低血糖状態に陥ったとしたら、十分あり得るからね」

「いずれにしても、重要な切り札を失ったな」

　重苦しい気分で葛木は言った。消沈しきった口ぶりで俊史は応じた。

「厳しいところに追い込まれたよ。どうも二課だけじゃ手に余る仕事だったようだね」

この事案に関わるようになってから、俊史が初めて弱音を吐いた。

第七章

1

　片山邦康が死亡したことで、二課の捜査は暗礁に乗り上げた。

　葛木は俊史からの連絡を受け、隠しておくわけにもいかず、同席していた渋井捜査一課長にその事実を伝えた。

「二課のやり方に口を挟むわけじゃないが、あちらは荒事には慣れていないだろうからな、福井県警に丸投げしたのも甘い考えだった。せめて向こうとペアを組むくらいのことはやって然るべきだったな」

　渋井はそら見たことかと言いたげだった。かといって、検視の結果、福井県警が死因をどう特定するかはまだわからない。もし殺人事件とみた場合でも、その際は福井県警の所管になるから、警視庁の捜査一課は介入できない。

俊史の話だと、現在は県警交通部の扱いとなっており、県警の二課としては殺人の可能性も視野に入れた捜査を要請しているとのことだが、いまのところ裁量権は交通部にあり、どんな答えを出してくるかは予断を許さないという。

片山からの情報提供を最大の切り札としていた俊史たちにすれば手痛い失策だ。ターゲットの大きさからすれば二の矢、三の矢がないとは思えないが、いずれにせよ作戦は変更を余儀なくされるだろう。

そもそも渋井がわざわざこんな場所で葛木たちと密会せざるを得ないことからして、二課の隠密捜査はやや度が過ぎている。葛木は渋井に言った。

「我々のほうも、そろそろやり方を変える必要があるかもしれません。二課がこのあとどういう作戦で行く気なのか知りませんが、私としては、二件の、あるいは三件かもしれない殺人事件のほうを突破口にすべきだと思います」

「おれもそんな気がするよ。ただ現状では、この間に続けて起きた不審死を殺人だと断定できたとしても、それを贈収賄の件に結びつける決め手がない。頼みの綱は梶本という人の携帯に残っているかもしれないデータくらいのものなんだろう」

渋井は重苦しく嘆息する。そちらのほうは里中が復旧を試みている。そこから思いも寄らぬお宝が掘り出されれば状況は一変する。しかし本音を言えば、葛木はあまり期待していない。

それほど重要な情報が残っている可能性のあるものなら、そして目的が贈収賄絡みの隠蔽工作にあるとしたら、犯人があんな場所にあれほど無造作に捨ててしまうことは考えにくい。

「そこはどうでしょうか。一両日のうちに結果は出ると思いますが――」

そんな思いを暗に匂わすと、渋井は同感だというように頷いた。

「期待しすぎないほうがよさそうだな。おれのほうで二課と相談はしてみるが、向こうがもう少しやり方を考えてくれないと、肝心なところで手を貸してやれない」

「我々のほうはもうしばらく現在の態勢で捜査を続けるつもりですが、もし実行犯が特定できたら、即逮捕という段どりでかまいませんか」

葛木は確認した。帳場を立てるかどうかは最終的に渋井が決めることだが、被疑者の逮捕は一刻を争うケースが大半だ。二課や勝沼との相談で手間どっていたら取り逃がす可能性もある。帳場を立てる立てないにかかわらず、その点に関しては渋井の承認を得ておきたい。

「それは当然だな。場合によっては現場の判断でフダ（逮捕状）をとって構わん。おれのほうは事後連絡でもいい。あとで二課がなにか言ってきたら、おれが衝立《ついたて》になってやるから心配ない」

渋井は力強く請け合った。大原が不安げに問いかける。

「その場合は、うちの署に帳場を立てることになりますか」

「そこの判断が難しい。一課としては盛大に帳場を立ち上げて存在感をアピールしたいところなんだが、福井の事件も同一犯の仕業だとしたら、手順としては広域事件に指定される可能性が高い。しかしそこまで大がかりにしてしまったら、本命の黒幕に強いシグナルを送ってしまうことになる」

「シグナルと言っても、そこには二つの意味があると思います――」

葛木は敢えて言った。この流れのままでいけば、下手をしたら贈収賄事件もその隠蔽工作としての殺人事件も、どちらも迷宮入りになりかねない。

「せめて殺人のほうは警視庁捜査一課が旗幟《きし》を鮮明にして真っ向勝負を挑むべきではないでしょうか。一課が本気で乗り出したとなれば、もちろん本命の黒幕はそれを危険信号と見なすでしょう。それは逃げろというシグナルになるのかもしれませんが、同時に、もはや逃がさないぞというこちらからの強いシグナルにもなるはずです」

「一か八か、思い切ってプレッシャーをかけてやるということだな」

「人間、慌てればボロを出すものです。二課に打つ手がほかにあるなら話は別ですが、手を拱いていると最悪の結果になりかねませんから」

「となると、おれもこの際、首を懸けて勝負に出ろというわけだ」

渋井は苦笑いする。言われてみればたしかにそのとおりで、それは刑事警察の元締めの警察庁刑事局長に楯突くことであり、同時に警察庁や警視庁の上層部を介して政界からの圧力が加わった場合も、矢面に立たされるのは渋井なのだ。

「まだそこまで先走らなくても——」

慌てた様子で大原が口を挟む。理事官の三宅も不安げに渋井に目を向ける。

「そう思います。捜査二課や刑事局とも考えを摺《す》り合わせないと」

渋井は腹を括ったように応じた。

「そうは言うがな。餅は餅屋という言葉がある。今回の片山という秘書の件にしても、後手に回って取りこぼしたと言えなくもない。城東署サイドで事件性に気づいたとき、一課も動いて本格的な布陣で捜査をやっていれば、犯人側にもプレッシャーがかかり、次の犯行の抑止効果は期待できた」

「しかし勝沼さんの考えと齟齬《そご》を来すようになると——」

三宅は諫《いさ》めるような調子だが、渋井は意に介さない。

「勝沼さんに喧嘩を売ろうというわけじゃない。しかし組織上、勝沼さんはおれに命令できる立場にはいない。警視庁管内で起きた殺しの捜査はおれの専権事項だろう」

「そこはごもっともなんですが」

「なにもきょうあしたにという話じゃない。帳場の開設はおれの腹一つだが、形式的には刑事部長が本部長を務める。もちろんそのレベルまで含めて情報をガードしてきた勝沼さんの考えも理解できる。ただ葛木君が言うような局面になったら、おれとしても遅滞なく決断しなきゃいかんということだ」

捜査一課長のプライドを滲《にじ》ませるように渋井は言った。

2

「渋井さんの刑事魂に火を点《つ》けてしまったようだな」

城東署に向かうタクシーのなかで大原が呻くように言う。片山邦康の変死という事態を受けて、渋井のほうもこちらものんびり一献傾けている気分にはなれず、早々に切り上げて店を出た。

「我々がいくら水面下で動いたとしても、どうも二課単独では難しい事件のような気がします」

葛木はわだかまっていた思いを吐き出した。ここまで、俊史経由で伝わってくる勝沼の意向をできる限り尊重してきた。必ずしもそのせいだとは言えないが、結果的に第三の死者を出してしまった。

渋井が言っていたように、捜査一課がそれまでの二つの事件を殺人と断定し、大々的に捜査を開始していれば、次の殺人に対する抑止効果は働いたはずなのだ。

片山の死がその第三の殺人であることは葛木のなかでは疑いようがない。そこは渋井にしても大原にしても、俊史を始めとする二課の捜査陣にしても同様だろう。

勝沼たちもそろそろ捜査の態勢を変えるべきときのような気がする。三件の殺人事件を梃子にして、彼らにとっては本命の贈収賄事件に迫るほうが、いまとなっては近道ではないかと思えてくる。

上のほうからかかってくる圧力にしてもそうだろう。贈収賄のような解釈の余地が生じやすい犯罪類型と違い、殺人には否定しようのない客観性がある。人が殺されたという明白な事実を政治的な介入によって揉み消すことはまず困難だ。

まだ完璧とは言えないにせよ、今後の捜査で動かしがたい証拠を積み上げていけば、特捜本部態勢に持ち込むのはそう難しいことではない。

鼻持ちならない捜査一課の刑事に牛耳られる特捜本部を大原や池田が嫌うのはよくわかるが、渋井の後ろ盾と、ここまでの捜査の成果があれば、現場の主導権はまず間違いなく葛木たちが握れるはずなのだ。

「うちの署に帳場が立つとなると、また総務課長に泣きを入れられそうだな」

大原のいちばんの心配は署の懐が痛むことのようだが、こうなれば総務課長に気張ってもらうしかないだろう。

「ロッキード事件に勝るとも劣らない大事件を解決することになれば、城東署の名前が歴史に残りますよ。うちの捜査員たちだってまんざらでもないでしょう」

背中を一押しするように葛木は言った。こうなると俊史の注文ばかり聞いてはいられない。大原も渋々頷いた。

「たしかにな。こっちの懐具合を気にして、二課がせっかく釣り上げかけた大疑獄事件をバラしてしまったら、孫子の代まで恥をさらしかねないな」

「なんにせよ、そこまで持って行くにはもう一手間かかります。まだ例の二人組の足どり一つ摑めていませんから」

「こちらの想像どおり、梶本、梨田の両名の件と同じ犯人によるものなら、そいつら、いまも福井にいるかもしれないな」

「直後にとんずらしたかもしれませんが、現地で誰かが目撃している可能性はあります。例の二人組の写真は、二課のほうから福井県警に送ってあるそうです」

「同じホテルに泊まっていたということはないのか」

「事故の直後に、片山氏の身辺を張っていた捜査員がフロントで確認していますが、投宿はしていないようです。いずれにしても、インスリンを使った手口なら、近場にいたのは間違いないでしょう」

「そこで目撃証言が出てくれれば、その二人がすべての殺人に関わっているのはまず間違いないことになる。いっそメディアに情報を流して、全国手配したほうが早いような気がするな」

「帳場が立ちさえすれば、それも可能でしょうね」

「やはり立てんわけにはいかんか」

大原は腹を括ったように言う。葛木もここまでくれば、もうあとへは退けない。二課のヤマだ一課のヤマだと縄張り争いをする気はない。

選挙違反や大型詐欺事件は大半が本庁二課の扱いになり、所轄が捜査の中心になることは滅多にない。

しかし刑事組織犯罪対策課という部署は、建前上は二課の扱う詐欺や選挙違反も所管している。大原の立場からすればどちらも縄張りの範囲なのだ。

もしこれから帳場が立つことになれば、一課と二課の合同というかたちになるのが筋だろう。

ここまで葛木たちはアヒルの水掻《みずか》きのような仕事をやらされてきたが、この先、流れは大きく変わっていきそうだ。なによりも葛木のなかで、いま刑事としての本能が蠢《うごめ》きだしていた。

3

署に戻ると、池田たちはまだ帰らずにいた。片山が福井で死亡したことを伝えると、池田はいきり立った。

「だから言わないこっちゃないんですよ。早いとこ怪しい二人組をとっ捕まえないと、まだこれから死人が出てくるかもしれない。これじゃ検察を見返すどころか、警視庁の不甲斐なさを世間に宣伝することになりかねませんよ」

「そこは同感だ。じつはその件で一課長ともいろいろ話をしたんだが——」

先ほどの渋井とのやりとりをかいつまんで説明すると、池田は鼻息を荒くした。

「けっこうじゃないですか。もし帳場が立ったら、捜査一課の鼻持ちならない連中をせいぜい顎で使ってやりますよ」

そのとき葛木のポケットで携帯が鳴った。取り出してみると俊史からだった。

「なにか新しい情報が入ったのか」

勢い込んで問いかけると、どこか重い口ぶりで俊史は切り出した。

「渋井一課長といろいろ話をしてきたそうだね」

「ああ。さっきまである場所で会っていた。おまえから電話をもらったとき、じつは一緒にいたんだよ。急転直下な話だったから、つい言うのを忘れていた」

「いま、うちの課長のところへ渋井さんから電話があってね。親父のほうから情報が筒抜けになっているようだけど――」

いかにも不服そうな口ぶりだ。葛木も覚えず感情的に応じた。

「捜査情報を表に出さないとは約束したが、捜査一課長となれば話は別だ。そっちだって、渋井さんとは情報を共有しているわけなんだろう」

「たしかにそうだけど、そこはおれたちが必要に応じてコントロールしている。渋井さんが信頼に足る人だというのはわかっているけど、この捜査の指揮権はあくまで二課に一元化したいんだよ。船頭が何人もいるのは好ましくないから」

「おまえらしくない言い草だな。そもそもこのヤマにおれたちが関わるようになってから、そっちからの情報がほとんどない。下働きさせられるだけで、捜査の核心に関わる情報がまったく入ってこない。渋井さんも情報不足を嘆いていて、とりあえず一課の指揮下にあるおれたちのところへじかにパイプを通そうとしたわけだよ」

「渋井さんは二課と合同で帳場を立てるべきだと提案してきたんだよ。しかしそれじゃ、ここまで隠密捜査を続けてきた意味がなくなってしまう」

「その隠密捜査のせいで大事な証人を次々失っている。けっきょく敵の思うつぼになっているとは思わないか」

「そこはわかってくれていると思ってたよ。いまおれたちが立ち向かっているのは、これまで警察が相手にしたことのないような大物だ。うかつにアプローチすれば返り討ちに遭う可能性だってある。失敗は絶対に許されないんだよ」

「そうやって必要以上に警戒しているから、結果的に攻め手を失っていくんじゃないのか。二課はこの先、どういう作戦でいくつもりでいるんだ」

「狩屋代議士の周辺を切り崩していくことになると思う。狩屋派に所属する国会議員を含めてね」

「切り崩すと言ったって、そのための決定的な材料がないから手を拱いているんじゃないのか」

「政治資金規正法絡みの不正疑惑はどの政治家にも多かれ少なかれあるもんでね。政治家というのは地元と中央を股に掛けて活動しているから、各警察本部が自分の縄張りだけで捜査を進めても限界がある。それで各本部の二課同士は、以前からお互いにある程度の情報共有はやってるんだよ。今回の福井県警との協力関係もそういう土壌があってのことなんだ」

俊史は意外な話を切り出した。二課の内輪のことはあまり詳しくはない。しかしあって不思議な話ではない。

葛木が専門の強行犯捜査は地域限定的な要素が強いが、政治家や企業が絡む犯罪の場合は広がりが全国規模になりやすい。

　公安部門も全国一枚岩と言われているが、それは警察庁の警備局公安課を頂点とするピラミッド形の組織によって一元的に運営されているためで、二課とはそのあたりの事情がかなり違う。

　二課の場合は現場の必要から生まれた横の繋がりと言うべきものなのだろう。だとすれば、本部同士でしのぎを削ることの多い強行犯捜査や生活安全関係の部署からみれば羨ましいとも言える。

「そのネットワークに、先生方の怪しい情報が蓄積されているわけか」

「それぞれはいちいち立件するのが煩わしい程度の細々した事案で、よほどのことがない限り二課が捜査に乗り出すことはないんだけど、なにかのときの切り札として使えるかもしれないと考えて、いわば隠し球として温存しているんだよ」

「そのリストには狩屋の系列の議員も含まれているわけだな」

「もちろん狩屋自身もね。大体が起訴猶予になる可能性の高い軽微なものだけど、犯罪は犯罪だから、その気になればガサ入れもできるし任意の取り調べもできる。応じなかったら逮捕という手だって使える」

「そんな強引なやり方じゃ、まさに狩屋に警戒心を抱かせるだけだろう」

「表向きはそっちとは関係ない事案だし、お互い叩けば埃の出る身の上だから、怪しむことはないんじゃない」

「表向きというのが気になるな」

「ああ。場合によってはちょっとした取り引きを持ちかけることになるだろうね。狩屋が中心的に関与した贈収賄について、有力な情報を与えてくれたら政治資金規正法違反に関しては不問に付してかまわないというような――」

いかにも際どい話を悪びれるところもなく俊史は口にした。青臭い正義感だけが取り柄だと思っていたが、知らないところで一皮剝けたと言うべきか、あるいは面の皮が厚くなったと言うべきか――。

「それについては勝沼さんの了解を得ているんだな」

「もちろんだよ。ここからは刺すか刺されるかの勝負になる。勝沼さんだって返り血を浴びる覚悟はできている」

俊史の口ぶりに悲壮なものを感じた。だからといって、それが万全な作戦だとは思えない。葛木が最も危惧しているのは、いま進めている殺人の件まで取り引き材料に使われるのではないかということだ。

先日そのことを口にしたとき、俊史は向きになって否定はしたが、ここに至るとそれを額面どおりには受けとれない。

「狙っている獲物がどれほど巨大でも、殺しの教唆まで免責にするような話は願い下げだぞ」

「そんなことするはずないだろう。それじゃ警察が犯罪に荷担するのと同じことだ。おれたちが手錠を掛けなきゃいけないのは、犯した悪事を隠蔽するためには人を殺すことも厭《いと》わない、卑劣極まりない悪党たちだ。たとえそれがこの国の政治の中枢を牛耳るような人間でもね」

「それなら目指すところは同じだよ。しかしおれたちにはおれたちのやり方がある。話を聞けば、二課だって水も漏らさぬ布陣というわけじゃなさそうだ。お互い足りないところを補い合うためには、どちらか一方だけが主導権を握るようなやり方は好ましくないんじゃないかとおれは思う。そちらの捜査を妨害するようなことはしたくないが、あまり手足を縛られるようだと、おれたちも十分な力を発揮できない」

「殺人が絡むような捜査は、二課には荷が重いと言いたいようだね。たしかに当たっているよ。現に三人も人を死なせてしまったんだから」

「そこまで二課の責任だと言っているわけじゃない」

「言われているようなもんだよ」

「そう受けとるんなら勝手にしたらいい。しかしいまの状態は飛行機が二機並んで片肺飛行しているようなもんだ。どっちも本来の力を発揮できない。難しい捜査だというのはよくわかるが、おれたちだってこのヤマは確実にものにしたいと思っている。渋井さんだって同様だろう」

厳しい口調で葛木は言った。政治案件というのは嵌まると厄介な泥沼だ。殺人や窃盗のように白黒がはっきりしないためグレー決着が極めて多いのは、日々のニュースを見ていてもしばしば実感するところだ。だからこそ俊史には、功を焦って違法な捜査手法に走って欲しくない。

警察という組織の不正を糺《ただ》すのが自分の使命だと俊史は常々言ってきた。キャリアとしての出世は、そのために必要な権力を手にするためで、私利私欲のためではないとも言っていた。その志に自ら疵《きず》をつけるようなことはして欲しくない。

「勝沼さんは昔、地方の警察本部で捜査一課の管理官をやっていたことがあって、そのとき政治家が絡んだ事案で痛い目に遭ったことがあるらしいんだよ」

唐突に俊史が言う。当惑しながら葛木は問い返した。

「どういう事案だったんだ」

「暴行致死容疑らしい。被疑者はいまは与党の国会議員で、当時は新進気鋭の県議だった。死んだのはその人物の後援会の有力者で、どちらも酒癖が悪かったらしい。前夜に二人が飲み屋で激しい口論をしているのが目撃されていて、その翌朝、近くの路上で死んでいる被害者が見つかった――」

当人に事情聴取をしても知らぬ存ぜぬでしらばくれるばかり。ところが経歴を調べてみると、県議は大学生のときボクシング部に在籍していた。被害者の死因は脳挫傷で、検視の結果、頭部を拳のようなもので強打されたと判断された。

県警の捜査一課は暴行致死事件として立件し、逮捕状を請求しようとした。ところが上から待ったがかかった。当時の政権与党にとって、その県議は次期参院選の公認候補に予定されている秘蔵っ子だった。

「県の公安委員長から県知事から地元選出の代議士から、県警本部長にすごい圧力がかかったらしい。警察庁へ返り咲くチャンスを窺っていた本部長は見返りを期待して隠蔽の要請に応じた。けっきょくその県議は送検もされず、翌年の衆院選で当選してめでたく国政に進出し、本部長は警視監に昇任して警察庁に凱旋《がいせん》した」

「いかにもありそうな話だな。いつも不思議に思っているんだが、選挙違反や贈収賄、政治資金規正法違反で捜査対象になる政治家は多いが、一般刑事事件で摘発される政治家というのが極端に少ない。日本の国会議員というのは衆参両院合わせて七百人余り。政治犯罪関係の傍若無人《ぼうじゃくぶじん》ぶりから考えて、その全員が一般犯罪についてだけは品行方正だとは思えない」

「選挙のたびに地元で怪文書が出回る議員はいくらもいるようだけど、けっきょく噂止まりでね。政治家が一種の治外法権の扱いを受けているのは間違いないよ」

「勝沼さんにすれば、そのときのリベンジの意味もあるわけか」

「それと同時に、政治家を相手にした犯罪捜査がどれだけ困難か、よくわかっているんだと思うよ」

俊史は電話の向こうで嘆息する。そこまでの勝沼の警戒心を過剰とみるかどうかは判断の難しいところだが、いつまでもこちらが手足を縛られた状態では、ようやく浮かび上がってきた怪しい二人組も迷宮の闇に消えてしまいかねない。

「だからといってあまり慎重になりすぎると、重要な突破口を見逃してしまうこともある。こちらは直接、政治家本人に捜査の手を伸ばすわけじゃない。まずは実行犯だ。その先どうなるかは逮捕してみなきゃわからない。いまはまだそう心配することもないんじゃないのか」

「ああ。それだけでも楽な仕事じゃないからね。ただ渋井さんの動きにしても親父たちの動きにしても、こちらに逐一連絡して欲しい。おれのほうもできるだけそちらに情報を出すようにしていくから」

なお不安が拭えない様子で俊史は言った。

4

翌日も葛木と若宮は病院と薬局回りに精を出した。きのう回り残した江東区内の薬局と病院を回ってから、気分を変えてみようと、この日の午後は荒川区内を一回りしてみることにした。

福井の事件でもインスリンが使われた可能性はあるが、こちらで発見された自己注射器が首都圏一帯で販売されたものという事実がある以上、いまも手を抜けない捜査範囲なのは間違いない。

福井の捜査二課は交通課のみならず捜査一課にも働きかけて、なんとか司法解剖までは実施させたが、体内から過剰なインスリンは検出されず、アルコールも意識の低下や混乱をもたらす麻薬性の薬物もとくに検出されなかったという。

インスリンは即効性のものの場合、投与後二十分ほどで半減してしまううえに、そもそも人の体内に普通に存在しているホルモンで、犯罪目的で使用されたとしても識別はほぼ不可能らしい。

いまどきの自己注射器の針は非常に細いため、解剖時にも注射痕を見つけ出すのは難しいという。その点でもインスリンを使用した殺害というこちらの見立ては立証には至らなかった。

交通課と捜査一課は自殺の可能性も含めて交通事故死として決着させるつもりのようで、場所が狩屋の地元という事情を考え合わせれば、すでに県警に対してなんらかの圧力がかかっている気配も窺える。

いずれにしてもゆうべの電話でのやりとりの効果が多少はあったのだろう。そのあたりの詳しい情報を俊史は朝いちばんで入れてくれた。

そのあとゆうべの約束どおり葛木から渋井にも連絡を入れたが、そちらにもあらましは二課長からすでに伝わっているとのことで、情報の共有という点ではいくらか前進したと言えそうだ。

渋井は福井県警の動きに関しては切歯扼腕《せっしやくわん》している様子で、早急に実行犯二人の身元を特定して、広域捜査の態勢に持ち込みたいと意欲を覗かせた。

思いも掛けない情報が飛び出したのは、この日六ヵ所目の西日暮里の病院でだった。院内薬局の責任者の薬剤師は、二人組の写真を見せたとたんに、背の低い男のほうを指さして声を上げた。

「この男、矢口章雄《やぐちあきお》ですよ。間違いありません。一年前までうちで働いていた薬剤師なんです」

「いまどこに？」

「さあ、わかりません。じつは辞めたんです——」

田中というその薬剤師は声を落とした。葛木は身を乗り出した。

「どういう理由で？」

「じつは在庫のハルシオンを盗み出そうとしましてね。近くにいた同僚がそれを見ていて発覚したんです」

「ハルシオンというのは、たしか睡眠薬でしたね」

「麻薬および向精神薬取締法で指定された薬物です。もちろん処方箋薬で、市販はされていません」

「一時、医療関係者が横流しして話題になったことがありますね」

「ええ。睡眠薬としての効果が高いのと、一般的な麻薬類と較べて作用が穏やかなので、ドラッグとしての愛好者が多いんです。我々も過剰処方には注意してるんですが、習慣性が強く、健忘症のような副作用もあります。もちろん大量に服用すれば生命の危険もあります」

「警察には届け出たんですか」

「そのときは未遂だったのと、ほかにそうした前歴がなかった。自分自身が不眠症で、かといって医師に相談するのも面倒なので、出来心で手近にあった薬に手を出してしまったという言い訳でした。普段の勤務態度は真面目で、反省もしている様子だったので、院長の判断で警察には通報しませんでした。しかし本人は職場に居づらくなって、けっきょく辞めていったんです。本当は警察に連絡すべきだったんですが――」

田中は後悔するような調子で言った。葛木は問いかけた。

「その後、なにか問題でも起きたんですか」

「それから半年ほどして都内で薬剤師の会合がありましてね。ある参加者の口からたまたま矢口章雄の名前が出たんです」

「なにかやらかしたんですか」

「うちを辞めて一ヵ月後くらいから、その人のいる薬局に勤め始めたんだそうです。いま薬剤師は人手不足で、こういう不景気な時代でも案外職があるものでしてね。ところがその会合の一週間ほど前に失踪してしまったそうなんです」

田中は気を持たせるようにそこで間を置いた。若宮と一瞬顔を見合わせて、葛木は問いかけた。

「失踪というと？」

「要するに出勤してこなくなって、携帯に電話をいれても応答しない。固定電話は持っていなかったんで、自宅のアパートへ行ってみたらすでに引き払ったあとだったそうなんです。不審に思って在庫の薬剤を点検してみたそうなんですよ。するとハルシオンを中心に高価な向精神薬が大量になくなっていたんです」

「矢口が盗んだんですか」

「証拠はありません。しかしその数日前に在庫を点検したときはあったそうです。どうにもタイミングが合いすぎでして。警察に被害届を出したんですが、矢口はいまも消息が摑めないそうです」

「もともと盗癖があったとしか考えられませんね」

強い手応えを覚えたように若宮が言う。葛木は訊いた。

「インスリンに関心があったというようなことは？」

「私のところではとくになかったようです。その薬局でも、盗まれたのはどれも向精神薬で、インスリンに手を出した形跡はないようです。医師や薬剤師がその種の薬物を横流しする事件が多発するのは違法ドラッグとしての市場価値があるからで、インスリンはそれには当てはまりませんから」

「ただし、やろうと思えばできないことはないわけですね」

「どこの薬局もとくべつインスリンだけを重点管理しているわけではありません。麻薬性の高い向精神薬とか致死性のある劇薬にはある程度の関心を払っているとは思いますが――。そのインスリンが犯罪に使われたということでしょうか」

田中は興味深げに問い返す。まだそのあたりの真相は外部には明かせないが、かといってあまり隠し立てしてかえって興味をそそることになっても困る。葛木は慎重に言葉を選んだ。

「最近、不審な死体が発見された現場の近くで自己注射器が大量に見つかりまして。インスリンの過剰投与で意識不明の状態に陥ったところを、自殺を装って殺害した疑いがもたれているんです」

「それは十分あり得ますね。インスリン自体に致死性はありませんが、そういう使い方をした場合、ある意味では凶器にもなる劇物ですから」

田中は得心したふうだ。葛木は勢い込んで問いかけた。

「その矢口という男の素性がわかる書類のようなものはなにかありますか。たとえばこちらに就職した際に提出した履歴書のようなものですが」

「総務にあるかもしれません。すでに退職しているので、廃棄してしまった可能性もありますが」

田中はその場で総務に電話を入れてくれた。思いのほか協力的なのは、未遂だったとはいえハルシオンの件があるからだろう。そのとき警察に連絡していれば、起訴まではいかなかったにせよ、その後の行動に歯止めをかける効果はあったかもしれない。

しばらくやりとりを続け、受話器を置いて田中は振り向いた。

「履歴書は廃棄してしまったようです。ただ給与の源泉徴収関係の控えがありますので、こちらに在籍した当時の住所や生年月日などはわかるそうです。ただ、いまも同じ住所に住んでいるかどうか」

「転居したとしても、住民基本台帳から追跡できます」

とりあえずそう答えはしたが、向精神薬を大量に盗んで行方をくらましたとしたら、まともに転出転入の手続きをしているとも思えない。しかし、少なくとも一年前まで住んでいた住所が特定できれば、周辺での聞き込みでより詳しい情報が得られる可能性はある。

「ああ、それから――」

ふと思い出したように田中が言う。

「勤務していたときの雑談で、生まれが福井県の福井市だと聞いています」

それは思わぬ情報だった。住民票の記載からたどれば、出生時の戸籍所在地まで調べることはできるが、それなりに手間のかかる仕事だ。

福井市は狩屋の選挙区できのうの片山の死亡事故も福井市内での出来事で、矢口がそこで生まれたという事実が偶然の一致とは考えにくい。

若宮が喜色を浮かべた目を向ける。葛木も小躍りしたい気分だったが、顔に出ないように気を引き締めた。

「そうなんですか。窃盗を働いて行方をくらましているとしたら、いまごろそちらに舞い戻っている可能性もありますね。それも貴重な情報です」

「福井というと遠い印象がありますが、案外便利なんだそうです。乗り継ぎすれば北陸新幹線も東海道新幹線も使えて、どちらも東京まで三時間半前後。どちらかといえば、特急で米原《まいばら》に出て、そこから東海道新幹線に乗り継ぐほうがやや早いようなことを言ってました」

それもまた有意な情報だった。梶本の妻が夫の携帯を呼び出したとき、それを受けた場所が東京駅の東海道新幹線のホーム付近だった。そのとき矢口は福井に向かおうとしていたとすれば辻褄が合う。

「こういう交通至便な時代になると、犯罪の捜査も全国規模に広がります。いろいろ苦労が多いですよ」

興奮を隠せない様子の若宮を目顔で制し、葛木は当たり障りなく応じておいた。

5

「やったじゃないか。いまそこに住んでいないのは間違いないが、とりあえず墨田区役所に問い合わせしてみよう。身上調査照会書を書いてファックスしておくから、その足で向かってくれないか」

病院を出てすぐに報告すると、大原は勢い込んだ。

総務部に残っていた源泉徴収関係の控えから、当時の住所が墨田区業平《なりひら》だとわかった。扶養家族や配偶者はおらず、おそらく一人暮らしだったものと考えられた。

都内の別の薬局で窃盗を働いたのち行方をくらましたという話だから、いまはそこに住んでいないのは間違いないが、住民票はまだ残っている可能性があるし、転出していたとすれば除票が残っており、そこから転出先や本籍地もわかる。

身上調査照会書は区役所や市役所に個人の住民票や戸籍の情報を照会するための書式で、民間企業等に対する捜査関係事項照会書とともに、捜査活動を円滑に進めるために刑事訴訟法で規定されている。

　発出できるのは警部以上の警察官で、この場合は大原がそれに当たる。捜査令状のような強制力はないが、相手が役所の場合、拒否されることはまずない。

「わかりました。名前が特定できたのは大きな前進です」

「それだけじゃない。福井との地縁があったという点が重要だ。ひょっとしたら地縁だけじゃないかもしれないぞ」

「狩屋とのさらに太い繋がりですね。こうなるとなにもないとは思えない。矢口を逮捕できれば狩屋の殺人教唆まで遡れる可能性がある。贈収賄の件とは別に、そっちのほうだけでも大捕り物になりますよ」

「これから忙しくなりそうだな」

「場合によっては、我々も福井に飛ぶことになるかもしれません」

「そのくらいの経費はいつでも工面するよ。とりあえず墨田区役所へ出向いてくれ。場合によっては、北千住方面の聞き込み要員を矢口の捜索に振り向けることになるかもしれん。そっちのほうは、とくにめぼしい情報が出ていないようだから」

「わかりました。まずは墨田区役所で得られる情報からのスタートになりますね。薬物を盗んで失踪したとなると、出身地の親族関係に接触している可能性もあるでしょう。そちらからいまどこにいるかわかるかもしれないし、狩屋との接点も見えてくるような気もします」

「ああ。大いに期待できるな」

「署に戻ったら、今後のことについていろいろ相談しましょう。池田と山井にも連絡を入れておいてください」

「渋井さんや俊史君には連絡をしなくていいのか」

「区役所で必要な情報を得てからでいいでしょう。そのほうがまとまった情報を渡せますから」

「そうだな。今後のことについてもそのほうが話を進めやすい。どのみちいますぐ帳場が立てられるわけじゃない。狙いが定まった以上、いったん腰を落ち着けて、しっかり作戦を立てたほうがいい」

気合いの入った声で大原は応じた。墨田区役所方面へ覆面パトカーを走らせながら、若宮は興奮を隠さない。

「僕たちツイてますね。こうとんとん拍子に進むと、もう帳場なんか立てる必要ないんじゃないですか。矢口の身柄を押さえれば、あとは狩屋に繋がる芋づるをたぐっていくだけですから」

「そうは言っても、薬剤の窃盗をしたうえに、三件の殺人にまで関わって行方をくらましているとしたら、そう簡単に足どりが掴めるものでもないだろう」

葛木は慎重に応じた。つい先ほどは期待が膨らんだものの、そうお誂え向きに物ごとが進むとはやはり思えない。しかし若宮は楽観的だ。

「顔と名前がわかれば、指名手配ができるじゃないですか。殺人の容疑だと差し障りがあるんなら、とりあえず窃盗の容疑は成立するわけですから」

「そっちはうちの管轄内での事件じゃないからな」

「本庁の捜査三課ならできるでしょう。勝沼さんが動いてくれれば」

若宮は意表を突いてくる。窃盗容疑なら捜査三課が立件できる。ただしその場合は本来の殺人容疑についても説明する必要がある。単なる薬物の窃盗くらいでは本庁扱いの事案にはならない。

「一考に値するが、勝沼さんはおそらくその作戦を嫌うだろう。捜査一課でさえ、現状では渋井さん以外は蚊帳の外に置かれているんだから」

「そうですね。それならいっそ、殺人の容疑で帳場を立てちゃったほうが話が早いんじゃないですか」

「渋井さんが決断してくれるかどうかだな。矢口の件が出てきて、きのうとは状況がだいぶ変わってきたわけだから、その可能性もなくはないと思うが」

葛木も覚えず期待を覗かせた。そこは矢口と狩屋の接点をどこまで追及できるかにかかってくる。そこで動かしがたい事実が出てくれれば、勝沼にしてもいつまでも様子見はしていられない。

今回の片山の件にも窺えるように、警察が本格的に動き出す前に潰しにかかれば効果は大きいかもしれないが、一課と二課が合同で大捜査本部を立ち上げてしまう、それも連続殺人という世間の注目が集まりやすい事案となれば、政治的な圧力で潰すのは容易ではないはずだ。

矢口の件が勝沼の尻を叩くことになってくれれば、捜査は大きく前進する。殺しから攻めようが贈収賄から攻めようが標的は一つだ。それなら現時点で、よりゴールに近いのは、殺人捜査のほうなのだ。

午後三時を少し過ぎたあたりで、ラッシュアワーにはまだ間がある。道路は比較的空《す》いていて、墨田区役所には二十分もかからず到着した。

住民課のカウンターで名刺を差し出し、身上調査照会書のことを切り出すと、職員はすべてわかっていると応じて、いったんデスクに戻り、クリアフォルダーに入れた書類を手にして戻ってきた。

「矢口章雄さんですね。現在も業平五丁目に居住しています。これが住民票の写しになります」

差し出された書面には、たしかに矢口章雄の名前がある。戸籍所在地は福井県福井市鮎川町――。田中の話は間違っていなかったようだ。

しかし住民票があったということは、いまも転出の手続きをしていないということで、住んでいたアパートをすでに引き払っていたとすれば、実際に住んでいる場所の特定は著しく困難だ。予想されたことではあったが、やはりよくないパターンだ。

住民票が存在しても居住の事実が確認できない場合、役所は職権消除という手続きをとる。矢口の場合はまだそれがなされていないわけだが、それを行った場合、その人間はいわゆる住所不定となる。

国民健康保険や国民年金の便益が使えず、パスポートも入手できない。まともな会社に勤めることもできず、銀行に新規に口座を開設することも、子供を幼稚園や学校に通わせることもできない。その代わり警察を始めとする公的機関から居場所を特定されることがなくなる。

普通の人間にとっては好ましい境遇ではないが、世間から身を隠す必要のある人間にとっては、ある意味、理想の身分とも言えるだろう。

半年ほど前にアパートを引き払っているようだという話をすると、住民課の職員は慌てて言った。

「そうなんですか。こちらはまだ把握していませんでした。急いで確認して職権消除の手続きをしないと。独身でお子さんもいない人の場合、よくあるケースなんです。引っ越ししても億劫だからと手続きをしないでいて、勤め先が変わるなどして住民票が必要になったとき、こちらに来て消除されていることを知って復活の手続きをする人が年に何人もいます」

「そういうことならいいんですが、行方をくらます手段として、意図的にやられる場合もありますんで」

「警察にとっては厄介な話ですね。どうも、あまりお役に立てなかったようで」

若い職員は恐縮した様子だが、気を取り直すように葛木は言った。

「そんなことはありません。ここから先が我々警察官の仕事でして。逃走中の犯罪者というのは、ほぼすべて住所不定と言っていいですから」

「なにか重大な犯罪に関わったとか？」

職員は興味深げだ。今後も快く協力してもらうためには、木で鼻を括ったようには対応できない。

「些細な窃盗事件でして。ところが凶悪事件よりも、こういうのが意外に難しいんです」

「そのようですね。私の実家でも空き巣に入られたことが三度あって、まだ一度も犯人が捕まっていませんから」

「それを言われると辛《つら》いんですが、なにせ件数が多いところへ人手が足りない。検挙率は殺人のような凶悪事件のほうがずっと高いんです」

「いえ、嫌みを言ったわけじゃないんです。そういう事件を扱う刑事さんはなかなか大変だなと思いまして」

哀れむような口ぶりで言われるとなにやら悔しいが、政界を揺るがす大疑獄事件の捜査だとはここでは言えない。矢口に関してほかに情報がある様子もなかったので、丁寧に礼を言ってその場を辞した。

6

署へ戻ると、池田と山井がすでに帰っていて、さっそく作戦会議が始まった。

「本籍地が福井だということがわかっただけでも大成果だよ。狩屋との関係が単に地縁だけだとは思えない。戸籍謄本を取り寄せて調べてみれば、血縁関係の繋がりもあるかもしれないぞ」

いかにも確信ありげに大原は言う。血縁関係まではどうかと思うが、なんらかの人的繋がりがあるのは間違いない。戸籍から探れるところは探るにしても、血縁以外の繋がりに関してなら、地元の福井県警が情報を持っているはずだ。

「こちらも福井県警とチームを組むという手はどうですか」

「うちは向こうの捜査一課とはパイプがないだろう」

「一課じゃなくて二課とですよ。俊史のほうはコネクションがあるようですから声をかけるくらいはできるでしょう。向こうが拒否しなければ、私が現地に飛んで一緒に聞き込みをしてもいいですよ」

「だめですよ。美味しい仕事を勝手に思いついちゃ。そういう下働きは我々に任せて、係長はこっちでデンと構えていてくれないと」

池田はさっそく売り込みに入る。山井もそこに便乗する。

「そのとおりですよ。それだったら僕と池田さんで十分ですよ」

大原が諭すような調子で割って入る。

「美味しいもへったくれもないだろう。物見遊山じゃないんだから。今後先方とは連携を深めていくことになる。現地での捜査ももちろんだが、まずその土台づくりに葛木さんに行ってもらうほうがいい。あとで別の人員と交代するなり増援部隊を送るなりいろいろ考えなきゃいかんから、池田たちの出番も十分あるだろう」

葛木も大原に同感だった。

「狩屋との関係を洗うことは現地でできるが、どのみち矢口ともう一人の仲間はもう福井にはいないだろう。東京に舞い戻っている可能性もある。福井での捜査で居場所が割れたら、逮捕状をとってすぐに踏み込んでもらう必要がある」

「それはそれで捨てがたい役回りですね。じゃあ、とりあえず福井への先乗りは葛木さんにお任せします」

池田は渋々という調子で頷いた。さっそくその話を伝えると、俊史は飛びついてきた。

「それはいいんじゃないか。向こうは向こうで、殺人の件に関してこちらの捜査状況がうまく伝わってこないと不満らしい。親父が直接現地に出向いてくれれば、ここまでの経緯《いきさつ》をしっかり伝えられる。じつはおれも一度向こうへ足を運ぶように課長から言われているんだよ。電話でやりとりしているだけじゃ隔靴掻痒《かっかそうよう》でもどかしい。場合によっては広域捜査になる可能性もある。そのときに備えて地ならしをしておいたほうがいいという判断のようだ」

「矢口という名前は福井の二課からはこれまで出てきていないのか」

「初めて聞いた名前だね。しかし狩屋とまったく縁がないとは考えにくい。たまたま話題にならなかっただけで、向こうは心当たりがあるかもしれない」

「そこをまず確認してもらえるとありがたいな。なにか情報があれば、戸籍関係をたぐっていく手間が省ける」

「ああ。これから電話を入れてみるよ。先方の理事官とは意気投合していてね。このヤマに関しては先方も力が入っている。県警の二課にとって狩屋は永年の宿敵で、選挙違反やら汚職やら怪しい話はいくらでもあったけど、あと一歩というところでいつも逃げられた。

今度こそ取りこぼせないと意気込んでいるんだよ」

「殺人関係の容疑はこれまではなかった材料だろうからな。しかし片山秘書の件はどうも潰されそうな雲行きのようだが」

「そうはさせないよ。向こうにしてもそのための警視庁との連携強化でもあるわけだから。こっちはいまのところ政治筋からの圧力は受けていないしね」

「受けたとしても、撥ね返す力は地元の警察より強いだろう」

腹を探るように葛木は訊いた。正直なところ、その点についてはどちらが強いとも言えない。

地元の福井県警に対しては狩屋の影響力がダイレクトに及ぶ。一方の警視庁は組織そのものが中央の政界と距離が近い。そちらを経由してかかってくる圧力に対してどこまで抵抗できるのか。むろん、だからこそのこれまでの隠密作戦ではあったわけだが。

「もちろんだ。そうじゃないと、わざわざ警視庁が乗り出した意味がない」

強い調子で俊史は応じた。いまはその言葉を信じるしかないだろう。

そんな話を渋井に伝えると、こちらも新しい糸口に大いに期待を寄せた。

「顔と名前がわかっていれば、海外に高飛びでもされない限り捕捉するのはそう難しくはない。案外、母屋の人員は出る幕がなさそうだな」

「我々と福井県警の二課が動けば、ある程度の見通しはつけられると思います。その先は一課長の判断次第です。贈収賄の件は後回しにしても、とりあえず狩屋代議士を捜査の射程に入れられるわけですから」

「ああ。二課もそうなればやいのやいのは言わないだろう。狩屋を殺人教唆で追及できれば、贈収賄のほうも必然的にセットで扱うことになる。まさに一石二鳥だ」

「ええ。我々にとっては殺人が最優先ですが、結果的に贈収賄に繋がるのは間違いないですから」

「片山秘書の件では、どうも先方の捜査一課は狩屋の影響下にあるようだからな。おれのほうから電話の一本も入れようかと思ったんだが、下手をするとこちらの動きが筒抜けになる。むしろ二課同士のパイプを太くしたほうが賢明だと思い直したところだ」

「ええ。いい流れをつくれればと思っています」

強い思いとともに葛木は言った。おかしな成り行きでイレギュラーな捜査を強いられてきたが、これでようやく分散していたパワーを統合できる。

通話を終え、渋井との話の内容を説明していると、若宮の携帯が鳴り出した。ディスプレイを覗き、若宮は顔を上げた。

「里中からです。携帯のデータの件だと思います」

言って若宮は携帯を耳に当てた。

「復旧に成功したのか――」

そう問いかけたあと、相槌を打ちながら相手の話に聞き入った。その顔に次第に喜色が浮かぶ。

「ああ、わかった。いま係長に相談してみるよ」

そう応じて若宮は葛木たちに振り向いた。

「どうやらデータの復旧に成功したようです。内容をSDカードに書き出して、それを持って、いま署の近くのファミレスにきているそうです」

「もったいをつけて――。メールで送るとかはできなかったのか」

池田が苛ついたように言う。里中をかばうように若宮は応じた。

「大事なデータかもしれないので手渡しのほうが安全だと言うんです。電子メールというのはいつだれに覗かれるかわからないとのことで。それに携帯の本体も返却しないといけないし」

「どういうデータが出てきたんだ」

葛木は訊いた。若宮は困惑げに応じる。

「メモ帳のなかに、アルファベットと数字だけが並んだ長いリストがあったそうなんです。里中には意味がわからないようですが、本人だけがわかるなにかの記録のようだと言っています」

「おもしろいものが出てきたな。ひょっとすると二課が涎《よだれ》を流すほどのご馳走かもしれないぞ」

大原が唸る。葛木は若宮に促した。

「それじゃすぐに行ってくれないか」

若宮は言いにくそうに続ける。

「じつは、係長にも同席して欲しいそうなんです」

「おれに？　どうして？」

「まだ心配してるんですよ。これで本当に無罪放免になるのかどうか。係長の口からそれを聞かせて欲しいとのことで」

「うまいこといって。金でもせびろうというんじゃないのか」

吐き捨てるように池田が言うと、大原が鷹揚なところを見せる。

「頼んだことはやってくれたんだから、多少の謝礼は出すよ。こっちもきっちり口を封じておく必要があるから、葛木さんに同行してもらうのはけっこうなことだ」

「じゃあ、そうします」

葛木は頷いて立ち上がった。矢口の件といい里中の件といい、若宮はどっちにも絡んでいる。このヤマに関してはどうもラッキーボーイらしい。

署から歩いて五分ほどのところにあるファミリーレストランで、里中は葛木たちを待っていた。

7

注文していたのはコーヒーだけのようで、金回りがいいとも思えないので、おごるから食事でもどうだと訊いた。最初は遠慮したものの、さらに勧めると里中は遠慮がちにメニューを広げ、いちばんボリューム感のあるハンバーグのセットを指さした。

ウェイトレスを呼び、そのセットと、葛木と若宮のぶんのコーヒーを注文して、さっそく本題に入った。

「大したもんだ。期待したとおりの仕事をしてくれたようだね」

「装置さえできればあとは簡単でした。データはいったん削除されていましたが、上書きされていなかったのでほぼ完全に復旧できました――」

言いながら里中は傍らのトートバッグからノートパソコンを取り出した。テーブルのうえでなにやら操作し、ディスプレイをこちらに向ける。

表示されているのはさきほど若宮が聞いたとおり、アルファベットと数字を組み合わせた一行二十文字ほどのリストだ。里中が横から手を伸ばして画面をスクロールすると、全体で百件近くあるのがわかる。

アルファベットの一部はイニシャルのように見える。数字の一部は日付のようだ。いずれにしても、いくつかの情報を梶本だけが理解できるルールでリスト化したものらしい。もしそうだとしたら、トーヨー・デベロプメントから政界に渡った賄賂の記録である可能性が高い。

「役に立ちそうでしょうか」

里中はおずおずと訊いてくる。葛木は大きく頷いた。

「もちろんだよ。まだ話すことはできないが、いま扱っている事件はいずれマスコミを賑わすことになるだろう。このデータはその事件の真相を解明するうえで間違いなく貴重な手がかりになる」

第八章

1

里中が復旧した携帯のデータは、さっそく俊史のもとへ転送された。

安全のためにファイルは暗号化した。二課は機密文書をメールでやりとりすることに慣れているようで、まず二課から送られてきたキーを使って暗号化したファイルをメールに添付する。二課は復号用のキーを使って暗号を解除する。

やってみれば意外に簡単だったが、暗号の強度は軍事レベル相当で、普通のコンピュータで破ることはまず不可能らしい。

内容を確認して、俊史はすぐに電話を寄越した。

「どうも、凄い情報のようだね」

「役に立ちそうか」

「これから詳しく分析することになるけど、たぶんトーヨー・デベロプメントからの贈賄リストだよ。すべて一定の規則で書いてあるから、解読は可能だと思う。渡した相手のイニシャルと所属、日付、金額といった内容が記録されているようだ」

「個人名まで特定できそうか」

「おそらくね。相手が政治家なら政党名、官僚なら所属官庁も判明すると思う。一般の人の目に触れても簡単には理解できないようにしてあるけど、わかる人間が見ればわかると思う。そういう意図で残しておいたのかもしれないね」

「そういう意図というと？」

「自分のためのメモでもあっただろうけど、もし我が身になにかあったとき、だれかが真相を究明してくれるようにという置き土産のような気もするんだよ」

「だったらどうして削除してしまったんだ」

「本人がやったとは限らない。現に里中が拾ったとき、すでにロックは外れていたわけだから。たぶん矢口たちが消したんだろうね。こちらにとっては幸いなことに、抹消したデータが復旧可能だということを彼らは知らなかった」

「おれだってそうだよ」

「完全に消そうと思ったら携帯そのものを破壊するしかなかった。それにしたってメモリーが無事なら復旧は可能だからね」

「悪事を働く者にとっては油断も隙もない時代だな」

「そこをこちらのアドバンテージにしなくちゃね。ひょっとすると、狩屋代議士なんて目じゃない、超大物の尻尾が飛び出して来るかもしれない」

俊史は興奮を隠さない。葛木は慎重に言った。

「それを材料にして、これからどこまで追い込めるかだな。あくまで梶本氏の携帯に残っていた情報だというだけで、現実に金銭の受け渡しが行われたことを示す証拠とは言えないわけだから」

「ああ。殺人や強盗と違って物証がないからね。しかしこのリストに居並ぶ先生方が肝を冷やすのは間違いない。全員が口が固いとは思わない。一人でも自供が得られれば、それが蟻《あり》の一穴になるはずだ」

「問題はピラミッドの頂点にまで迫れるかどうかだな」

「これから衆参両院の国会議員と秘書、カジノと関わりがありそうな総務省や国土交通省の有力官僚の名簿をすべて集めて、それと照らし合わせて個人を特定していくことになるだろう」

「そっちのほうはおれたちの出番はない。まず押さえるべきは矢口章雄の行方《ゆくえ》だよ。おれは予定どおり福井へ飛ぶことにするが、おまえのほうはどうなんだ」

「もちろん行くよ。おれにしたってリストの分析はうちの捜査員たちに任せるしかないから。それより、きょうから勝沼局長が敦賀《つるが》に出張するんだよ」

「敦賀に？」

「中部管区警察局の刑事部長会議が今年は敦賀で開かれることになってね。渋井一課長に張り合うわけじゃないけど、そのとき親父と会って話をしたいと言うんだよ」

「またどうしておれふぜいと？」

「今回の事案ではいろいろ迷惑をかけたから、一度挨拶をしたい。同時にこれからの捜査の進め方について現場の意見を聞きたいと言うんだよ。福井と敦賀なら車で三十分くらいだそうだ。地元で適当な店を見繕っておくから、福井に到着したところで連絡が欲しいと言っている」

妙な具合になってきた。ロッキード事件に匹敵するかもしれないという大疑獄事件の捜査で、自分は思いもかけない重要ポジションに立たされてしまったらしい。

「それならおれが警察庁に出向けばいいだろう。わざわざそんな大袈裟な話にしなくてもよさそうなもんだが」

「刑事局長ともなると庁内では一挙手一投足を見られているからね。地方へ出張中なら、そう周囲の目を気にすることもない」

「おれなんかと話したって、なにか気の利《き》いた策が出るわけじゃないぞ」

「難しく考える必要はないんだよ。親父とは知らない仲じゃないし、今回の事案ではおれが親父とのあいだでホットラインを繋いできたわけだから、勝沼さんも同志のようにみているんだ」

「勝手に動き回らないように、釘を刺そうというんじゃないのか」

「そんなふうに勘ぐらなくたっていいだろう。おれたちにしたって勝沼さんにしたって、ベストの結果を出すために知恵を絞ってるんだから」

俊史は不快感を示すが、すでに何本も釘を刺されている。ここまではやむなく応じてきたが、これ以上押さえ込まれると捜査の本筋が変わってしまう。葛木にしてみれば政治の裏舞台で殺人が行われたことこそが重大で、贈収賄に関する部分は営業外だ。

「それはわかるが、これまでのやりかたが慎重すぎる気がしてな」

「そのあたりの考えも親父の口から勝沼さんにちゃんと伝えればいいんだよ。聞く耳は持つ人だし、親父たちのここまでの成果が、捜査を前進させる原動力になったのは間違いないんだから」

「たまたま運がよかっただけだよ。刑事としての本当の仕事はこれからだ」

「おれたちにしたってそうだよ。このリストの入手で捜査は一気に前進する。逆に取りこぼすわけにはいかないと、プレッシャーがかかってくるよ」

「ここからはお互い全力で行くしかないな。どっちの道を進もうと、行き着く頂上は一つだから」

「ああ。勝沼さんもそこはよくわかっているはずだよ。だからこそ、この局面で一度親父と腹を割って話そうという気になったわけだから」

「この辺で潮目が変わりそうだな」

俊史の言葉に期待を抱きながら葛木は言った。俊史も力強く応じる。

「そうだね。こうなったら大きな権力とガチンコ勝負だ。地検の特捜にやれたことが、おれたちにできないはずがない」

2

翌日は朝一番に俊史と東京駅で落ち合って、福井に向かった。葛木のほうはラッキーボーイの若宮を同行させたが、俊史にはお付きの者はいなかった。

梶本の携帯から出て来たリストの解析に二課のチームはしばらく総動員態勢で、理事官の出張のお供にそこから貴重な人員を割《さ》くのは不合理だという俊史らしい考えによるものだが、葛木と勝沼が現地で会うこと自体、知っているのは捜査二課長だけで、その意味では一人のほうがやり易いという思いもあるのだろう。

福井までは北陸新幹線と東海道新幹線のどちらも使える。全員、北陸新幹線には乗ったことがないので気持ちは多少そそられたが、やはり矢口が普段使っているルートのほうが捜査上のヒントも得られるかもしれないという期待もあって、東海道新幹線で行くことにした。

勝沼と密会する話を聞いて大原は驚きを隠さなかったが、そのこと自体は悪いことではないと歓迎した。

先方のトップの腹をじかに探れるのはけっこうな話で、こちらとしても必要な注文はちゃんとつけたほうがいい。渋井といい勝沼といい、上から権柄《けんぺい》ずくで押しつけてもいいはずの話をきちんと筋を通してくる。警察もあながち硬直した組織ではないと、むしろ満足げだった。

若宮は久しぶりの出張に張り切っている。本庁捜査第二課理事官という雲の上の存在と一緒に行動できるのが平刑事のプライドをくすぐるようだ。もっとも普通なら俊史は葛木から見ても雲の上の存在だ。

官僚としての立身出世を望んだわけではないし、ましてや自分の上司になってくれと頼んだ覚えもないが、こんな不思議に捻れた関係が、むしろ親子の絆を密接にし、適度な緊張感も与えてくれている。

俊史にしてもキャリアとはいいながら、親父に憧れて警察という職場を選んだと自ら言うように、胸に刑事の魂を宿らせて、さほど官僚臭さに染まることもなくきょうまでやってきた。

本人の将来にとってそれがいいことかどうかはわからない。しかし一人の人間の生き方として、葛木には好感が持てるのだ。

親父のほうは警部補どまりで警察人生を終わりそうだが、俊史は望めば警視総監、警察庁長官も視野に入る。一人の親馬鹿として出世して欲しいのは山々だが、だからといって警察官としての節を曲げてまで上を目指して欲しくない。

朝が早かったので、各自駅弁を仕入れて乗り込んで、列車が走り出したところで包みを開いた。

「勝手にスケジュールを決めて申し訳ないけど、とりあえず到着したら、すぐに県警に挨拶に行く予定なんだ。先方は二課長と担当理事官、現場を指揮している管理官が出席する。そのあと捜査担当の係長と主任と捜査に当たっている刑事が出席して、お互い情報を交換する段取りになっている」

朝っぱらからボリューム満点のステーキ弁当を突《つっ》きながら俊史が言う。そう言われても、こちらはそもそも先方とは接点がないから、そのあたりはやむを得ない。鷹揚な調子で葛木は応じた。

「むしろすべてお任せで申し訳ないよ。なんにしても、まず大事なのは先方との意思疎通だ。これまではうちの署だけで孤立した捜査を強いられてきたから、東京と福井と距離は離れていても、パートナーができるのは心強いよ」

「うまく歯車が嚙み合えば、いい方向に進みそうな気がするね。矢口章雄の件は先方の理事官に話しておいたよ。ただ現場の捜査員も、狩屋代議士の縁戚関係ではその名前を聞いたことがないようだ。おれたちが着くまでには市役所に問い合わせて戸籍情報を確認してくれるそうだけど、そうあっさりとは繫がらないかもしれないね」

「そこまでは期待してないよ。しかしなんらかの糸で結びついているのは間違いない。福井市内で生まれ育ったとすれば、親兄弟や親戚、学校の友達といった関係から素性が浮かび上がってくる。狩屋もしくはその関係者との接点が見つかれば、場合によっては指名手配という手も考えられる」

「そろそろそこまで踏み込む必要があるかもしれないね。例のリストから贈収賄疑惑の全体像が炙《あぶ》り出せれば、両面から狩屋にプレッシャーがかけられる」

「勝沼さんの考えはどうなんだ」

「もちろん、見通しがつけば一気呵成に行く覚悟だよ。二課長もそのつもりで準備を進めている。必要なら二課総動員態勢で複数のターゲットに一斉にガサ入れをすることになるだろう。そうじゃないと、こちらの動きを見て証拠隠滅を図られる惧《おそ》れがあるからね。ただ問題なのは、いま通常国会の会期中だということだよ」

「議員の場合は不逮捕特権があるな」

「会期延長がなければあと二ヵ月ちょっとなんだけど」

「ありそうなのか」

「勝沼さんはたぶんないだろうと踏んでいる。今年は参議院選挙のある年で、それが七月と決まっているから、延長すると先生方は選挙運動をする時間が十分にとれない。参院選のある年に会期延長をしたケースが平成に入ってから三度あったけど、すべて与党が惨敗してるんだよ」

「そうだとしても、まずお縄にかかるのは議員秘書とか後援会関係者だろうから、そこで容疑をしっかり固めて、晴れて会期が終了するのを待てばいい」

「ところが今回はもう一つ問題があってね。国務大臣は、在任中は内閣総理大臣の同意がなければ訴追できないという憲法上の規定があるんだよ」

「疑惑の対象になる国務大臣がいても、訴追できないということか」

そこまでは葛木も想定していなかった。これまで閣僚級はおろか、地方政治家さえ捜査対象にしたことがないから、そのあたりを深く考えたこともない。警察学校や昇任試験で刑事訴訟法についてはいやでも勉強させられるが、憲法の細かい規定までは頭に入れていなかった。

「内閣総理大臣はどうなるんだ」

「一般的な解釈としては、総理大臣も国務大臣の一人と見なせるから、当人が同意しないと訴追はされないことになるね」

なるな」

「だったら、もしそこまで容疑が及んだとしても、警察は手出しが出来ないということに

覚えず嘆息した。勝沼が慎重に慎重を期しているのは、そうした厚い壁を意識してのことでもあっただろう。

「ロッキード事件で田中角栄が逮捕・訴追されたのは、総理を辞任したあとだったからね。ほかの疑獄事件でも、閣僚級の逮捕と訴追はほとんど辞任後だよ」

「ほとんどということは、逆に例外もあるわけだろう」

「戦後まもなくだけど、ある疑獄事件で総理の同意なしに閣僚が逮捕された例が一度だけある。そのときの検察の論理は、憲法上の規定では総理の同意なしに訴追ができないのであって、逮捕・勾留はその限りではないというものだった。法解釈の分野ではいまも意見が分かれているらしいけどね」

含みのある調子で俊史はいう。興味深げに聞いていた若宮が口を挟む。

「だったら、まず逮捕してしまえばいいんじゃないですか。収賄であれ殺人であれ、総理大臣を含む国務大臣が逮捕・勾留されたとなったら、世論に叩かれて辞任するしかないと思いますけど」

「場合によっては、その手もあるだろうね。それでも居座られたとしても、任期というのがあるし、選挙で落ちれば特権はなくなるんだし」

俊史は頷く。葛木は言った。

「大事なのは犯罪事実の立証だな。そこさえしっかりやっておけば、先生方は逃げも隠れもできない。海外逃亡の惧れもあるが、彼らの場合、それをやったら政治生命が絶たれる。そのときはもはやただの人だから、法的な障害はなにもなくなる」

「じゃあ、勝ったも同然じゃないですか」

若宮が勢い込む。ここ最近、自分がツキを呼び込んだのを意識してか、なにかと楽観的になっている。それが悪いことだとは言わないが、棚ぼたを期待するだけでは捜査は前に進まない。気分を引き締めるように葛木は言った。

「おれたちはここからは基本に忠実に、殺人犯としての矢口を追い詰めていくだけだ。その先は勝沼さんや渋井さんにお任せするしかない。政治絡みの案件は現場刑事の手に余るからな」

「大物政治家にこの手で手錠をかけられるかもしれないと楽しみにしてたんですが」

若宮は恨めしそうに言う。俊史が笑って応じる。

「もしそうなったら、最大の功労者は城東署の皆さんだから、若宮君に晴れの舞台を用意することも考えないとね」

「本当ですか。だったら逮捕状の読み上げ方を練習しとかないと。その場で上がっちゃったりしたら最悪ですから」

若宮は無邪気なものだが、そんな舞台が訪れるのはだいぶ先になるだろう。田中角栄がロッキード事件で逮捕されたのは総理を辞任して一年半後、逮捕されたのは捜査開始から半年近く経ったころだった。裁判はその後二十年近く続き、本人の死亡によって公訴棄却となっている。

そんな話を聞かせると、若宮は逆に勢いづいた。

「そうなると、僕らにしたってライフワークですよ。公判に入ったら出る幕はないですけど、刑務所に入るまでちゃんとこの目で見届けてやりますから」

「おれたちはそこまで長引かないように、しっかり証拠を固めないとな。でかい仕事だ。気を抜かずにやり切ろう」

強い調子の葛木の言葉に、若宮も俊史も頷いた。

3

米原で在来線の特急に乗り換えて、福井駅に到着したのは午前九時を少し回ったころだった。

俊史はさっそく敦賀にいる勝沼に、到着した旨、連絡を入れた。勝沼はきのうのうちに魚の美味い店を見繕って、すでに予約をとっているという。追ってその店のサイトのUR

Lを送るから、午後六時半に現地で落ち合おうということになった。

「内密な話でしょうから、僕はホテルで待機ですね」

寂しげに言う若宮に、俊史は首を横に振った。

「いや、連れてこいと言うんだよ。今回の件では若宮君がいろいろ活躍してくれた話をしたところ、ぜひ労をねぎらいたいと言っている」

「本当ですか。僕みたいな下っ端が警察庁の刑事局長と同席するなんて、あとで罰《ばち》が当たりそうな気がしますけど」

「そんなことないよ。勝沼さんだってかつては捜査一課の管理官として若い刑事たちと仕事をしてきた。そんな現場の雰囲気に接する機会がなくなって寂しいとよく言っているんだよ」

勇気づけるように俊史は言った。

到着時刻を知らせておいたので、県警の職員が公用車で駅まで迎えに来ていた。このあたり、さすがに俊史は理事官で、扱いはＶＩＰ級だ。

しかし事前に確認したところでは、福井県警は駅から五、六〇〇メートルのところにあり、わざわざ車で送迎というのも大袈裟だ。職員はドアを開いて葛木に声をかける。

「理事官。わざわざ遠いところへお越し頂き、ありがとうございます」

「いや、理事官は私じゃなくて、こちらなんだよ」

俊史に目を向けると、三十代半ばくらいの職員は慌てて一礼した。

「これは失礼を致しました。けさになって急遽お迎えを仰《おお》せつかったもので――」

若いから平刑事かと思ったとは口が裂けても言えないだろうが、刑事部門の理事官はノンキャリアの叩き上げが多く、年齢的にはちょうど葛木くらいなのだ。職員を責めるわけにはいかない。

「気になさらないで。よく間違われるんですよ。理事官の葛木です。それからこちらが城東署の葛木強行犯捜査係長と若宮刑事――」

「どちらも葛木さんですか。ますますこんがらかってきそうで。私、警務部の田島《たじま》と申します。よろしくお願いします」

ハンカチで汗を拭き拭き、田島はまた深々と一礼し、

「それでは会合場所へご案内します。ちょっと離れた場所でして」

「県警の本部庁舎じゃないんですか」

俊史が問いかける。困惑したように田島は答える。

「市内中心部からちょっと離れたホテルに会議室を借りているようなんです。私も、きょうお迎えに上がることは、くれぐれも内密にと言われておりまして」

どうも普通ではない雲行きだ。警視庁から来た二課の理事官と、本部庁舎内では会えないとしたら、こちらもよほどその筋からの圧力を警戒せざるを得ない状況に置かれている

ものと思われる。

「かえってお手間をとらせることになってしまったようですね」

「いえいえ、お気になさらないで。こっちの都合でそうさせて頂くだけですから。それではご案内いたします」

促されて後部席に乗り込むと、田島はアクセルを踏み込んだ。駅前のロータリーからしばらく行くと、正面に福井城址の濠《ほり》が見えてくる。濠に囲まれた本丸跡には、福井県庁と県会議事堂と福井県警の本部庁舎が居並んでいる。

田島はそちらに向かう橋は渡らず、観光ガイドよろしく城の由来やら各庁舎の説明やらをしながら濠に沿ってしばらく進み、郊外に向かう国道に出た。

「お越しになられたのは狩屋代議士の件でしょうか」

田島が唐突に訊いてくる。ホテルの会議室を借りるほど神経を使っているわりには情報管理が甘い。どう答えたものかと俊史が戸惑っていると、今度は田島が慌てた。

「いや、今回の用向きについては私は一切聞いておりませんので。ただ警視庁の捜査二課から理事官がお見えになって、うちの二課の主だった者と会合をもつとなると、たぶんその件だろうと勝手に想像した次第なんです。じつは狩屋一族と私の家は遠縁にあたりまして。遠縁と言っても、いまはまったく付き合いがないんです。お互い、冠婚葬祭にも出ないくらいでして」

うなんです」

「過去になにかよからぬ因縁でも？」

葛木はさりげなく訊いてみた。俊史は素知らぬ顔で窓の外を眺めている。

「曾祖父の時代にいざこざがあったんです。狩屋氏の先々代がうちの曾祖父の再従兄弟《またいとこ》で、血縁は薄いんですが、子供のころから仲がよくて、学校を出てから二人で商売を始めたそうなんです」

「どういう商売を？」

好奇心を押し隠して、気のない調子で訊いてやる。田島は喋《しゃべ》るのがことのほか好きなだけで他意はないというのが葛木の直感だが、それでも油断は禁物だ。情報をもらったつもりで、こちらのことが狩屋サイドに筒抜けになっては堪らない。

「土木関係の仕事だったらしいんですが、曾祖父は技術に明るくて、狩屋の祖父は口が達者で営業が上手かった。三歳年上の曾祖父が社長で狩屋が専務。そのコンビが初めは上手く噛み合って、事業は順調に伸びたらしいんです。ところが――」

田島は勝手に話を進める。そのうち狩屋の祖父は酒色にうつつを抜かすようになり、会社の金を使い込む。これでは堪らないと田島の曾祖父は狩屋を馘《くび》にしようとしたが、狩屋の祖父は有力な県会議員を丸め込んで、自分の味方につけてしまった。

仕事のほとんどは地元の公共事業だった。自分がいなくなればその仕事はこない。会社を存続させたければ、自分を社長にして田島の曾祖父は専務に降格するようにと、狩屋は逆に脅しをかけてきた。仕事がなくなれば自分も社員も路頭に迷う。曾祖父は言いなりになるしかなかった。

そのうち狩屋の祖父は東京の大学を出た息子を社長に据えて、自分は県会議員に立候補した。当時は選挙違反など半ば公認のようなもので、会社の金を湯水のように使い、見事当選を果たしてしまった――。田島は慨嘆するように言う。

「こんどはその元をとろうとばかりに、県の予算で不要不急の仕事をつくっては、その工事を自分の会社に流す。いまなら汚職で刑務所入りがあたりまえのことが、当時の地方議会では公然とまかり通っていたんです――」

堅物の曾祖父は忸怩たるものがあったが、会社が潤えば社員の給料も上げてやれる。家族にだっていい暮らしをさせてやれると我慢した。ところが問題だったのが社長になった息子のほうで、これが性格が悪くて曾祖父とはまったくそりが合わない。

長年勤めた従業員が病気になったといえば、問答無用で馘にする。手抜き工事は日常茶飯で、曾祖父が注意をすれば煙たがり、自分と馬が合う工事監督をよその会社から引き抜いてきて、曾祖父を閑職に追いやった。社名も創業以来の田島組から狩屋興産に変えてしまった。

曾祖父はやがて病に倒れ、田島の一族は会社とは縁が切れた。曾祖父はその数年後、失意のうちに世を去った。

「狩屋の祖父は、技術のことはなにも知らない、口八丁だけが取り柄の人間でした。もちろん、それが営業面でプラスに働いたのは間違いないですが、土木業というのも技術があっての商売で、その礎を築いたのは曾祖父だったんです。不器用で頑固だった曾祖父にも問題がなかったとは言えないでしょうが、手塩にかけて育てた会社を丸ごと奪われた。その恨みはうちの一族にいまもＤＮＡとして残ってるんですよ」

なにやらおどろおどろしい話になってきた。問わず語りに田島は続ける。

「狩屋健次郎にしても、隔世遺伝で祖父の血を受け継いだようなものですよ――」

会社は先代の長男が引き継いで、次男の健次郎は祖父の地盤を継いで県会議員を二期務め、それをステップボードに国政に打って出て、なんなく衆議院議員に当選し、以来現在まで議席を失ったことがない。

地元への利益誘導が巧みで、それが厚い支持基盤を支えているが、その大半が狩屋興産グループの企業に回っていることを地元で知らない者はいないという。

「狩屋にとって政治は金儲けの手段にすぎない。兄の経営する会社と狩屋の政治的剛腕が両輪となって、この土地に隠然たる影響力を保ってます。うちの捜査二課も、十数年来、狩屋の尻尾を追い回しているようですが、肝心のところで圧力が加わり、もたもたしているうちに逃げおおせてしまう」

「政治家の捜査というのは、どこの本部も敬遠しますよ。政治家じゃなく自分の首が飛んじゃかないませんからね」

適当に相づちを打つと、田島はいよいよ調子づいてくる。

「私を二課に配属すれば、狩屋を猟犬みたいに追い詰めてやるって言ってるんですけど、二課からは情実が絡む者は捜査員として不適格だという杓子定規な返事しかこない。むしろそういう因縁があるにせよ、遠縁は遠縁だから、私をスパイみたいに思っているのかもしれませんが」

ここまでの話を聞けば、田島からいろいろ聞き出したいという衝動にも駆られるが、県警二課の考えがあながち間違っているとは言い切れない。いみじくも田島が言うように、情実うんぬんよりも、こちらの情報が筒抜けになった場合に手がつけられない。

矢口のことも訊いてみたいが、それは県警二課の人間に、田島の評判を確認してからでも遅くはないだろう。

車は市街地を抜けて山間部に差しかかる。新緑の季節にはまだ早いが、冬枯れた前山の向こうに残雪をたっぷりと纏《まと》った白山の絶景が目を奪う。

田島の話によると、これから向かうのはその山麓にあるスキー場のホテルで、いまは雪がなく閑散期のため、人の目につく心配がないという。

葛木たちはあすからの捜査活動に備えて市街中心部のホテルをとってあるが、そういうことを事前に知っていれば、殺風景なシティホテルよりこちらのほうがよかったかとも思えてきた。

4

ホテルには四十分ほどで着いた。

田島が言うとおり、ホテルもその周辺も閑散としていて、密室談義にはまさに格好の場所のようだった。

田島の案内で向かった会議室では、県警の二課長と、この事案を担当する理事官と管理官が待ちかねていて、さっそく名刺交換が始まった。

「遠いところをわざわざご足労いただき、感謝しております。そのうえこういう辺鄙《へんぴ》な場所にお連れして、ご気分を害されなければいいんですが」

谷原《たにはら》という捜査二課長は、地位は格上でも態度はすこぶる慇懃だ。年齢は五十がらみで、現場で場数を踏んだ苦労人らしい気配が感じられる。

さすがに事前情報は得ていたようで、田島のように葛木を理事官と勘違いした様子はない。先方の理事官は君本《きみもと》といい、こちらも谷原と同年配だ。篠田《しのだ》という管理官は四十代半ばといった感じで、まだ現場の刑事の雰囲気が漂っている。

警視庁の捜査二課はキャリアが多いので有名だが、地方の本部となるとそういうわけでもないらしい。

警視庁の場合、あえて異動の激しいキャリアを配属するという話は聞いている。政治家や地元の企業との接触が多い二課の場合、長居させれば癒着する惧れがあるという考えらしいが、たぶんそれも善し悪しだろう。

狩屋のような地元の大物政治家の捜査となると、継続的に行動を把握してきたベテランのほうに強みがある。

福井県警捜査二課のこの間の動きを見れば、癒着が疑われる気配は皆無といってよく、むしろ片山秘書の死に関しては、交通部や捜査一課よりも一本筋の通った動きをしてくれている。

全員がテーブルに落ち着いたところで、ホテルの従業員が飲み物を運んできた。従業員が出ていくと、谷原二課長はさっそく切り出した。

「狩屋代議士については、我々にとって一種のライフワークのようなものでして」

「地元では、以前から黒い噂があったということでしょうか」

俊史が問いかける。谷原は頷いて続けた。

「収賄や裏献金の疑惑は常にあります。しかし立証が難しいんです。彼には財布が二つありますから」

「財布が二つですか」

「ええ。一つはいわゆる後援会、つまり資金管理団体です。こちらに入るのは政党交付金や個人・企業からの献金で、政治資金収支報告書への不記載や個人的な経費への流用といった政治資金規正法に抵触する事実がなければ特段問題はない。つまり政治家にとって正規の財布です」

「正規ではない財布とは、たとえば裏帳簿のようなもの？」

「そういうものもないことはないでしょうが、狩屋氏の場合、狩屋興産という大きな財布がありましてね」

田島が言っていた話とよく似ている。俊史が問いかける。

「狩屋氏とその会社の関係は？」

谷原は頷いて続けた。

「いま社長をやっているのは兄の狩屋公一郎《こういちろう》氏です。健次郎氏は経営には一切タッチせず、株主名簿にも入っていません」

「それが健次郎氏の財布でもあると仰るんですね」

「健次郎氏は賄賂として現金を受けとるような初歩的なことはまずしない。その代わり、狩屋興産グループに仕事を発注するように仕向けるんです。狩屋興産は、かつては土木業が中心の会社でしたが、いまは建築業、不動産業からビルメンテナンス、広告代理業、印刷業と間口を広げ、地元経済の中核を担う企業グループなんです」

「賄賂代わりに仕事を受注するための受け皿として、業態を広げたとも考えられますね」

「もちろんそうです。やっているのは受注型の仕事ばかりです。小売業とか消費者向け製品の製造・販売のような業態にはまったく関心を示さないんです」

「しかしそちらで政治案件絡みの受注を獲得したとしても、健次郎氏サイドへの資金の還《かん》流《りゅう》は難しいのではないですか」

「妻が大株主なんです。ただ未公開株なので、総額がいくらになるかは正確に算定できないし、自由に売買できるものでもないですから、それだけで資金の還流とまでは行きません。狩屋興産の経営状態は、こんな時代でも順風満帆のようですから、もし株式を公開でもすれば、奥さんに巨額の富が舞い込む可能性はありますが、いまのところ上場に動く気配も感じられません」

「だとしたら、収賄を立証するのは困難ですね」

　俊史が悩ましげに首を捻ると、傍らから理事官の君本が身を乗り出す。

「実態としては間違いなく収賄行為があったと見なされる事案がいくらでもあります。しかしそのお金が、たとえ狩屋興産経由でも健次郎氏側に環流しているという証拠が摑めない。狩屋興産自体は普通の商取引をしているだけで、そこから生まれる利益はすべて社内に留まっているわけですから」

「政治家である狩屋も含めて、狩屋興産グループの富は膨らんでいくことになる」

「狩屋にとっては、地元福井へのカジノ誘致が悲願なんです。トーヨー・デベロプメントが大規模カジノ施設を建設し、その施工を狩屋興産グループが一手に引き受ければ利益は莫大です。不動産業もやっているから土地の買収でも利ざやが稼げるし、ビルのメンテナンスも手がけているから、運営面でも一枚嚙めます。表だってやれば世間の目につきますから、元請けはゼネコンにして一次下請けになる。これも狩屋興産がよく使う手です」

「きのう電話でお伝えしたリストの件ですが、政官界併せて、相当数の収賄者が特定できそうなんですが、そちらについてはどうお考えでしょうか」

俊史が訊くと、こんどは管理官の篠田が答える。

「そっちのほうはたぶん大半が現金渡しでしょう。狩屋氏のような巧妙な受け皿を持っている政治家は稀でしょうから」

「だとしたら、今回のトーヨー・デベロプメント絡みの疑惑で、狩屋氏が果たしている役割はなんだとお考えですか」

「いくら大物代議士でも法案を通すには数の力が必要になる。そこで自分が口を利いて、トーヨー・デベロプメントに金を配らせるということじゃないですか」

「それはどの範囲まで？」

「下は主だった省庁の官僚から、上は総理総裁にまで及ぶでしょう。一度始めてしまった以上、法案が成立しなければすべてが無駄金になる。狩屋はこれまでも、贈賄を行う企業とウィン・ウィンの関係でやってきた。もしトーヨー・デベロプメントに損をさせるようなことがあれば、政治家としての信用に疵《きず》がつく。それが政治家としての信用という点が皮肉ですがね」

篠田は苦々しい表情で天を仰ぐ。谷原が口を開く。

「そういうわけで、こちらはなかなか決め手が見つからなかった。そこへ警視庁のほうから問い合わせがあって、面白い方向から狩屋に切り込むチャンスが出て来た。本来なら我々のほうが上京すべきなんですが、こういうかたちで協力できる機会が生まれたことは非常に喜ばしいんです」

「そう言って頂けると我々も出向いてきた甲斐があります。ここまでの捜査状況は大まかにはお伝えしてありますが、きょうはより詳細に情報を共有したいと思いまして。トーヨー・デベロプメント総務部企画室長の梶本恒男氏、狩屋代議士の公設第一秘書の梨田正隆氏の不審死の捜査に当初から携わってきたこちらの二人に同行してもらいました」

俊史がそう紹介すると、先ほど渡した名刺を眺めながら谷原が首を傾げる。

「理事官と警部補は同姓ですか。なんとなく顔立ちも似ているような気がするんだが」

「じつは親子なんです」

少し照れくさそうに俊史は言った。隠しておいてもしようがないし、これまでもそれで捜査に支障が出たことはとくにない。せいぜい傍目に親父が不甲斐なく見えるくらいのものだろう。

「そうなんですか。いや、それは意外です。優秀な息子さんをお持ちで警部補も鼻が高いでしょう」

谷原は如才なく応じるが、多少の困惑も顔に出ている。警視庁捜査二課の理事官の父親となれば、むげに格下扱いはできない。どう扱うべきか思案しているところだろう。意に介するでもなく葛木は言った。

「たまたまそういう成り行きになっただけで、仕事の上ではなんの関係もありません」

本当は関係ないどころではなく、今回の捜査では、いい意味でも悪い意味でもそれが葛木たちを捜査の中核に引きずり込んだ。とはいえ一般の感覚からは想像するのが難しい立場だろう。

葛木は仰々しく部外秘の印を押した捜査資料のコピーを手渡して、ここまでの経緯を語った。一通りの説明を終えて、まず口を開いたのが管理官の篠田だった。

「矢口章雄という男ですが、本籍はたしかにこちらにありました。附票で確認したところ、すでにそちらでお調べのように、現住所は都内墨田区の業平です。生まれたときから同一の戸籍なら現在までの移動の履歴がわかるのですが、矢口は五年前に結婚して、実家と同じ住所に新しい戸籍をつくっています。その一年後には離婚していますが、結婚したときすでに墨田区の現在の住所に住んでいたようで、附票に記載されているのはその住所のみです」

「両親やきょうだいはこちらに？」

「両親は健在のようです。姉はすでに嫁いで、転出先の戸籍の所在地は神奈川県横須賀市ですから、いまもそこにいる可能性が高いでしょう」

「狩屋代議士との繋がりは？」

「まだわかりません。縁戚関係がもしあるなら、戸籍から戸籍へとたどっていけば、なにか出てくるでしょう。それ以外の繋がりとなると、親兄弟や知人から聞き込みをしていくしかないでしょうね」

「これまでのそちらの捜査で、この男の名前が挙がったことはないんですね」

「ありません。こちらの捜査の主眼は汚職や公職選挙法違反関係に限られています。捜査対象も政界関係者や地場の有力者にほぼ限定されますので、捜査の網から漏れていた可能性はあります。本人の身柄を押さえれば、そのあたりは自然に解明される。まずはそちらが先決かもしれません。それにしても失踪後の居場所となると、知っている人間がいても明かさない可能性がありますね」

篠田は不安げに言う。葛木も頷いた。

「親族の場合、犯人蔵匿及び証拠隠滅の罪が適用されませんからね」

「いずれにしても、我々は矢口という男の素性を洗い出します。こちらには地の利がありますので、逆に携帯から出て来た贈賄先リストの解析はお任せします。もちろんお手伝いできることがあればいつでも協力しますが、中央のことは警視庁のほうに地の利があると思いますので」

谷原が言う。その中身まで覗かせろと言われるのを俊史は警戒していたが、先方も事情はわかってくれているようだ。安心した表情で俊史は応じた。

「その際はぜひご協力を。我々も必要な情報はどんどん出していきますので」

葛木は気がかりなことを問いかけた。

「先ほど、ここまで我々を案内してくれた田島さんなんですが、道すがらの雑談で、狩屋一族と遠縁の関係にあるような話を聞いたんですが――」

県警側の三人の顔に一様に不快感が感じとれた。篠田が困惑げに言う。

「警務はこういう仕事に、どうしてあの人を使ったんだか」

「捜査二課から指名されたわけではないんですね」

葛木が確認すると、君本が篠田に責めるような視線を向ける。

「いや、こちらも迂闊だった。彼は外すように警務に言っておくべきだったな」

どうも田島にはなにやら問題があるらしい。谷原がやおら口を開く。

「いや、彼が言ったことはあまり気にせんでください。たぶん個人的に遺恨があるようなことを喋ったんだと思いますが、なんであれ、情実が絡む立場のものは捜査の一線から外すのが鉄則ですから。どんなことを話されましたか」

そこがいかにも心配な様子で、隠しておきたい事実がなにかあるようにも思えてくる。

葛木は冷静に応じた。

「田島さんの曾祖父と狩屋代議士の祖父の時代の諍いの話でして。いまはまったく親戚付き合いをしていないようですね。彼はずっと警務畑で？」

訊くと、渋々といった様子で君本が答える。

「いや、以前は刑事でした――」

口ごもる君本に、葛木はさらに問いかけた。どんな事情があるにせよ、逆に田島という男に興味が湧いてきた。

「警務への異動は本人の希望ですか」

「いや、そうではなくて――」

君本は伺いを立てるように谷原に目を向ける。やむを得ないというように頷いて、谷原が口を開く。

「彼は五年前まで刑事部の四課に所属していましてね」

刑事部の四課といえば暴力団の取り締まりが専門の部署で、警視庁にもかつて存在したが、いまは組織犯罪対策部第四課として再編されている。しかし一部の大きな警察本部を除けば、大半は刑事部四課がいまもマル暴関係の専門部署だ。谷原は続ける。

「身内の恥をさらすことになりますが、素行にいささか問題がありましてね」

「なにか不祥事を起こしたんですか」

「担当している暴力団の幹部から何度か酒食の接待を受けておりましてね。たまたまそれを見ていた市民から、監察に通報があったんです」

「それで処分を？」

「ええ。戒告と三ヵ月の減給処分になりました。しかし我々の世界では、そういう場合は依願退職するのが普通です。監察や上司から暗にそういう指導がなされたようですが、それを一切拒否したんです」

「事実関係は認めたんでしょう」

「もちろんです。しかし本人は、それが彼らの伝統的なやり方で、相手の内情を聞き気脈を通わせることで、抗争事件を未然に防ぐのがマル暴刑事の甲斐性だと言って憚らない。たしかに一部当たっているところはあるんですが、暴力団排除が時代の流れになっているいま、そういう理屈は警察内部でも通りにくいんです」

「それでやむなく配転されたんですか」

「ええ。捜査に関与しないところということで、たまたま空きがあったのが警務の車両管理の部署だったんです。うちの場合は来庁されるお客さんの送迎もそこが担当しておりまして」

それがいいことだとは言わないが、マル暴刑事の仕事のやり方としてとくに珍しい話ではない。それで戒告。依願退職なら、警視庁の組対部四課は大半の刑事がいなくなるだろう。谷原もそこはわかっているようだ。

「彼の場合、やや度が過ぎたところがあったようですが、ある意味ツイていなかったとも言えます。ただ警察というところは、一度レッテルが貼られてしまうと自分ではなかなか剝がせないものでして」

そういうところはたしかにある。たとえ正当防衛でも、一度人を射殺した警官はなかなか出世できないというのはよく言われる。

田島はおそらく四課の刑事として優秀だった。それでも警察内部では一種のアンタッチャブルにされてしまう。葛木は思いきって言ってみた。

「狩屋氏の遠縁ということなら、矢口について、なにか知っていることがあるかもしれません」

やや気色ばんで君本が応じる。

「そうは言っても、彼の近親者にはいまも狩屋一族と繫がっている者がいるはずですからね。それはあり得ない話です」

「そうですか。たぶん仰るとおりでしょう。いや、きょうのところは、こちらの内情については一切話しておりませんので、どうかご安心を」

そう応じてはみたものの、これから田島がキーマンになりそうな気がしてならない。そんな思いを察してもしたのか、自信ありげに君本が言う。

「なに、我々だってこの土地の人間です。ここで生まれ育った人間なら、矢口の素性はすぐに調べがつきますよ、大船に乗ったつもりで任せてください」

5

昼食を挟んで午後の部に移ると、谷原と篠田は挨拶だけして退席した。

参集したのはこの事案を担当している捜査二課の係長を含む捜査員が八名ほどで、取り仕切るのは理事官の君本だ。

ここまでの経緯の説明が二度手間になるのは鬱陶《うっとう》しいが、こちらはさすがに現場の捜査員で、飛んでくる質問は的確だった。

むろんその情報が警視庁内部でも、二課と城東署の葛木たちの部署以外では一部の人間にしか知らされておらず、こちらでも当然部外秘にして欲しいという話は彼らにも伝わっていた。

県警の二課にしても、片山秘書の死に関して交通部や捜査一課の動きに不信感を持っているようで、この情報に関しては他部署には絶対に渡せないという気持ちで一致しているようだった。

会議は三時間余りに及び、終わったのは午後四時をいくらか過ぎたころだった。昼食の席では谷原から、会議終了後に一献傾けないかと誘いがあったが、所用があるのでと丁重に断った。

見ず知らずの土地に来て所用というのも妙で、怪訝な表情はされたものの、それがなにかまでは尋ねられなかった。

車が迎えに来ているというのでエントランスに出てみると、来たときと同じ公用車が止まっていたが、運転手は田島ではなかった。帰りの車中でまた話し込まれても困ると、警務部に交代を依頼したのだろう。

今度の運転手は謹厳実直そのもので、無駄口は一切叩かない。こうなると、ますます田島に興味が湧いてくるが、たぶん滞在中に会うことは二度となさそうだ。

俊史はあすは東京に戻るという。葛木と若宮は、東京でなにか起きでもしない限り、あと数日、こちらの捜査員とともにあちこち動き回ることにした。

宿泊する予定のホテルに着いたのが午後五時少し前。慌ただしくチェックインして、五時二十分にロビーで落ち合い、敦賀までタクシーで向かうことにした。

勝沼との約束は六時三十分。北陸自動車道を飛ばせば三十分ほどらしいが、慣れない土地で知らない店に行くとなるとなにが起きるかわからない。時間は余裕をみておいたほうがいい。

「なんとかうまくギアが嚙み合ったようだね。だいぶ見通しがよくなった気がするよ」

タクシーが走り出したところで、肩の荷が下りたように俊史は言った。大きく頷いて葛木は応じた。

「矢口の捜索に関しては福井県警に頼るしかない。現場も上の人たちも気合いが入っていたから、いい結果を期待したいな。できればこっちで身柄を押さえて、おれたちが東京へ護送したいところだよ」

「そうなるかもしれませんよ。ラッキーボーイの僕が一緒ですから」

若宮はますます調子づいている。そう都合よく棚ぼたが続くはずもないが、こう無邪気に言われると、葛木も気分が楽観的になってくる。

「それなら若宮君のツキに懸けてみようか。案外、大穴を当てるかもしれないよ」

ここで若宮の機嫌を損ねるとツキが逃げるとでも言うように、俊史もさっそくおだてにかかる。

「ところで例の田島という男のことだが、どう思う」

葛木は俊史に問いかけた。会議中も帰りの車のなかでも、県警側の人間の耳があるから話題にできなかった。俊史もそこは興味があるようだった。

「向こうの上の人も言ってたけど、過去の不祥事についてはたしかに微妙なところだね。

程度の問題もあるかもしれないけど、それが四課のやり方だというのもある意味では事実だから」

「狩屋一族に遺恨があるというのが、諸刃の剣かもしれないな」

「失脚させられると思えば、なにかと協力は得られそうだけど、逆にその気持ちが強すぎると、暴走して捜査を壊される惧れもあるだろうね」

「ああ。それでも気持ちがそそられるところはある。上手くコントロールできれば使えそうな気がするんだが、どうもそれが難しい性格でもあるようだ」

「県警サイドでも手を焼いている感じはあったね」

「いま県警の機嫌を損ねたら、せっかくの協力関係に水を差すことになりかねないからな。こちらから接触するというわけにはいかないだろう」

「おれも気にはなるけど、県警の二課もやる気満々だから、いまはそちらを信じるべきだろうね」

俊史は言う。理事官としてはとりあえず妥当な答えだろう。県警との協力強化のためにわざわざやってきて、それを壊して帰るようでは始まらない。

車中から携帯で状況を報告すると、大原は喜んだ。

「いっそ場所が離れているほうが本部同士の付き合いは上手くいくようだな。神奈川県警を筆頭に、首都圏の県警本部は警視庁をライバル視して、縄張りを跨がった捜査がうまくいったためしがない」

「まだこの先はわかりませんが、狩屋氏を追い詰めることに現場が執念をもって取り組んでいることは肌で感じられました」

「こっちは、とくに大きな変化はないから、しばらくゆっくりしてきていいぞ」

「そうは言ってものんびりはしていられませんよ。すでに不審死が三件続いた。次があるとは思いたくないですが、それも断言はできませんから」

「それを抑止するには、矢口を大々的に指名手配するというやり方もあるが、そうなるとここまで秘匿してきた捜査がすべて表に出てしまうわけで、二課にとってはそれも使えない手だろうな」

「これから勝沼さんに会いますので、その点も話し合ってみます。二課には二課の都合があっても、殺人捜査が商売の我々とすれば、これ以上死体を増やすのに協力するのは堪りませんから」

遠慮することもなく葛木は言った。横にいる俊史には厭味に聞こえるかもしれないが、それがこちらの本音だということは十分わかっているはずだ。

6

北陸自動車道の敦賀ＩＣに着いたのが午後六時少し前で、時間はまだだいぶ余裕がある。高速を降りて、市街地に向かってしばらく走ったところで、若宮が不審げな表情で背後に顔を向けた。

「うしろにいる車、ちょっと気になるんですけど」

振り向くと、つかず離れずの距離で追尾している白っぽいセダンが見える。かなり年代の古い車種で、ボディーのあちこちに傷がある。車種はありきたりの大衆車だが、その点で妙に目立つ車だ。声を落として若宮が言う。

「ホテルを出てすぐ気づいたんです。最初は古い車を大事に乗っている人がいるもんだと感心しただけなんですが、北陸自動車道に入ってからもずっとうしろについていました。たまたま行き先が同じなんだろうと思ってたんです。でもさっきインターで下に降りてから何度か右折左折をしてますけど、それでも張りついたままなんです」

「たしかに気になるな。しかしこの土地で、だれがおれたちを尾行するんだ」

「県警ということはまず考えられないね。二課とそりが合わない捜査一課にしたって、おれたちがどういう人間かは把握しているだろうから」

俊史が言う。若宮が不安を覗かせる。

「狩屋の一派ということは考えられませんか。僕らがこちらに来ているという情報がどこかから漏れて、到着以来ずっと見張られていたとか」

「それもあり得るな。しかし警視庁の二課にしてもこちらの二課にしても、その点は十分警戒しているはずだが」

葛木は首を傾げた。どう見ても地元の有力者である狩屋の一派が使う車には見えないし、もちろん警察車両でもない。

タクシーの運転手は地元の地理に明るいようで、近道を知っているのか、入り組んだ住宅街の道路を器用に走り抜ける。それでも怪しいセダンは張りついて離れない。

葛木は携帯をとりだして大原を呼び出した。

「おう。勝沼さんとは、無事に落ち合えたのか？」

のんびりした調子の大原に、葛木は事情を説明した。大原はすぐに呑み込んだ。

「その車のナンバーから、所有者を調べればいいんだな。番号を言ってくれ」

葛木は背後に目を凝らし、車のナンバーを読み上げた。福井ナンバーだから、地元の車なのは間違いない。しかし警察のナンバー照会システムなら、全国どこのナンバーでも、所有者を含む情報が照会できる。

「わかった。いますぐ調べて、こちらから電話を入れる。ちょっと待ってくれ」

そう応じて大原は通話を切った。

「まさか、僕らまで命を狙われているんじゃ――」

若宮は不安を募らせる。葛木はあっさり首を横に振った。

「それはないだろう。おれたちが死んだからって、捜査にブレーキはかからない。逆に火に油を注ぐようなもので、警視庁も県警も、面子に懸けて犯人を追うだろう。こんなことのために人柱になるのはご免だが、それは連中にとっても得なことじゃない」

「しかし、偶然とは考えられないですよ。よっぽど尾行が下手なのか嫌がらせのつもりなのかわかりませんが、目的が僕らなのは間違いありませんよ」

若宮が言うように、タクシーは住宅街の道を抜けてふたたび大通りに出たが、車はやはりついてくる。

そんなやりとりが聞こえたようで、ドライバーが興味深げに声をかけてくる。

「このままそのお店には行かずに、しばらく違う方向へ走ってみましょうか」

ドライバーには勝沼が送ってきた店のＷＥＢサイトの地図をすでに見せてある。

「ご迷惑じゃなきゃ、そうしてもらえるとありがたい」

葛木が言うと、ドライバーは興味深そうに訊いてくる。

「みなさん、警察の方？　警官を尾行するなんて、向こうもいい度胸だね」

こちらの会話を聞いていたなら、降りてくれと言われても不思議ではないが、六十代くらいのドライバーはむしろ面白がっている様子だ。

ここが福岡なら、警官が乗った車に鉛弾をぶち込むような輩もいるだろうが、一文字違いの福井では、その心配はないらしい。

そのとき葛木の携帯が鳴り出した。急いで耳に当てると、怪訝な調子の大原の声が流れてきた。

「わかったよ。所有者は田島浩三《こうぞう》という人物だ。住所は福井市内だな。車は盗難届が出ているわけでもない。どういう素性の人間なんだか」

「田島というんですね」

覚えず問い返した。大原が慌てた様子で訊いてくる。

「知っているのか」

穏やかではない気分で葛木は言った。

「ええ。きょう知り合ったばかりですが、どうも問題のありそうな人物です」

第九章

1

タクシーは市街中心部へ向かう大通りから脇に外れ、また路幅の狭い住宅街の道路に進入した。

白いセダンはそのままあとを追ってくる。尾行というよりむしろ意図的に姿をさらして、こちらの注意を引こうとしているようにも受けとれる。

運転しているのが田島なのは、先ほど明るい大通りを通った際に確認している。だとしたらこちらに危害を加えようという意図はなく、どういう理由でか接触を図るための行動のように思われる。

県警捜査二課のお歴々があれだけ警戒していた以上、こちらから田島と連絡をとるのはまず無理だろうと諦めてはいたが、そんな事情は田島のほうもお見通しだったのかもしれない。

そうだとすれば、県警には申し訳ないが、こちらにとってはチャンスと言えそうだ。田島はたしかに諸刃の剣かもしれないが、彼らが疑っていたように、いまも直接間接に狩屋一族とのパイプがあるとしたら、それを利用しないのは捜査する側として怠慢というものだろう。

「約束の時間までまだゆとりがある。せっかく送り狼をしてくれているんだから、挨拶はしないと失礼かもしれないな」

葛木が言うと、俊史も頷《うなず》いた。

「いまは万全を尽くす必要があるからね。話が長引くようなら、勝沼さんには事情を言って少し待ってもらうよ」

「じゃあそうしよう。運転手さん。このあたりでいったん停めてもらえませんか」

「いいんですか。危ない人間じゃないんですか」

ドライバーは心配げに言うが、どちらかといえばもうしばらく鬼ごっこを続けたいような様子でもある。葛木は言った。

「どうやらその心配はなさそうです。少し立ち話をしますので、近くで待っていてくれませんか」

「わかりました。じゃあ、ここで降りてください。私はすぐ先のコンビニの駐車場にいますので」

ドライバーは車を停めた。背後の車も一〇メートルほどうしろで停車する。葛木は車を降りてそちらへ向かった。俊史と若宮もあとに続く。

車に歩み寄り、サイドウィンドウを叩くと、田島はばつが悪そうな顔で車から降りてきた。

「ばれちゃってましたか」

「ばれたというより、早く気づいてくれと誘いをかけているようだったな」

「じつはそうでして。なんとかお話しする機会がないものかと思いましてね」

「県警のお偉方からはずいぶん睨《にら》まれているようだが」

「話は聞かれたわけですね。帰りの車も私が運転するつもりで、そのとき折り入ってお話ししようと思っていたんですが、突然、別の人間と交代するようにと上から指示されたもんですから」

「我々もあなたとは接触しないように言われてるんだよ。狩屋氏には相当遺恨を持っておられるようだから、その意味では、いまの捜査に関わってもらうのはたしかに不適当だとは思うんだが」

「刑事を辞めさせられた話も聞かれたわけですね」

「ああ、聞いた。そっちのほうは一概にあなたが悪いとも言えないがね」

「そうおっしゃってもらえると嬉しいですよ。まあ種を蒔《ま》いたのは私ですから、いまさら愚痴っても始まりませんがね」

田島は安心したように言う。

「じつはお泊まりのホテルを見張ってたんです。運転担当を外されるまえに宿泊先は聞いていたもんですから。皆さんが戻ってきて、どう声をかけようかと思いあぐねていたら、すぐにタクシーで出かけられた。しばらく追っていったら北陸自動車道に入った。行き先は福井市内ではなくどこか遠くらしい。だったら県警の連中に察知されずに接触できるかもしれないと、ここまでついてきてしまった次第でして」

勝手につけ回されたこと自体は不愉快だが、なぜか腹が立たない。そのあたりが田島という男の不思議な持ち味だ。葛木は訊いた。

「ところで、折り入っての話というのは？」

「矢口章雄という男を捜してらっしゃるんでしょう」

突然その名前を出されて戸惑った。知っているのは葛木たちを含む警視庁側の一部のほかは、きょう状況を報告した県警捜査二課の人間以外にいないはずだ。警視庁側から漏れたはずもない。だとしたら福井県警の関係者か――。

「どうしてそれを知ったんだね」

怪訝な思いで問い質すと、田島はにんまり笑った。

「お帰りの車も担当するつもりで、ホテルでしばらく待機してたんですよ。午後になって、たまたまトイレに行っていたら、二課の捜査員が二人、連れションをしに来て、そこで立ち話をしてたんです。私は個室にいたもんですから、しっかり耳に入りましてね」

「機密管理もへったくれもないな」

葛木は舌打ちした。辺鄙な場所のホテルだからと逆に安心したのかもしれないが、これでは今後の捜査の成り行きが心配になってくる。

「しょせん田舎の警察本部ですから、そういうことには疎いんです」

皮肉な調子で田島は言うが、自分もかつては暴力団とツーカーの間柄だったわけで、こうなると誰を信用していいかわからない。

「どこまで話を聞いたんだね」

「狩屋の秘書二人とトーヨー・デベロプメントの総務部企画室長殺害の容疑で、矢口を追っているというところまでです」

「そのことを誰かに漏らしてはいないだろうね」

葛木が確認すると、田島は当然だというように首を横に振る。

「私もかつては四課の人間で、その辺りはザルだと思われがちなんでしょうが、あちらはむしろ情報管理は徹底してるんです。積極的に渡す情報もあれば、絶対に表に出さない情報もある。そのメリハリをつけるのがマル暴相手の仕事のキモでして」

「それならいいんだが、知ってるのかね、矢口という男のことを」

「残念ながら知りません」

田島はあっさりとしたものだ。落胆を隠さず葛木は言った。

「それなら、わざわざここまで追いかけてきてコンタクトをとる必要はなかったんじゃないのか。折り入っての話があると言うから、こうやって時間を費やしているんだが」

「いまの時点で私が知らないというだけで、これから動けば、必ず狩屋との接点を見つけられます」

「その根拠は？」

「午前中に車のなかで申し上げたとおり、うちの親族全員が狩屋一族の没落を願っていて、なにかにつけて目を光らせてるんですよ。こと狩屋の身辺情報に限って言えば、捜査二課なんて目じゃありません」

田島は自信満々だが、けっきょく二課のお歴々が言っていたように危なっかしい存在ではあるようだ。こちらの捜査に首を突っ込んで代々の私怨を晴らそうという目論見だとしたらなにをかいわんやだ。

「あんたも元刑事なら、警察の捜査が情実に左右されてはならないくらいわきまえているだろう」

「そう堅苦しいことを言わなくても――。狩屋は並外れた悪党です。現にうちの捜査二課だって、何十年も追い回してきて、けっきょく尻尾も摑めていない。普通のやり方じゃだめなんです。連中のたちの悪さが私には手にとるようにわかるんです」

そう言う田島の考えそのものが刑事捜査のあるべき規律に抵触するのだが、そのあたりが四課で鍛え上げられた、よく言えば融通無碍《むげ》、悪く言えば無節操な感覚でもあるのだろう。

「だからといってこれは正式な捜査であって、県警二課からの協力が得られないと我々としては非常に困る。申し出は有り難いが、ここは遠慮するのが筋だろうね」

葛木としてはそう答えるしかない。矢口についてなんらかの情報がもたらされたのなら話は別だが、空手形《から》を摑まされただけで引っ掻き回されて終わったら警視庁の面目が丸潰れだ。しかし田島は意に介さない。

「問題はありませんよ。私の身分は警察官でも、この件に関しては一市民です。市民の側からの捜査協力は警察にとって歓迎すべきことであって、拒否する筋合いのものではないと思いますが」

「情報の提供なら喜んで受けるが、捜査活動に関与してもらうことまでは想定していない。単なる一市民には、司法警察権は付与されていないからね」

「だったら勝手にやらせてもらいます。空手形じゃない、本当に決め手になる情報を提供できたら、それは採用してくれるんでしょう。みなさんから依頼されて動いたなんて話は口が裂けても言いませんから」

開き直るように田島は言う。勝手にやるというものを、こちらとしては止めようがない。それに矢口の情報を漏らしてしまったのは県警の側なのだ。

田島の言うとおり、一般市民から情報を得ること自体は職務規程に抵触しない。それを言ったら普通の聞き込み捜査すらできなくなる。そのとき葛木の頭にある期待が浮かんだ。ものは試しと、手帳に挟んであった矢口ともう一人の男の写真を取り出して問いかける。

「あくまで一市民としての協力の要請なんだが、この二人には見覚えがあるかね」

田島は写真を覗き込み、背の高い男を指さした。

「知ってますよ。この男――」

思わず俊史と顔を見合わせる。葛木は問いかけた。

「だれなんだね」

「水谷賢治《みずたにけんじ》ってやつですよ。地元の元暴力団員です」

2

勝沼が予約していた店は、敦賀市の新市街地にある瀟洒《しょうしゃ》な割烹店だった。近くに大規模な魚市場があり、日本海産の魚料理が評判の店らしい。

田島との遭遇で多少は時間がとられたが、ゆとりを持って出発したのが幸いして、約束の時間には遅れずに済んだ。

田島の話は思いもかけない拾い物だった。田島によれば、水谷賢治は五年前にやくざ稼業から足を洗ったという。ところがそれは表向きで、田島たちが摑んでいた情報では事実上の絶縁だったらしい。

やくざの世界で絶縁というのはもっとも厳しい処分で、全国のあらゆる暴力団に回状が送られ、どの組の盃《さかずき》も受けられなくなる。つまり生活の糧を完全に絶たれるわけで、もともと世間からまともに認知されていないやくざにとって、組というシェルターを奪われるのは死を宣告されるのに等しい処断だと言われる。

水谷の場合、罪状が組長の妻を寝取ったことで、それを理由に絶縁したのでは組長の面子が丸潰れになる。

そこで自主的な廃業というかたちをとらせたが、正式な回状が送られたわけではないにしても、手癖の悪い男という噂は広まって、ほかの組の親分衆も水谷を組に入れるのに躊躇《ちゅうちょ》した。

けっきょく行き先がなくなって警察に泣きついてきた。足を洗ったんだから、どこかいい就職先を斡旋して欲しいという。

県警としても暴力団取り締まり強化の一方で、ハローワークなどの協力を得て足抜けした組員の就労支援もやっていることから、更生を期待して地元のある運送会社を紹介してやった。

しかし水谷は勤め始めてわずか三ヵ月で、警察の面目を見事に潰してくれた。社長の妻に手を出して駆け落ちしてしまったのだ。田島は言った。

「すらりと背が高くて、どちらかというとイケメンで人当たりがいい。まあやくざっては猫なで声で人を恫喝するのが商売の手口ですから」

社長は妻とは離婚したが、離婚調停でたちの悪い弁護士をつけてきた妻の主張がとおって法外な慰謝料まで支払わされたという。

その後、二人がどこでなにをしているかはわからない。駆け落ちは犯罪ではないので、警察もとくに調べはしていない。

しかしそういう人間だからまともな職に就いているはずもなく、たぶんヒモのような暮らしをしているのではないかと田島は見ていたらしい。

暴力団には所属していたが、主にヒモ稼業をシノギにしていた水谷には前科がなく、現場に指紋を残していたとしても、犯歴データベースでの照合では引っかからなかったはずだという。

狩屋と水谷の個人的な結びつきについては田島も把握していなかった。しかしかつて所属していた暴力団の組長は狩屋とはかなり近く、舎弟の関係にある右翼団体を使って狩屋の政敵の選挙妨害をしたりといった、水面下での協力関係があることは四課も承知していたらしい。

　頼まれて人殺しをするようなタイプではないというのが当時の四課の認識だったが、人間、食うに困ればなにをやらかすかわからない。実質的に絶縁されたやくざの暮らし向きはそれだけ厳しいものがあるという。田島は請け合った。

「任せてください。私がいろいろ探ってみますよ。矢口との繋がりもそうですが、肝心なのは狩屋との接点でしょう。たぶん狩屋と直接コンタクトがあるのは水谷だと思います。私もそっちのほうが鼻が利きますから」

「そうは言っても警務の本業があるだろう。いまの部署じゃ刑事としての捜査権もない。役所に身元照会することもできないんじゃないのか」

　葛木が指摘すると、田島は笑って言った。

「なに、刑事時代につくった極道業界とのネットワークはいまも死んじゃいません。役所で調べものをしなくたって、その気になればあの手の世界の人の繋がりはいくらでも耳に入ってくるんです」

　勝沼が予約した個室で、店のお勧めだというコース料理と飲み物を注文した。

勝沼は一人で来ていた。警察庁刑事局長としては異例の行動だが、そもそも葛木や若宮と酒席を持つこと自体が異例なわけで、この集まり自体を秘密にしたいという理由とは別に、旅先で肩の凝らない一夜を過ごしたいという気分もあるのだろう。

リラックスしている勝沼とは対照的に、若宮は末席で硬直している。

まずはビールで乾杯して、俊史が福井に来てからの経緯を報告すると、勝沼は田島の話に関心を示した。

「じつに興味深いが、県警との関係があるから、扱いは慎重にしないとまずいな」

葛木もそこは同感だ。

「そうなんです。県警の二課には申し訳ないんですが、田島浩三という人物、役に立ちそうな気がします。かといって二課に言えば横槍を入れられそうですし、せっかくの良好な関係にひびが入ることにもなりかねませんので」

「矢口については、県警も大した情報は持っていなかったわけだ。水谷という男については多少のことはわかるだろうが、マル暴関係なら彼らにとっては専門外だ。四課に情報を求めるようなことになれば、こちらの捜査の核心部分を開示することになる。漏洩についてさんざん釘を刺しておいた二課からいちばん肝心なところが漏れてしまったわけだから、四課に部外秘だと口を酸っぱくして言っても信用はできないことになるな」

渋い表情で勝沼は言う。今回の隠密捜査のいわばご本尊としては、そこは悩むのが当然だ。葛木は大胆に言ってみた。

「こちらはこちらで彼と接触を持ちたいと思いますがどうでしょうか。県警の二課にはもちろん言いません。あとで問題が出たらそのときはそのときで、ここはあくまで捜査の進展を優先すべきだと思うんです」

「県警二課より田島のほうが役に立つとみているわけか」

「彼も言っているように、マル暴の世界には独特のネットワークがあるようです。餅は餅屋と言いますから、そこは任せたほうがいいような気がするんです。秘匿捜査という点でも彼のほうが信頼度が高いと思います。この件で動いていることが発覚したら困るという点では我々と同様ですから」

「狩屋一族の没落を願っているという話だな。そこが危なっかしいところではあるが、考えようによってはモチベーションは極めて高いといえそうだな」

「その動機自体には問題があるんですが、使わない手はないと思うんです」

「公判の際の証人としては著しく不適格だが、捜査上の協力者としてなら問題はないだろう。いずれにせよ、そのあたりの判断は現場に任すよ。最良の結果を出してくれれば、やり方にはこだわらない。連絡はとり合えるようにしてあるんだな」

「携帯の番号は交換しています」

「だったらよろしくやってくれ。いずれにしても機密の保持だけは徹底して欲しい」

勝沼はその注文は忘れない。しかしその点についてこちらの考えを伝えることが、葛木にとってはきょう勝沼と会う最大の理由でもあった。

　頼んだ料理を仲居が運んできたので、いったん話を中断した。彩りの鮮やかな刺身の盛り合わせを始め、日本海産の魚介類を中心にした品々は、いかにも食欲をそそるものだった。仲居が立ち去ると、葛木は身を乗り出した。

「しかし隠密捜査には限界があります。我々としては早急に殺しのホシを挙げたい。それが贈収賄疑惑を解明する上でも重要な糸口になります。私もあすから二課と一緒に聞き込みをして回りますが、矢口はすでに当地にはいないと思います。水谷にしても同様でしょう。いっそ指名手配にしたほうが手っ取り早いような気がしますが」

「その気持ちはわかるが、急いては事をし損じるという言葉もある。私の標的は狩屋代議士程度の小物じゃない」

「と言いますと？」

「国政の頂点にいる人物だよ」

　表情も変えずに勝沼は言った。俊史とのこれまでの話で、場合によってはそこまでいくかもしれないという話は出ていたが、そもそもの標的が現役の首相だとまでは思っていなかった。勝沼は続ける。

「総理大臣の影響力は絶大だ。国会議員や閣僚クラスとは雲泥の差がある。あらゆる官庁の実質的なトップだからね。とくに警察庁は国家公安委員会という形式的な組織の下に置かれてはいるものの、事実上総理大臣の直轄機関だ。その指揮下にある警視庁が首相の犯罪を追及しようとすればどういう反作用が働くかだよ。ロッキード事件のとき検察は、田中角栄が首相在任中は捜査を開始することすらできなかった」

「その反作用とは、具体的にどういうものでしょうか」

「人事や処遇といった面からの圧力ばかりとは限らない。ロッキード事件を含む過去の疑獄事件の捜査中に起きた関係者の怪死事件のなかに、警察が殺人事件として認知したケースがいくつもある」

「捜査に着手しようとしたんですね」

葛木は問い返した。俊史も若宮も驚いたような顔で聞いている。いずれも自殺や病死として処理されたもので、世間でそういう疑惑がもたれたという話は知っているが、実際に警察が動いたというのは初耳だった。

「それが検察の指揮で中止されている――」

苦い口ぶりで勝沼は続けた。

建前上、警察には独自の捜査権があるが、現場では検察が捜査段階から捜査指揮というかたちで介入することは珍しくない。

法務大臣による指揮権発動のような法的根拠はないが、現実には検察が訴追することを嫌うことがわかっている事案では、捜査しても無駄手間に終わるから、警察もうやむやにしてしまいがちだという。

しかしそれが本当なら事実上の指揮権発動と言うべきで、そういうやり方がまかりとおるなら、政治家に対して、とくにそのトップに対しては警察も検察も有名無実の存在と言っていい——。勝沼は言う。

「警察庁の首席監察官室の極秘資料を覗いたことがある。そういう事実が確かに記載されていたよ」

「上からの圧力があったにしても、法の枠外の指揮権発動なら拒否すればいいはずです。どうして検察も警察も唯々諾々と従ったんですか」

葛木が訊くと、怖気を震うように勝沼は答えた。

「なんらかの政治的圧力があったのは間違いないが、要は検察も警察も人の子で、命が惜しかったというのが真相じゃないのか。下手をすると自分もそのときの怪死者と同じ運命に遭うかもしれないと」

「本来捜査対象となるべき怪死事件そのものが、捜査関係者に対する恫喝になったわけですね」

「そういうやり方は、政治の司法介入として悪名高い指揮権発動よりもずっとたちが悪い。国民の目に決して触れることのない闇のなかで行われるわけだから」

「局長はそれを惧れて？」

「おれ個人としては、命を懸けてもやり遂げたい。しかし警察には訴追権がない。検察に対して恫喝をかけられたらそこでアウトだし、法務大臣が動けば法に則った指揮権発動だって可能だ。だから向こうに余裕を与えちゃいけない。知らない間にがっちり証拠を固めて、一気に急所を突く作戦しか考えられないんだよ。だから私のほうも、この件は長官官房には一切上げていない。というより、刑事局内部でも私の直轄事案で、知っているのは腹心の二、三名くらいなんだ」

「勝沼さんは、最初から頂点を狙っていたんですか」

慄《おのの》きを覚えながら葛木は訊いた。勝沼は頷いた。

「警察官も出世の階段を上っていくにつれて、それまで見えなかった景色が見えてくるんだよ。政界と司法の世界の狭間にはアンタッチャブルな世界があるのにそのとき気づいた。見えても見なかったふりをしろという暗黙の了解がそこにはあった」

「どういうことなんでしょう」

「自分たちだけがそれを知っているという、一種の特権意識だろうね。知ることはできても侵してはならない領域があるんだよ。この国の警察が公安という巨大組織を抱えている理由がそこにある」

「刑事事件として表には出ない裏情報を彼らが持っているんですか」

「建前上の任務は極左や極右の政治団体、カルト宗教といった社会的な不穏分子の行動確認だが、実際にやっているのは、与野党を含めたほとんどの政治家の身辺情報収集で、懐具合から下半身ネタまで、巨大組織を使って吸い上げた情報の粋がそこに集まっている」

「なんのためにそんな情報を？」

「警察組織が政治的利権を握るためのいわば担保だよ。時の政権にとっては政敵を黙らせるための匕首《あいくち》として使える。現与党がかつて長期政権を誇った時代に確立されたいわば闇の情報インフラでね。ところがその後、何度か政権の交代があって、それが自分たちに対しても向けられることに気がついた。警察も馬鹿じゃないから、その匕首を手放そうとはしなかった」

「それがあれば、どこが政権をとっても、警察はそれを利権温存のための担保として使えるということですね」

「与党にとっても野党にとっても言うなればパンドラの箱だ。与党内部でだってそれを使って政敵を追い落とすことは珍しくない。突然政治家の不祥事が暴露されて失脚するようなケースのリーク元はほとんどその辺りからだと言っていい。ところがそのなかには我が身を危うくするような材料も存在する」

「それを使えば、警察は政界を牛耳れるんじゃないですか」

黙って聞いていた若宮が大胆に口を挟む。勝沼は鷹揚に頷いて言った。

「やってできないわけじゃない。しかし公安の予算はほとんどすべて国費によるもので、それを決めるのは政治家だ。公安が彼らにとって邪魔な存在になれば、予算を絞って潰すことはいつでもできる。つまり警察にとっても、それが同時にアキレス腱でもあるわけだよ」

「警察と言っても、そういう利権に与れる一部の大物官僚のことですね」

俊史が言うと、勝沼は自嘲するように頷く。

「悲しいかな、いまやおれもその一角に足を踏み入れているわけだ。しかしそれがこの国の政治を腐らせる諸悪の根源なのは間違いない。しかしそんなふざけた利権が消し飛んでも本来の警察の屋台骨はびくともしない。逆にそうやって生まれ変わることが、いまの警察にとっていちばん重要なことなんだ」

「その秘密情報のなかに、現首相の収賄疑惑も含まれていたんですね」

葛木は問いかけた。勝沼は言う。

「カジノ解禁への働きかけに対する謝礼として数億円が支払われたという噂がささやかれていた。もちろん公安上層部の手でしっかり消毒されたネタだから、それだけで捜査に着手できる内容じゃない。公安に訊いても、元ネタは絶対に出さないだろう」

「公安にとっては潤沢な予算を生み出す打ち出の小槌《こづち》ですからね」

「隠し球として持っているから価値がある。刑事捜査の対象として表に出してしまえば、彼らにとっては紙屑でしかなくなる」

「狩屋の件との繋がりは、ある程度特定されていたんですか」

「ああ。狩屋についての噂もしょっちゅう耳にした。訴追されれば刑務所入り間違いなしというレベルの話がいくつもあった。そのなかで、ここ数年、いちばん多かったのがカジノ絡みの収賄の噂で、首相周辺とも太い繋がりがある。選挙区の福井にカジノ特区を誘致しようと、官邸に積極的に働きかけているという話だった」

「大枚の税金を使ってそういう情報を収集しながら、刑事部門にはなにも渡さない。国民に対する裏切り以外のなにものでもありませんね」

若宮は呆れたように言う。当初の硬直ぶりは怒りの余り消し飛んでしまったようだ。俊史もそこまでの話は意外だったらしい。

「警察という組織の奥の院は、そこまで政治と癒着しているんですか」

「癒着というより、どちらにとっても断つに断てないしがらみになっている。そこを断ち切るためには、現場の力に頼るしかないと私は考えたんだよ」

勝沼は言う。俊史は切ない表情で問いかける。

「内部浄化は無理なんですね」

「無理だろうな。人間というのは環境に染まりやすい生き物だ。私だってそういう秘密クラブのメンバーになった当初は、これでいっぱしの警察官僚になれたんだといい気分でいたものだった。世の中には特権的な人間だけが知ることのできる秘密があって、いまや自分もそれを共有できる一人になったんだと思い上がった」

「勝沼さんでもそうだったんですか」

俊史は驚きを隠さない。勝沼は頷いて続けた。

「情けない話だが本当だ。官僚でも政治家でも、上に行くほど当たり前の庶民の感覚を失って、いつのまにか庶民の非常識が常識になってしまう」

他山の石にしろとでも言うように、勝沼は俊史に目を向ける。他人事ではないという表情で俊史は頷く。

「しかしあることをきっかけに目が覚めた。ある県警本部で捜査一課の管理官だったとき、地元の県会議員を逮捕する直前までいったことがある——」

勝沼が語ったのは、先日、俊史の口から聞いていた暴行致死事件のことで、地元選出の代議士から県警本部長に猛烈な圧力がかかり、本部長もその意向に従って現場に介入し、当時捜査一課の管理官だった勝沼が、けっきょく、立件を断念したというあの事件のことだった。

「局長になって間もないころ、ある集まりで、そのときの被疑者の名前が飛び出した。当時はすでに国会議員で、副大臣や幹事長代理を歴任するなど、近い将来の閣僚候補として飛ぶ鳥を落とす勢いだった。そこで古参の審議官が語った話に私はショックを受けたんだよ——」

勝沼は苦渋を滲ませた。

「地元の代議士からの圧力もあるにはあったが、官邸の意向を受けて本部長を動かしたのは自分だとしゃあしゃあと言ってのけたんだよ――」

事件が起きたとき、地元警察の公安はその議員を行動確認の対象にしていた。いずれ国政に進出するのが確実とみられていたため、公安が事前に身辺調査を行っていたわけだった。

驚いたことに公安の捜査員は、犯人が彼だということをその段階で特定していたらしい。公安の捜査員は必ずしも自分の足を使って行動確認をするわけではない。捜査対象の組織やグループのなかにエージェント（内報者）をつくり、それを介して情報を収集するというのが常套だ。

たぶんそこから出てきた情報なのだろう。しかしそれを警察に通報すれば、地元の県会議員を行動確認していた事実がばれてしまう。そうなると公安としての仕事に支障を来す。県会議員逮捕に向けて躍起になっていた勝沼たちにそれは知らされなかった。

一方でその情報は官邸に伝わり、官邸からは立件を阻止せよとの暗黙の意向が返ってきた。それを受けて本部長を言い含めたのがその審議官で、いま国政で手腕を発揮している前途有望な政治家の政治生命を救ったのが自分であり、それは国益に沿うものだったと自慢げに語るのを聞いて、勝沼は愕然としたらしい。

「その話を聞いて、舞い上がっていた私も目が覚めたんだよ。こういう体質をなんとしてでも打破しないと、自分は警察官になったことを恥じて一生を終わることになるとね」

「今回の事案の本当のターゲットはそこにあるということなんですね」

葛木は合点がいく思いで問い返した。勝沼は大きく頷いた。

「そういう癒着サロンのなかで、私一人が造反してもただ弾き出されて終わるだけだ。彼らに自浄能力がないとしたら、警察という組織そのものに自浄能力を発揮させるしかない。だから今回、首相にまで繋がる贈収賄疑惑の存在を知ったとき、刑事局長という自分の職務権限をフルに使って叩き潰すしかないと腹を固めたんだよ」

「徹底した秘匿捜査はそのためだと？」

「そのとおりだ。そういう高級官僚のサロンは、警察という巨大組織の頂点に位置するとはいえ、町内の寄り合い程度の体質なんだ。ところがその寄り合いが握っている権力は半端じゃない。そこで村八分にされたら、官僚としての出世が覚束ないどころじゃない。そういう体質を批判した結果、あらぬ理由で失脚させられ、組織から排除された先輩もいると聞いている」

「ここまでの捜査の成り行きは、まだそんな人たちの耳には届いていないんですね」

「届いていれば、とっくの昔に私に圧力がかかっているはずだ。いまのところ、そういう気配はないよ」

「しかし、しくじった場合、ただでは済まないでしょう」

肩に重いものがのしかかるのを感じながら葛木は言った。もししくじれば勝沼が失脚する。そのとき警察組織の頂点に巣くう闇のサロンを解体できる者はいなくなる。

「私一人がそこで討ち死にするだけならかまわない。しかしそれが犬死にに終われば元も子もない。首相の犯罪が白日の下にさらされるまでは、油断するわけにいかないんだよ。私にとって本来の敵は彼らだと言っていいからね」

ただならぬ表情で勝沼は言う。しかしそこで余りに慎重になって、ずるずる時間をかけているうちに、その本来の敵に察知されてしまうこともあるだろう。そうなればまさに当人が惧れているように、勝沼一人が犬死にして、敵は無傷で残ることにもなりかねない。

葛木は忌憚なく言った。

「拙速は禁物かもしれません。しかしどこかで一気呵成にいかないと、かえって敵に防御のチャンスを与えることになるのでは」

「それはもちろんわかっている。しかしもうしばらく現在の態勢で続けて欲しいんだ。現状ではまだ狩屋クラスの大物を訴追できるだけの材料がない」

「梶本氏の携帯電話のデータから、政官界への贈賄の実態が解明できるでしょう」

「そうは言っても、それ自体は単なるデータだ。裏がとれなければ、いくらでも言い逃れはできる。梶本氏が殺されたのがやはり痛いな」

「矢口と水谷は射程に入りそうです。やはり指名手配というわけにはいきませんか」

「どういう容疑で？」

「もちろん、梶本氏を含む三人の殺害容疑です」

「それはまずいな。なにか別の容疑でという手はないか」

「ないこともありませんが――」

気乗りしない思いで葛木は言った。

「梨田秘書殺害に使われた車の窃盗容疑です。しかしその程度で全国指名手配というのも大袈裟ではないでしょうか。マスコミが関心を持たなければ効果は期待できないし、かえって狩屋陣営にこちらの真意を読みとられる可能性があります」

「たしかにな。だとしたら、こちらの勝手を言うようだが、二人の所在を突き止めたら、行動確認をしながら泳がせておいてくれないか」

「泳がせると言っても、いつまで？」

「葛木理事官とも相談したんだが、梶本氏の携帯のデータを解析して、標的を絞り込めるまでだな」

「標的と言いますと？」

「官邸まで繋がりそうな太いラインの上にいる連中だよ。もちろん狩屋代議士もそこに含まれる。複数のターゲットに対し、一気にガサ入れをする。いまは通常国会の会期中で逮捕はできないが、そこで重要な証拠が見つかれば、秘書や後援会関係者の事情聴取はできる。場合によっては彼らを逮捕することも可能だ」

「そこでがっちりと容疑を固めてしまうわけですね」

「そういうことだ。葛木理事官はよく知っているだろうが、二課の捜査の場合、どれだけ証拠書類を押収できるかが勝負の決め手になる。先に向こうに察知されれば、肝心な証拠を隠匿される」

「しかしそれだと、贈収賄のほうが殺人より優先度が高いようにも受けとれますが」

覚えず言ってしまった言葉にその場の空気が固まった。しかしここでその思いを呑み込んでしまうなら、わざわざ勝沼と話をする意味がない。

「そんなことはない――」

勝沼がわずかに気色ばんだ。

「殺人はあらゆる犯罪のなかでもっとも許し難いものだ。だからこそ法定刑に極刑が含まれる。しかし一方で、警察に付与された権力も、政治家に付与された権力も、本来は国民に帰属する。狩屋のようにそれを私物化する行為もまた許し難い。大袈裟な話ではなく、まさに国家の存亡に関わる犯罪だ。私に言わせれば、そういう犯罪に対する量刑は軽すぎる。殺人に匹敵する重罪と見なされても決しておかしくはない」

「贈収賄のほうで供述を得るために、殺人教唆を取り引き材料に使うようなことはないんですね」

　自分でも不思議なくらい腹が据わっていた。警察庁刑事局長に対して喧嘩を売るような言い草なのは承知している。同じことを言って俊史にも一蹴された。だからといって、その疑念がどうしても拭えない。

　権力を私物化する政治家への怒り、政治と癒着することで組織の安寧を図ろうとする警察官僚の体質への怒り――。

　そうした勝沼の思いに共感できたからこそ、逆に確認したかった。そうすることでこの事案に自らも全力を注げる。そこを確認せずに唯々諾々と従えば、葛木にとっては強行犯担当刑事としての自らの人生を否定することになる。

　俊史が傍らから諫めるような視線を向けている。若宮はあたふたと手を伸ばし、勝沼と葛木のグラスにビールを注ぐ。

「疑いたくなるのもわかるよ、葛木君――」

　張り詰めた空気を和らげるように、穏やかな口調で勝沼が言った。

「じつを言うと、私もそんな考えにいくらか傾いていた」

　余りに率直な物言いに葛木は唖然とした。ビールを一呷りして勝沼は続けた。

「しかしそれは大きな間違いだった。贈収賄事件と三件の殺人は一体の犯罪だ。どちらかを追及するためにどちらかを見逃すようなら、私利私欲のために人を平気で殺せる人間と、で犯罪だ」

私も同類になってしまう。警察が犯罪を選別するようなことをしたら、それはべつの意味

「それを聞いて安心しました。いくら社会的影響の大きい事件でも、受託収賄罪は最高で七年の懲役刑です。極刑もある殺人罪を取り引き材料にしたら、乗ってこない者はいないでしょう。それを禁じ手にしていただけるなら、我々も仕事のし甲斐があります」

強い思いを込めて葛木は言った。もし真っ向から否定されていたら、むしろ腑に落ちないものが残っただろう。勝沼の偽りのない態度は、葛木の疑念を霧消させた。

3

「しかしこの事件、どうも一筋縄ではいかない気がするな」

会食を終えたのが午後九時で、あすも早朝から会議があるからと、勝沼は早めに切り上げて帰って行った。

こちらは急いで帰ってもホテルで暇を潰すくらいしかすることがないので、近場で懐具合に見合いそうな居酒屋を見つけ、延長戦に入ることにした。

首を捻る葛木に、俊史は怪訝な表情で問いかける。

「どういう意味？　もう答えはほとんど出ていて、あとは立証するだけじゃないの」

「勝沼さんがあそこまで慎重になる理由については納得できたんだが、もしそうだとすると、梶本、梨田、片山の三人が殺害された理由がわからない。これまでは贈収賄疑惑が発覚することを惧れてのことだと単純に考えていたんだが、勝沼さんの話だと、政治筋からの圧力はまだかかってきていないようだ。つまり警察の動きはまだ察知されていないことになる。だとしたら口封じのために三人も人を殺すというのは、いくらなんでも早手回しすぎないか」

「その点については二課でも議論があったんだよ——」

さしたる問題ではないというように俊史は言う。

「公設秘書の梨田氏に関しては微妙だけど、梶本氏、片山氏の二人についてはこちらから接触を試みていた。極力慎重にやってはいたけど、どちらも最近になって接触を嫌うようになった。身に危険が迫っているようなこともほのめかした。勝沼さんのほうにまだ圧力がかかっていないのは、なにか先方の事情だと思う。梨田氏についてもたぶん同じ理由で、狩屋のほうに、こちらがまだ把握していない困った事情があったんじゃないのかな」

「それなら、勝沼さんや警視庁の上層部に働きかけて捜査を中止させるほうが、理にかなうんじゃないのか」

「それはそれでリスクがないわけじゃない。こちらがまだガサ入れもしていない段階でそんなことをすれば、やりましたと白状するようなもんだからね」

「梨田秘書には、接触していなかったんだろう」

「こちらの事前情報も完璧というわけじゃない。贈収賄の核心部分には関わっていないと見ていたんだけど、そうではなかったのかもしれないね。公設第一秘書でその辺りの事情を知らないということはあり得ない。私設秘書の片山氏のほうが重用されて、面白くない気分でいたのかもしれない」

「そっちと接触を図ったほうが、結果はよかったとも考えられるな」

「ただ、親父が感じている違和感も一理あるような気がするよ。口封じということもあったかもしれないけど、それ以上に狩屋陣営やトーヨー・デベロプメントの内部に亀裂が入っている可能性もあるね」

「彼らがなんらかの恨みを持っていたとしたら、警察に情報を渡すことで一矢報いることができたわけだ」

「一矢どころか、狩屋であれトーヨー・デベロプメントの上層部であれ、社会的な死と言っていいくらいの打撃を受けることになったはずだよ」

「その三人が握っていたのは、それだけ大きなネタだったわけだ」

いまとなってはすでに遅いが、やはり早い時点で殺人事件として立件し、派手な捜査を展開していれば、少なくとも片山の死は防げたかもしれないと葛木は臍《ほぞ》を噛んだ。俊史もそこは異論がないようだ。

「けっきょくそこでタイミングを逸したのかもしれないね。ただ、もしそうしていたとしたら、矢口と水谷を検挙できても贈収賄のほうに繋げられたかどうか。梶本、梨田両名の殺害が片山秘書にとってはかなりの恫喝になっていただろうし、狩屋陣営もトーヨー・デベロプメントも内部的な引き締めや証拠の隠滅に走っていただろうね。その段階で政治筋からの圧力がかかれば、矢口と水谷の犯行が立証できても、単なる殺人事件で幕が引かれることになったかもしれない」

「現役の首相に繋がる事案となると、越えなきゃいけないハードルがこれからいくつもあるわけだ」

「ロッキード事件にしても、検察が田中本人の捜査に乗り出すまえに、マスコミがヒートアップし、国会で野党が徹底追及し、政局が大混乱に陥って、その前後に何名もの関係者の怪死事件があった。最終的には世論の盛り上がりや政治の力学も追い風にしないと難しいだろうね」

「そこまでいくと、おれレベルの現場刑事の出る幕はないな」

「その点はおれだって一緒だよ。ただ、そうならざるを得ないところまで追い込むことはできると思うよ」

「自信はあるんだな」

葛木は訊いた。普通の刑事捜査ならやり方は心得ている。困難な場面には何度も遭遇したが、それを乗り越える勘どころも心得ている。しかしいま俊史がやろうとしている捜査は、どうやらそれとは別次元だ。この先、葛木のほうからアドバイスできることはほとんどないだろう。

「もちろんだよ。ここからがおれの人生の正念場だ」

気負った調子で俊史は言う。そうは言っても俊史はまだまだ若い。この事案一つで人生を決するというのも大袈裟な話かもしれないが、そこには俊史なりの思い入れがあるのだろう。

親父としてはこれからもなに恥じることのない人生を送って欲しい。ここで理不尽な権力に屈服すれば、大きな挫折を味わうことになる。下手をすれば、キャリアとしての人生を棒に振ることにもなりかねない。

「及ばずながらおれも自分の領分で、やれるだけのことはやるつもりだよ」

こうなれば殺人絡みの部分に関しては、とことん自分の手で解明したい。俊史や勝沼を犬死にさせるわけにはいかないと、強い思いで葛木は言った。

「僕だって、及ばずながらこの捜査に全力を傾けます」

若宮も意欲を示す。本人の実力とは言いがたいところが多々あるが、それでも捜査の節目で幸運を呼び寄せてくれた。そう言えば田島の尾行に気づいたのも若宮で、おかげで二人組のもう一人が水谷賢治という元やくざということも判明した。今回もラッキーボーイぶりを遺憾なく発揮しているのは間違いなさそうだ。

4

翌朝、俊史は慌ただしく東京へ帰っていった。梶本の携帯から復旧したデータの解析に二課は全力を挙げているはずで、やはりそちらの結果が気になるようだ。

葛木たちは午前九時に県警二課の捜査員二名とホテルのロビーで落ち合った。ほかの捜査員たちは、きょうから矢口の実家や知人関係の聞き込みをするらしいが、どうやら葛木たちをそれに付き合わせる気はさらさらないようだ。

地元での捜査権はあくまで県警側にあり、しょせん葛木たちは客人で、やらせてくれるのはせいぜい見学程度のことらしい。ここまで十分協力的だとはいえ、彼らにとってもこの事案は檜舞台で、せめて地元が関係する捜査では自分たちが手柄を独占したいという執着もあるのだろう。

そのうえ彼らは地方とはいえ県警本部の捜査二課。こちらは警視庁でも所轄の強行犯捜査担当で、格が違うという思いがないとは言えない。

ゆうべの田島との接触のことでいささか気が引けるところがあったが、そういうことならこちらも遠慮なく、彼らには黙って田島の協力を仰げばいい。

きょうは狩屋の自宅や地元後援会の事務所、兄が経営する狩屋興産の本社や関連会社、狩屋興産が受注したという県内の公共施設を案内してくれるという。

刑事の世界には現場百遍という言葉がある。元来は犯行現場という意味だが、今回の捜査は地元利権と絡んだ贈収賄疑惑だから、狩屋の地盤となれば広い意味で犯行現場と言えなくもない。

矢口の敷鑑捜査に関しては、いいネタが出てくれれば教えてくれるだろうし、滞在中に田島と接触する機会もあるかもしれない。

田島から得た水谷の情報や、勝沼とのやりとりについては昨夜のうちに大原に報告しておいた。田島の件については大原も勝沼と同様で、県警の二課には内緒で接触をもつべきだという意見だった。

「矢口も水谷も、もう地元にはいないはずだよ。狭い土地だからどっちも顔を知っている人間がいるはずで、人を殺して身を隠すのに東京ほど向いている場所はない。居どころさえ突き止められれば、おれたちが四六時中見張ってやるよ」

「まずその居場所を突き止めるのが先決ですね」

「ああ、県警は頼りになるのかならんのかよくわからんが、田島という男はたぶん使えるよ。元やくざという経歴といい、以前いた組が裏の世界で狩屋と繋がっていたらしい話からすると、どっちかと言えば水谷が主犯だろうな」

「そう思います。薬剤師と元やくざがどういう関係で組むことになったのかは知りませんが」

「どちらも金には恵まれていなかったようだから、誰かに頼まれてやったのは間違いない。狩屋が直々に指図したとは思えんが」

「そうだとすると、教唆の連鎖をたどっていくのはかなり困難ですね。暴力団関係者が仲介している可能性もありますから」

「そのあたりも、田島という男の役割が大きくなりそうだな。県警の二課にとっては気に入らない人物でも、こちらにとってはおあつらえ向きだ。狩屋一族への遺恨の話は、二課の偉いさんも認めたわけだろう」

「県警内部じゃ、知られた話のようです」

「だったら信用していいとおれは思うよ。警察官だって人の子で、どんな事件だって犯人への怒りが捜査の原動力だ。多少の勇み足はあるかもしれないが、そこはこっちが目配りすれば済むことで、差し引きすればプラスのほうがずっと大きいと思うがな」

「県警二課を騙すようになるのが気になりますが」

「向こうにすれば、面子もあってのことなんだろう。戒告を食らって左遷させられた元マル暴刑事にいいところをさらわれたんじゃ立つ瀬がないからな」

「まあ二課とは、せいぜい刺激しないように付き合いますよ」

「ああ。なんとかうまくやってくれ。そっちも有益なパートナーには違いないから」

万事任せたという調子で大原は言った。

県警二課の案内係は杉山《すぎやま》という巡査部長と羽田《はだ》という巡査長で、階級は杉山が上だが、羽田のほうが年齢が一回りほど上で、刑事としてのキャリアだけで見れば羽田が先輩のようだった。

巡査長というのは巡査部長に昇任できずに一定の年数が過ぎた、いわば万年巡査に与えられる形式的な称号で、正式の階級名ではない。

しかしそういう扱いをせざるを得ないことにはそれなりの理由もある。巡査部長への昇任試験は競争倍率だけからいえば最難関で、なかにはそのための受験勉強を嫌う者もいる。いくら受けても落ちてしまうのは論外だが、そういう巡査のなかには、若い巡査部長や警部補クラスが太刀打ちできない現場経験を持つ者もいる。

羽田もそのタイプのようで、覆面パトカーのハンドルを握りながら、現地事情を淀みなく説明する。

「まずは狩屋代議士邸をご覧いただきます。といっても前の道路をゆっくり通過するくらいで、邸内をご案内できるわけじゃありませんがね。雰囲気をご覧いただくだけでもなにかの参考にはなると思いますので」

「あれだけ権勢を誇っている政治家ですから、相当の大邸宅なんじゃないですか」

葛木が訊くと、羽田は首を横に振る。

「そういうわけでもないんです。閣僚を何度も務めた大物政治家の邸宅としては質素なほうじゃないですか。ただ普通の家とはちょっと違ってましてね」

「違うというと、どのあたりが？」

「まあ、ご覧いただければわかります」

羽田は謎をかけるように言って車を走らせる。杉山は上から余計なことを喋るなと言われているのか、助手席にちんまり座って、天気の話や地元の景気の話くらいしかしない。

十分ほど走り、市街中心部を抜けて閑静な住宅街に入ると、羽田はややスピードを落として前方の一角を指さした。

「あそこですよ、狩屋邸は――」

そう言われても、とっさに判別ができない。それがわかっているように羽田は補足する。

「三〇メートルくらい先の、高い塀に囲まれた家ですよ。その点を除けば、とくに目立つような大邸宅でもないでしょう」

言われてみればたしかに妙に高い塀に囲まれた家があるが、家屋自体は簡素な鉄筋コンクリート造りの二階建てだ。敷地も建坪も周囲の家屋と比べればかなり大きいようにみえるが、かといって御殿というような破格な印象はない。

「東京や大阪と違ってこのあたりは地価が安いですから、地元の小金持ちであの程度の家はそう珍しくもありません。ただよく見ると、普通の家とはずいぶん様子が違うのがわかりますよ」

後続車がいないのを確認して、羽田はさらにスピードを落とす。近づくにつれてその意味がわかってきた。

屋敷を囲むコンクリート塀は高さが三メートルほどあり、その上には有刺鉄線を張った侵入防止柵が設置されている。さらにその塀や家屋の要所におびただしい数の防犯カメラが取り付けられている。これなら外部からの侵入者に対してほとんど死角はなさそうだ。

「田舎の人間は一般に開けっぴろげでセキュリティ意識が低いものなんです。この土地でこういう要塞みたいな家に住んでいるのは、狩屋一族と地元の暴力団の組長くらいのもんですよ」

「過去に誰かに命を狙われたことでもあるんですか」

「私が知る限り、そういうことはありませんがね。ただ周囲から好かれているわけじゃない──」

選挙でライバル候補として立候補したばっかりに、下半身ネタの怪文書を流され、ことあるごとに狩屋と縁がある右翼団体の街宣車に追い回され、けっきょく政界から身を引き、この土地にもいたたまれなくなってしまった者もいるという。

地元の業者にしてもそうで、揉み手をしてすり寄って、政治献金を弾んでいるあいだは狩屋興産の下請け仕事が回ってくるが、なにか機嫌を損じるようなことがあると県内の公共事業からは完全に排除される。この土地で土木業者が生きていくためには公共事業がすべてで、その結果倒産や廃業に追い込まれた業者も数知れないという。

豪壮な邸宅をあえて建てないのは、田島が言っていたように、兄の経営する狩屋興産への利益誘導と無関係ではないだろう。狩屋本人は株主でも取締役でもない。そちらの利益を自分の懐に還流していると見られないために、表向きは贅を尽くした暮らしはしていないということらしい。

羽田が次に向かったのは狩屋興産の本社で、こちらは市街の中心部にある。八階建てのしゃれたデザインのビルで、全体の三分の二ほどがテナントで、主に地元の中小企業や、東京や大阪の大手企業の支店や支社が入居しているらしい。

残りのフロアーを占めているのが狩屋興産の本社とその関連会社で、その偉容から地元では有数の企業グループだという話には納得がいく。

「じつは狩屋代議士の後援会事務所もこのビルに入ってるんですがね。うちのほうで調べた限りでは、きっちり相場どおりの家賃を払っています。狩屋興産との関係に不審な点がないことをアピールするために、わざとここに入居しているんだろうとうちのほうは見ていますがね」

羽田は言う。きのう捜査二課長の谷原が言っていた「二つの財布」の話と合致する。代議士個人と狩屋興産のあいだで金銭の行き来があることを立証できなかったことが、これまでの数々の汚職の噂にもかかわらず、立件に至らなかった理由だという話だった。

兄弟の一方が政治家で一方が実業家のケースはとくに珍しい話ではないが、そこまで露骨な利益誘導が行われ、しかもきょうまで立証できずに来たというケースはそうはないだろう。だからこそ県警は今回の事案に異例の入れ込みようなのだろう。

そのとき葛木の携帯が鳴り出した。ディスプレイを覗くと、田島からの着信だった。さっそくなにか嗅ぎつけたか。期待を覚えつつも、羽田たちに気取られないように「もしもし」とだけ応答すると、田島は慎重な様子で切り出した。

「いま二課の連中と一緒なんでしょ。詳しい話はのちほど落ち着いた場所でお話ししますが、とりあえず耳だけ貸して、適当に相槌を打ってください」

葛木は田島の言うとおり、知り合いからの他愛もない用事を装った。

「ああ、先日はどうも、その後、調子はいかがですか」

「水谷の件ですが、あれからいろいろ探ってみました」

「そうですか。それはなにより。朗報が聞ければいいんですがね」

傍らで若宮が訝しげな顔をするので、黙っていろと目配せをする。抑えた声で田島は続ける。

「どうもこちらにいるようです。所在はまだ突き止められませんが、妙な話を耳にしまして。地元の暴力団の組員の話なんですが――」

「そうですか。それは面白そうですね」

葛木は強い興味を覚えながら、そのままとぼけた応答を続けた。田島はさらに声を押し殺した。

「銃を欲しがっているらしいんです。それで昔の仲間に声をかけているそうでして。気になるのは、銃といっても短銃じゃなくて、射程の長いライフルだという点です。それもスコープ付きの――」

第十章

1

葛木は当惑した。水谷はなぜライフルを必要としているのか——。

田島は、彼に狩猟の趣味があるとは聞いたことがないという。

もっとも日本国内で合法的に銃を所持することは非常に難しい。許可を得るまでの手続きがすこぶる厳格な上に、一銃一許可制というのがあって、所持できるのは公安委員会の許可を受けた銃のみなのだ。

そのうえ元暴力団員となれば欠格事項に該当し、許可が下りる可能性は極めて低い。つまりまともに銃を所持できないから、暴力団関係者の闇ルートで入手しようとしているわけで、当然それが合法的な目的であるとは考えにくい。

田島が聞いた範囲では、いまのところだれも水谷に銃を売ってはいないらしい。事実上の絶縁となっている水谷に対してそういうことをすれば、その組員もただでは済まない。もといた組はもちろんのこと、そういう面での暴力団同士の横の繋がりは強く、破門や絶縁になった組員とはほかの組も決して契《ちぎ》りを結ぼうとはしない。

そう考えると、水谷の動きは不穏な意味を帯びてくる。インスリンを用いた殺害という手口ではなく、狙撃という別の手段でだれかの命を狙っているのか。だとしたらその標的はだれなのか。それもまた狩屋の依頼を受けてのものなのか——。

田島はきょうは休暇をとっており、かつて馴染みだった暴力団関係者からさらに話を聞いて回るという。新しい情報が入ったらまた連絡を入れると言うので、通話はとりあえずそこで終えた。

とぼけた応答をしていたので、県警の二人はとくに不審は抱かなかったようだった。しかし若宮はなにかを感じとったようで、落ち着きのない視線をこちらに向けてくる。

かといって県警の二人がいるところでは話せない。情報としてはまだ不確実なところがあるうえに、田島もいま積極的に動いている様子だ。

言えば県警二課が横槍を入れてくるのは間違いない。彼らの捜査能力を信じないわけではないが、暴力団が絡む話なら田島に一日の長があるだろう。

この捜査の秘匿性については昨夜勝沼と十分話し合っている。その意味でも連れションのついでに重要機密を漏らしてしまうようでは心許ない。

早急に俊史や大原と新情報を共有したいが、パトカーのなかから電話はできず、携帯でメール打ちするような器用な真似も葛木にはできない。やむなく嘘をつくことにした。

「済みません。けさからちょっと腹の具合が思わしくないもので。どこかで車を停めてもらえませんか」

「そうですか。それは大変だ。この先にファミレスがありますので、そこにいったん入りましょう。お茶でも飲んで休憩するにはいい頃合いですから」

羽田はとくに疑うふうでもない。立ち寄ったファミリーレストランは、昼どきにはまだ早く、店内はがら空きだった。ドリンクバーを注文して、葛木はトイレに向かった。個室のほうに入り、しっかり鍵をかけてから、携帯で大原を呼び出した。

「おう。なにかいい情報が入ったか」

大原は張り切って応じる。ゆうべの顚末はすでに報告してある。田島との接触を続けることについては大原も諸手を挙げて賛成だった。この事件についての勝沼の強い気持ちも伝えておいた。共感するように大原は言った。

「その思いをなんとか遂げさせたいもんだな。そういう話を聞いた以上、おれたちも頬被りはしていられない。このままなにもしないで定年退職を迎えたら、不作為の罪を犯すことになる」

県警の轍を踏まないように声を落として田島からの電話の内容を説明すると、大原は声に緊張を滲《にじ》ませた。

「早くも田島のお手柄だな。しかし油断ならない事態になったぞ」

「水谷が銃を入手したのが明らかになれば、それだけで逮捕できるでしょう」

「ああ。元暴力団員による銃刀法違反容疑なら珍しくもないネタで、マスコミを刺激しないで済む」

「それも現逮でいけますから、逮捕状を請求する手間もかかりません」

「しかしまだそっちにいる可能性が高いとしたら、逮捕には県警の手を借りないとな」

「ええ。銃を持っているとなると、私と若宮だけじゃ手に負えませんから」

「もしやれたとしても、そこで県警をないがしろにしたら、きょうまでの信頼関係が壊れてしまう。そうなるとのちのちの捜査に響いてくるからな」

大原も思案げだ。葛木は言った。

「いずれにしても田島巡査部長からの続報を待つしかありません。この話、課長から俊史に伝えておいてもらえませんか。いまは二課の刑事と一緒で長話ができませんので」

「ああ、わかった。渋井一課長にもおれから伝えておく。勝沼さんには俊史君から連絡してもらおう。そいつが銃を持って上京するようなら、おれたちのほうで検挙しなきゃいかん。しっかり態勢を固めておく必要があるからな」

大原はそう言って、そそくさと通話を終えた。

銃を持った元暴力団員を検挙するとなると二課の得意分野ではない。マル暴担当の組対部四課や銃器薬物担当の五課に任せる手もあるが、そうなると情報のコントロールが難しくなってくる。

捜査一課なら立て籠もり事案などを得意とするＳＩＴ（特殊犯捜査係）を擁している。そこまでの荒事になるかどうかはわからないが、気持ちの準備はしておいてもらうほうがいいだろう。

田島からの情報を手帳に走り書きし、そのページを破ってポケットに忍ばせ、素知らぬ顔で席に戻った。各自の飲み物はすでにテーブルにある。若宮が立ち上がってドリンクバーに向かい、葛木のコーヒーを運んできた。羽田が心配そうに訊いてくる。

「大丈夫ですか。ゆうべ地場の美味いものを食べ過ぎたんじゃ？」

「どうもそのようです。日本海産の魚が絶品だったものですから。体調はよくなりましたのでご心配は要りません」

「それはよかった。福井の魚で食あたりでも起こされたら、こちらは面目もありませんから」

羽田は一安心という顔つきだ。二人の目に入らないようにテーブルの下で先ほどのメモを手渡すと、若宮は一瞬表情を硬くしたが、事情は察したようで、すぐに普段の顔に戻った。

「しかし狩屋邸のセキュリティの堅固さは普通じゃないですね」

葛木は言いながら不穏な思いに駆られた。あるいは水谷のターゲットは狩屋ではないのか。直感的にみても、あのセキュリティレベルの高さは単なる防犯上の必要限度を超えているような気がした。

その点については暴力団の組長の屋敷に匹敵すると羽田も言っていた。つまりそれだけ警戒を要する事情があるわけだ。羽田は頷いて言う。

「防犯カメラの台数が増えたのは比較的最近なんです。有刺鉄線を張った侵入防止柵もそうです」

「最近というと？」

「三年ほどまえです。それまでもセキュリティは一般常識からすればかなり強固だったんですが、あそこまで要塞化はしてませんでしたよ」

「なにか理由があったんですか」

「自宅に火炎瓶を投げ込まれたことがありましてね」

たしかにそんな報道に接したことがある。人的被害はなく、家屋の損傷もわずかだったため、世間を賑《にぎ》わすほどのニュースにはならなかった。

「犯人は？」

「わかっていません。けっきょく迷宮入りです」

「捜査が難航したんですか」

「そうではなくて、狩屋代議士サイドが極めて非協力的だったと聞いています。陰に陽に圧力がかかっていたとも」

「被害者が捜査に圧力を？」

「真相が明らかになると困るような事情があるんだろうと我々は見ていましたがね。捜査一課も忸怩たるものがあったようですが、本部長の筋からもそれとなく天の声が降りてきたようでして」

「そういう荒っぽい仕事をするのは暴力団くらいしか考えられませんが」

「ところが地元の暴力団の俠栄会《きょうえいかい》と狩屋は昔からいい関係にあるんです。対立候補の選挙妨害を一手に引き受けているのがその組と関係の深い右翼団体で、その見返りとして俠栄会のフロント企業に狩屋興産から三次、四次の下請け仕事が回っていく仕組みになってましてね」

そのあたりは田島の話と一致する。

「その組織じゃないとしたら、犯人はだれだと見ているんですか」

「狩屋クラスの政治家はいわば全国区で人脈、金脈があるわけですから、恨みを買う筋も全国規模で存在するということじゃないですか。うちの捜査員は時々上京して東京の事務所や私邸を偵察に行くんですが、そっちのほうも同じころからセキュリティが強化されているようです」

「東京にも私邸があるんでしたね」

「年に何度か地元入りするとき以外はほとんど東京が生活の場です。いまは会期中ですからもちろん東京暮らしですが、この秋の参院選のころはこちらに入り浸りになるでしょう。長男を出馬させようと画策しているようですから」

「そんな話は私も聞いています。一流企業の取締役を退任して、いま地元の大学の特任教授をやっているとか。死んだ片山秘書を後継にという話だったのが、突然雲行きが変わって、片山秘書はだいぶ不満を抱いていたとのことですが」

「そうなんですよ。その亀裂を利用して片山から興味深い話が聞けるんじゃないかと思って、こちらも警視庁の二課と歩調を合わせて動いていたんですがね」

「後継というのなら、狩屋代議士が引退したあと、その地盤を継いで衆院選に出馬するのかと思っていましたが」

「行く行くはそのつもりなんでしょう。しかしいまの狩屋の実力があれば、自分が現役のあいだに息子も参議院に送り込める。そこで政治家としての経験を積ませるのも悪くはないとみたんじゃないですか」

「片山秘書は中央でも地元でも隠然たる実力を有していたと聞いていますが、狩屋代議士にとっては、ある意味で目障りな存在だったかもしれませんね」

「そうなんです。じつは地元の後援会には片山擁立派が少なからずいるんです。彼が狩屋と袂を分かって参院選に打って出れば、長男のほうは敗退する可能性があった。あるいはそこまで行かないにしても、票が割れて野党の候補が漁夫の利を得ることになるかもしれない」

「自分は落ちても、一矢報いることはできるわけですね」

「そのうえ彼には奥の手がある。収賄に関する核心的な情報を警察にリークすれば、狩屋を決定的に追い詰められる。それを材料に狩屋を恫喝《どうかつ》していた節もあるんです」

「しかしそんな情報をリークすれば、それに関わった自らも火の粉を浴びるんじゃないですか」

「それで警察にも取り引きを持ちかけてたんですよ。リーク元が自分だということは決して明かさない。自分を訴追対象にはしないという確約を欲しがっていたんです」

もともと口が軽いのか、葛木をよほど信用しているのか、羽田はなんともあけすけだ。きのうの会議はほとんど三人の殺害容疑の件に終始し、贈収賄疑惑に関する話はあまり出なかった。

もちろんいま羽田が言ったようなことがありそうなニュアンスは俊史からも伝わっていたが、そちらも肝心なところはぼけたままだった。

片山にせよ梶本にせよ、情報のリークは自らにとっても大きなリスクのはずだった。その意を汲んで訴追を免れるように取りはからえば一種の司法取引になる。法的には認められていない捜査手法だから、大っぴらには出来ない事情がどちらの二課サイドにもあったのだろう。

「要するに瀬踏みをしていたわけですね。代議士に対してはリークするぞと脅し、警察には司法取引を要求する」

「困ったのは狩屋のほうでしょう。もし警察が取り引きに応じなくても、片山が自爆覚悟でリークしたら政治生命はそこで絶たれるわけですから。最悪のシナリオは警察が片山の要求を呑んだ場合です」

「訴追に至る至らないを問わず、長男の選挙戦には大きく響くでしょうね」

「そこで片山が勝つようなことがあれば、もう抑えが利かなくなる。地元の後援会長も、いまは狩屋を立てていますが、それはあくまで面従腹背で、片山が立候補すれば、あっさり寝返るんじゃないかと地元の関係者は見ていたんです」

「片山秘書がいなくなって、地元の陣営はとりあえず落ち着いたんですか」

「ところがそうでもなさそうなんです。後援会長一派は長男とは折り合いが悪い。東京の大企業の元重役が突然故郷に舞い降りてきた。いわゆる落下傘候補と変わらないわけで、彼らの感覚からすれば世情に疎い。近ごろは地元のメディアにもよく登場するんですが、話題は外交やら国際経済やらの話ばかりで、地方経済をどう活性化させるかというような質問をされてもピント外れな答えばかり。この人物に狩屋のあとを任せて大丈夫かとみんな疑心暗鬼になっているそうなんです」

羽田は惜しみなく新ネタを出してくる。警視庁の二課とはすでにそういう情報も共有しているのだろうが、葛木にすればなかなか新鮮味がある。

相棒の杉山がときおり咳払いをしても、羽田の話は止まらない。要は捜査機密というレベルではなく、地元にいれば自然に耳に入る噂話の類いに過ぎないと踏んでいるわけだろう。

2

「後援会長はどうなんですか。反旗を翻すような動きはありませんか」

葛木は問いかけた。もし後援会長がいまの狩屋にとって獅子身中の虫だとしたら、水谷の次の標的がそちらである可能性も否定しがたい。

「噂のレベルでは、ないとも言えません。狩屋代議士本人はいまがピークで、年齢的にも今後党内での影響力は低下する。地元の後援会というのは利益誘導のための圧力団体みたいなもんですから、その点で不安が出てくれば、別の候補に鞍替えすることだってありますよ」

「しかし狩屋氏の実力はまだまだ突出してるんじゃないですか」

「そうも言えますが、不満もあるんです。中央から取ってくる仕事はいったん狩屋興産に回ってしまう。ほかの業者はそこからの下請け仕事で利益のお裾分けに与るパターンなのはご存じでしょう」

「ええ。きのうの会議でもそんな話が出ていましたね」

「景気のよかった時代はそれで問題なかったんです。ところがこのところ地方の景気はさっぱりでして。さすがの狩屋興産も左団扇《ひだりうちわ》とはいかなくなった。彼らとすれば下請け仕事は回ってきても赤字すれすれの金額で、ときには足を出すことだってある。選挙のときにいくら狩屋を支えても、得をするのは狩屋興産だけだという不満が鬱積しているらしいんですよ」

「これから先、狩屋離れが起こりかねないわけですね。その筆頭が現後援会長というわけですか」

「いまのところ表だった動きはしていません。ただ対抗馬になる可能性の高い若手の県会議員と水面下で接触しているという噂は聞こえています」

「公設第一秘書の梨田氏の死についてはどうお考えですか」

葛木は訊いてみた。きのうの会議では、県警の二課からもそれについてはっきりした答えは得られなかった。現場の捜査陣が参加した午後の会議でも、羽田は末席に座らされて、発言の機会はほとんど与えられなかった。しかし階級は平でも、その道のベテラン刑事がじつは現場の頭脳であるようなケースは決して珍しくない。

「これも私が聞き齧った噂程度の話で、証拠はないんですがね――」

羽田はコーヒーを一飲みして身を乗り出す。傍らで杉山が露骨に顔をしかめるが、羽田に遠慮する気はさらさらなさそうだ。

「梨田は公設秘書になる以前、ある大手企業の経理部門にいたんです」

「そういう話は聞いています」

「じつは五年ほど前にその会社が脱税で国税庁に摘発されましてね。バハマだかどこかのタックスヘイブン（租税回避地）を使った手口で、いわゆるマネーロンダリング（資金洗浄）というやつだった。追徴課税が五百億円に上った事件らしいです」

「それをやったのが――」

「梨田だというんです。会社が国税庁の指摘を認めて追徴課税を払ったんで刑事訴追には至らなかったんですが、その直後ですよ、狩屋が公設第一秘書として梨田を引き抜いたのは――」

羽田は謎かけするような言い回しを楽しんでいるようにも見える。苛立ちを覚えながら問いかけた。

「つまり、どういうことでしょうか」

「狩屋代議士と狩屋興産のあいだの金の流れです」

「表から見ると、それが全くないようだという話でしたが」

「我々もそれで苦労してきたんです。現金で賄賂を受けとるんじゃなく、狩屋興産への仕事の発注というかたちをとらせる。それはいったん狩屋興産の利益になる。それが代議士の金庫に還流している事実が明らかになれば収賄罪で立件できるんですが、そこがどうしても越えられない壁だったんです」

「代議士と狩屋興産のあいだの資金の流れも、そういう手口で行われていたということでしょうか」

「そう考えると辻褄が合ってくるんです。梨田の前任の公設第一秘書は五年前に辞めてるんですが、その男の前職は香港系の投資銀行の外国為替担当マネージャーだったらしいんです」

「怪しげな前歴ですね」

「ええ。梨田と似たり寄ったりですよ。それで私はピンときたんですよ。ずっと以前から代議士と狩屋興産のあいだには、そういうルートを使った資金の流れがあったのではないかと——」

「それが代議士の資産として海外に蓄積されているということですか」

「その可能性があります。もちろん代議士個人の名前は表に出ません。そういう国では匿名口座がいくらでもつくれますから」

羽田はどうだというように胸を反らせる。いかにも二課のベテランらしい目の付けどころだ。葛木は訊いた。

「県警二課は、その方面の捜査は進めなかったんですか」

「梨田を洗うべきだと私は何度も言ったんですが、上のほうがなかなか腰を上げない。じっさいマネーロンダリング関係の捜査は難しいんです。国際的な金融ネットワークを使った犯罪ですから、地方の警察本部にとっては手に余る。国税庁には国税庁の縄張り意識があって、そういう情報は警察には渡してくれない。それでも私がしつこく言い続けて、だったら梨田の行動確認でもしてみようかということになった矢先に、あんなかたちで死んでしまった」

羽田は杉山に皮肉な視線を向ける。梨田が死んだとき、そういう話が警視庁側に聞こえてこなかったのは、県警二課の上層部が羽田の話に半信半疑だったからだろう。

たしかに羽田の見立ては想像の域を出ない。あるいは上層部にも後手に回ったという気持ちがあるから、敢えて触れたがらないとも受けとれる。葛木は確認した。

「殺害された可能性は高いとみているんですね」

羽田は頷いて続けた。

「肩書きは公設第一秘書ですが、本来担当すべき地元選挙区対策や陳情への対応はほとんど片山がやっていたようです。ああいう世界では別に珍しいことではないんですが、地元では不思議がっていた。まあ、公設秘書というのは国から給料が出ますから、遊んでいたとしても狩屋の懐が痛むわけではない。しかしそれならもっとやり手の秘書を雇えばいい。政治家の事務所というのは案外多忙な職場なんです。とくに地元対策で手を抜けば死活問題になりますから。しかし狩屋にとって彼は別の意味で重要な存在だったはずなんです」

「殺害されたとしたら、代議士にとっては痛手だったでしょうね」

「そうではなく、殺害しないとむしろ痛手を被ったということじゃないんですか――」

羽田はずばり核心に踏み込んだ。

「これも小耳に挟んだ噂ですが、梨田は狩屋に辞表を出していたというんです」

「代議士となにかまずいことでも？」

「そういうわけでもないでしょう。狩屋は熱心に慰留に努めていたそうですから」

「ではどうして？」

「野党の代議士から引き抜きにあっていたらしいんです。それも破格の条件でね」

「破格と言っても、公設秘書なら給料は決まっているはずですが」

「公設じゃなく私設としてです。それなら上限はありません」

「どういう狙いで？」

「これもああいう世界では珍しいことじゃないんです。野党側とすれば、与党の大物についての裏情報が得られるわけですから、お得な買い物と言えるでしょう」

「そういう話に乗るということは、処遇についての不満でもあったんでしょうか」

「資金洗浄の専門家だという私の見立てが当たっているとするなら、それは表に出せない話です。梨田にすれば狩屋事務所の屋台骨を支えているのは自分だという自負があったでしょうが、表から見える部分はすべて片山が牛耳っている。公設第一秘書というのは名ばかりで、このままじゃ日陰者で終わってしまうというような愚痴を、東京の事務所を訪ねていった後援会員に漏らしていたという話もあります」

「梨田秘書にすれば、渡りに船の話だったでしょうね」

「そうなると、狩屋代議士にとってはアキレス腱とも言える事実が表沙汰になりかねない。それで一方では慰留しながら、裏で亡き者にしようと画策した——。あくまで私の勝手な想像ですがね」

羽田はいかにも自信ありげだ。しかし梨田が死んだいまとなっては、真相は藪《やぶ》のなかとしか言いようがない。

とはいえ、そんな情報も今後の捜査の指針にはなりそうだ。県警の二課も矢口章雄の消息をいま追っているところだし、田島が水谷賢治の所在を突き止めてくれることにも期待が持てる。

3

次は代議士の兄で狩屋興産社長の狩屋公一郎の邸宅を見学させてくれるという。さして興味は湧かなかったが、断ればやることがなくなる。羽田たちと一緒にいれば矢口についての情報が入ってくるかもしれないし、羽田自身が貴重な情報源ともいえそうなので、もうしばらく行動を共にすることにした。

狩屋公一郎の邸宅は、さすがに地元で有数の企業グループの総帥にふさわしく、御殿と呼びたくなるように広壮だった。

素人目にも贅を凝らしたものだとわかる数寄屋造りの純和風建築で、屋敷は見事な黒板塀に囲まれて、武家屋敷を思わせる二階建ての家屋の一部と丈の高い松や桜の植栽が外からも眺められる。

弟の代議士の私邸とは違って、防犯カメラや侵入防止柵のような無粋なものは見当たらない。ある種の文化財と見まがうような邸宅のたたずまいは、成功した地元経済人の風格を感じさせる。

「兄貴のほうはこの土地の名士として通っていましてね。地元の慈善事業にも気前よく金を出すし、地域産業の振興や若手経営者の育成にも力を入れています」

「後援会内部での悪い評判とは裏腹のようですね」

「もちろん弟と結託していまも薄汚い商売をやっている、その悪い印象を和らげるための偽装ということですがね。狩屋興産は先代、先々代のときに悪名を轟かせたものですから、三代目の公一郎はそれを打ち消すのが自分の使命だと考えたようです。しかしビジネスの本質が変わったわけじゃないんで、地元の経済界じゃいまでも毛嫌いしている人は大勢いますがね」

「しかし、命を狙われるようなレベルではなさそうですね」

それがとりあえず葛木の感想だった。

もっとも弟の健次郎にしても、政治家としての表向きの顔は、国を憂い、国民の幸福のために労苦を惜しまない信念の人というのが本人の触れ込みだ。

そもそもあらゆる政治家がそういう高邁《こうまい》な理想を看板に商売をしているわけで、狩屋がことさら嘘つきというわけではなく、それが政治家という生き物の習性だと言うしかないのだが。

そんな話をしながら邸宅の前を通り過ぎようとしたとき、助手席にいた杉山の携帯が鳴りだした。杉山はそれを耳に当て、何度か相槌を打ちながら通話を終えて、葛木たちを振り向いた。

「ついさっきうちの捜査員が矢口の実家に出向いて、両親から話を聞いたそうです——」

両親の話では、矢口とはここ四年ほど音信不通で、実家に寄りついたこともないという。

四年前、実家を訪れた矢口は、父親のキャッシュカードを無断で使い、銀行口座から数百万円を引き出した。

父親がそれに気づいたのは矢口が東京へ帰ったあとで、返すように説得したが応じない。ちょうどそのころ、矢口は妻との離婚騒動を抱えていた。

妻に隠れて矢口が別の女性と交際していたのが発覚したためで、離婚調停で多額の慰謝料を要求されていた。実家にやってきたのはそれを用立ててくれという依頼のためだったらしい。

矢口はもともと女癖が悪く、過去にも面倒を起こして、父親は手切れ金を工面させられたことがあったため、今回は少し懲らしめてやろうといったん拒絶した。ところが父親が誕生日から類推《るいすい》できる簡単な暗証番号を使っていることを矢口は知っていて、何度かに分けて引き出してしまったようだった。

あまりに腹が立ったので警察に相談したところ、刑法には親族相盗例という特例が設けられていて、親族間の一部の犯罪行為は刑を免除されるという。窃盗はそれにあたり、警察が関与する事案ではないと門前払いを食わされた。

以来、両親のほうからも連絡をとることはせず、親子の縁は切れたも同然だと父親は言っているらしい。

訪れた捜査員は矢口に殺人の容疑がかかっていることは秘匿して、東京で起きたある事件について参考人として話を聞きたい、ついては連絡先を教えて欲しいとだけ言った。息子を庇う気持ちから嘘をつかれるのを惧れてのことだった。そんな点から考えれば、父親が嘘を言っているとは思えないというのが捜査員の感触だった。

矢口は地元の高校を卒業して東京の大学の薬学部へ進み、薬剤師の資格をとった。大学へ進んでからは気が向けば盆暮れに帰郷する程度で、地元の人間との交際関係はほとんどないはずだと父親は言った。

サウナの防犯カメラに映っていた相棒の写真を見せたが、父親は面識がないとのことだった。県警はすでに戸籍関係を当たっており、狩屋一族と矢口家のあいだに血縁関係がないことも明らかになっている。

捜査員はこのあと、矢口が通っていた中学、高校に出向いて、卒業者名簿や卒業アルバムを当たってみるという。そこに相棒の男らしい人物がいれば重要な糸口になる。あるいは当時を知る教員がいるかもしれないし、地元にいる同窓生を当たれば別の情報が得られるかもしれない。

むろん父親が嘘をついていないという保証はないから、実家の張り込みは続け、周辺の住民からの聞き込みも進めるという。そんな杉山の説明を聞いて羽田は言う。

「なに、故郷を離れていくら時間が経ったといっても、すべての繋がりを断ち切るなんてことはそうは出来ないもんですよ」

そこから水谷との接点が出てくれば、捜査は一気に進展する可能性がある。田島から聞いた話を羽田にしてみたい衝動に駆られるが、田島にはもうしばらくフリーハンドで動いてもらったほうがいい。

案に相違して聞き込み現場には付き合わせてもらえず、羽田が思いのほかおしゃべりだったせいでそこそこの収穫はあったが、そちらも相棒の杉山のようなタイプだったら、現場観察という名目の物見遊山でお茶を濁されていたわけで、その意味ではお相子というところだろう。

4

そのあと狩屋興産が手がけているという工業団地やら砂防施設を眺めて回った。

現場には名の知られた大手や中堅のゼネコンのロゴの入った看板があり、施工の認可もその会社に下りていることになっているが、仕事をしている作業員のユニフォームやトラックは地元の中小の土建業者のもので、狩屋興産の名前は表に出ていない。

きのうの会議で県警二課が言っていたとおり、狩屋興産が口利きだけでなかを抜き、濡れ手で粟の商売をしているのは間違いないようだった。

矢口の捜査をしている二課の捜査員からは、その後なんの音沙汰もない。もちろん葛木の捜査経験からも、そうお誂え向きに答えが出るものではないことは承知している。問題はお目付役同行で見学ツアーをしている現在の状況だ。そういう事情は承知だから大原も俊史も電話を寄越さない。その点は田島も同様だろう。

隣の座席にいる若宮も、そんな事情を察してか口数が妙に少ない。警視庁の二課が進めている贈賄リストの解析の状況も聞きたいが、それも俊史たちにとっては貴重なネタで、おいそれと県警二課に提供するつもりはないだろう。

途中、昼食に立ち寄った中華料理店で、また先ほどの要領で電話を入れようかとも思ったが、そう何度も長トイレというのも不自然だ。午後の部に入り、現場数ヵ所を回ったところで、葛木は申し出た。

「これで大体のところは摑めました。貴重な時間を割いて頂いて感謝の限りです。我々はいったんホテルに戻って、ここまでの経緯を東京に報告しようと思います」

羽田はいかにも残念そうに応じる。

「そうですか。このあと時間が余ったら、市内の名所旧跡でもご案内しようかと思ってたんですが」

「お気持ちは有り難いですが、まだ事件の見通しも立っていませんので」

皮肉と受け止められかねない言い回しになったが、羽田は気を悪くしたふうでもない。

「そりゃそうですな。せっかく東京からお出でになって、目鼻もつけずに帰られたんじゃ落ち着きが悪いでしょう」

「こうして皆さんと知り合いになれただけでも大成果ですよ。大事なのはこの先の連携ですから」

率直な思いで葛木は言った。杉山や県警二課のほかの面々はともかく、羽田との関係については偽りなくそう言えた。唐突に羽田が切り出した。

「きのうは田島巡査部長とお話をされたそうですね」

「ええ。きのう駅まで迎えに来られた車中でいろいろと――」

接触しないようにとまた釘を刺されるのかと身構えたが、穏やかな調子で羽田は続ける。

「昔、私が交番勤務をしていたころ、新人として配属されたのが彼でしてね」

「じゃあ、先輩に当たるわけですね」

「ええ。自分で言うのもなんですが、ずいぶん目をかけてやったんです。いまじゃ向こうは巡査部長で、私は相変わらず平のままですがね」

「いろいろ問題があって、刑事ではやっていけなくなったらしいですね」

「馬鹿げた話ですよ。彼のように職務に忠実な警官はそうはいません。交番勤務でもマル暴相手の仕事でも、手を抜くことができない男でしてね。警務なんかで燻らせておくべき人材じゃないんです」

二課の上層部とはだいぶ見方が違うようだ。興味を抑えられず葛木は問いかけた。

「狩屋一族に対して、個人的に遺恨があるようですが」

「その話は私も田島から何度も聞いています。というより、狩屋興産創業期の狩屋家と田島家の確執は、この土地ではよく知られた話です。彼はいまも私を先輩として立ててくれて、たまに呑むこともある仲でしてね」

羽田は田島への親しみを滲ませる。ここでも杉山は不快感を剝き出しにするが、羽田は委細かまわない。

概して経験に裏打ちされた能力は高く、歳の若い上司に次々指示を飛ばし、現場を仕切ってしまう剛の者もいる。羽田もそんな辣腕《らつわん》巡査長の一人なのかもしれない。

「今回の事案については、大いに関心があるようですね」

訊くと羽田は力強く頷いた。

「四課にいたころも、二課への配転を何度も願い出たそうですがね。けっきょく認められなかった。狩屋との因縁話は、県警内部でもよく知られていましたから」

「それを情実と見られたわけですね」

「それもやむを得ない話ではあるんですが、そうしていれば、狩屋絡みの事案に関しては、もう少し解明が進んでいたはずですよ」

「本人が言うように、独自の情報収集力があったわけですか」

「それもあるかもしれませんが、やはり執念の違いでしょう。じつは四課にいたときも、狩屋に繋がる情報を何度かもたらしてくれてます」

「それはどういう？」

「さっき申し上げた、侠栄会と狩屋陣営の結び付きですよ。舎弟関係にある右翼の政治団体を使って、対立候補を中傷するビラをまいたり、街宣車で事務所を取り囲んだり――。それが狩屋事務所からの依頼で行われたという証拠を摑んで二課に提供してくれたこともあります。代議士本人までは及びませんでしたが、それで地元事務所の関係者が何人か摘発されています」

「その裏で狩屋と繋がっているようなことはありませんか」

葛木は確認した。その点が二課の上層部が田島とのコンタクトを嫌った理由の一つでもあった。羽田は一笑した。

「じつは私は個人レベルで田島と情報を交換する間柄でしてね。やくざと政治家のあいだには切っても切れない縁があるんです。暴力団撲滅に警察が躍起になっている現在もその事情は変わらない。いま言った選挙妨害の件もそうですが、田島からもらった情報で、侠栄会のフロント企業が県の入札に参加するのを防いだこともあります」

きのうの会議のニュアンスからは二課内部ではタブーのはずの話を、羽田は遠慮会釈もなく口にする。もうなるようになれとでも言うように、杉山はそっぽを向いている。

「羽田さんは、信用していいと考えているんですね」

「少なくとも狩屋の利益になるようなことは絶対にしないでしょう。だとしても狩屋に不利になることならガセネタでもなんでもほじくり出してくるような無責任な刑事じゃありません」

多少の贔屓目はあるにせよ、葛木がこれまでに感じた田島の印象と大きな食い違いはない。さらに踏み込んで訊いてみた。

「二課の上の皆さんは、彼から情報を得ることに消極的でしたが、羽田さんは少し考え方が違うんですね」

「少しというか、大いに違います。二課にとっても狩屋一族の不正摘発は長年の悲願です。その点では田島君と似たようなものじゃないですか。刑事にとっていちばん大事なのは執念です。罪を憎んで人を憎まずなんていうのは検挙したあとの話で、犯人を絶対に許せないという強い思いがなかったら、とことん追い込むことはできません」

気合いの入った声で羽田は言う。その信念や良しと言うべきだろう。田島についても大原も同じようなことを言っていた。一時は司法取引さえ頭に浮かべたという勝沼にしても、必要なら手段の正当性は度外視してでも、真の黒幕を摘発しようという執念ゆえのものだろう。

黙って聞いていた杉山が、我慢できなくなったように口を挟む。

「そうは言っても、刑事捜査は組織で動くのが本筋でしょう。一匹狼にやれることには限度がありますよ」

「田島君のような優秀な刑事を一匹狼にしてしまうようなうちの体質が問題だと言ってるんですよ。二課長だって彼を引き抜くくらいの度量は示して当然だと思うんだけどね」

階級は上でも羽田にとって杉山などは若造に過ぎないという口の利き方だ。険悪なムードになるかと思いきや、杉山は妙に殊勝に頷いた。

「いっそそうしてくれれば、我々だってやり易いんですよ。マル暴絡みの情報抜きに、狩屋の事案を解明するのは難しいんですから。上の人たちもそこは十分わかっているはずなのに」

いま田島が追っている水谷の話がつい口に出かかったが、まだ急ぐこともないと腹に仕舞った。水谷の動向が判明した場合の県警との連携が頭を悩ませるところだったが、羽田を通じてなら案ずるより産むが易しという気もしてきた。

いずれにしても、こちらはいったんホテルに戻り、大原や俊史と十分打ち合わせをしておくべきだろう。場合によっては池田や山井にもこちらに来てもらうことになるかもしれない。状況が切迫すればＳＩＴが臨場するようなケースもあり得る。その際は勝沼に動いてもらって、広域重要事件に指定してもらう必要もある。

5

ホテルに戻ったのは午後三時過ぎだった。若宮を葛木の部屋に呼び寄せて、さっそく大原に電話を入れた。大原は待ちわびていたように訊いてくる。

「どうなんだ。その後、動きはあったのか」

「めぼしい動きはありません。田島巡査部長からも新しい情報は入ってきていません。こちらの二課は、矢口の実家に聞き込みに行ったようですが――」

杉山から報告を受けた内容を聞かせると、一声唸って大原は言った。

「どうも鳴り物入りで動き出した割には、捜査能力はいま一つな気がするな。父親の話の裏は取ったのか」

「そのあと近隣で聞き込みをしているようですから、嘘をついているとすれば矛盾した話が出てくるでしょう。卒業した学校のルートからも、なにかヒントが出てくるかもしれません」

「けっきょく、矢口に関しては向こうに任すしかないわけだ。おれたちとしては、田島のほうに期待をかけざるを得ないな」

「じつはその件なんですが――」

先ほどの羽田とのやりとりを説明すると、興味深げに大原は応じる。

「田島といい、その羽田といい、県警にも腹の据わった人材がいるようだな。うまく付き合えば、二課のお偉いさんたちより遥かに役に立ちそうだ」

「私もそう思います。田島巡査部長の件はまだ向こうには言っていませんが、状況が動きそうな場合は、二課の上層部と話をするより、彼をパイプとして使ったほうが話が通りやすそうです」

「ああ。おれもそんな気がするよ。世の中にはトップダウンという言葉もあるが、それは上に強いリーダーがいた場合で、並の組織は上に行くほど船頭が増えて、最後は支離滅裂な方向に走り出す。逆に下っ端でも現場で強い発言力をもつ人間が、状況を一気に変えるような場面をおれは何度も見てきたよ。羽田というのは、たぶんそういうことができる男だな」

「田島巡査部長とはいいコンビかもしれませんね」

「なんにせよ、あらゆる可能性を追求することがいまは必要だ。田島の話は俊史君と渋井一課長に報告しといたよ。いまごろは勝沼さんにも報告が行ってるだろう。船頭が多いという点じゃ、こっちも人のことを言ってはいられない」

「そうですか。どんな反応でした？」

「俊史君は勝沼さんと相談して、必要に応じて広域重要事件に指定できるよう準備をすると言っている。渋井さんは、ぜひとも捜査一課の手で水谷を検挙したいと勢い込んでいる。もし現地でライフルを持って立て籠もるような事態になったら、ＳＩＴを派遣することも考えているようだ。福井県警にはＳＩＴに相当する部署がない。もちろんＳＡＴ（特殊急襲部隊）もない」

「それは心強いですね。しかし現場が福井かどうかはまだわかりませんよ」

「ああ。片山秘書以外はどちらも東京での事件だったからな。次に狙われるとしたらだれだと思う」

「意外な人物のような気がするんですよ。我々のここまでの見立てをひっくり返すような――」

狩屋邸の異常とも言えるセキュリティの強固さについて葛木は説明した。三年前に狩屋邸に火炎瓶が投げ込まれ、けっきょく犯人は見つからずに、事件は迷宮入りになったことも付け加えた。意表を突かれたように大原は応じた。

「まさか狩屋を？」

「単なる直感です。当たっているかどうかはわからない。しかしそれも考えに入れておくべきではないかと思われます――」

羽田から聞いた地元での狩屋一族の評判や、火炎瓶騒動のとき、狩屋が非協力的だったことも併せて説明すると、大原も感じるものがあったようだ。

「これまでの三件はインスリンを使ったと見られる手口で共通しているが、今回はそこが大きく変わったようだな」

「東京の私邸もかなりセキュリティを固めているそうです。東京も地元も事務所には人が大勢いますから、近づいてなにかを仕掛けるには不向きです」

「スコープ付きのライフルなら遠くからでも狙えるからな」

「それがもし当たりだとしたら、これまでの関係者三人に加えて、最重要な証人を失うことになりますね」

「ああ。狩屋代議士本人の犯罪のみならず、その上の大物に繋がる真相も闇の向こうに消えかねないな」

「今回の一連の事件、それが狙いだとしたら、恐ろしい話ですね」

葛木は言った。想像を飛躍させすぎだとは思うが、そう考えるほうが、これまでの状況を説明しやすいのだ。

「そうなると、一連の事件の指示を出したのは、狩屋よりも上のレベルの人間だ。その場合、予想していたより遥かに難しい仕事になるだろうな」

「なんにしても、まずは水谷を検挙することですよ。相手がだれであれ、彼が行動に移るまえに」

「そこはいまのところ、田島頼みだな。あとはその情報をいつ県警に流すかだ」

「銃を入手したことが判明し、できれば居場所が突き止められるまでは黙っていたほうがいいでしょう」

「そうだな。上の連中にしてみれば、田島に手柄を立てられるのは沽券に関わることだろうから、邪魔に入られる惧れはあるな」

「それで警視庁の二課のほうはどんな具合なんですか」

気ぜわしい思いで訊いてみた。あとで俊史にじかに電話を入れようとは思っているが、大原もある程度のところは把握しているだろう。

「大物の名前が何人か出てきているそうだ。陣笠代議士や官僚クラスはぞろぞろいるらしい。ただし頂点にいる人物の名前はまだ出ていない」

大原は残念そうに言う。葛木もやや落胆した。

「リストの洗い出しはすべて終わったんですか」

「そう簡単でもないらしい。アルファベットの並びがすべて単純なイニシャルなら問題ないんだが、どうも一部の大物に関しては、梶本が自分でつけたニックネームをイニシャル化しているらしい。なかには世間に流布《るふ》しているニックネームをそのまま使っているものもあって、派閥名や役職名を示しているとみられる符号と照らし合わせてなんとか特定できたらしいんだが」

「これまでにわかった大物というと？」

「名前までは教えてくれないが、現役の閣僚や派閥の領袖クラスがいるそうだ」

「それなら、かなり前進しているじゃないですか。その大物たちの事務所をがさ入れして不正な献金の有無を調べ上げれば、トーヨー・デベロプメントとの繋がりが見えてくるはずですよ」

「しかし政治資金規正法違反だけじゃな。議員が非を認めて訂正して、検察は起訴もせずに終わりにするようなケースが大半だろう。野党の追及で国会が多少混乱する程度で、それだけで事件の真相が明らかになるわけじゃない」

「もちろんあくまで糸口に過ぎないでしょう。しかし我々の捜査をそこに重ね合わせれば、もっと太いラインが自ずと見えてくると思います」

「そのとき、いちばん重要な鍵を握るのが狩屋だ。是非ともそれまで元気でいてもらわないとな」

「私の想像が外れていれば、それに越したことはないんですが」

「ああ。おれもなんだか心配になってきた。しかし当面は、田島の仕事に期待するしかないな」

大原は電話の向こうでため息を吐く。葛木もつい愚痴を言いたくなる。

「我々を捜査に加わらせる気は県警にはさらさらないようで、私も若宮もいまは宙ぶらりんの状態です。かといって、いつ状況が動き出すかわからないので、そちらへ帰るわけにもいかない」

「気にすることはないよ。こっちもいまはとくにやることもない。池田もフラストレーションを募らせて、綱でもつけておかないと、いつそっちへ飛んでいってしまうかわからないような状態だ」

「そちらだって、これからなにが起きるかわかりませんよ。狩屋代議士はいまは東京にいるわけですから。水谷がすでにライフルを手に入れて、東京に移動している可能性だってなくはない。我々もここまで捜査を進めてきた以上、水谷の逮捕も、できればSITの手を煩わせたくはないですから」

「そうだな。総理大臣に手錠をかけるとなるとおれたちじゃ格が違いすぎても、実行犯くらいはやらせてもらいたいもんだ」

気合いの入った声で大原は言った。

6

そのあと、俊史にも電話を入れた。

ここまでの状況をざっと報告し、併せて大原と話した内容も伝えると、俊史は鋭い反応をみせた。

「親父の考え、当たっているかもしれない。こっちはそこまで考えていなかったけど、それだといろいろ辻褄が合ってくる。どうやらこの事件、おれたちの想像を超えて大きな広がりがありそうだよ」

「例のリストからの収賄側の特定はかなり進んでいると聞いたが」

「まだ表には出せないんだけど、政権の中枢まで浸透しているのは間違いない」

「頂点にいる人の名前は出てきていないと聞いたが」

「ここまで来ると、それが出る出ないは問題じゃない。総理大臣だけ蚊帳の外で、閣僚のほとんどが甘い汁を吸っていたなんてことはあり得ないからね」

「政権全体が関与しているとみているのか」

「閣僚に限った話じゃない。与党の大物議員も大勢含まれている。さらに一部の野党にも広がっている。カジノに関係しそうな省庁の幹部も例外じゃない」

「もし全体像が解明されたら、国政そのものが吹っ飛びかねないな」

慄きを覚えながら葛木は言った。深刻な調子で俊史は続ける。

「だとしたら、梶本、梨田、片山の三人の殺害は、狩屋クラスじゃない、もっと上のほうからの指示だった可能性もなくはない。これで狩屋がいなくなれば、ほぼ完全な口封じになるわけだよ」

「水谷と矢口は、おそらく金で雇われただけだろう。そうだとしたら、二人がそのあたりの真相をどこまで知っているかだな。得体の知れないエージェントを介在させれば、政界関係者との繋がりはそこで断ち切れる。けっきょく狩屋の口から真相を聞き出すしかなさそうだな」

「あとはトーヨー・デベロプメントだね。梶本氏の遺したリストが収賄側の名簿だと立証できれば、そちらにも捜査の手を伸ばせる。重役以上の大物が事実を把握していなかったはずはないからね」

「ああ。しかしリストはしょせんリストに過ぎない。政界全体が口裏を合わせて否定するようなことになったら、それもまた宙に浮いてしまうだろう」

「ここからが正念場という気がするよ。水谷の今回の標的がだれなのかはっきりわかれば打つ手もあるんだけど」

「狩屋だとしたら、二課のほうから警告する手もあるな」

「ただ、せっかく続けてきた隠密捜査にそこで感づかれてしまう惧れもある。そのあたりも今後の状況次第だね」

「だとしたら、水谷の所在が判明したとしても、広域重要事件に指定するのは難しいかもしれないな」

「その点については勝沼さんと話をしたよ。広域指定では目立ちすぎる。ただし警察庁がイニシアチブをとって、捜査協力というかたちに持ってはいける。それなら警視庁のＳＩ

Tを投入することも十分可能だ」

「なるほどな。たしかに銃刀法違反容疑で広域指定はあり得ない」

「その件については、渋井一課長とも話がついている。いざとなったらすぐに動けるように、SITには出動態勢で待機させるそうだ」

俊史は自信を滲ませる。気持ちを奮い立たせて葛木も応じた。

「ああ。まずは水谷を検挙することだ。そこで失敗したら、取り返しのつかないことが起こりかねない」

「いずれにしても、親父がそっちにいてくれて良かったよ。いざというときには即対応できるから」

「やることもなくただやきもきして、神経を消耗するだけだがな」

「深刻に考えても事態が好転するわけじゃない。地元の美味いものでも食って、せいぜい英気を養っておいてよ」

鷹揚な調子で俊史は言う。以前ならこちら以上にぴりぴり張り詰めているはずだが、近ごろはどこか腹が据わってきたようだ。気を取り直して葛木は応じた。

「そうだな。果報は寝て待てというからな。なにかあったら、すぐに電話を入れるよ。お互い連絡は密にしよう」

通話を終えたとたんに、スピーカーホンで一部始終を聞いていた若宮が気負い込んで言う。

「こうなったら、捕り物はこっちでやりたいですね。東京に舞台が移っちゃうと、池田さんが現場を仕切って、手柄を独り占めしかねませんから」

「そうなると、殉職も覚悟しないとな」

軽く脅してやっても、若宮はけろりとしたものだ。

「でもSITが出張ってくるんでしょ。それなら鬼に金棒ですよ。僕らはそこまでの道筋をつければいいんです。でも手錠をかけるのは僕にやらせてくださいよ。自分の手で犯人を検挙するのは警官になって初めての経験ですから」

「ずいぶん虫のいい話だな。おれも警察官は長いことやってるが、自分で被疑者に手錠をかけたのはまだ二、三度しかない。一生そのチャンスに恵まれない警官のほうが多いくらいだ」

「でも刑事になったからには、一回くらいやってみたいですよ。まだ警視総監賞ももらったことがないし」

緊張するどころか、若宮はむしろはしゃいでいる。ノリの軽さが気にはなるが、臆病風に吹かれるよりははるかにいい。

そのときテーブルの上で携帯が鳴り出した。もしやと思い慌てて耳に当てると、想像どおり田島の声が流れてきた。

「まだ二課の連中と一緒ですか」

「いや、さっき別れてホテルに戻ったところだ。なにか耳寄りな話でも？」

「ええ。水谷の件です。きのう名古屋で見かけたという男がいましてね。地元の俠栄会の組員なんですが」

「名古屋のどこで？」

「駅の近くの喫茶店だそうです。問題なのは水谷と一緒にいた男なんです。名古屋に拠点を置く広域指定暴力団の中堅幹部です。じつはその組は、ここ何年も俠栄会と抗争関係にあるんです。福井に縄張りを広げようと画策していて、俠栄会とは何度かドンパチやっています」

「俠栄会は狩屋と懇《ねんご》ろな関係にあるそうだけど。まさかそこからライフルを仕入れたんじゃ？」

「その可能性が高いんです。水谷はそいつから妙なものを受けとったそうでして」

「妙なものというと？」

「ちょうどライフルが一丁入るくらいのゴルフのクラブケースです。不審なのは水谷にはゴルフの趣味がないことです」

「それは間違いないんだね」

「確かです。四課では主立った組員の家庭状況から趣味から、すべて調べ上げていますから」

「それがもしライフルだとしたら、水谷は元の組の敵と繋がりをもったことになる」

「ええ。ずいぶん危ない橋を渡ったもんですよ。それでふと思ったんです。水谷の今度の標的は、みなさんのこれまでの見立てをひっくり返すような相手じゃないかと――」

「ひょっとして狩屋代議士を？」

覚えず携帯を握りしめた。田島は声を落とした。

「同じことをお考えのようですね。狩屋は俠栄会の後ろ盾で、その組にとっては目障りな存在のはずなんです。まさかそこが殺害を依頼したわけじゃないでしょうけど、そういう話なら協力するにやぶさかではないはずです」

第十一章

1

夕刻、市街中心部から離れたこぢんまりした居酒屋で、葛木と若宮は田島と落ち合った。

「辺鄙なところまでお呼び立てして恐縮です。賑やかなところだと、県警の連中とばったり顔を合わせたりすることもありますんで」

恐縮したように田島は言う。馴染みの店らしく、注文をとりに来た店主とは軽口を叩き合っていたが、席はカウンターから離れたテーブルで、客の入りは三分ほどだから他聞を憚る話をするには向いている。

とりあえずビールで乾杯をして、田島が適当に見繕った肴をつまみながら、さっそく本題に入った。

「俠栄会の組員もたまたま水谷を見かけただけで、そのときは気にもかけなかったもんですから、その後の足どりまではわからないそうなんですが」

残念そうに田島は言った。葛木は確認した。

「受けとったのがライフルなのは間違いないんだね」

「たぶん間違いないと思います。連中は素人じゃありませんから、そういうものには目端が利きます。なんとかクラブケースに収まるといっても、ゴルフのクラブとライフルは別物です。外から見たときのかたちが違うし、受けとったときずいぶん重そうにしていたそうですから」

「組員だったころはヒモがシノギで、荒っぽいことにはあまり縁がなかったという話だったが」

「ドンパチやるような事件に関わったことはありません。ただライフルの扱い方は知っているかもしれません」

「というと？」

「高校を出てから半年間、陸上自衛隊に入隊していました。途中除隊ですが、それでも実銃を扱う訓練は受けているはずです。迂闊でした。我々もそこまでは洗っていなかった」

困惑をあらわに田島は言う。穏やかではない情報だ。葛木は問いかけた。

「俠栄会のほうになにか動きは？」

「いまのところ表だった変化はありません。荒神会《こうじんかい》が水谷にライフルを渡したこと自体は、侠栄会からすれば掟破りですが、それをことさら新たな抗争の兆候とは見ていないようです」

田島の説明によれば、荒神会というのが水谷にライフルを提供した人物が所属する組で、俠栄会とはだいぶ以前から敵対関係にあるらしい。名古屋を拠点に全国に傘下組織を広げてきた荒神会が、福井の俠栄会の縄張りに手を伸ばし、七年まえに双方に何人も死者が出るような抗争を演じたという。

「我々も当時は殉職覚悟で取り締まりに当たったもんです。ところがある日、突然手打ちをしてしまった。警察にとってはいちばんいい収束の仕方で、普通は我々が働きかけてそういう方向に話を進めるもんなんです。しかしそのときはどちらも警察に対しては聞く耳を持たず、このままじゃ市民にも犠牲者が出かねないと冷や冷やしていたんですがね。裏で動いたのはだれなんだと必死で情報を集めましたよ」

「だれかが仲を取りもったんだね」

「当時幹事長だった狩屋と、名古屋が地盤で、当時官房副長官だった長岡房雄《ながおかふさお》です」

「与党の大物政治家が暴力団の手打ちの仲介をしたわけか」

「連中と暴力団の関係はそれほどずぶずぶだということですよ」

田島は吐き捨てるように言ってビールを呷る。葛木はさらに訊いた。

「その抗争がまた息を吹き返したということはないんだね」

「仲がいいというほどじゃないですが、いまはお互いに停戦協定は守っているようです」

「となると今回のライフル譲渡は、二つの組の抗争とは関係ないとみていいわけか」

「そう考えて良さそうです。いまどきのやくざは中堅幹部といっても生活が苦しい。そこそこの値段で銃を売って欲しいと頼まれれば嫌とは言わない。俠栄会とは停戦状態だといっても、仁義を通すほどの間柄じゃない。背に腹はかえられないというところでしょう」

「じゃあ、水谷の標的は？」

「俠栄会の関係者じゃないのはたぶん間違いありません。ただ言えるのは、これまでの三件のケースでは、自殺を装ったり事故を装ったりと犯罪事実を隠蔽するような手段が使われている。しかしライフルによる狙撃となるとちょっと事情が違います」

「というと？」

「連中が銃を使うのは、犯行を誇示するためなんです。だからだれがやったかわかるようにやる。実行犯は特定できなくても、どこの組がどういう目的でやったかはだれでもわかるようにするんです。重要なのは威嚇《いかく》効果ですから」

「水谷はいまは組員じゃないわけだが」

「しかし頭の構造はそのころと変わらない。飛び道具は撃てば音が出るうえに、ライフルとなるとでかくて目立つ。敢えてそれを使うとなると、だれを狙っているにせよ自爆覚悟のような気がするんです」

「復讐とかテロとか？」

「そういう類いかもしれません。少なくともこれまでの三件の殺人とはだいぶ性格が違うでしょう」

その件については、田島がホテルに電話を寄越した際に詳しい捜査状況を説明しておいた。

「そっちのほうは委嘱殺人、つまりビジネスで、水谷たちには彼らを殺す動機はなかった。しかし今回は違うと言いたいわけだね」

「いま狙っているのは、水谷自身が殺さなきゃいけないと思っている相手だという気がします。ただ水谷は政治的な動機で犯行に走るようなタイプじゃない」

「だとすると遺恨か」

「そんなところじゃないでしょうか」

「それが狩屋である可能性は？」

「それもありかもしれないという気がします。ところで県警の二課が追っているのが狩屋の収賄疑惑だというのは想像がつきますが、警視庁の二課はいったいなにを追っているんですか」

田島はさりげなく探りを入れてくる。自分の一存でどこまで話していいかわからないが、ここまで来たら田島もチームの一員だ。情報を受けとるだけ受けとって、あとは蚊帳の外とはいかないだろう。少なくとも県警の二課と共有している程度のところまでは教えておいたほうがいい。

トーヨー・デベロプメントと狩屋を中心に、政界に広がるカジノ法案絡みの贈収賄疑惑。それが場合によってはこの国の政治のトップを含む大疑獄事件に発展する可能性があり、死んだ梶本の携帯にあったリストから、その全容が明らかになるのは時間の問題だという話をすると、田島は勢い込んだ。

「だったら狩屋の息の根を止められるのはもうじきじゃないですか。私にできることがあれば、なんでもお手伝いしますよ」

「そっちのほうは我々の管轄じゃないんでね。こちらはあくまで殺人事件のほうなんだ。ただ二課の贈収賄事案と不可分の関係にあるのは間違いないが」

「そういうことならなおけっこう。お話を聞く限り、三件の殺しに狩屋がなんらかのかたちで繋がっているのは間違いないでしょう。収賄だけじゃ政治家としては失脚しても最長で七年の実刑じゃないですか。三年以下なら執行猶予もつきかねない。それより三件の殺人罪でしょっ引ければ三尺高いところへ上げてやれますよ」

三尺高いところに上げるというのは刑事の符丁で死刑を意味する。葛木は頷いた。

「そこは私も同感だよ。贈収賄も許し難い犯罪だが、それを隠蔽するために人を殺すような人間が国政を牛耳っていたとしたら、それを許した警察はなんのためにあるのかという話になるからね」

「狩屋はそういうことをやって不思議じゃない男です。それがあの一族なんです。いまは政治家としての権勢があるから表には出てきませんが、狩屋を恨んでいる人間はいくらでもいます」

「きょうは日中、二課の羽田刑事と一緒でね。いろいろ話を聞かせてもらった。三年前に、自宅に火炎瓶を投げ込まれたことがあったそうだね」

「羽田さんと一緒だったんですか。二課じゃあの人くらいですよ。まともに仕事ができるのは」

田島は嬉しそうに顔をほころばす。葛木は問いかけた。

「彼とは長い付き合いのようだね」

「交番勤務の新米だったころから、いろいろお世話になりました。例の不祥事で警務へ飛ばされて以来、刑事部の人間で相手にしてくれるのはあの人だけですよ」

「君と接触していることはまだ言っていないけどね。水谷の件で動きがあったら、まず相談すべきは彼だという気がするんだよ」

「それがいいんじゃないでしょうか。頭の固い上の連中だと入り口でブロックされちゃいます。あの人なら内側から鍵を開けてくれますよ。ただ本人も口に鍵を掛けとくのが苦手ですから、いろいろ面白い話をしてくれたんじゃないですか」

「ああ。昨日の二課のお偉いさんを交えた会議より、はるかに中身がある話が聞けたよ――」

羽田が語った二人の秘書の殺害に絡んだ裏事情のことを聞かせると、一声唸って田島は言った。

「相変わらずいい読みをしてますよ。梨田という公設第一秘書の殺害については、おおかたそんなところでしょう。片山殺害の背後関係も、たぶんそのあたりだと思います。問題は水谷と矢口がどこでどう狩屋と繋がっているかです。そこがわかれば今回の水谷の標的も見えてくるんですが」

「矢口については、県警の二課もまだ接点が見つからないようだ。案外繋がっているのは水谷のほうかもしれないな。矢口は水谷に誘われただけという気がするが」

「私もそう思います。俠栄会にしても荒神会にしても裏で政治家と繋がっているのは間違いないですから。狩屋と絡んでいるのかもしれないし、長岡房雄かもしれないし」

「荒神会関係者からライフルの譲渡を受けたとしたら、長岡代議士の可能性もなくはないな。現職はたしか党の総務会長だったと思うが」

「ええ。いまは首相の出身派閥の会長で、党内では狩屋と勢力を競い合っているようです。俠栄会と荒神会の手打ちのときも、それぞれが関係のある組に肩入れして、いわば代理人として動いて決着させたとみることもできるわけで、案外、ややこしいバックグラウンドがあるかもしれませんよ」

「ひょっとすると、あの三件の殺人事件を仕掛けたのは？」

おぞましいものを感じながら葛木は問いかけた。田島は頷いた。

「狩屋じゃない可能性もありますね。もしその贈収賄事件が首相自身にまで繋がっているとしたら、その三人の口を封じることは、首相サイドにとっても大きなメリットになるわけですから。長岡は首相の側近中の側近とも言える。そうなると仕掛けたのが荒神会という線もなくはない」

「だとしたらこんどの標的は狩屋――。しかし今回のライフル調達は、これまでの三件とは性格が違うというのがあなたの感触じゃなかったか」

「ええ。そこが矛盾するところではあるんですが」

困惑げに頭をかく田島に、葛木は言った。

「矢口はこんどは関わっていない可能性が高いね」

「そうだと思います。インスリンを使った手口を発案したのはたぶん矢口でしょう。どうせどこかの薬局でくすねたものでしょうが、いまはどこにも勤めていないと思います。すでに使い切って入手できなくなったとも考えられます」

「矢口もすでに殺されているなんてことはないでしょうね」

若宮が興味深げに口を挟む。田島は真面目な顔で頷いた。

「じつはそれも頭の隅にありましてね。殺しに手を貸すくらいだから矢口もろくでもない人間だとは思いますが、本業は薬剤師で、ライフルの扱いとなると門外漢です。事件の背景をどれだけ知っていたかわかりませんが、もう用済みとなればその口を封じるということもあり得ます」

「いずれにしても、すでに人を三人殺した以上、極刑は免れない。なにかの理由でやけになっているとしたら、躊躇《ためら》いもなく次の犯行に着手する可能性は大いにある。なんとか水谷の所在を突きとめないと」

「そこなんですよ、問題は——。駆け落ち騒ぎを起こしたあとは住所不定になってますんで、警察も調べようがない。俠栄会の連中も知らないようです。ここ何年も地元では顔も見ていないそうなんです」

「名古屋で見かけたというのは？」

「まったくの偶然で、声を掛けようかと思ったら荒神会の極道が一緒だったんで、騒ぎを起こしたくないから黙って見ていたとのことでして。あんまりのんびりしてるから、ちょっと脅してやりましてね。水谷はここ最近人を三人殺している可能性がある。次の標的がおたくの組長じゃないという保証はない。用心したほうがいいんじゃないかって」

「そっちの線から探り当てられそうかね」

「その話が上に伝われば、組織をあげて捜し始めると思うんですがね。連中もいまはできれば抗争は避けたいんです。居どころを突き止めて知らせてくれれば、水谷の身柄は警察が押さえる。荒神会が銃を渡した件は不問に付して、なにもなかったことにするのが利口じゃないかって言ってやったら、たしかにそうだと納得してましたから」

「県警の二課に動いてもらったほうが早いんじゃないのか」

葛木が言うと、田島は鼻で笑った。

「無理ですよ。蛇の道は蛇といいますから、こういうことにかけては極道の嗅覚は侮りがたいんです」

2

翌日も朝いちばんで羽田が電話を寄越し、きょうはどういうスケジュールにするか訊いてきた。

付き合うのが羽田一人なら突っ込んだ話ができそうだが、きのうの杉山のようなお目付役が同伴するなら、けっきょく暇潰しで終わりそうだ。

羽田が田島が言うように仕事のできる刑事なら、そんなことにかまけているより捜査で動いてもらったほうがいい。地元の事情は概《おおむ》ね頭に入った、こちらはこちらでやることがあるから、現場に張り付いて欲しいというようなことを角が立たないように気を遣って言うと、羽田も葛木の腹の内を察したように、それなら自分は現場に復帰する。めぼしい情報が入ったら遅滞なく知らせると張り切った調子で応じた。

上司が羽田に葛木たちの接待役を押しつけたのは、遠慮なしに現場を仕切る彼を煙たく思ってのこともありそうだ。そうだとすれば、葛木の申し出は、羽田にとっても渡りに船のはずだ。

矢口に関しては、きのう彼が通った中学と高校で卒業者名簿を見せてもらったが、どちらにも水谷賢治の名前はなかったという。近隣での聞き込みでも、ここ最近、矢口を見かけたという証言は得られず、父親の言うことに嘘はなさそうだった。

高校には矢口が在籍した当時担任だった教員がいたが、目立たない生徒でとくに印象に残っているようなことはなく、卒業後に同窓会を開いても出席したことがないらしい。

きょうから担当班を総動員して卒業者名簿をもとに当時のクラスメートに聞き込みをかけてみるが、その教員の話からすれば、あまり成果は期待できないだろうと羽田は言う。

水谷の件はまだ羽田には言わないほうがいいというのが田島の考えだった。いま言っても上を動かせるだけの材料とはいえず、その出どころが田島となれば、かえって羽田の立場を悪くする。

だから二課の上層部が文句をつけようがない程度の情報を得た段階で動いてもらったほうがスムーズに行く。羽田は耳に入れれば黙っていられない性分だから、かえってことをこじらせかねないと、自分の性分は棚に上げたような物言いだった。

　そのあとすぐに俊史から電話が入った。弾んだ声から察するに、こちらはなにか成果があったようだった。

「例のリストの解析だけど、あれからぞろぞろ大物が出てきてね」

「どういう連中が？」

「主要閣僚が何名も含まれていて、そのなかには内閣官房長官の名前まであった。そのほとんどがカジノ推進議員連盟に入っている」

「狩屋は？」

「もちろんいたよ。額からするとかなり上位にね」

「いちばん偉い人の名前は？」

「まだ特定できていないけど、未解明の人物があと八名ほどで、そのうち金額が多いのが三名いる。そのなかでもとくに額の大きいのが臭いと思ってるんだけど」

「額が大きいというと、どのくらい？」

「五億円余りだね」

「それがいちばん偉い人か」

「可能性は高いけど、その金の流れをどう解明するかだよ。名前が判明した分については政治資金収支報告書をチェックしたけど、もちろんそれに該当する収入は記載されていない。全体の額は三十億円以上に上り、何度も小口に分けて渡している。始まったのはここ五年以内で、時効は成立していないから、受けとった事実を証明できればその全額について起訴できるけど」

「金を渡したルートまでは、そのリストには書いてないんだな」

「日付と金額だけだね。じつはきのう聞いた梨田秘書の話なんだけど」

羽田が言っていた、殺された公設第一秘書の梨田が、五年ほどまえにマネーロンダリングによる脱税で摘発された企業から引き抜かれたという話は俊史にも知らせておいた。俊史は意外なことを語り出した。

「彼が以前いたという会社、気になって過去の新聞記事を当たってみたら、ちょうど五年前にそれと同じ手口による脱税を摘発された会社があった。タックスヘイブンを使った新手の脱税スキームとして話題になったようだ」

「なんていう会社なんだ」

「トーヨー・デベロプメントだよ」

「本当か。だったら梨田はそのときの担当者だったわけか」

「間違いない。前後一、二年にわたって確認したけど、その手の事案はそれ一件だった」

「羽田刑事は噂として耳に入れただけだから、企業名までは聞いていなかったんだろうな。

狩屋とトーヨー・デベロプメントはそんなところでも繋がっていたわけだ」

「各議員への贈賄もそんな手口でやられていたとしたら、立証はえらく難しいね」

俊史は困惑を隠さない。葛木は言った。

「もしそうなら、この大がかりな贈収賄事件を中心になって仕切っていたのが狩屋だというおまえたちの見立ては、いよいよ当たっていそうだな」

「そういうことだね。その件については課長や勝沼さんと相談するよ。それで水谷のほうはどうなったの」

そちらも気がかりなところだろう。きのうの田島との話を聞かせてやると、深刻な調子で俊史は言った。

「これで狩屋が殺されたりしたら、ここまでやってきた捜査がすべて闇の向こうに消えちゃうよ。なんとか水谷を捕まえないと。県警に動いてもらうわけにはいかないの」

「田島巡査部長が県警でえらく評判が悪いのは知っているだろう。そのうえ、いま得ている情報はすべてやくざからの伝聞で、これでは県警もおそらく動かない。確度が高い情報だとおれはみてるんだが」

「なんにしても不気味だね」

「これまでの三件の殺人容疑で警視庁が指名手配することは可能だが、それはまだ避けたいんだろう」

「難しい判断だよ。おれたちの捜査はいま佳境に入ろうとしているところで、そこを表に出してしまうと向こうに警戒されるだろうね。証拠の隠蔽に走るだろうし、官邸が動いて警察のトップに圧力を掛けてくるかもしれない。殺人じゃなく銃刀法違反容疑くらいで逮捕するのが理想なんだけど」

「そういう注文があるから、おれたちも簡単には県警に動いてもらえないんだよ」

「わかるよ。銃刀法違反だと現行犯逮捕しかないからね。居場所がわからなければやりようがない。それで矢口はどうなの。そっちの身柄を押さえれば、水谷の動向もわかると思うけど」

「そっちについては県警もいろいろ動いているが、まだ糸口は見つからないようだ」

「それもなんだか歯痒いね」

「矢口にしたって同じことだよ。指名手配できないのが大きなネックになっている」

「それを言われると返す言葉がないけど、せめて東京にいるのか福井にいるのかだけでもわかればね」

「できたら二課のほうで、狩屋代議士の東京の私邸と議員事務所に人を張りつけて欲しいんだが」

葛木の注文に、俊史は力強く請け合った。

「そこは抜かりなくやっておくよ。いまは国会の会期中だから、代議士がこっちにいるのは間違いない。所轄にも重点パトロールをしてもらって、不審者のチェックは怠らないようにするよ」

「ああ。標的が狩屋かもしれないというのはまだ憶測のレベルに過ぎないが、用心するに越したことはない」

「ただ勝沼さんの経験からすると、向こうにすれば上からの圧力でおれたちの捜査を潰すのは容易いはずなんだよ。わざわざ口封じの殺人を犯す必要があるのかどうか」

「用心に用心を重ねているわけだろう。圧力を掛けて逃げられるのなら、ロッキード事件もリクルート事件も立件されずに終わったはずだから。下手に圧力を掛ければ藪蛇になりかねない。証人が口を利けないようにするのがいちばん安全だと彼らは考えるのかもしれない」

「このあいだも話に出た過去の疑獄事件での関係者の怪死を考えると、それは十分あり得るね」

「いずれにしても恐ろしい世界だよ。そうだとしたら、おれたちが普段つき合っている殺人犯よりも、悪質さの点ではずっと上だという気がするな」

嘆くように言うと、俊史も焦燥を隠さず応じた。

「甘く見ていると大変なことになる。向こうは手段を選ばないからね。はっきり言って、おれたちは後手に回っている。殺された三人からもし証言が得られていれば、あのリストに名を連ねているお歴々を一網打尽にできたのに」

3

そのあと大原にも電話を入れて、昨夜の田島の話といましがたの俊史とのやりとりを報告したが、大原にしてもこれといった対応策は思い浮かばないようだった。

「田島にせよ県警の二課にせよ一生懸命動いてくれているわけだから、結果を期待して待つしかないな。梨田の件は羽田の憶測程度だと思っていたが、俊史君の話からすると、どうも信憑性が高い。といってタックスヘイブンやらマネロンの話はおれたちの手に余る。池田も入れ込んではいるんだが、これといった知恵も出てこない。田島とその羽田という刑事がなかなか使えそうなのが救いだよ」

「難しいのはわかりますが、警視庁サイドがそろそろ決断していいような気がします」

苛立ちを隠さず葛木は言った。普通の殺人事件ならすでに全国指名手配している状況だ。そこを縛られている以上、こちらは指を咥えて見ているしかない。

こうなれば捜査一課長に直訴してでもという気になってくるが、渋井にしてもそこまでの決断は荷が重いだろう。その結果が裏目に出て、国の中枢を巻き込んだ贈収賄事件を迷宮入りにしたとなれば、それはそれで捜査一課の汚名に繋がる。たしなめるように大原は応じる。

「ここでおれたちがじたばたしてもしようがない。高校を出てからずっと東京暮らしなら、矢口に繋がっている人間がこちらにいるかもしれない。そのときはおれたちの出番だ。水谷にしたって東京に出てきている可能性が高い。そのときは殉職覚悟の仕事になるかもしれないぞ」

「そうでした。済みません。気ばかり焦って――。ただ手に入れたライフルの銃口を水谷がだれに向けようとしているのか、それがわからないんで、どうにも気持ちが落ち着かないんです」

「たしかに殺しが専門の刑事にとって、まだ起きていない殺人に対処するのは勝手が違う。誘拐事件なら救出の対象は人質とはっきりしているが、今回はそこが特定できていないからな。狩屋だと決まれば機動隊だって動員できるが、そこもまだ想像のレベルだから本格的な警護態勢はとりにくいだろう。派手に動けばこちらの動きを狩屋に教えることになる」

大原はため息を吐く。そのとき葛木の頭にあることがひらめいた。

「だったら水谷の動きを、こちらから狩屋に教えてやるというのはどうですか」

「それはまた大胆な考えだな」

「そのときの反応をみれば向こうの裏事情がわかるでしょう。慌ててガードを強化するようなら、ターゲットは狩屋だと考えていい。無視するようならターゲットはほかにいる。その場合、指図したのは狩屋の可能性が高いことになる」

「そうだとしたら、過去の三件も狩屋の差し金だということになるな。しかし、どうやってそれを狩屋の耳に入れるかだよ」

「県警の二課ならできるかもしれません、正確には二課のある人物ということになりますが」

「羽田という刑事か」

「田島巡査部長がただ一人尊敬している刑事です。羽田さんのほうも田島を信頼しています。商売柄、狩屋の地元事務所とコンタクトをとるのはそう難しくはないでしょう」

「上の人間がOKを出すかだな」

「いや、むしろ上に内緒でやってもらえるかどうかです」

「穏やかじゃない話になってきたな」

「その点は我々も同様です」

「つまり俊史君や勝沼さんにも黙ってやるつもりか」

「言えば反対されるのはわかっています。しかしこと水谷に関しては、あくまで我々のヤマですから」

退路を断つように葛木は言った。共感するように大原も応じる。

「二課も勝沼さんも、慎重すぎるとみているわけだな」

「指名手配という手が封じられている以上、それに代わる手段を考えるのは我々の仕事です。そもそも現状でこの事案の捜査に当たっているのは我々だけで、捜査一課も正式には着手していない。二課はそもそも畑違いです。水谷の検挙はこちらの裁量でやってかまわないでしょう。やらなければむしろ不作為になります」

「上の役所（警察庁）や母屋の考えを無視してもやるべきだと言うんだな」

「考え方はいろいろありますが、勝沼さんたちはあまりにリスクをとることを恐れているような気がします。しかしいまの状況だと、なにもしないことが最大のリスクになりかねません」

「たしかにな。二課にしたって、狩屋が殺されたら、これまでの捜査がすべておじゃんになる」

ため息を吐いて大原は言う。葛木は付け加えた。

「狙っているのが狩屋だとしたら、水谷は別の筋からの指示で動いている可能性がありま す」

「狩屋に対する個人的な遺恨という見方もあるだろう」

「そうだとしたら三件の殺人は狩屋の指示で、その後なんらかの齟齬が生まれたというストーリーもあり得るでしょう。いずれにしても狩屋がどう反応するかで、そのあたりの構図が浮かび上がってくると思います」

「そのくらいなら、仕掛けても差し支えはなさそうだな。ばれたらおれが責任をとるよ。池田や山井にも仕事をつくってやれそうだしな」

「そうですね。狩屋はいま国会がありますから、我々のほうでも東京の私邸と議員事務所に人を張り付けて動きを監視しないと」

「池田や山井は本庁の二課の連中とは面識がない。ぴったり張り付いていても怪しまれることはないだろう」

「言っちゃなんですが、二課の連中は荒ごとに不慣れです。片山秘書の二の舞いになっちゃ困りますので、場合によっては一働きしてもらうことになるかもしれません」

「ああ、そうだな。だったら拳銃を携行するように言っておくよ。あくまで万一の際のためで、そんなもの使わずに済むに越したことはないが」

「狩屋は悪党かもしれませんが、命を狙われる可能性があることを知っていて、なにもしないでいるわけにはいきませんので」

強い気持ちで葛木は言った。大原の声に緊張が滲む。

「わかった。その件については俊史君にも渋井一課長にも言わないでおく。この事案はなにしろ船頭が多すぎる。それぞれが牽制し合ってなにもできないで終わるんじゃ困る」

「県警の二課にしてもそうですよ。田島巡査部長の力を素直に借りる気があれば、我々ともよりスムーズに連携できるんですが」

「狩屋という共通の敵に挑むにも、協力し合える部分が相当あるだろうにな」

「田島巡査部長とやくざの世界から絶縁となった水谷と、ある意味で境遇が似ているのは皮肉ですよ」

「ああ。業種は違っても、体質は似たようなところがあるからな」

嘆かわしげに大原は言う。こちらはさっそく動き始めるから、池田たちには事情を説明しておいてもらうことにして通話を終えた。傍らでやりとりを聞いていた若宮が期待を滲ませる。

「狩屋の尻にこっちから火を点けてやるわけですね。面白くなりそうじゃないですか」

「そろそろ攻めて出ないとな。これ以上やられっぱなしじゃ給料を返さなきゃいけなくなる」

「でも標的が狩屋だとしたら、僕らもそろそろ東京へ帰ることになりますね」

「そういうことになるな。まあ、ゆうべもその前の晩もなかなか美味いものが食えたから、心残りはないだろう」

「でも勝沼さんや葛木理事官があとで怒るんじゃないですか」

「これまでさんざん注文を聞いてきた。その結果、すべてが後手に回ってしまった。しかし水谷も矢口もおれたちのホシだ。こっちにだって意地がある。所轄刑事としての意地がな」

「大原課長お得意の所轄魂ですね」

「偉い人たちとおれたちとじゃ、どうもものの考え方が違うようだ。なんだかんだ言って、向こうには失うものがある。だからどうしても及び腰になる。本人は自覚していなくても、端から見ていればそれがわかる」

「勝沼さんも葛木理事官もそうだと？」

「おれにはやはりそう見える。やむを得ないことだとは思うがな。向こうは組織を背負っているし、上に行きたい欲もある」

「そういう意味じゃ、係長は気が楽ですね」

「おまえははっきりものを言うな。たしかにもうこれ以上先はないし、肩が凝るほどの責任も背負っていない。しかし世のなかには、そういう人間にしかできない仕事がある」

「僕も係長や池田さんを見ていて、出世だけが人生じゃないって気がするんです」

「反面教師にならなきゃいいがな。せめて巡査部長の試験くらいは受けろよ」

「でも県警の羽田さんなんか、かっこいいじゃないですか。万年平《ひら》でも仕事じゃだれにも負けないんでしょう」

若宮は瞳を輝かせる。水を差すように葛木は言った。

「ああいう人は特別なんだよ。見えないところでの努力は並大抵じゃないはずで、現場の勘じゃおれなんか足下にも及ばない」

「勝沼さんや葛木理事官みたいな人も大事ですけど、羽田さんのような人が頑張ってくれてるから、警察は地に足のついた仕事ができるんでしょうね。田島巡査部長だってそうですよ。捜査の一線から外されても、刑事としてのプライドは失わない」

「警察であれなんであれ、組織というのはそういうものなのかもしれないな。所轄がなかったら母屋はなにもできない。実動部隊の各警察本部がなかったら、上の役所は飾りにもならない」

「僕は池田さんみたいに生涯所轄でいいですよ。係長みたいに、本庁捜査一課からわざわざ希望して所轄に来た人もいるんだし」

若宮はあっけらかんと言う。それを努力しない口実にされるのも困るが、羽田や池田に対するリスペクトが本当だったら、その意気や良しと言うべきか。

4

羽田に話を持ちかけるまえに、いったん田島に考えを伝えることにした。水谷についての情報の出どころはあくまで田島で、それを勝手に羽田に繋いでしまうのは礼を失するという判断だ。

携帯を呼び出すと、田島はすぐに応答した。

「ゆうべはどうも。あれからまだ新しい情報がないんです。昔の繋がりをいろいろ当たってみてるんですが」

「じつは相談したいことがあってね。いまどこに？」

「きょうも休暇をとって、個人的に動いてます。警務なんてただの役所ですから、私なんかいてもいなくてもなんの差し障りもありませんので」

「じつは、こんなことを考えているんだが――」

さきほどのアイデアを説明すると、田島は興味を覚えたようだった。

「面白いんじゃないですか。水谷がこんども狩屋の差し金で動いているとしたら、狩屋は根も葉もないガセネタだと一笑に付すでしょう。あるいはかたちだけ警戒してみせるかもしれませんが、そんなのは見え見えです。逆に本気で警戒するようなら、水谷の背後にいるのは狩屋じゃない可能性が出てくる」

「羽田さんは動いてくれるだろうか」

「もちろんやるでしょう。私と組んでマル暴から仕入れたネタで揺さぶって、内部告発を引き出して談合を摘発したこともありましたよ。そのときも上には内緒でした」

「一度会っただけだが、そういう融通の利く人のような気がしてね」

「そりゃなかなかお目が高い。あの人は狩屋事務所ともしっかりパイプを繋いでいましてね。いやスパイというわけじゃありません。要はマル暴の刑事が得意先のやくざとつかず離れず付き合いながら捜査情報を集めるのと同じ発想です。渡り損ねると私のような目に遭いかねない危ない橋ですが、羽田さんは長年渡り慣れてますから。しかし警視庁の二課が仕切っている大きなネタなんでしょう。葛木さんにとばっちりが来るようなことはないんですか」

田島は心配げに訊いてくる。腹を括って葛木は応じた。

「それは私も覚悟の上だよ。どうも彼らが慎重すぎて、すべて後手に回っている。万一狩屋が殺されるようなことがあったら、これまでの努力のすべてが水の泡だからね」

「葛木さんとしては、三件の殺人事件の黒幕を取り逃がすことになる。殺し担当の刑事としては、それも堪らないわけでしょう」

「ああ。きのうあなたが言ったように、その黒幕がだれであれ、三尺高いところに上げてやるのが私の使命だよ」

深い決意を込めて葛木は言った。そのとおりだというように田島は応じる。

「それがもし狩屋だったら、水谷なんかの手を煩わせるわけにはいきません。きっちり法廷で決着をつけてやるべきです」

「そうできるように最善を尽くすよ」

「だったら私のほうも動きます。俠栄会の幹部は狩屋事務所と懇《ねんご》ろです。水谷が狩屋を狙っているという話を連中の耳にも吹き込んでやりますよ。それも狩屋に伝わるはずです。二つのルートから情報が入れば、信憑性はより高まるでしょう」

「たしかにそれなら効果的だ」

「それ以上に意味があるかもしれません。侠栄会は、狩屋とは持ちつ持たれつの関係です。もし殺されるようなことがあれば連中にとっても痛手ですから、水谷の行方を必死で追うと思います。居どころがわかったら、勝手に始末せずに警察に通報するように言い含めてありますから。なにか新しい情報が入ってくるかもしれません」

「ああ、そっちも期待したいね。これから羽田さんと話してみるよ」

「ええ。ただし私から出たネタだなんてことは、くれぐれも上には黙っているように言ってください。それだけで連中は潰しにかかりますから」

どこか切なげに田島は言った。警察社会で監察の対象になった人間に接触しようという者はまずいない。組織にとっての害虫という剝がすに剝がせないレッテルが貼られ、ほとんどの場合、依願退職することになる。それは人事面からの圧力もさることながら、警察内部で生きる場がなくなるからだ。

それを拒否した田島に対する冷遇は警察という組織に根強く存在する陰湿な側面で、いったんは拒否しても、そんな無言の圧力に屈してけっきょく辞めていく者がほとんどだ。警務の車両管理担当という閑職に追いやられ、それでも辞めない田島の存在は、警察社会にとっては喉に刺さった棘《とげ》のようなものなのだ。

「もちろんそうさせてもらうよ。しかしこの作戦が上手くいったら、それはあなたの手柄だよ。それを我々は忘れない」

思いを込めて葛木は言った。熱い口調で田島は答えた。

「そこまで言っていただければ元気が出てきますよ。私が狩屋を憎むのは昔からの因縁ばかりじゃありません。あいつが本当に悪党で、この国の政治を蝕《むしば》むシロアリだからです。あいつの息の根を止めるためなら、この命を擲《なげう》ってもいいくらいです」


田島との通話を終えて、さっそく羽田に電話を入れた。羽田はすぐに応じたが、内密の話なので、葛木は用心深く切り出した。

「折り入ってお話があるんです。近場に人がいるようなら、場所を変えて連絡いただけるとありがたいんですが」

「わかりました。じゃあ、のちほど」

羽田は事情を察したようで、小声で応じてそのまま通話を切った。五分ほどして携帯が鳴った。羽田からだった。

「済みません。お手間をお掛けしまして」

「いやいや、そこはお互い様といったところで。私も腹を壊したことにして、いまファミレスのトイレからかけています」

　きのうの芝居はばれていたようだ。苦笑いしながら葛木は応じた。

「そこまでお見通しでしたか。いや失礼をいたしました。じつはお願いしたいことがありまして——」

　例の件を伝えると、羽田は驚いた様子で問い返す。

「田島とは接触されていたんですね。しかしそこまでの情報を摑んでいたとは——」

「二課の皆さんが彼を非常に嫌っているようだったので、つい言いそびれておりました。ただ状況が状況なので、なにか手段を講じないと最悪の事態もあり得ますので」

「たしかにライフルを手に入れたとなると穏やかじゃありません。しかし私にじかに連絡をくださったのはいい判断でした。田島からの情報だと聞いただけで、うちの偉いさんたちが反発するのは目に見えていますから」

「田島さんもそこを心配していたようです。それで羽田さんなら一存で動いてもらえるのではないかと勝手に考えまして」

　打てば響くように羽田は応じた。

「もちろんやりますよ。なに、結果が良ければ上はなにも言えません。私の場合はなんでも事後報告でして。上に相談していると、どんな上等なネタでも賞味期限が過ぎてしまいます」

「そうですか。私のほうも本庁には黙って動くつもりです。この事案に関しては、現場の人間の感覚からみればどうも及び腰なところがありまして。標的が大きいから慎重になるのはわかるんですが」

「口幅《くちはば》ったいことを言わせてもらえば、どうも後手後手に回っているところがありますな。ことここに至れば、水谷と矢口を指名手配するしかないと思うんですが」

「仰るとおりなんですが、こちらの捜査の動向に感づかれて、証拠隠滅をされたり政治的なルートから圧力を掛けられるのを嫌っているようでして」

「まあ、標的が並大抵の連中じゃありませんから、慎重になるのもわかりますがね。しかしのんびり構えていられる状況でもないですよ」

「狩屋氏は当面、東京にいるはずですので、我々のほうも人を張りつけます。警視庁の二課も監視態勢はとっているので、身辺で不審な動きがあれば対処は可能だと思いますが、水谷の標的が狩屋氏かもしれないというのは、まだ私の山勘レベルなもので」

「いやいや、それもあり得る話ですよ。なんにせよ、その情報を狩屋陣営に伝えれば、三件の殺しに狩屋が関与しているかどうかのリトマス試験紙になる。面白い発想じゃないですか」

こういう作戦は好みのようで、羽田はなにやら楽しげだ。浮かれる気にはなれず、葛木は言った。

「水谷を逮捕できればいちばん話が早いんですが、東京の雑踏に紛れ込まれたとしたら、そう簡単には捜し出せない。もし標的が狩屋氏じゃないとしたら、いったいだれなのか」

「また重要事実を知る別の人間が殺されたりしたら、取り返しのつかないことになりますからね」

「逆にそれが特定できれば、貴重な証人を確保できるかもしれない」

「いずれにせよ、やってみる価値は大いにあるでしょう。私のほうはいますぐにでも動けますよ」

「そうしていただけると有り難い。田島さんのほうは、俠栄会のルートを通じてその情報を流してみるそうです」

「それも効果があるかもしれない。俠栄会の会長と狩屋は隠れ義兄弟だと我々はみています。そういう話が耳に入れば、すぐにご注進に及びますよ」

羽田は力強く請け合った。

5

翌日の午前中に、俊史から連絡があった。

「なんだか狩屋の周辺がざわついているようなんだけど、そっちにはなにか情報が入ってる?」

「ざわついている?」

「いままでは国会とか議員事務所に出かけるとき、お付きの人間は運転手と秘書くらいだったんだけど、きょうはもう一人、ゴリラみたいな屈強な男が狩屋の車に同乗して、さらにもう一台、似たような感じの二人が乗った車が寄り添うように走っているらしいんだよ。民間のガードマンじゃないかって、うちの捜査員は言ってるんだけど」

さっそく羽田が動いてくれたのか、やけに反応が早い。まだ結論を出すのは早いが、それがこちらからの情報に接してのことなら、想像していたことが外れではなかったことになる。

「さあ、とくに新ネタは入っていないが」

ここはとぼけておくことにした。たしかに注目すべき動きだが、まだ海のものとも山のものともわからない。

「ひょっとして、水谷の標的はやはり狩屋じゃないの。狩屋はそれを知っているから、いまになって警護をさらに強化してるんじゃないのかな」

俊史も当然そこに考えが及んだらしい。こちらから仕掛けた話を言いそうになって慌てて言葉を呑み込んだ。俊史や勝沼を騙すのは心苦しいが、いま言ってしまえば羽田や田島に迷惑をかけることになるし、ここでこちらの足並みが乱れれば、捜査全体に遅滞が生じる。

「そうかもしれないが、まだ確証は摑めない。結論は急がずに、あらゆる可能性を想定しておくべきだろう」

「じつは親父には黙っていたけど、水谷の件、うちのほうから県警に伝えておいたんだよ」

俊史は申し訳なさそうに言う。けっきょくお互い騙し合いだったかと舌打ちした。

「情報の出どころについてはどう説明したんだ」

確認すると、慌てたように俊史は言う。

「もちろん、田島巡査部長の話は伏せておいたよ」

「先方の反応は？」

「えらく気分を害したようで、自分たちはそんな情報は把握していない。だれから聞いたんだってしつこく問い質されたそうだ。ある筋から仕入れた情報で、捜査上の機密に属するからソースは明かせないと断ったけどね。狩屋の周辺には怪しい人間が大勢いて、ガセネタを持ち込んで捜査を攪乱《かくらん》するようなことがよくあると言うんだ。電話を入れた捜査員の話では、暗に田島巡査部長のことを言っているようにも聞こえたらしい」

「それはいささか勇み足だったな。彼の名前が出ることで、スムーズにいく話もブレーキがかかってしまう。そのあたりのことは、おまえだってこちらに来たときに感触を得ていただろうに。県警に対してはもう少しタイミングを見極めて話を持って行こうと思っていたのに」

嫌みな言葉が口に出た。申し訳なさそうに俊史は応じる。

「つい心配になったもんだからね。親父の言うとおり、地元のことは地元に任せて欲しい、警視庁の指図は受けないと、せっかくここまで抑え込んできた縄張り意識が首をもたげちゃった感じだよ」

そこは予想していたとおりだった。下手をすれば田島や羽田にも累《るい》が及びかねない。そもそも福井県警と警視庁がここまで連携して動いてきたことが異例で、警察本部同士の縄張り意識はそれほど強い。

一般人にすればそれぞれが一つの会社の地域担当部署という感覚かもしれないが、その実態はほとんど同業他社というべきで、それゆえライバル意識は想像以上のものがある。

「しばらくそっとしておくしかないな。警察庁が動いてくれれば共同捜査というかたちにも持っていけるが、勝沼さんはそれを嫌うだろうから」

「そこまで踏み込むと、これまで隠密捜査をしてきた意味がないからね。水谷の件についても、まだ伝聞情報以上のものじゃないわけだから」

沈んだ調子で俊史は言う。じつはこちらもお相子だと言ってやりたいところだが、またぞろその話が漏れても困る。

「県警の対応についてはそう心配しなくてもいいだろう。狩屋は東京にいるわけで、ことが起きるとしても警視庁の縄張りだ。こっちが態勢を固めていれば、十分対処は可能なはずだ」

「そうだね。新しい情報が入ったらすぐに知らせてよ。悲しいかな、いまは田島巡査部長だけが頼りだから」

6

それからほどなく、羽田から連絡が入った。

「例の件、きのうのうちに地元事務所の所長に伝えておきました。田島とも連絡をとりましたが、彼のほうも俠栄会の幹部に耳打ちしたそうですよ。どういう反応があるか、楽しみです」

「そうですか。じつはいましがた警視庁の二課から連絡を受けたんですが――」

俊史から聞いた話を伝えると、羽田は鋭く反応した。

「そのゴリラみたいな男はたぶん三田邦男《みたくにお》ですよ。地元事務所の副所長という肩書きですが、以前は俠栄会所属のやくざで、自宅に火炎瓶を投げ込まれたときに雇われた、要するに用心棒です。そのとき足抜けして堅気《かたぎ》になったことになってますが、形式的なものに過ぎないと我々は見ています」

「普段はこちらにいるんですね」

「狩屋の敵は地元に多いんです。親族もこちらで暮らしていますから、番犬のように睨みを利かせるために置いているんです」

「それが急遽呼び寄せられた――。やはり狩屋側に思い当たることがあるようですね」

「そうだと思います。想像していたことが当たっていそうですね」

「ところで、こんなことがあったようでして――」

警視庁から県警二課に水谷の件を伝えた話をすると、羽田は大きく嘆息した。

「私のほうにはそういう話は下りてきていません。ほかの現場の捜査員もとくに聞いていないようなので、上で止まったままなんだと思います」

「田島さんからの情報だとわかってるんでしょうか」

「私はなにも言っていません。警視庁も情報源を秘匿したのならそこまではわからないと思います。要するに自分たちの捜査に難癖をつけられたと勘違いして臍《へそ》を曲げているんでしょう」

「だったら県警としては、水谷の足どりを追うのは難しそうですね」

「そもそもその気もなさそうです。私から具申してもいいんですが、それだとますます意固地になりかねませんので」

投げやりな調子で羽田は言う。触らぬ神に祟りなしというところらしい。矢口に関する捜査はいっこうに進んでいないらしく、それも二課上層部の苛立ちを増幅しているようで、その点については羽田も忸怩たる思いを滲ませる。

「残念ながら、クラスメートでも付き合いのある者はほとんどいないようでしてね。わかるのは行方をくらますまでの住所だけで、いまどこにいるかは手がかりすらないのが現状です。まあ、人を殺して逃走中の人間が、郷里の人間と不用意に連絡をとるとは考えにくいですから」

慰めるように葛木は言った。

「いずれにせよ、当面危険なのは水谷です。狩屋を狙っているとしたら、舞台は当然、東京になるでしょう。県警の手を煩わせることはそうはないと思いますので」

「そう言っていただけると助かります。なんだか今回のことでは、あまりお役に立てなかったようで」

「そんなことはないですよ。とりあえず狩屋サイドの反応は引き出せたわけですから、それは羽田さんのお手柄です。ただしまだ気は許せません。水谷の標的はほかにいるのかもしれないし、それが地元の関係者ということもあり得ますから」

「お手伝いできることがあればなんなりと言ってください。狩屋に手錠を掛けることは、私にとっても悲願ですから。場合によっては、首を懸けてでも上の連中の尻を叩きます」

力強い調子で羽田は言った。

そこまでの状況をさっそく大原に報告した。池田と山井は、けさから狩屋の身辺に張り付いているという。

「たしかにゴリラみたいな男が一緒にいるらしい。二課の連中もぴったり張り付いているが、池田たちが近くにいても気づかないようで、張り込み能力という点ではやや疑問符がつくな」

皮肉な調子で大原は言う。葛木は問いかけた。

「代議士はいまどこにいるんですか」

「なにか内輪の会合でもあるようで、昼少し前に港区内のホテルに入ったそうだ」

「ホテルのなかならライフルで狙撃されることもないでしょう。どんな様子なんですか」

「ゴリラと、別の車で移動している二人の男が張りついている。そっちも身のこなしが素人とは違うようだから、民間の警備会社から派遣されたプロのガードマンじゃないのか」

「それなら多少は安心できます。不審な人物は見かけないんですね」

「池田も山井も水谷の顔は頭に叩き込んでいるから、近くにいれば見逃すことはないだろう。そこで検挙できれば、行き詰まっている捜査が一気に前進するんだが」

「ぜひそうなって欲しいですね」

期待を込めて葛木は言った。意気軒昂な調子で大原は応じた。

「ああ。これが一打逆転のチャンスのような気がするよ」

7

午後三時を過ぎたころ、田島から電話が入った。伝えてきたのは予想を裏切る情報だった。


「水谷は、どうもまだ福井にいるようです」

「東京じゃないのか。だとしたら——」

「狙いは狩屋じゃないのかもしれません」

「だったら地元のだれかということになる。該当しそうな人物は?」

「そのあたりは羽田さんが詳しいはずですが、例えば後援会長とか、地元の事務所を仕切る番頭役の経理主任とか、狩屋興産社長の狩屋公一郎とか——」

「どうやってその情報を?」

「俠栄会の企業舎弟のヤミ金業者のところに、きのう電話があったそうです。百万円用立てて欲しいということで——。掛けてきた番号が市内からのものだったらしいんです」

「居場所はわかったのかね」

「ナンバーディスプレイに番号が残っていたので、こちらからかけてみたら、市内の喫茶店のピンク電話だったそうです」

「たまたま客としてそこにいたとしたら、潜伏場所の特定は無理だね」

「そのようです。一週間できっちり返済するからというので、名前を訊いたら水谷だった。絶縁されているのは知ってますから、たとえ商売でも付き合うわけにはいかないと断ったそうなんです。組の連中が行方を捜していることを知っていれば、貸してやるふりをして捕まえることもできたんですが、あいにくその話が伝わっていなかったようでしてね」

「しかし、きのうの時点で市内にいたということは、まだ東京へは移動していない可能性があるね」

「ええ。ヤミ金に借金の申し入れをするということは、よほど金に困っているんでしょう。東京へ移動することもできないのかもしれません」

「それなら狩屋の件は、こちらの取り越し苦労だったかもしれないな」

安堵と落胆の混じり合った気分で葛木は言った。慎重な口ぶりで田島は応じた。

「だからといって安心はできません。標的がだれであれ、贈収賄事件の鍵を握る人物なのは間違いないでしょうから。こうなったら羽田さんに動いてもらって、県警の尻を叩いて警戒態勢をとらせるしかないでしょう」

「ああ。警視庁からもごり押ししてもらうしかないな。万一のことがあれば、県警だって大失策を演じることになるわけだから。貴重な情報を有り難う。これから本庁に連絡を入れて、対応策を練ることにするよ」

　そう言って通話を終えて、俊史に電話を入れようとしたとき、手にしていた携帯が鳴り出した。隣室にいる若宮からだった。耳に当てると、慌てふためいた声が飛び込んできた。

「葛木さん。急いでテレビを点けてください。大変なことが起きてます」

　急いでリモコンのボタンを押すと、臨時ニュースが流れていた。

「きょう午後三時三十分ごろ、衆議院議員で、元与党幹事長の狩屋健次郎氏が何者かに狙撃されました。場所は福井県福井市のJR福井駅前の路上で、出迎えの車に乗り込もうとしたときに頭部を撃たれた模様です。すぐに病院に搬送されましたが、現在意識不明の重体とのことです。近くのビルから狙ったものとみられ、現在警察が現場周辺を捜索していますが、まだ犯人は見つかっていません。繰り返します。きょう午後三時三十分ごろ
――」

　葛木は茫然としてテレビを見つめた。起きたのはまさに最悪の事態だった。しかし東京にいたはずの狩屋がどうして福井に――。

第十二章

1

水谷の標的はやはり狩屋だった——。

葛木たちの推測は的中したようだ。しかし東京にいるはずだと思い込んでいた点は取り返しのつかない失策だった。

県警は狙撃ポイントとみられるビルを中心にJR福井駅周辺を徹底捜索しているが、事件から二時間経ったいまも容疑者は検挙されていない。狩屋は意識不明の重体で、病院関係者からの情報によれば、回復の可能性はごく低いらしい。

二課の捜査員も池田たちも、狩屋が昼前に入ったホテルのエントランス付近に目を光らせていた。狩屋を乗せてきた車は、狩屋と秘書と用心棒の三田を降ろすと、警護の車とおぼしいもう一台とともにそのままどこかへ走り去ったという。

二課の捜査員も池田たちも、用事が済んだら迎えに来るつもりだろうと考えていたが、どうやらそこで裏をかかれたらしい。事件が起きてすぐホテル側に確認したところ、事前に地下駐車場に停めてあったワゴン車に、狩屋一行が乗り込むところが防犯用のビデオカメラに映っていた。

ナンバーから調べたところ、そのワゴン車は、要人警護を専門とする警備会社のもので、窓に防弾ガラスを使った特別仕様車らしい。問い合わせてみると、きのう突然警護を依頼され、けさから警護員が身辺に張り付いていたとのことで、狩屋たちはその車で東京駅に向かい、東海道新幹線に乗車したとのことだった。

国会の会期中は東京にいるものと勝手に決めつけていたこちらも迂闊だった。狩屋は会期中にお忍びで地元に戻ることはよくあり、今回も長男が出馬する秋の参院選に向けた地元の引き締めが目的だろうというのが羽田の見立てだった。

そうなると事態はますます複雑になってくる。水谷が狩屋の隠密スケジュールを事前に把握していたとしたら、それはどういうルートからなのか。

警視庁からの情報を握り潰した手前、県警はまだ犯人が水谷だとは表向き特定していない。しかし羽田の話では、聞き込みに回っている捜査員たちは急遽コピーした水谷の写真を携行しているようで、それなら有力な目撃情報が得られる可能性は高い。

市内要所に設けられた検問所にも写真はすでに回っており、福井駅の構内にも捜査員が張り付いているので、市外に逃走した可能性は低いとみているようだ。

　県警は早急に特別捜査本部を立ち上げるというが、殺人事件である以上、主導権を握るのはあくまで捜査一課で、二課がそちらに合流することになるかどうかはまだ決まっていないという。けっきょくこちらも縄張り意識が捜査の壁になりそうで、葛木としては臍を嚙む思いだ。

　狩屋がこのまま回復しないとすれば、唯一の手がかりは水谷ということになってしまう。その水谷がいったいどこまで事件の本質的なところをわかっていたのか。そのあたりもはなはだ心許ない。

　水谷の口から狩屋であれ別の誰かであれ、梶本、梨田、片山の三人の殺害を指示した人物の名前が出さえすれば事件の核心にメスを入れられると期待していた。しかし狩屋がもし死ねば、贈収賄の立証に繫がる太い一本の糸が絶たれるのは否めない。

　水谷の証言だけで果たしてどこまで真相に迫れるか。三人の殺害と狩屋の狙撃に関して立件はできても、贈収賄とは別件で落着することになれば、殺人の捜査を秘匿して進めてきた意味はなかったことになる。

　むしろ殺人を最優先にして水谷を早めに逮捕できていれば、狩屋が狙撃されることはなかった。それによって狩屋を含む贈収賄に関与した連中が隠蔽工作に走ったとしても、殺人教唆を梃子にして事件の中枢に迫ることは十分可能なはずだった。

隠蔽や圧力を惧れてすべてが後手に回った結果、むしろ鉄壁の隠蔽工作を許してしまったことにもなりかねない。しかしそれを悔やんでももう遅い。

羽田は事件の直後に初動捜査の状況を伝えてきたが、そのあとはまだ新しい情報を入れてこない。俊史もホテルで狩屋に一杯食わされた話は伝えてきたが、それ以上の情報はまだ得ていないようで、その点では葛木とさして変わらない。

大原に至ってはなおさらで、池田たちも鳶に油揚げをさらわれたように意気消沈しているようだった。

悔しがっているのは田島も同様だ。このまま狩屋の悪事がばれずに凶行の被害者として同情が集まるようなら、自分は死んでも死にきれないと慨嘆した。

問題はここで勝沼がどう決断するかだ。これ以上後手に回れば自滅するのはこちらのほうだ。勝沼が警察庁刑事局長の権限で事件を広域指定してくれれば、警視庁捜査一課が正式に捜査に乗り出せる。

いま心配なのは、福井県警には警視庁のＳＩＴのような突入作戦を実行する部隊がないことで、水谷がライフルを所持していることを考えれば、ＳＩＴ投入の必然性は極めて高い。

福井県警がそうした事案への対処能力が皆無だとは言わないが、ここで重要なのは水谷を生かして拘束することだ。そういう仕事に慣れない捜査員が突入するような事態になれば、殉職者が出る可能性はもちろんのこと、正当防衛のために水谷を射殺してしまうようなケースも起こり得る。

狩屋が運良く回復したとしても、水谷が死ぬようなことがあれば、そこで捜査は頓挫する。その点を考えれば、専門的な訓練を積み、場数も踏んでいるＳＩＴが対応するほうが成功率は高いはずだ。

いまも行方がわからない矢口に関しては、もし見つかったとしても事件の真相に関わる事実を果たしてどこまで知っているか。今回の狙撃事件には関与していないとしたら、そこはやはり期待できない。

「福井で油を売ってきただけかと池田さんにどやされるかと思っていたんですが、どうやらそれどころではなくなりそうですね」

若宮は張り切っているが、まだそのあたりの成り行きは見通しがつかない。祈るような気分で葛木は言った。

「福井の帳場がおれたちを招待してくれなきゃ、相変わらずホテルで油を売ることになりかねない。そこは勝沼さんが大胆に決断してくれることを期待するしかないんだが」

「こうなったら一気に行くしかないでしょう。狙撃されたのが与党の大物政治家なんですから、それに対して政治筋から圧力をかけてきたら話がおかしくなりますよ。逆にその連中が狙撃を教唆したと白状するようなもんでしょう」

「たしかにな。背後にその筋の人間がいるとしたら、狩屋というキーパーソンの口を封じることに関しては成功したも同然だ。ただし水谷の個人的な遺恨という線も完全には排除できないが」

「そうだとしたら、狩屋が隠密で福井にやってくることをなぜ水谷が知っていたか、説明がつかないいんじゃないですか」

若宮もそこを突いてくる。葛木は頷いた。

「誰かが水谷に教えたとみるんだな」

「そう思います。知っているとしたら、後援会関係者とか狩屋事務所の関係者というのがまず頭に浮かびますけど、同じ与党内にそれを知っている人間がいても不思議はないんじゃないでしょうか」

「それは十分あり得るな。長男の参院選出馬を画策していたわけだから、党執行部にもなんらかの働きかけはしているだろう。そんな話の折りにぽろりと言ってしまった可能性はある」

「その時点ではとくに身の危険は感じていなかったでしょうからね。いずれにせよ、水谷の話が耳に入っても、それで予定を変えられないような事情があったんでしょう」

「こちらにしても、水谷は東京で狩屋を狙うという思い込みが強かった。羽田さんが流した情報もそういうニュアンスで伝わったと思うから、裏をかいて福井に出かけていれば狙われないと考えたのかもしれない」

「そうだとしたら、犯人が一枚上手だったことになりますね」

嘆息する若宮に、葛木は言った。

「一つわからないのは、これだけ大きな仕事を請け負っておいて、ヤミ金から借金をしなければいけないほど水谷が金に困っていたことだよ」

「そうですね。梶本、梨田、片山に関してはすでに仕事が済んでいるんだし、狩屋の件にしても、頼まれての犯行なら一部を前払いしてもらうくらいはできたと思います」

若宮もそこは首を傾げる。

「なんにせよ、まずは水谷の身柄を押さえることだ。被害者が地元出身の代議士なんだから、県警だって本気を出さないわけにはいかないだろう」

「まさか、自殺したりはしないでしょうね」

若宮は微妙なことを口にする。それはたしかにあり得なくもない。とくに遺恨による犯行だとしたら、最後は自ら命を絶つという選択肢もあるだろう。穏やかではない気分で葛木は言った。

「すでに三人を殺害し、狩屋にしても生死に関わる重傷だ。訴追されれば極刑は免れない。なにかの理由でやけくそになっての犯行だとしたら、そこは十分用心しないとな」

2

翌日、朝いちばんで俊史から電話が入った。勝沼がいよいよ腹を固めて、梶本、梨田、片山の三件の殺人と、今回の狩屋の殺人未遂を一体の事件として扱い、警視庁と福井県警による合同捜査本部を設置するという。

本部は福井県警本部に置き、警視庁からは捜査一課の強行犯捜査係とＳＩＴの合同部隊が参加するとのことだった。

もちろん贈収賄の件との関連は明白なので、福井の二課の人員も一部はそちらに参加する。ただし警視庁の二課はこれまでどおり表には出ず、殺人捜査との合流は今後の進展状況をみて判断するというものだ。その報告を受けて葛木は言った。

「ようやく捜査らしい捜査になってきたな。殺人および殺人未遂の捜査に関しては、すでに狩屋まで標的になった以上、隠しておくことがむしろ不自然だ。その点については、こちらにとって好都合な展開になったと言っていいだろう」

慚愧を滲ませて俊史は応じる。

「親父にすればなにをいまさらと言いたいところだろうけどね。こうなったらもう失敗はできないよ。渋井一課長もそちらへ乗り込むと言っている。なんとしてでも水谷を検挙しないとね」

「渋井さんが乗り出してくれるんなら最高の布陣だ。おれたちもそこと合流すればいいんだな」

「ああ。そっちの二課とせっかく繋がりができたのに、もったいないような気もするけどね。福井の捜査一課も気合いが入っているようだから、いい結果が出ると思うよ」

「そう願いたいところだが、こちらの一課は片山秘書の事件で動きが悪かった。けっきょくいまも事故という結論を変えていないんだ。渋井さんになんとか尻を叩いてもらわないとな」

「おれたちもそこは引っかかっていたんだよ。狩屋サイドからなにか働きかけがあったのかもしれないけど、こんどは狙われたのが狩屋本人だからね。少なくともそっちからの政治的圧力はないと思うよ」

「狩屋が圧力をかけたというのも、おれたちの憶測に過ぎないからな。梶本、梨田の二名の死については、隠密作戦のことがあったから、こちらの一課には情報が入っていなかった。そうだとしたら片山の件を事故とみたのもやむを得ない。おれたちだって当初は手口を見破れなかったんだから」

　勝沼や二課が大胆に方向を転換していれば、福井の一課とも早い段階でいい連携ができていたかもしれない。俊史をいじめたいわけではないのだが、どうしても愚痴が口を突いて出る。

「そう信じたいところだね。なんにしても渋井さんが出張るんだし、親父たちも帳場に入るわけだから、そのあたりはしっかり押さえが利くと思うよ」

楽観的な調子で俊史は言う。敢えて前向きな気分で葛木も応じた。

「それを期待したいな。おまえたちもそろそろ追い込みにかかるんだろう」

「ああ。そっちのほうは頭が痛いよ。例のデータでいつ誰にいくら金が渡ったかまでは把握できても、最終的にはそれを取り仕切った人物の証言がないと、否認されたら突っ込みようがない」

「案外、別の筋から大きな獲物が出てくるかもしれないぞ」

「水谷に殺人を教唆したのが、狩屋以外の人間だとみているんだね」

「狩屋がすべての中心にいると考えると、辻褄が合わないことが多すぎるからな」

「たしかに梶本、梨田、片山の殺害も、狩屋以外の誰かの差し金と考えるほうが自然ではあるね」

「このヤマ、想定していた以上に危ない方向に転がりそうな気がするな」

不穏な思いで葛木は言った。俊史の声にもかすかな慄きが混じる。

「この国のいちばん偉い人たちが、我が身を護るために殺人に手を染めていたなんて話はできれば信じたくないけど、過去の疑獄事件にまつわる怪死事件を考えると、決して不思議でもないからね」

ここから先、妥協のない捜査を続けていったとき、どこかで時の政権と真っ向勝負することになるかもしれない。

そこはこれまで警察が常に踏み込むことを避けてきた危険領域だ。一介の所轄刑事がそんなところにしゃしゃり出て、いったいなにができるかという思いの一方で、だからこそやれるという自負もある。

むしろ心配なのは勝沼や俊史や渋井の立場だった。これから先、どう考えても警部補止まりで、失うものがほとんどない葛木とは違って、彼らにはきょうまで築き上げてきた地位がある。

それを棒に振ってまでやり遂げる覚悟があるのかと、不安はやはり拭えない。だからといってそれを強いるべき立場に自分がいるとも思えない。

「その場合でも、とことん突っ込んでいくつもりなのか」

葛木は問いかけた。臆する様子もなく俊史は応じる。

「それはもちろんだよ。これ以上闘い甲斐のある相手はそうはいない。簡単に勝てる相手じゃないと思うけど、こんな大勝負ができるだけで、警察官になってよかったとつくづく思うよ」

「勝沼さんも渋井さんも、そこまで腹を括ってるんだな」

「ああ。地検の特捜を出し抜けるチャンスがやっと巡ってきたと、うちの課長も大いにやる気だよ」

「それならいい。警察にとって政治が不可侵の世界であっていいはずがない。税金で養われている点じゃ政治家もおれたちも同類だ。その政治家が汚職で私腹を肥やし、あまつさえ人まで殺すのを許したら、おれたちも不作為という罪を犯すことになる」

「おれたちの都合ばかり押しつけて、親父たちには迷惑ばかりかけたね。それでも執念で捜査を続けてくれたから、おれもいまこうやって大きな口が叩ける」

「やるべき仕事をやっただけだよ。しかしこれほどの事件になるとは、おれも想像すらしていなかった」

「もうこれ以上、先手を打たれるわけにはいかないよ。親父たちのお陰で犯人を水谷と特定できたからよかったものの、もしそうじゃなかったら、最後は迷宮入りになっていたかもしれない」

苦い調子で俊史は言う。葛木は問いかけた。

「おれたちはどうしたらいい。まだ県警からはご招待が来ていないが」

「渋井さんと捜査一課の担当班はけさ早く福井に向かったから、もうじき到着する。SITは物騒な装備も携行しなきゃいけないから、車でそっちに向かうよ。それも午前中には着くはずだ。正式に帳場が立ち上がるのは渋井さんたちが着いてからだから、そのあたりでお呼びがかかると思うよ」

「おまえたちは例のリストからの収賄側の特定に全力を傾けるんだな」

「こっちものんびりはしていられないからね。水谷の口から重要な話が聞けたときには、総がかりで攻め落とせるだけの準備はしておかないと」

「ああ。よろしく頼む。こちらは水谷の逮捕に総力を挙げる。なに、帳場さえ立てば、あとは人海戦術だ。ここは東京ほど人の多い土地じゃないから、そう時間はかからないはずだよ」

「高飛びしている可能性もあるけどね」

「それも考えて、捜査員が駅の要所に張り付いている。市外に向かう主要道路には検問を敷いているそうだ。それに高飛びするにも、水谷はおそらく金がない」

「ヤミ金から借金しようとしたくらいだからね。検問はすり抜けたとしても、そう遠くまで行けないとは思うよ」

俊史は希望を掻き立てるように言う。不退転の決意で葛木は応じた。

「警視庁にしても福井県警にしても、ここは総力を挙げた大勝負だな。災い転じて福となすという言葉もある。狩屋の狙撃を許したのは失点だったが、それが何者かの教唆によるものだとしたら、敵も太い尻尾を覗かせたことになる」

3

渋井たちの動きは迅速で、午前十時過ぎに帳場の設置された福井県警本部に到着したらしい。合同捜査本部としての最初の捜査会議を開くので、葛木たちも出席するようにと渋井自ら電話を寄越した。

「やっと出番が回ってきたよ。もっと早けりゃよかったんだが、いまそれを言っても始まらない。やらなきゃいけないのは鉄壁の捜査態勢の構築で、それにはあんたの知恵が必要なんだ」

「それほどの知恵が出るとは思えませんが、こちらに先乗りしていたぶん、いくつか貴重なパイプは持っています」

「大原課長からそのあたりは報告を受けている。田島という元マル暴刑事が、今回の功労者らしいな」

「しかし狩屋氏の狙撃は防げなかった。本人はそれを悔しがっています」

「経歴の面でいろいろ問題があったんだろうが、ここで大事なのは適材適所ということだ。おれのほうから話をつけて帳場に加えてもらおうと思ってる。場合によっては田島だけじゃなく四課の捜査員も動員すべきだろう。警視庁にしても似たようなところがあるが、マル暴が絡んだ事案の場合、一課も二課もそうは鼻が利かない。やはりその筋の情報収集能力では地元のマル暴刑事には歯が立たないんだよ」

できれば暴力団そのものを捜査陣に加えたいような勢いだが、いくらなんでもそれは御法度だ。しかしその世界からの情報が今回の捜査の決め手になると、どうやら渋井は理解しているらしい。

田島が帳場の一員として加わることには葛木も大賛成だ。大規模な帳場の場合、人手を集めるのに苦労する。捜査部門だけでは賄いきれず、地域課や交通課の職員まで動員されるのは珍しくない。

いまは警務部に在籍するとはいえ、かつては四課で鳴らした田島を帳場に迎えること自体は、そういう感覚からすれば不自然ではない。しかし県警のほうが快く受け入れるとは思えない。

「抵抗はあると思いますが、私からも県警の人たちに話をしてみます。彼の協力がなかったら、いまも水谷は被疑者として浮上していなかったわけですから」

「言っちゃなんだが、そのあたりに問題がありそうだな。水谷の件は警視庁の二課からそれとなく伝えたが、どうも県警の二課が握り潰したらしいな」

「そうなんです。ここまできたら、そういうつまらないこだわりは捨ててもらわないと困ります」

「おれもそう思う。なんにせよのんびりしてはいられない。すぐにこちらに来てくれないか」

渋井は焦燥を隠さない。葛木はすかさず応じた。

「そうします。大きな力で押し潰される前に、やれるだけのことはやってしまわないと。ここが刑事警察の正念場ですから」

4

若宮とともに駆けつけた県警本部の講堂には「狩屋代議士狙撃事件合同捜査本部」と大書した紙が張り出され、二百名分ほどのテーブルと椅子が用意されていたが、そのほとんどは空席だった。

事件の性質上、捜査員はほとんど出払っていて、形式的な初回の会議のために時間をとらせるのは非効率だという判断のようだった。本来ならお偉方が居並ぶ雛壇《ひなだん》の付近は、空いているテーブルを寄せ集め、周囲をパーティションで囲って、臨時の会議室にしつらえてある。

居合わせているのはそれぞれ副本部長を務める渋井と県警の川島《かわしま》捜査一課長。警視庁側は強行犯捜査係の塚原《つかはら》管理官とこれから本隊が到着する予定のＳＩＴの山本管理官、さらに岸上《きしがみ》係長を含む強行犯捜査係の一班十三名に、県警側がやはり強行犯捜査係の管理官と係長以下五名。そちらは人員の半数以上が現場でいま陣頭指揮に当たっているという。

本部長を務める県警の刑事部長はさきほど挨拶を終えて帰ったところらしい。どこの帳場でも本部長は象徴的な存在に過ぎず、現場を仕切るのは担当管理官だが、今回に関しては、渋井はできる限りこちらに陣どる腹づもりのようだ。

簡単に自己紹介を済ませると、葛木はさっそく切り出した。

「渋井一課長からも要請があったと思いますが、田島巡査部長をこの本部に参加させるわけにはいきませんか」

杉浦《すぎうら》という県警一課の管理官が、いかにも不快げに口を開く。

「我々は規律を重視するんでね。田島が狩屋一族に強い遺恨をもっていることはあなたもご存知のはずだ。捜査対象に情実がある場合、その捜査員は外すというのは警視庁でも当然の措置だと思うんだが」

傍らで渋井が苦い顔をする。どうやら県警側にその気はまるでないらしい。警視庁なら、捜査一課長の威光でそういう屁理屈はねじ伏せるところだろうが、ここは福井県警との合同捜査本部で、渋井もそこまでは豪腕を振るえないようだ。

「しかしきょうまでの捜査では彼が最大の功労者です。彼がもたらした情報にもう少し早く耳を傾けていれば、ここまでの事態には至らなかったでしょう」

敢えて踏み込んで葛木は言った。警視庁捜査一課の面々が不安げに顔を見合わせるが、ここで引き下がるのでは、わざわざ雁首を揃えて出張ってきた意味がないだろう。なんらかの圧力が働いたのかどうかは知らないが、そもそも片山の死を事故扱いしたのがこちらの捜査一課で、その腹の内を探っておこうという意図もある。

「その情報を握り潰したのは二課なんだよ。最初からこっちの耳に入っていれば、我々はそれなりの対応はしたんだが」

杉浦はとってつけたような言い訳をする。ここはいったん頭を冷やし、穏やかな口調で葛木は続けた。

「片山秘書が死亡した件にしてもそうです。その時点ではまだ水谷の名前は出ていませんでしたが、梶本、梨田両名を殺害したのと同一人物の仕業と見て、こちらの二課にも通報していました。その情報は一課にも伝えたと二課のほうからは聞いていますが」

「我々が手抜き捜査をしたと言いたいのかね。あの件に関しては、鋭意捜査を行ったが、殺害を示唆するような物証はなにも出なかった。だから事故死としたまでだよ。なにか勘ぐっておいでのようだが」

嫌みな調子で杉浦は言う。これ以上刺激しても捜査の障害になるだけなので、ここはいったん矛を収めるしかなさそうだ。

「田島巡査部長の件は、やはり無理だということですね」

「ご期待に沿えなくて申し訳ないが、今回は警視庁の皆さんのお手を煩わせるまでもなく、水も漏らさぬ態勢で臨んでいるからね。取りこぼすようなことは決してあり得ない」

杉浦は自信を滲ませる。渋井がここまでの働きを事前に話しておいてくれたのか、たかが警部補の葛木に対する口の利き方は慇懃だが、頭の固さは相当なもので、いまは梃子でも動きそうにない。

先方の一課長を始めとするお歴々も、そのとおりだというように頷いている。そんな態度に葛木は言いしれぬ不安を覚えた。

狩屋が回復が難しいとみられる重傷を負ったいま、県警に影響力を持つ地元政治家はいないはずだが、どうも背後になにかあるような気がしてならない。

県警の二課にしても、葛木が接した限りでは、狩屋を追及することに俊史から聞いていたほどの熱意を感じなかった。例外は万年平刑事の羽田だけだ。

地方の警察本部の捜査二課に仕事があるとすれば選挙違反の摘発くらいで、それも下っ端の運動員を検挙して先生のほうはお咎めなし。いわば選挙があった年の恒例行事のようなものだ。

その意味で狩屋の汚職疑惑は暇をもて余していると見られないためのアリバイづくりに過ぎず、それについての報告が勝沼のところに上がっていたから、その意向もあって警視庁の二課が連携を申し出た。断るわけにもいかないが、とくに気乗りするわけでもない

――。

先日俊史とともに出席した会議には、いま思えばそんな嫌々ながらの雰囲気が充満していた。葛木と若宮にしても、捜査の現場に立ち会わせようとはせず、物見遊山だけさせて帰すつもりだったのは明らかだ。

けっきょく狩屋の汚職疑惑を本気で追及していたのは羽田一人だったのではないかとさえ思えてくる。それまで黙っていた渋井が口を開く。

「捜査本部の人員配置は県警一課の専権事項だから、残念ながらおれたちに口を挟む権利はない。まあ、こちらの皆さんも全力で捜査に当たっているそうだから、我々もせいぜい足手まといにならないようにお手伝いするしかないな」

持って回った言い方に渋井は目いっぱいの嫌みを滲ませる。葛木がやってくる前にすでに一戦交え終えていた気配だ。

そんな話をしているあいだにも、テーブルに置かれた車載系無線の受信機からは通信指令本部と現場の捜査員のやりとりがひっきりなしに流れ、県警一課の刑事たちの携帯にも頻繁に連絡が入ってくる。

しかしめぼしい情報はまだないとのことで、あるいはすでに高飛びを許してしまったのではと、県警の捜査態勢への強い疑心が湧いてくる。

「なんにせよ、ここで時間を潰していても仕方がない。県警のほうで車両を用意してくれるそうだから、おれたちもこれから現場に出てみないか」

渋井が言う。捜査一課長自ら現場に臨場するのは異例と言っていいが、理事官クラスで済むところを自ら福井まで乗り込んできたというのは、よほど心に期するものがあってのことだろう。

事件が起きたJR福井駅前は県警本部とは目と鼻の先で、帳場のロケーションとしては最高だ。杉浦が言う水も漏らさぬ態勢というのがどの程度のものか、この段階でしっかり見極めて、問題があればしっかり指摘しておく必要がある。実際に現場を見ての注文なら、県警も無闇にしらばくれるわけにはいかないはずだ。杉浦が身を乗り出す。

「だったら私がご案内しますよ。狙撃された現場から、狙撃ポイントとおぼしいビル、市内各所の検問状況もご覧いただきたい。まだ具体的な成果は出ていませんが、捜査員をフルに動員して徹底した聞き込みを行っていますから、検挙は時間の問題でしょう」

「現場近くのビルで遺留物は発見できなかったのかね」

渋井が訊くと、杉浦はしかつめらしい顔で首を横に振る。

「薬莢《やっきょう》の始末を含めて、犯人は慎重だったようです。腕もなかなかのもので、撃ったのはたった一発でした。二の矢、三の矢が撃たれていれば、そのあいだにだれかが犯人を目撃していた可能性もあるんですが、一発撃ってその場を離れれば、誰にも見られずに一仕事終えられるでしょう」

「近隣のビルや店舗の防犯カメラにも不審な人物は映っていなかったわけか」

「これまで確認したところでは、それらしいものはありませんでした。地方の場合、そもそも凶悪犯罪というのが少ないんで、東京の皆さんが考えるほど防犯カメラの類いは普及していないんです」

そんな杉浦の話を聞けば、水も漏らさぬ態勢というのも当てにならない。渋井はやれやれという様子で首を横に振る。そのとき葛木のポケットで携帯が鳴った。ディスプレイを見ると田島からの着信だった。慌てて席を外し、講堂の隅に移動して応答した。

「いま県警本部の帳場にいるんだが、なにか新しい情報でも？」

「妙なことを耳にしましてね」

田島は声を落とす。なにか重要な話らしい。周囲に人がいないのを確認して、葛木は問いかけた。

「妙なことというと？」

「水谷の件なんですよ。狩屋が昔、愛人に産ませた隠し子だという話です。いまはもう足を洗っている侠栄会の古株から聞いたんですがね」

それは驚くべき情報だ。

「信憑性は？」

思わず問い返すと、田島は溜め息を吐いて続けた。

「そこがなんとも――。そいつはその女と一時期、いい仲になったことがあるそうなんです。そのとき、息子が風来坊で困っている、このままじゃどうせ悪さをして警察に捕まるから、なんとかしてやってくれないかと頼まれて、だったらと組長に話をして盃を受けさせたそうなんですよ」

「狩屋は認知をしていないのか」

「そのようです。ですから戸籍を調べても繋がりは出てこないはずです」

「じゃあ、真偽の確認はできないな」

「その女の居どころがわかれば話を聞けるんですが、別れてからだいぶ経つんで、消息がわからないそうなんです」

「しかし本当だとしたら、狩屋と水谷の線が繋がったわけだ」

田島も言うように、信憑性に関してはいまひとつだが、有力な情報なのは間違いない。田島は続ける。

「この一連の事件のなかで狩屋と水谷がどう関わっていたのかは不明ですが、出自に関しては調べる価値があると思います」

「その女の名前は？」

「水谷邦江《くにえ》というそうです。出身は金沢だと聞いています。息子のほうは福井で一度結婚していますんで、そのときこちらに戸籍をつくっているかもしれません。その辺からたどっていけば、ある程度まで把握できるとは思うんですが」

「現在の住所でちゃんと住民登録をしていれば附票から判明するが、それを怠って住所不定になっている可能性もある」

「そもそも生きているかどうかもわかりませんからね」

「わかった。あれから事態が急に進展して、水谷の戸籍を当たるところまでは手が回らなかった。県警捜査一課の偉い人たちがここにいるから、さっそく話をしてみよう」

「それはやめたほうがいいかもしれません」

意味ありげな調子で田島は言う。葛木は問い返した。

「どうして？　いま立ち上がっているのは警視庁と福井県警の合同捜査本部で、今後は一体となって捜査を進めていくことになっているんだが」

「それは羽田さんから聞いています。しかし迂闊に信じちゃまずいですよ」

「どういうことなんだ」

「どうもいまの話を、県警の上層部は知っているようなんです」

「さっきまで県警の一課長や管理官と話をしていたんだが、そんな素振りはまったく見せなかったぞ」

「じつは羽田さんもそちらの本部に加わって現場周辺で聞き込みをやっているんですが、一緒に歩いている一課の刑事がそんな話をぽろりと漏らしたそうなんです。問い質《ただ》すと、根も葉もない噂だとすぐに否定したそうなんですがね。一課の刑事が想像を逞《たくま》しくすれば、そういう話を思いつくくらいは十分ありそうですが、私が耳にした話と一致してるのが、なんだか薄気味悪いんですよ」

　本当だとしたらたしかに不気味だ。

「しかし戸籍からはわからない事実を、どうして彼らは知ったんだ」

「そういう情報はなんとなく流れ出すもんです。あるいは意図的に流していると
も考えられるでしょう」

「流したのは誰だと思うんだね」

「いちばんの大元は狩屋の近親者じゃないですか」

「というと？」

「兄貴の狩屋公一郎ですよ。うちの本部長とはゴルフ友達で、ずいぶん昵懇《じっこん》なようですから。弟に隠し子がいるくらいは知っていて不思議はないでしょう」

　憶測以上の話ではないが、いかにもありそうな話ではある。

「それで本部長にじかに手を回したと？」

「狩屋はまだ死んだわけじゃない。まあ奇跡でも起きない限り現役復帰は難しいでしょうがね。しかし隠し子に狙撃されたなんて事実が表に出れば、いくらなんでも世間体が悪い。狩屋が死ぬようなことがあれば、長男を後継にして狩屋王国の存続を図ろうというのが公

一郎の狙いでしょうから」

「だったらそういう情報を流すこと自体、藪蛇じゃないのか」

「普通はそう考えるでしょう。しかし現場は別の受け取り方をします。とくに捜査一課に関してはね」

「なにか特別な繋がりがあるというわけか」

「川島一課長は、五年前まで末席の管理官だったのが、ごぼう抜きで捜査一課長に抜擢されたんです」

「それほど有能だったということかね」

「いいえ、とくに実績があったわけじゃありません。ただ、ゴルフ好きという点では人後に落ちない人でしてね」

「公一郎氏も本部長も一課長もゴルフのお仲間だったわけだ」

「現状でそんなことを言っても下種《げす》の勘繰りと言われるのが落ちですがね。でも片山の事件のときは、葛木さんも変だと感じたんじゃないですか」

「さっきも県警の管理官とそんな話をしたよ。殺害の証拠となる物証が出なかったと、あっさりしたものだった」

「杉浦という人でしょう。あの人が担当管理官だったら、簀巻《すま》きにされた溺死体でも自殺で済ませかねませんよ」

田島は吐き捨てるように言う。葛木は問いかけた。

「やはりゴルフ仲間の一人なのか」

「そういうわけじゃないんですが、私や羽田さんとは真逆のタイプで、現場じゃ箸にも棒にもかからないのに、昇任試験だけは楽々パスする。そういうのが管理官をやってるようじゃ、このヤマ、好ましい方向で落着するとは思えませんよ」

田島は不安を煽《あお》るようなことを言う。

「羽田さんとはもうその話をしてるんだね」

「ええ。私の感触だけじゃ自信がなかったもんですから――。どうやら突拍子もない話ではなかったようです。狩屋に隠し子がいるという噂は昔からあって、それも複数だそうでしてね」

「若い頃はずいぶんお盛んだったわけだ」

「いまもあの歳で、けっこうまめに愛人をつくっているそうですよ」

「二課はどうなんだね。やはりそっち方面からの影響力があるのかね」

そこに問題があるようなら、今後の俊史たちの捜査にも支障が出かねない。

「ないということもないでしょうが、この土地で連中の捜査対象というとほぼ狩屋の陣営に限られます。だからある程度は仕事をしないと自分たちの存在意義がなくなってしまうんです」

「だったら、多少は本気だと考えていいんだね」

「生かさず殺さず付き合っているとみたほうがいいかもしれません。要は四課にとってのマル暴みたいなもんで、狩屋は大事なお得意さんですから」

あっけらかんと田島は言う。落胆しながら葛木は問いかけた。

「羽田さんもそんな考えなのかね」

「あの人だけは執念を燃やしてますよ。私みたいに狩屋に因縁があるわけじゃないんですが、刑事馬鹿とでも言ったらいいんでしょうか。先輩に対して失礼な言い方ではありますがね」

「あなたと似たタイプなんだね」

「警察に奉職して以来、ずっと憧れてきた刑事があの人です」

田島は嬉しそうに言う。羽田にせよ田島にせよ、こういう警官がいてくれる限り、日本の警察は芯まで腐らない。大原を始め城東署の仲間たちも心意気は同様だ。そこが確認できて葛木も嬉しい。そんな思いを込めて葛木は言った。

「その情報は無駄にしないよ。警視庁の捜査一課長もこちらに出張ってきているから、これから相談してみるよ。県警の一課にはとりあえず内緒でね」

5

杉浦が自ら案内役を買って出て、覆面パトカー数台に分乗し、まずは事件現場に向かった。葛木はちょっと話があるからと渋井に耳打ちし、同じ車に乗り込んだ。

乗り合わせているのは塚原と岸上、運転をするのは岸上の配下の刑事だから遠慮なしに話せるが、向かう現場は県警本部から車で五分もかからない場所だから、そう長いやりとりはできない。

とりあえず水谷と狩屋の接点のことをかいつまんで聞かせ、その点については県警側に察知されないほうがよさそうだという話をすると、渋井は即座に事情を呑み込んだ。

「詳しい話はあとで聞くが、いかにもありそうな話だな。あんたが来る前におれも多少は向こうとやり合ったんだが、どこまで本気なのか心配になってたんだ」

「疑いたくはないですが、ここは慎重に動いたほうがよさそうです」

「そもそも田島からの情報だと聞いただけで拒絶反応を起こすのはわかり切っているからな。我々としてはどう動くかだ」

話を聞いていた塚原が身を乗り出す。

「本庁にいる待機番の班にそっちの捜査をやらせたらどうでしょうか。とりあえず戸籍から水谷の母親の所在を突き止めて話を聞けば、その情報の真偽は確かめられます。上手くいけば水谷がどこにいるかもわかるかもしれません」

渋井は迷うことなく頷いた。

「合同捜査本部の趣旨にはもとるが、ここは慎重にいったほうがよさそうだな。そのくらいは県警の手を借りなくてもできるから」

「しかし、これからやりづらいですね。向こうのお偉方と、四六時中顔を合わせているとなると」

岸上は困惑を隠さない。渋井は同感だというように頷いた。

「あとで向こうの一課長と談判して専用の部屋を用意してもらおう。連中だって朝から晩までおれたちと一緒にいるのは鬱陶しいに決まってる」


そんな話をしているうちに、JR福井駅西口ロータリーに到着した。駅前広場には福井県で発見されたというフクイサウルスの巨大なモニュメントが設置され、きのうの出来事などなかったように、駅の乗降客や買い物客がプロムナードを行き来している。

杉浦がここが現場だと案内した場所はきれいに清掃されていて、血痕のようなものは残っていないが、敷石の一角に砕けたような痕があり、頭部を貫通したライフル弾が当たってできたものだという。

使用された銃弾から有効射程三〇〇メートル程度の狩猟用ライフルと見られるが、高精度のスコープを付けていたとしても、頭部に一発で命中させるとなると、よほど腕のいい狙撃者でもせいぜい一〇〇メートル以内が限界だという。

そうした判断に基づいて、きのうは射入角度から想定される現場から一〇〇メートル以内のビルをすべて捜索したが、犯人はもちろん、薬莢その他の遺留物も発見できなかったと杉浦は言う。

いずれにしても一撃必中となると、まぐれでなければ相当腕がよく、自衛隊にいたことがあるとすれば、おそらく狙撃を専門とする部隊だったのではないかというのが警務の射撃指導担当教官の意見らしい。

きょうは有効射程いっぱいの三〇〇メートルまで範囲を広げて周辺ビルの捜索を続けているが、やはりそれらしい遺留物も目撃証言も出ていないという。

さらにきのうは駅の周囲一キロ以内でも虱潰しに聞き込みを行ったが、そこでも有力な目撃証言は出ていない。

防犯カメラが設置されていた店舗やビルからは記録された映像を借り受けて、当該時刻の人の動きもチェックしたが、水谷とおぼしい人物もライフル様の荷物を持った人物も発見できなかったと、杉浦はお手上げだという顔で説明した。

そのあと市内要所に設けられた検問所を見て回ったが、設置されているのは高速道路や

国道、県道などの幹線道路だけだった。水谷は地元に土地勘があるはずで、裏道や林道を
使えば検問を避けて県外に出ることは容易だ。塚原がそのことを指摘すると、杉浦はしれ
っと言ってのける。
「市内のあらゆる道路で検問をやったら、交通渋滞でにっちもさっちも行かなくなります
よ。検問なんてどうせその程度のもので、うまく引っかかってくれたら、間抜けな犯人に
感謝するくらいの話でしょう」

たしかにそれは事実だから、塚原もそれ以上は言わないが、問題はそんな言葉に表われ
るこの捜査への意気込みだ。

検問に当たっているのも地域課や交通課の警官のようで、現場にはこうした事件の捜査
に特有の緊迫感が感じられない。

ゆうべのニュースでは、許しがたい凶行で、政治に対する悪質な挑戦だとする内閣官房
長官や与党首脳の談話も流れていたが、こちらが想定しているようなバックグラウンドを
匂わす話はむろん一言もなく、世間の関心を政治テロの方向に導こうとする意図さえ感じ
られた。

塚原は移動の合間に本庁に電話を入れ、待機番の班をすぐに始動させ、水谷邦江と水谷
賢治の二名の戸籍を洗うよう指示をした。邦江の現住所が判明すれば、日本全国どこでも
飛んでいって、話を聞いてくるように言ってあるという。

6

　現場を一通り回り終え、捜査本部に戻ったのが午後三時過ぎだった。渋井はすぐに県警の一課長と話をして、そのときすでに到着していたＳＩＴ用を含め、待機のための別室を用意してくれるよう要請した。

　向こうも断る理由はとくに思いつかないようで、空いている会議室を二つ用意してくれた。一方を葛木たちが、一方をＳＩＴの隊員が使うことにしたが、隣り合った部屋のため勝手はいい。

　葛木は渋井の了承を得たうえで田島からの情報を俊史に伝えた。電話の向こうで俊史は唸った。

「ややこしい方向に転んだもんだね。狩屋と水谷のあいだに血縁があったとしたら、梶本、梨田、片山の三人の殺害は狩屋の教唆によるものだと考えたくなるけど、その狩屋を今回狙撃したとなると、教唆したのはまったく別の筋だとも考えられる」

「狩屋の狙撃に関しては、個人的な遺恨という線も浮上するしな」

「しかしその遺恨自体が、それ以前の三人の殺害と無関係だとは思えない」

「といって狙撃事件の動機が狩屋への遺恨だとしても、三人の殺害が同じ動機からだとは考えにくいしな」

「今回の事件と三人の殺人事件は、深く関連はしていても、動機は別だと考えるほうが筋が通るね」

「ああ。渋井さんたちともそんな話をしていた。そこを解明するには、なんとしてでも水谷を検挙しないとな」

「そこは親父たちに頼るしかないね。ところで、こっちにも耳寄りな情報が入ってきたんだよ」

俊史の声がわずかに弾む。葛木は期待を滲ませた。

「例のリストから大物が特定されたのか」

「そうじゃないんだけど、殺された梨田秘書がトーヨー・デベロプメント在籍中にマネーロンダリングに関わったという例の話――」

「調べてみたんだな」

「まず国税当局に当たってみたんだけど、マスコミに公表した以上の事実は、守秘義務違反に当たるから開示できないと突っぱねられたんだよ」

「あそこはそういう役所だからな。たとえ犯罪の匂いのする収益でも、税金がとれさえすれば司法機関には通報しない」

「それをすると過度な節税や脱税をした企業や個人が税務調査に協力しなくなるという言

い分だね。極端に言えば暴力団でも泥棒でも税金さえ払えばお咎めなしらしい」

「そっちは役に立たなかったわけだ」

「そこで勝沼さんがＪＡＦＩＣに情報提供を求めたら、面白い材料が出てきてね」

ＪＡＦＩＣとは警察庁刑事局に設置されている犯罪収益移転防止対策室のことで、マネーロンダリング取り締まりの司令塔ともいえる存在だ。

ＦＡＴＦ（マネーロンダリングに関する金融活動作業部会）の勧告に基づいて世界各国政府が設置しているＦＩＵ（資金情報機関）の一つで、マネーロンダリングに関する情報を国際的に共有し、国内の情報機関に提供するというのがその主要な任務となっている。

「トーヨー・デベロプメントの事件に関する情報があったわけか」

「いわゆるタックスヘイブンに匿名口座をつくるサービスを提供している事業者が国内にはいくつかあるらしいんだけど、トーヨー・デベロプメントの事件のときに、口座開設や資金移動の仲介をした会社の名前が明らかになったんだ。さらにその会社が提携している香港の金融サービス会社の顧客情報の一部が、香港のＦＩＵからＪＡＦＩＣに提供されてね」

「まさかそのなかに？」

「あったんだよ、狩屋の名前が――。それだけじゃない。例のリストで判明している政治家十数名の名前もそこにあった。おそらくそれは氷山の一角だろうとＪＡＦＩＣは見ているようだ」

「いちばん偉い人の名前はないのか」

「なかった。ただし、それがすべてというわけじゃない。その一方でまだこちらのリストからは解明されていない政治家の名前もそこにあった」

「その事務所をガサ入れすれば、オフショアを使った収賄の全容が解明されるんじゃないのか」

「そうなんだ。ただJAFICは捜査権限のない情報機関なんで直接は動けない。それで警視庁の組対部（組織犯罪対策部）に捜査をするよう働きかけていたんだけど、どうも動きが鈍いらしい」

「政治家の名前があるからびびっているんじゃないのか」

「それもありそうだね。担当部署は組対部総務課のマネーロンダリング対策室なんだけど、香港FIUからの情報だけじゃ立件するのは難しい、それだけじゃ捜索令状もとれないと渋っているようなんだ」

「だったら二課が立件すればいい。こっちの事案絡みなら裁判所も令状を出すだろう。殺人と殺人未遂が絡んでいるんだから」

「もちろんそのつもりだよ。JAFICとしても渡りに船で、協力は惜しまないと約束してくれた」

「いよいよ頂上が見えてきそうだな」

目の前を覆っていた霧が晴れたような気分で葛木が言うと、気合いの入った声で俊史も応じた。

「ああ。そっちで水谷を逮捕して犯行のバックグラウンドを解明できれば、政界のトップだろうが誰だろうが、あとは完璧に追い込める」

7

俊史からの話を伝えると、渋井以下、会議室にいる全員がどよめいた。

「二課と張り合うわけじゃないが、こうなるとこっちも取りこぼしはできないぞ」

渋井はさっそく発破をかける。塚原も張り切って応じる。

「贈収賄と殺人を一体のものとして訴追できなきゃ、捜査一課の看板が泣きますよ。汚職もたしかに重大な犯罪ですが、殺人は最高刑が死刑の重罪です。政治権力の壁の前で指を咥《くわ》えて見逃すようじゃ、この国の警察はお終《しま》いです」

「問題なのはこちらの捜査一課です。なんだかこのままお宮入りにしたがっているとしか思えませんよ」

嘆かわしげに岸上が言う。その感想は渋井を始めとしてここにいる全員に共通する。共同捜査と言ってもこのままではこちらはせいぜいオブザーバーで、現場で捜査指揮がとれるわけではない。田島の件でも明らかなように、ここは自分たちの領分だとばかりの高慢な姿勢がどうにも鼻につく。

警視庁も福井県警も組織上は同格だから、こちらの指摘をすべて受け入れるべきだという気はないが、検問所の設置場所にしても適切な配置だとは思えなかった。

こちらが市内の地図と照合してみたところ、ただ大きな道路に行き当たりばったり置いているだけのようで、周辺を走る間道には少しも注意を払っていない。

どの間道を抜けてきても、いずれはどこかで幹線に合流する。そういうポイントに重点的に検問所を置けば捜査効率はより高まる。警視庁の場合、そういうポイントは普段から設定してあって、急迫した事態でも効率的に非常線が張れる。

杉浦にそんなことを指摘すると、土地勘があるのは地元の警察で、外からきた人間になにがわかるとばかりの反応を見せた。縄張り意識は警察組織の業《ごう》とでもいうべきか。このまま県警に任せておいて、果たして大丈夫かという危惧を葛木も募らせている。

「田島巡査部長が言っていたという狩屋の兄を巡るゴルフ仲間の話が、こうなるとやはり気になるな」

渋井も腕を組んで考え込む。この時点でも水谷の足どりに繋がる情報は入ってこない。県警が逃走を幇助しているのかとさえ勘ぐりたくなる。

ＳＩＴ担当管理官の山本も苛立ちを隠さない。

「水谷を発見したとして、素直に我々に現場を預けてくれるかどうか。下手に手を出されたら取り返しのつかない事態になりかねませんよ」

「たしかにこのままじゃ、なんのために出張ってきたかわからない。しかし土地勘もない場所で闇雲に動いたところで、捜査の体はなさないからな」

渋井にもとくにいい知恵はなさそうだ。ＳＩＴの隊員はすでに到着して、隣の会議室で出動準備を整えているが、これでは出番があるかどうかさえわからない。腹を固めたように渋井は言う。

「夕方には出払っている捜査員が戻ってくるから、そのとき改めて捜査会議を開くことになっている。あすから多少の人数をおれたちの手勢としてつけてくれるように、そのときおれのほうから提案してみるよ。たぶん嫌がるだろうとは思うが、そこは強引に押し通す。どうしても言うことを聞かないようなら、勝沼さんに鶴の一声を上げてもらうしかないだろう」

「もし指名することが可能なら、二課から参加している羽田さんがいいと思います。私が知る限り、こちらでいちばん信用できる刑事です」

葛木が言うと、渋井は委細承知だというように頷いた。

「大原君から聞いてるよ。狩屋サイドに水谷の情報を耳打ちしてくれたのがその刑事だったな」

「けっきょく狩屋は狙撃されてしまいましたが、狩屋陣営に対する情報量は抜きんでています」

「現場一筋で、いまだに巡査長だそうじゃないか。おれも若いころはそういう先輩に鍛えられたもんだ。そういう刑事が一人いるだけで、チームの力は飛躍的にアップする。おれだって爪の垢を煎じて飲ませて欲しいくらいだよ」

苦笑いしながら渋井は言う。葛木は続けた。

「田島巡査部長も彼を師匠のように慕っています。こちらの県警の二課が狩屋を長年追い続けてきたのは、羽田刑事の執念があってこそだと思います」

「お偉方は、それほど熱心じゃないというわけか」

「私が接触したときは、アリバイづくり程度にしか考えていないような感じでした」

「そっちには狩屋の意向が利いているというわけだ。それなら一課と変わりないな」

「この土地での狩屋一族の影響力は、侮りがたいものがあるようです」

「本部長からして狩屋公一郎に飼い慣らされているという話だからな。キャリアというのは、若いころに全国の本部を渡り歩くから、地元の有力者に懐く癖がついてしまうものなんだ。まあ、あんたの息子さんに限ってはそういうことはなさそうだが」

捜査一課の管理官だった時代に付き合いがあるから、俊史の青臭さを渋井もよく知っている。

「融通が利かないのだけが取り柄ですから」

面映ゆい気分で言うと、渋井は生真面目な顔で応じた。

「そこがいちばん肝心なところだよ。それをなくせば警察官はただの木っ端役人だ。我々が強力な公権力を付与されているのは、力のある人間に媚《こ》びへつらうためじゃない」

居並ぶ面々も神妙な顔で頷く。そのとき葛木の携帯が鳴り出した。ディスプレイを覗くと、まさに噂の人物からの着信だった。

いまは捜査本部の一員として動いている以上、葛木に直接連絡を寄越す理由は思い当たらない。なにか特別な事情でもあるのかと、強い興味を覚えながら応答した。

「ああ、羽田さん。なにかありましたか」

「うちの人間は周りにいますか」

どうやら県警サイドには聞かせたくないような、穏やかとは言えない話向きらしい。

「いません。ここにいるのは警視庁の関係者だけです」

「そうですか。じつは耳寄りな情報が入りまして」

「水谷に関してですか」

「そうです。居場所がわかりました」

「いったいどこに？」

会話の内容を察したように、渋井たちが耳をそばだてるのがわかる。囁くような調子で羽田は言った。

「狩屋公一郎氏の私邸です」

第十三章

1

狩屋公一郎の屋敷に水谷がいる――。

想像すらしていなかった羽田からの連絡に、葛木も頭が混乱した。

「どういう状況なんですか。ライフルを持って立て籠もっているんですか」

「それならいっそ話が早い。いやそれはそれで不謹慎な話ですがね。どうも居候しているようなんです」

「居候？　いったい、いつから？」

問いかけながら手近なメモ用紙にそこまでの内容を走り書きし、その場の全員に示すと、渋井一課長を始め、居合わせる一同のあいだにどよめきが起こった。羽田が答える。

「わかりません。私の山勘で、若い刑事と一緒に周辺で聞き込みをしてみたんです。公一郎氏の身辺でなにか変わった動きでもあるんじゃないかと気になりましてね。するときのうの午後八時ごろ、ある人物と一緒に水谷が屋敷に入ったという証言があったんです」

「ある人物とは？」

「三田邦男ですよ。例の狩屋の用心棒――」

羽田も困惑したように言う。狩屋公一郎がなんらかの動きをしているという感触は田島の話からも得ていたが、ここまでストレートに繋がっているとは想像もしなかった。

「三田に身柄を拘束されているような様子だったんですか」

「そうでもないようでね。屋敷の前で車を停めて、二人で通用口から入ったそうです」

「ライフルは？」

「それらしいものは持っていなかったそうです。ただトランクにでも入れてあって、そのあと運び込んだ可能性もあります」

「目撃したのは誰なんですか」

「近隣の住民ですが、狩屋の後援会の会員でしてね。たまたまそこに出くわして、三田とも知らない仲じゃないんで、代議士の容態を訊いたんだそうです。その人は本気で心配してたんですが、ニュースでやっているとおりで、それ以上は自分もわからないからと、三田の反応は素っ気なくて、いかにもその場を早く切り上げたい様子だったそうです」

「その人は、水谷とは面識はないんですね」

「ええ。だからそのときはとくに気にもしなかった。ところが家へ帰ったらテレビのニュースで水谷の顔写真が流れていたそうでしてね。一緒にいた男と似ているなと感じたらしいんですが、まさか狩屋の用心棒の三田が、自分のボスを狙撃した男と一緒にいるとは考えられなかったんで、思い過ごしだろうと、とくに警察には通報しなかったそうでして」

「羽田さんが、直接その人から話を聞いたんですね」

「ええ。私も知らない仲じゃなかったもんですから、内輪で流れている噂でも聞けるんじゃないかと思ったんです。しかし水谷がそんなところにいるとまでは考えていなかった。写真を見せて改めて確認してもらったら、間違いないという話でした」

「そのことは県警の一課や二課にはすでに知らせてるんですね」

「いや、まだなんです」

羽田は意外なことを言う。葛木は慌てて問い返した。

「つまり、県警サイドよりも先に我々に？」

「葛木さんたちには警察庁とのパイプがありますから」

「どういうことですか」

「公一郎氏と県警の上層部はツーカーの仲なんです」

「それは田島さんから聞きました。しかし水谷は狩屋代議士狙撃の容疑者ですよ。いくらなんでも考えすぎでは？」

「お恥ずかしい話ですが、これまでも不審なことが何度もあったんです。公職選挙法違反や政治資金規正法違反の容疑で狩屋の事務所をがさ入れしたことがあるんですが、すべて空振りに終わりました。あるはずの証拠書類がすべて消えていたんです」

「がさ入れの情報が漏れていたんですか」

「そうとしか考えられない」

「それが県警上層部と狩屋公一郎氏のパイプを通じてだとみてるんですね」

「いくらなんでも県警本部長クラスの大物が地元選出の政治家と懇ろだとなると具合が悪い。しかし兄の公一郎氏は、表向きは政治の世界とは一線を画している。それなら世間体も悪くない。子供の交通安全教育やら非行防止キャンペーンやらに寄付もしてくれているし、県の公安委員会の委員もやってますから」

苦々しげに羽田は言う。葛木は問いかけた。

「そちらの捜査一課が踏み込むわけにはいかないんですか」

「いまのところ目撃者が一人いるだけですから、もし公一郎氏がなんらかの理由で水谷を匿っているとしたら、こちらから問い合わせたり出頭させるように求めても、しらばくれて相手にしないはずです。そうこうしているあいだに逃走させてしまうかもしれない。それ以上に問題なのは――」

「贈収賄疑惑に関するこちらの動きまで公一郎氏に漏れてしまう惧れがあると言うんです

ね。しかしいくらなんでも殺人犯の逃走幇助に県警上層部が関わるとは思えませんが」

「ないとは言い切れないんです。そもそも公一郎氏が水谷を匿っているということ自体が、そういう背後関係を前提にしているような気がするんです」

羽田は警戒心を露わにする。困惑を隠さず葛木は問いかけた。

「それで我々にどうしろと？」

「私のほうはこの件を上には伝えません。すべて警視庁側で処理していただけませんか」

「それじゃ捜査態勢に亀裂が入りますよ」

「もともと亀裂は入っているようなもんですよ。問題が起きた場合は上の役所で仕切ってもらえるんでしょう。息子さんはそっちの方だと聞いています。今回のことも、刑事局長さんの肝煎りで動いてらっしゃるとのことですが」

田島にそんな話をしたことはあるが、羽田にはまだそこまでは言っていない。田島と羽田はどこかでしっかり連絡を取り合っているらしい。

「つまり警視庁が独断で公一郎氏の屋敷に踏み込むべきだと？」

「令状はそちらで取っていただく。警視庁のＳＩＴもすでに到着していると聞いています。屋敷はたしかに大きいですが、私は何度か足を運んだことがあり、大まかな見取り図は描くことができます」

「水谷がいまもライフルを所持している可能性は？」

「あります。その場合はＳＩＴの皆さんのお力を借りるしかない」

羽田はあっさり言ってのける。もちろんその腹づもりがあったから、渋井はＳＩＴを出動させたわけで、その点については異存はない。

「水谷は、いまもそこにいると思いますか」

「県警の検問がザルじゃないとは言いませんが、市外、あるいはさらに県外へ逃走するとしたら、犯行直後のほうがやりやすかったはずです。その時刻まで市内にいたということは、そこがいちばん安全な隠れ家だと判断したからだと思うんです」

「単に身を隠すという以上の意味があると見ているんですね」

「公一郎氏にとっては共通の利害で結ばれていたはずの弟を狙撃した犯人です。その男を匿う理由があるとすれば、そこに今回の事件全体を解く鍵があるのは間違いありません」

確信のある口調で羽田は言う。葛木は不安を口にした。

「それだと、羽田さんの立場がまずくはなりませんか」

「上司への報告を怠ったということで、譴責《けんせき》やら懲戒やら受けるかもしれませんが、それは覚悟の上です。ここで巨悪を逃すことになるようなら、警察官でいる意味はないですから」

「わかりました。私の一存では決められませんので、上と相談してこちらからご連絡します」

「よろしくお願いします。私は屋敷の近くで張り込んでいます。なにか動きがあれば、すぐご報告します」

羽田はそう応じていったん通話を終えた。振り向くと、葛木の応答だけからでも会話の内容がわかったのだろう。渋井が声を上げた。

「水谷が三田と一緒に狩屋公一郎宅にいるというんだな」

「ええ。想像もしなかった成り行きです。羽田刑事の機転がなかったら、このまま取り逃がすことになったかもしれません――」

羽田との会話の内容を伝えると、強行犯捜査係管理官の塚原が唸る。

「その注文はいくらなんでも無理だろう。合同捜査本部という名目で動いている以上、掟破りも度が過ぎる」

「しかし羽田刑事の言うこともわかります。かたちは合同捜査本部とはいえ、我々はあくまで客分です。現場を向こうに仕切られたら、こちらの出る幕はなくなります」

強い調子で葛木は言った。福井へ来て以来、自分と若宮に仕事をする機会は与えられなかった。きょうの現場の視察にしてもそうで、こちらの意見に聞く耳をもつような気配はまるで感じられなかった。苛立ちを隠さず渋井が言う。

「しかしぐずぐずしてはいられないぞ。羽田という刑事にしても、単独行動じゃ限界がある。そこは相当大きな屋敷なんじゃないのか。出入りできる場所は何ヵ所もあるんだろう」

「大名屋敷とでも言ったらいいでしょうか。敷地はちょっとした公園並みで、たぶん通用口がいくつもあるでしょう」

葛木が応じると、岸上も緊張を隠さない。

「上の役所に相談するにせよ、こちらで令状を取るにせよ、多少の時間はかかります。そのあいだに逃がしてしまったら元も子もありません。とりあえず我々サイドで屋敷の周辺を固める必要があるんじゃないですか。強行犯捜査係とＳＩＴがいますから、人員の面では十分でしょう」

「そのとおりだな。水谷に関してはすでにフダが出ているから、姿を見せたらその場で逮捕しても問題ない。上の役所がＯＫを出してくれれば、こちらで狩屋公一郎宅への家宅捜索令状もとれる。あとは一気呵成に行くしかない。もし水谷がそこにいれば、犯人蔵匿の罪で公一郎を挙げられる。願ってもないチャンスじゃないか」

渋井は大きく頷いた。それでも塚原は慎重だ。

「しかしこちらの動きに感づかれたら、向こうは横槍を入れてくるでしょう。警視庁と福井で縄張り争いをしているあいだに、水谷を取り逃がしかねませんよ」

「そのときはおれの出番だよ。とにかく先にこっちが現場を仕切ってしまうことだ」

気合いを入れるように渋井が言う。

「まだ屋敷のなかにいるのは、間違いないんだろうね」塚原が訊いてくる。

腹を括って葛木は答えた。

「たぶんとしか言えませんが、羽田刑事の勘を信じるべきだと思います」

「三田という狩屋の用心棒が一緒にいたというんだろう。ずいぶん危ない男のようじゃないか」

「と言いますと？」

問い返すと、怖気を震うように塚原は続けた。

「広い屋敷だから、なかでなにが起きても外からはわからない。口封じに殺されたりしなきゃいいんだが」

たしかになくはないだろう。というより大いにあり得ることのようにも思える。水谷が屋敷にいる証拠は羽田が得た目撃証言だけで、見間違いだとしらばくれられれば覆すのは難しい。そのうえ三田は元俠栄会の極道で、そういう面では玄人だ。発見されないように死体を始末するのは手慣れた仕事かもしれない。

「いま先走って不安に駆られていてもしようがない。問題は県警側に気づかれずにどうやってそこまで行くかだな。なにかいい考えはあるか」

渋井が問いかける。ＳＩＴの山本管理官が身を乗り出す。

「我々は車で来ていますから、それで移動すればいいでしょう。県警側からなにか訊かれたら、地元の土地勘を得るために市内を一走りしてくるとでも言えばいいんじゃないですか。我々は着いたばかりで、まだ市内の状況は見学させてもらっていませんから」

「それなら理屈が通るな。強行犯捜査のほうはどうする？　パトカーを借りるわけにはいかないぞ」

渋井が問いかけると、心配無用とばかりに岸上が応じる。

「飯でも食うふりをして外に出て、駅前でタクシーを拾えばいいでしょう。住所がわかれば問題ないですよ」

「じゃあ、羽田刑事に訊いてみます。こちらの状況も説明する必要がありますので」

そう応じて葛木は羽田に電話を入れた。羽田は間を置かず応答した。

「どんな具合ですか。動いてもらえそうですか」

「公一郎氏の自宅の住所を教えてもらえませんか。県警に気づかれないようにそちらに向かいますから」

「そうですか。じゃあ、まずは住所を申し上げます――」

羽田が読み上げた住所をメモ用紙に書き写して手渡すと、山本は隣室にいる部下にさっそく電話を入れる。岸上も配下の捜査員に声をかけて立ち上がる。

ＳＩＴのほうはカーナビ付きの車両だから、それをインプットすれば迷うことなく現地に着くだろう。岸上たちについては、地元のタクシーの運転手で狩屋公一郎邸を知らない者はいないから、名前を告げるだけで連れて行ってくれると羽田は請け合った。

現時点でのこちらの判断をかいつまんで説明すると、とりあえずそれで万全の態勢がとれると羽田は喜んだ。いまは狩屋公一郎邸の正門が見通せる近くのファミレスの駐車場にいるから、とりあえずそこを集合場所にしたいという。羽田と面識があるのは葛木と若宮だけだから、先乗りするために二人も急いで会議室を飛び出した。

羽田が指定したファミレスに全員が集まるのは目立ちすぎだという判断で、そこに向かったのは山本と岸上、強行犯捜査係とＳＩＴの捜査員各二名、それに葛木と若宮だった。

「助かりました。いまうちの若い刑事が駐車場に停めた覆面パトカーから門のほうを監視しているんですが、裏と横手にも通用口があって、そこから出られるとお手上げだったんです」

ファミレスの店内に入ると、羽田は挨拶もそこそこに切り出した。葛木は不安を覚えて確認した。

「その若い刑事さんに迷惑がかかるようなことはないでしょうね」

言葉どおりの不安ももちろんあったが、逆に羽田の思いに反して、その刑事が水谷の話を上司に通報してしまう惧れもある。羽田は笑って言った。

「彼は私の甥っ子でしてね。捜査一課に所属してるんですが、今回は我々二課も加わっての合同捜査本部なもんですから、私が相棒に選んだんです。自分で言うのも口幅ったいですが、私に憧れて刑事になったそうでしてね。片山秘書の件も含めて、ここまでの捜査一課の動きにはだいぶ不満を溜めていたようです。いや、ご心配なく。今回のことはすべて私の責任ということにしますから。まだ若い平刑事で、そもそも私の指示に従うしかないわけでして」

「そうですか。我々も極力うまく立ち回って、羽田さんにはご迷惑がかからないようにしたいと思います。狩屋邸の動きはいかがですか」

「ほとんど人の出入りがないんです。事情が事情ですから、周りの人間も遠慮して、不要不急の用事は避けているんだと思いますが」

「マスコミが押しかけたりはしていないんですか」

「こちらには来ていません。昨晩、会社のほうで公一郎氏が手際よく取材に対応したようです」

そんなやりとりをしていると、傍らにいた岸上が焦燥を滲《にじ》ませる。

「ここで長話をしている暇はないぞ。早く捜査員を配置につかせないと」

羽田は恐縮したように頷いた。

「そうでした。とりあえず屋敷の見取り図を描いておきました。通用口は正門の脇のほかに、裏手と南側の横手にもあります。どちらも狭い道に面していますが、車は入れます」

「そこから別の通りに抜けられるのかね」

山本が訊く。羽田は頷いた。

「どちらからも、裏手にある広い通りに出られます」

「身を隠して張り込める場所は？」

「ことここに狭い路地があって、そこからは通用口が見通せます」

羽田は自分が描いた見取り図に、さらに細い路地を描き加える。岸上は部下の捜査員にそれを手渡した。

「これを待機している連中に見せて、すぐに張り込みに入らせてくれ。気取られないように、くれぐれも慎重にな」

「わかりました」と応じて、捜査員は足早に店を出た。

岸上が念を押すように問いかける。

「本当に水谷はまだ屋敷にいると、あんたは考えているんだね」

動じることもなく羽田は答える。

「絶対にとまでは言えませんが、可能性はかなり高いと思います。空振りならそれでしょうがない。しかしもしなにもせずに取り逃がすようなことになれば、こちらにすれば痛恨の極みでしょう」

打ち合わせは手短に済ませ、頼んだ飲み物もほとんど残して、さっそく全員が現場に散った。葛木と若宮は強行犯捜査係の若い捜査員二名とともに裏手の通用口を見張ることにした。

2

屋敷は静まりかえっている。狩屋公一郎はきょうも会社に出ているようで、羽田の話では、つい先ほどもテレビの取材に応じていたという。会社で十分にマスコミ対応していれば、自宅にまで押しかけられることはないという目算もあるだろう。

気になるのは三田の姿が見えないことで、万一のこともあるからと羽田が主張して、地元事務所にも捜査員を張り付けているが、後援会長を始め主立った面々が出入りしてはいるものの、三田はそこにはいないという。

いまも水谷とともに公一郎の屋敷にいるとしたら、それも不安要因だ。先ほど塚原が指摘したことが的中する惧れがなくもない。

ほどなく渋井が電話を寄越した。ここでは岸上と山本のほうが格上だが、その頭越しになってでも、現地事情に通じ、羽田や田島とも気心が通じている葛木には情報を流しておくほうがいいという判断のようだ。もちろんそれは願ったりだ。

渋井はあれから勝沼と直に話し合って、警視庁が現地で独自行動をとることを承認させたという。といっても警察庁には現場への指揮命令権はないので、あくまで黙認というかたちで、もし一悶着起きた場合に自ら調整に乗り出すという。とりあえずそれ以上のことは現状では望めないだろう。

渋井はさっそく狩屋公一郎邸の家宅捜索令状を請求するという。幸い地方裁判所は県警本部から歩いて五分もかからない場所にあり、これから塚原が書類を用意して、連絡要員として残しておいた強行犯捜査係の捜査員をそちらへ走らせればいい。

こちらの状況について報告すると、渋井は満足げに応じた。

「あんたが先乗りしてくれてよかったよ。そうじゃなかったら、わざわざ東京から出張って、無様に手ぶらで帰るところだった」

「とくになにをしたわけでもないんです。情報が向こうから飛び込んできただけでして」

「そこが名刑事たる所以だよ。ネタというのは闇雲に追い回せばいいもんじゃない。いい刑事にはそれを吸い寄せる磁力のようなものがある」

「そんなふうに見てもらえて恐縮です」

親密な調子で渋井が言う。

「そろそろ本庁へ戻ってこないか。近ごろの刑事は器用なのが多いが、骨のある本物が少なくなった。あんたの薫陶を受けて、ちょっとは歯応えのあるのが育ってくれればいいと思っているんだが」

「そんなことはないですよ。所轄の水が合っているようで、伸び伸び自然体でやらせてもらっているだけですから。いまの私には捜査一課の看板は重すぎます」

「そう言わずに少しは考えておいてくれよ。とにかくここは力を合わせて一気に片をつけよう。その先は二課の出番だ」

渋井は気合いの入った声で言って通話を終えた。携帯をポケットにしまおうとしたとたんに、またマナーモードのバイブレーションが唸り出す。応答すると、今度は俊史からだった。

「大変なことになってきたね。しかし当たりだったら凄いよ。一打逆転のチャンスかもしれない」

俊史は勢い込んで言う。手応えを覚えながら葛木も応じた。

「ああ。大捕り物になりそうだが、ここはやるしかないな。渋井さんも張りきっている。こちらとしては勝沼さんのバックアップに期待しているよ」

「かなりやる気でいるようだ。羽田さんの言うとおりなら、いま表立って動くと藪蛇になりかねないから、とりあえずは静観するつもりらしいけど」

「それで結構だ。こちらで捜索令状を取ってしまえば、もう県警は横槍を入れられない」

「心配なのは三田だけど」

「水谷と一緒にいれば、犯人蔵匿の罪で逮捕できる。その場合は狩屋公一郎も同罪だ。狩屋代議士がこれまでやってきたことを、兄の公一郎が知らないはずはない」

「こうなると、梶本、梨田、片山三人の殺害も、直接指示をしたのは三田の可能性が高いね」

「そしてもちろんその背後に狩屋公一郎がいる。予想もしなかった展開だがな」

「ああ、期待しているよ。警視庁側には渋井さんもいるしSITもいる。考えられる最高の布陣だからね」

「捜査一課がそっくり引っ越してきたようなもんだ。これでとりこぼしたら子供の使いだよ」

葛木も自信を示した。俊史の話では、いま二課はJAFICの協力を得て、トーヨー・デベロプメントのマネーロンダリング事件との関係が疑われる海外投資のコンサルティング会社の内偵を進めているという。不審な点があれば即刻がさ入れに乗り出す方針で、JAFICも香港FIUに対し、より詳細な情報の提供を要請しているとのことだった。

「これでようやく両輪が動き始めたな」

安堵を覚えながら葛木は言った。そのとき、屋敷のなかでなにかが破裂するような音が響いて、それが三度続いた。

「ちょっと待ってくれ。なにか起きたようだ」

慌てて葛木は通話を切った。明らかに銃声だった。傍らの若宮の顔も強ばっている。強行犯捜査係の刑事が路地から飛び出し、通用口に駆け寄った。しかしそこはなかから施錠されている。家宅捜索令状が取得できていれば扉を破壊して入れるが、いまの状況ではそこまではできない。

何分かして、鋭い女性の悲鳴が聞こえた。

「まずいですよ。いますぐSITを突入させないと」

若宮が言う。水谷がライフルを持って暴れているとしたら、放っておけば死傷者が出かねない。その場合は緊急避難の法益が適用される。他人または自己の生命・財産を護るために、緊急かつ他に手段がないときは、それが違法行為でも罰せられないという特例だ。ぐずぐずしてはいられない。山本に電話を入れると同様の考えだった。さっそくSITの隊員を正門前に集結させ、いつでも突入可能な態勢を整えるという。

岸上もそこにいて、いま見張っている通用門には一部の捜査員だけを残し、正門の前にいったん全員を集めるとのことだった。葛木もその場を若宮と強行犯捜査係の刑事二人に任せ、急いで正門前に走った。

ここは難しい判断だ。公一郎は会社だとしても、邸内に家族や家政婦はいるだろう。もし人質に取られていれば、迂闊《うかつ》に踏み込むと、そちらに危害を加えられる惧れがある。

正門に向かう途中で羽田から電話が入った。公一郎宅の電話番号はわかるので、銃声と悲鳴が聞こえてすぐに電話を入れてみたという。しかしいくら呼び出しても応答がないらしい。こちらの考えを説明すると、羽田は唸った。

「気になるのは、先ほどの発砲が、籠城とかではなく、もっと危険な目的によるものかもしれない点ですよ」

「ええ。私もそれを惧れているんです」

「水谷にせよ三田にせよ、ここで死なれるようなことがあったらお終いです」

そんな話をしながら小走りするうちに正門前に近づいた。羽田も岸上たちも、山本以下SITの隊員もすでに集まっている。SITは全員が防弾チョッキとヘルメットを着け、腰には拳銃を携えている。葛木が合流すると、困惑した調子で岸上が言う。

「いま渋井さんに報告したところなんだが、ついさっき県警の一課長がえらい剣幕で抗議してきたそうだ。警視庁が勝手に動くのはまかりならんという話らしい」

「こちらの動きを察知されたんですか」

「どうも裁判所から漏れたらしいな。うちのほうで請求した令状の件で、担当の事務官がうっかり県警の一課に問い合わせをしたらしい。それでばれてしまった」

傍らで羽田は苦り切った表情だ。強い思いで葛木は言った。

「だったらそれでかまいませんよ。いまの状況ではフダのあるなしは関係ない。我々が動かなきゃ手遅れになります」

「ああ。隠してもしようがないから、こちらの状況を渋井さんから伝えてもらった。それでも向こうはのんびり構えていて、これから狩屋公一郎に事情を確認して、それから対応を考えるという話らしい」

「いまはその連絡待ちなんですね」

「まあ、向こうから話を聞いてもらえれば、なかでなにが起きているか見当もつくから、それ自体は悪いことじゃない。ただし屋敷のなかでまた銃声や悲鳴が聞こえたら、躊躇なく踏み込めというのが渋井さんからの指示だ」

「県警は、我々がこちらにいることを知ってるんですね」

「向こうは怒り心頭のようだ。情報の出所が羽田さんだということは伏せてあるが、連中自ら事態を把握すれば大挙して押しかけてくるのは間違いない。できればその前に決着をつけてしまいたいんだが」

「こうなったら、私の名前を出してもらってもかまいませんよ」

開き直ったように羽田が言う。葛木は慌てて応じた。

「それはまずい。まだこれで一件落着というわけにはいきません。それが知られたら羽田さんは一線から外される。我々にとってそれは大きな損失です。当面は貴重な隠し球としてとっておきたい」

「それはもっともだ。うちの一課長もその辺はよくわかっている。たぶん口が裂けても言わないよ」

　岸上も力強く請け合った。そのとき岸上が手にしていた携帯が唸りだした。慌てて耳に当てて応答する。渋井かららしい。相づちを打ちながらその表情が次第に強ばる。通話を終えて岸上は吐き捨てるように言った。

「狩屋公一郎に問い合わせたら、水谷などという男とは面識がないし、三田ともとくに親しい付き合いはない。そんな連中が自分の留守のあいだに屋敷に入るなどということはあり得ない。自宅に電話を入れてみたところ、住み込みの家政婦が出てきて、邸内で異常なことは起きていないと答えたと言っているらしい。場合によっては警察が踏み込むことになるというような話をしたら、そのときは住居侵入罪で告訴すると公一郎は息巻いたそうだよ。県警の連中、それでびびって、今度はおれたちに現場から退いてくれと泣きを入れてきたらしい」

「無視してください。合同捜査本部が立ち上がっている以上、現場での捜査権は警視庁も県警も対等ですから」

　羽田が苦々しげに吐き捨てる。まあ落ち着けとばかりに山本が言う。

「あなたが描いてくれた見取り図だと、庭は広いし部屋数も多い。そのうえ離れまである。突入するといってもある程度の作戦は考えないと」

「そうですね。つい気がはやりまして。邸宅は二階建てで、正門脇の通用口からだと、二階の窓から狙撃されたら身の隠しようがありません。裏手の通用口からのほうが死角が多くて安全です」

「そこから室内に進入するルートは？」

「庭に面した居間と二階のベランダの窓からなら可能でしょう。あと普段使っていない離れがあります。そちらも窓から入れるでしょう。しかし水谷は銃を持っていますので、気づかれないようにどう接近するかです」

「大丈夫。音を立てずに錠を壊す訓練は普段からしている。どの部屋にいるか特定できれば、窓を破って音響閃光弾を打ち込む。人質も一緒にいるかもしれないが、一分くらい視覚と聴覚が麻痺するだけで命に別状はないから」

山本は自信を覗かせる。しかし屋敷のなかは静まりかえったままだ。これでは突入のきっかけが摑めない。邸内で異変が起きたのは間違いないが、水谷が銃を暴発させた程度なら、緊急避難で突入する理由としてはかなり弱い。邸内でなにも起きていないという公一郎の言い分は信用できないが、少なくとも死傷者が出るような事態ではないとしたら、告訴を辞さないという脅しを舐めてはかかれない。

「けっきょく、令状が出るのを待つしかなさそうだな」

岸上はため息を吐く。羽田が携帯を取り出して、手帳を見ながらダイヤルボタンを押す。邸内の電話を呼び出しているようだ。しばらく携帯を耳に当てて、羽田は首を横に振る。

「やはり誰も出ません。人がいないはずはないんです。現に先ほど公一郎氏が家政婦に電話を入れたという話ですから」

「だとしたら嘘をついていることになる。いま我々に踏み込まれるとよほど困る事情があるんだろう」

不快感を剝き出しに岸上が言う。そのときまた銃声が響いた。続いて先ほどとよく似た女性の悲鳴――。羽田が声を上げる。

「離れの方向です」

山本が躊躇なく突入の指示を出す。隊長以下SITの隊員が裏手の通用口に一斉に走る。葛木たちもそのあとを追った。走りながら山本が渋井に状況を報告する。

「了解。それでは突入します」

そう答えてすぐに通話を終えたところをみると、渋井も異論はないようだ。

先着したSITの隊員が特殊な電動鋸《のこぎり》で扉の錠前のある箇所を手早く切り抜いた。山本が言っていたほど音が小さいわけでもないが、いまはそんなことはどうでもいい。

開いた戸口からSITの隊員が駆け込む。葛木たちは固唾を吞んで推移を見守った。先ほどの女性の悲鳴が、いまは泣き声に変わっている。駆けつけたSITの隊員になにか訴えているようだ。それを宥めてでもいるような隊員の声も聞こえる。ほかには銃声はもちろん、人が揉み合うような音も聞こえない。

ほどなく山本の携帯に連絡が入った。それを耳に当てた山本の表情が曇った。

「女性に怪我はなかったよ。ただ取り乱していて、なにが起きたのか、詳細なことはわからない」

「水谷は？」

葛木は絶望的な気分で問いかけた。山本は首を左右に振った。

「死んでいた。ライフルで自分の頭を撃ち抜いたようだ。それからもう一人、そちらもライフルで射殺されていた。女性の話では三田という男らしい。銃創が複数あったから、最初の三発の銃声がそのときのものだろうね。隊員には極力現場を保全するように言ってある」

「三田は水谷に射殺されたと考えられますね」

葛木は問いかけた。山本は忸怩たる思いを滲ませた。

「そのあと水谷は自殺した――。女性の話からも現場の状況からも、そう考えて間違いなさそうだね。最初の銃声のとき踏み込んでいれば、水谷は生かして拘束できたかもしれない」

3

それから三日後、狩屋健次郎は入院先の病院で息を引き取った。水谷はその前日に被疑者死亡のまま書類送検され、合同捜査本部は店仕舞いした。

水谷本人の証言が得られず、共犯者と見なされる矢口の行方もわからないため、容疑は狩屋と三田邦男の殺害に関してだけだった。

狩屋公一郎は自宅で起きた事件について知らぬ存ぜぬで押し通した。自分の留守を知って勝手に居候を決め込んで事件を引き起こしたと言い張った。電話で家政婦に確認したという話にしても、そのあとどう口裏を合わせたのか、そのときは水谷に銃で脅されてそう言ったのだと家政婦は証言した。

離れには電話がなかった。公一郎は最初自宅の固定電話にかけたが、だれも応答しなかったので家政婦の携帯に電話を入れたと言った。羽田が電話をかけても応答がなかったのはそのためだということで説明がついてしまった。通話記録をとると、たしかにその時間、公一郎の携帯から家政婦の携帯に着信があったことが判明した。

自宅には普段は妻もいるが、狙撃事件の直後から代議士の妻とともに病院に詰めていて、自宅にいたのは家政婦だけだったという。最初の銃声を聞いて彼女は離れに向かい、そこで射殺された三田の死体を見て悲鳴を上げたとのことだった。

公一郎自身は三田に通用口の合い鍵を渡した覚えはないが、弟の代議士にはなにかの折りのために預けてあり、それが事務所に置いてあった。三田はそれからさらに合い鍵をつくったのだろうと言う。

真相は藪のなかだが、一見辻褄が合っているその説明をけっきょく突き崩せず、公一郎への犯人蔵匿罪の適用は断念せざるを得なかった。

俊史たちの捜査も思わぬ壁にぶつかっていた。公設第一秘書の梨田がトーヨー・デベロプメント時代に付き合っていた海外投資の仲介サービス会社に二課は強引にがさ入れを試みたが、狩屋を始めとする収賄側と目される政治家たちの名前は、その会社の顧客データからは出てこなかった。

タックスヘイブンを利用した脱税事件以来、トーヨー・デベロプメントとも取り引きはなく、香港FIUから提供されたリストにある政治家との業務上の付き合いもまったくないと会社側は主張した。狩屋代議士狙撃事件の直後かあるいはそれ以前に証拠書類やコンピュータ上のデータを隠滅した疑いは大いにあるが、ここでも一歩出遅れたのは否めない。

JAFICも香港FIUに追加情報の提供を求めたが、政治家たちの情報を持っていた会社はすでに倒産し、それ以上の情報を得るのはほぼ不可能だという。そちらは偽装倒産の疑いがある。オフショア金融サービスを提供する香港の会社は、一部の大手銀行系を除けばほとんどが零細企業で、当局に目をつけられたとたんに会社を畳んで雲隠れすることは珍しくないという。

合同捜査本部が店仕舞いした翌日、葛木たちは東京へ帰ってきた。大原は夕刻、署の近くの居酒屋でねぎらいの席を設けてくれた。

「なにはともあれ、ご苦労さん。まだ見通しが完全に断ち切れたわけじゃない。というより、本命はむしろ公一郎だったかもしれん。それなら新しい方向が見えたことになる」

開口いちばん大原は言うが、空しい慰めのようにしか聞こえない。公一郎が事件の背後でなんらかの役割を果たしていたのは間違いないが、それがどういうものなのか、いまは解明する術がない。

とはいえ大原が言うように、それが一縷《いちる》の望みでもある。これまでの流れからすれば、三田が水谷を公一郎の屋敷に連れ込んだのは、匿うためではなく殺害するためだったとみるほうが筋が通る。

三田はそれにしくじって水谷に殺され、水谷は最後の希望を断たれて自殺した――。もし三田の目論見が成功していれば、水谷は誰にも知られずこの世から消えていたかもしれない。そのとき政界に広がっていた贈収賄疑惑の全体も深い闇の向こうへ消えてしまったはずだった。無念さを噛み締めて葛木は言った。

「そうは言っても、いまは切り込む材料がほとんどありません。すべてにおいて敵は我々の先を行っていたんです」

たられば話をしても仕方がないが、二課にしても勝沼にしても対応が慎重すぎた。最初から殺人捜査を前面に出していれば、水谷はもちろん、狩屋も片山も死なせずに済んだはずだった。

彼らの背後にいる者がどれほど強大な力を持っていようと、それに迫る武器さえあれば、困難ではあっても闘えたのだ。水谷、狩屋、片山——。彼らから得られたはずの証言こそが、いまにして思えば切り札だった。二課の仕事が無駄だったと言う気はないが、それが決定的な突破力を欠いたのは否めない。

「そんな言い方は葛木さんらしくないですよ。こうなったら、狩屋公一郎をとことん突き崩すしかないじゃないですか」

池田が発破をかけてくる。そう言われてもいい知恵は浮かばない。二課の捜査も行き詰まっている。帰りの新幹線のなかから俊史にも電話を入れたが、これといって話すことが見つからなかった。

渋井の落胆も大きかった。水谷が死んだのは県警が狩屋公一郎に気を遣い、こちらにブレーキを踏ませたまさにそのタイミングだった。最初の銃声のすぐあとでSITを突入させていればと悔やむことしきりで、つい県警に遠慮した自分の判断に甘さがあったと自らを責めていた。

「公一郎に関しては、いまのところ突っ込んでいけそうな隙がない。とりあえずおれたちにできるのは矢口の逮捕だな」

葛木は池田に言った。現在、矢口は全国指名手配されており、入管で調べた限りでは国外へ出た形跡もない。国内のどこかに潜伏しているとすれば、いずれ逮捕は可能だろう。

「矢口の口から狩屋公一郎の名前が出たら、もうこっちのもんじゃないですか。どうしてそんな役回りになったのかはわかりませんが、この一連の事件、すべてに公一郎が関与しているとみるのがいちばん自然なストーリーですよ」

決めつけるように池田が言う。直感のレベルでは葛木も異論はない。しかし立証するとなると容易くはない。とくに教唆というのは証拠が残りにくい。口頭での場合は言った言わないの水掛け論になるケースがほとんどだ。やけ酒だとばかりにビールを呷って池田は続ける。

「例のホテルで狩屋に裏をかかれたのは、私にとっても痛恨の極みです。なんとしてでも汚名を返上しないと、この先、刑事でございとでかい顔して世間を歩けませんから」

「あんただけじゃないよ。今回はみんなそれぞれドジを踏んだ。はっきり言えばやられっぱなしだ。いまさら愚痴を言っても始まらないが、おれたちも二課や上の役所に遠慮をしすぎた。殺しの捜査が本業なのに、贈収賄の件に気を取られすぎたよ」

苦い思いで葛木は言った。それが俊史の立場を思ってのことではなかったと、俊史を可愛がってくれる勝沼の機嫌を損じたくないという親馬鹿心理がそこで働かなかったと、自信を持って断言できない。

「つまらんことを気に病んでいるなら、余計なお世話だぞ。あんたが俊史君に肩入れしたなんておれたちは思っちゃいない。母屋の一課や二課にしても上の役所にしても、あんたがネジを巻いてくれたから、なんとかあそこまで動いたようなもんだ。要は敵がそれだけでかかったということだ。意識するなと言ったたって、それは無理というもんだ」

宥めるように大原が言う。そう言ってもらえば多少は気が楽だが、初めから渋井に直談判をしてでも、殺人捜査を最優先で進めるべきだったという悔いはどうしても残る。

「福井県警は水谷が死んでやれやれというところでしょう。厄介ごとはすべて死人に背負わせて一件落着という気分のようです。しかし我々は、やはりそこでは終われませんね」

自らを叱咤するように葛木は言った。そのとおりだというように池田は膝を打った。

「水谷なんて今回のシナリオのなかじゃ小物です。そんなの目じゃないような巨悪がほかにいくらでもいる。そいつらを一網打尽にできなきゃ、警察は穀潰しの巣窟に成り下がりますよ」

4

それから一週間経っても矢口の行方は判明しない。当面、朗報を待つ以外にやることがなくなって、葛木も池田や若宮たちも朝から刑事部屋のデスクに張り付いて、溜まっていた書類仕事に精を出していた。昼少し前に葛木の携帯が鳴り出して、ディスプレイを覗くと田島からの着信だった。葛木は率直に言った。

「福井ではお世話になったね。結果は残念だったけど」

「まだ諦めることはなさそうですよ」

田島は含みのある口振りだ。葛木は問い返した。

「なにか有力な情報でも？」

「矢口の居場所がわかりました」

「どこに？」

「市内のカプセルホテルです。じつはそこも私のかつてのお客さんがやっている店でしてね」

「俠栄会のフロント企業？」

「そうです。連中、いまも狩屋に義理を感じているらしくて、組織を挙げて目を光らせていたようなんです。狙撃したのが元組員の水谷だったという後ろめたさがあるうえに、いまも事実上の舎弟関係にある三田が殺されたのも気に入らないようです」

「三田と狩屋公一郎の怪しい関係は気にしていないのかね」

「あいつらは単細胞ですから、三田は警察の手を煩わせずに狩屋の敵を討とうとして返り討ちに遭ったと考えているんです」

「それであなたに通報を？」

「警察が好きなやくざはいませんけどね。ただ私に関しては特別な人間とみてくれているようでして」

「県警はすぐに動くんだね」

「いや、県警には言っていません。羽田さんと話し合った結果です」

「どういうことなんだね」

「前回も警視庁だけで仕切ろうとしましたが、運悪く県警に察知されて足を引っ張られた。もう同じ失敗はできませんから」

「矢口はそれほど重要な材料を持っていると？」

期待を覚えて葛木は問いかけた。田島は強い自信を滲ませた。

「間違いありません。狩屋公一郎を追い詰める最後の切り札です――」

続けて語った田島の話に、葛木もたしかな手応えを感じた。やるべき仕事がないからと書類仕事に戻っていた自分が恥ずかしくなるほど、田島も羽田もこのヤマに執念を燃やしていたらしい。

三田と水谷が自宅で死んだとき、狩屋公一郎が携帯から家政婦に電話を入れたという話の裏をとるために、上司に捜査関係事項照会書を書いてもらい、携帯電話会社に出向いたのは羽田だったという。

そのとき羽田はしらばくれて、公一郎の過去数ヵ月の通話記録をすべて出してもらい、それを持ち帰って入念にチェックした。該当する時刻の家政婦との通話記録はもちろんあったが、むろん羽田の目的はそれとは別だった。

二ヵ月ほど前からときおり通話しているある携帯番号が気になった。公一郎からのこともあり、先方からのこともある。不審だったのは梶本、梨田、片山の死亡推定時刻、そして狩屋健次郎が狙撃された時刻のすぐあとに、決まってその番号から公一郎の携帯に着信していたことだった。

公一郎の携帯とはキャリアが違うため、その会社では番号の持ち主を調べてもらえなかった。頭の三桁でどの会社かはわかるが、さすがにそちらに対する捜査関係事項照会書までは書いてもらえない。

水谷の携帯番号の可能性が高いと羽田は考えたが、遺品の携帯はロックがかかっていて番号が確認できない。しかし羽田の執念はそこでとどまらなかった。

なんと数万円の自腹を切って興信所に調査を依頼した。違法性は高いが、その種のサービスを提供している会社はいまどきいくらでもある。

想像どおり、それは水谷の携帯の番号だった。どんなやりとりをしていたのかはわからないが、公一郎と水谷に接点があり、それが一連の事件と関連している可能性が高まった。だとしたら水谷の相棒の矢口がそれを知らないはずがない。一刻も早く矢口を検挙して、その証言から公一郎を追い込むべきだ――。田島に続いて羽田とも直接電話で話をした。そして出た結論がそれだった。

ただし失策を二度は犯せない。今回は県警に気取られることなく、葛木たちの手で矢口を逮捕する。取り調べも秘密裏に行うべきだ。事前に察知され、準備を整えられれば、またもしてやられることになる――。

葛木もここは腹を括ることにした。本庁の二課にも一課にも相談しない。そんなことで時間を潰していればチャンスを逸する。そのうえ捜査一課が大挙して福井に出張れば、それだけで県警と一悶着起きるだろう。それにそもそも梶本と梨田の殺害事件は、本来、葛木たち所轄のヤマなのだ。大原もその考えに同意した。すべては事後報告ということにする。それで問題があるなら、いつでも首を差し出すと大原は請け合った。

今回は若宮に加え池田と山井も伴って、葛木はすぐに福井に向かった。

矢口がいるというカプセルホテルは駅にほど近い繁華街にあり、羽田と田島が張り付いていた。

先ほど食事に出てきたその男を二人は確認した。髭を生やし、濃いめのサングラスをかけてはいたが、その程度でプロの刑事の目は誤魔化せない。間違いなく矢口だという結論だった。逮捕状は本庁の一課が一週間ごとに更新していて、葛木が持っているのはそのコピーだが、勾留してから正本を提示すれば手続き上とくに問題はない。

見つかる可能性の高い福井へなぜ舞い戻ったのかが謎だが、矢口はすでに逃げ切れないと覚悟を決めて、最後に故郷の土を踏もうと思ったのだろうと羽田は推測した。両親に会いたい思いもあるのかもしれないが、県警もさすがにそこまでは手を抜かず、いまも実家には捜査員が張り込んでいるという。

いま矢口は店内におり、また外に出るようならフロントの係員が連絡をくれるというので、玄関が見通せる喫茶店で待機することにした。

矢口が外出しようとしているという連絡があったのは午後五時を過ぎたころだった。葛木たちは遅滞なくロビーに向かった。

逃げられないように全員で取り囲み、矢口章雄かと確認すると、矢口はあっさりと頷いた。葛木が逮捕状を提示すると、矢口は抵抗することもなく両手を差し出した。その点は羽田の考えが当たっていたようだった。

逮捕の事実そのものを秘匿したかったので、東京への護送にはレンタカーを使うことにした。カプセルホテル側には田島がしっかりと口止めをした。かつてのマル暴刑事の威光はいまも健在のようだった。

そのあとすぐに福井を出発して、城東署に到着したのは午後十時過ぎだった。

5

「東京からわざわざお越しとは恐縮だが、弟の件はもう決着がついたんじゃないのかね。弟が撃たれた銃弾は水谷が持っていたライフルのものだと立証されたわけだろう」

狩屋公一郎は、狩屋興産本社ビル最上階の社長室で葛木たちを迎えた。大袈裟な陣容で乗り込んで相手を警戒させたくなかったので、同行したのは池田と若宮だけだった。

矢口の逮捕から三日後のことだった。矢口はすでに観念していたらしく、知っている限りのことを自供した。しかし一連の事件の背後関係についてはほとんど知らされておらず、依頼主との交渉はすべて水谷が行っていたようだった。

「狩屋代議士については大変お気の毒です。その件に関連して、もうすこし調べを進めたい点がありまして」

穏やかな調子で葛木は応じた。弟の健次郎がどちらかといえば厳《いか》つい押しの強いイメージだったのに較べ、二歳年上の公一郎は紳士然とした柔和《にゅうわ》な顔立ちで、痩せすぎもせず太りすぎもせず、やり手実業家というより、いかにも地方の名士という印象だ。しかし相手の内面を見抜こうとでもいうようにときおり見せる眼光の鋭さからは、やはり侮りがたい人物だという印象を受ける。

「しかしその件は県警の所管じゃないのかね。こちらの捜査一課には話すべきことはすべて話したし、そもそもあなたの所属は警視庁の捜査一課でもないようだが」

そこを突いてくるだろうとは考えていた。今回の事情聴取は、本来なら本庁捜査一課が担当すべきものだが、そもそも捜査の立ち上がりが変則的で、梶本、梨田の二人の殺人事件の段階から、一課は事件にタッチしてこなかった。狩屋健次郎狙撃事件での合同捜査本部が彼らにとっては初めての出番で、そちらもいまは店仕舞いしている。水谷と矢口が関わった一連の殺人事件を一貫して捜査しているのは、けっきょく葛木たちだけなのだ。

一課に無断で矢口を逮捕した件についても、その取り調べ内容についてもすべて事後報告となったが、そんな立場を考慮して、渋井はとくに咎め立てすることもなく、捜査権限をそっくり葛木たちに預けるという異例なやり方を承認した。二課にも同様に事後報告となったが、そちらも次の一歩が踏み出せない状況で、葛木たちが主導権を握ることに異論を挟める立場ではなかった。

「じつは水谷が関与したと見られる別の殺人事件に、当初から関わってきたのが私どもだったわけでして」

「しかし水谷は死んでしまった。死んだ人間を訴追することは法的に不可能なんじゃないのかね」

「警察には真相を明らかにする義務があります。それに共犯者がまだ存命なものですから」

「共犯者？　指名手配されている、なんとかいう薬剤師のことかね」

公一郎は怪訝そうに問い返す。葛木は頷いた。

「矢口章雄です。その人物については、なにかご存じですか」

「知るわけがないだろう。そもそも水谷についてだって、私はなにも知らない」

「ではなぜ水谷はあなたのお屋敷で自殺を？」

やれやれという調子で公一郎は応じる。

「それこそはた迷惑な話でね。そのために私にまであらぬ疑いをかけられた」

「本当に水谷をご存じなかったんですか」

いかにも意外だというように葛木は確認した。公一郎は不快感を滲ませた。

「なにを嗅ぎ回っているのか知らないが、私は被害者の血の繋がった兄だ。いまだって精神的なダメージは癒えていない。どうして君たちはその傷口に塩を擦り付けるようなことをするんだね」

「じつはこういう事実が出てきまして。お心当たりがあるはずなんですが」

葛木は羽田が入手した通話記録のコピーを応接セットのテーブルに広げた。公一郎と水谷の通話の箇所には蛍光マーカーで線を引いてある。一瞬、公一郎の顔色が変わった。

「君たちは個人のプライバシーに、こうやって土足で踏み込むわけか」

「いつなんどきでもというわけではありません。犯罪捜査に必要な証拠調べに限った話です。この印のついた通話ですが、相手が誰か教えて頂けませんか」

しらばくれて問いかけると、苦い笑いで公一郎は応じた。

「もって回った訊き方をしなくてもいいよ。すでに君たちのほうで調べているんだろう」

「はい。水谷賢治です」

表情を変えずに葛木は頷いた。肩を落として公一郎は言った。

「嘘をついたのは申し訳ない。しかし言うに言えない事情があってね――」

公一郎が語ったのは、水谷が弟の健次郎の隠し子だという例の話だった。

水谷が生まれた当時、狩屋健次郎はまだ新進の政治家だった。母親は健次郎に息子の認知を求めた。政治の世界でスキャンダルはときに致命傷になる。その騒動の火消し役に回ったのが公一郎で、認知は求めない、狩屋健次郎の名前は一切出さないという条件で、一千万円の慰謝料と水谷が成人するまでの養育費の支払いを約束し、騒動は円満解決した。

水谷母子への送金は公一郎が代行した。母親はときおり公一郎に息子の写真を送ってきた。健次郎よりはむしろ公一郎似の可愛い子供で、そのうち情が移って、小学校や中学校、高校への進学のときには祝いの品も贈ってやった。そのたびに息子からは心のこもった礼状が届いたという。

しかし金の切れ目が縁の切れ目というように、養育費の支払い期間が終わると、母子との付き合いも疎遠になった。一時は自分の息子のようにも感じていた水谷が、やくざに身を落としたという噂も聞いていた。

その水谷が何年か前から金を無心してくるようになった。最初はやくざから足を洗ったので、再出発するためにまとまった金を用立てて欲しいという話で、そのときはこれきりだと断ってそこそこの金を渡してやったが、そのうちまた無心をしてくる。

会社に電話されるのはまずいので、やむなく携帯の番号を教えてやった。けっきょくさらに二、三度金を渡したが、それに味を占めて、きりもなく金を要求してくるようになったという。

「そんな関係が続けば本人のためにもよくない。一度きっぱり断って、しばらく沙汰止みになったんだが、ここ何ヵ月か、また無心してくるようになってね」

「つまり、これはそういう内容の通話だとおっしゃるんですね。金は渡していないんですね」

「もちろんだ。一度は身を持ち崩したといっても、もう立派な大人だ。真面目に働く気があるんなら、うちで雇ってやってもいいと言ったんだが、応じる気はさらさらないようだった」

公一郎はため息を吐いた。田島からその情報を得たあと、警視庁の捜査一課は金沢にいる母親の居所を突き止め、すでに事情を聴取していた。慰謝料と養育費の話はそのとき聞いていたが、支払っていたのが公一郎だというところまでは確認していなかった。

こちらで把握している事実が巧みに織り込まれてはいるが、上手にまとめたつくり話の可能性が高い。水谷が自宅で自殺した件にしても、とっさについた嘘で逃げ切った。いかにも育ちのよさそうな顔をしているが、その点に関して公一郎は天才肌かもしれないと、葛木は気持ちを引き締めた。

「そのお話はとりあえず承っておきます」

「信用できないという言い草だな」

公一郎は鼻を鳴らす。葛木はさらに一押しした。

「気になるのは、この通話なんです――」

指さしたのは比較的最近のもので、いずれも色違いのマーカーで染めてある。

「どれも我々が関心を持っている殺人事件――。ああ、そのうち一件は県警が交通事故として処理したものですがね。この三件の死亡時刻のすぐあとに水谷の携帯から電話がかかってきています。どういう用件だったか、ご記憶はありませんか」

「なんだか引っかかるね。まるでその事件と私が関係あるとでも言っているようだが」

「そのときの話の内容や水谷の様子を伺えれば、事件解明の糸口になるかと思いまして」

「いまも言ったように、どれも金の無心だよ。最近とくに困っていたようでね。闇金からの多重債務で、にっちもさっちも行かないような話だったよ」

「脅迫されていたわけではないんですね」

「そんなことがあれば警察に通報するよ。こう見えても私は県の公安委員会の委員で、犯罪撲滅運動にも積極的に関わってきた。そんな私が脅迫に屈するようなことがあったら世の中を裏切ることになる。それに私個人も私の会社も、そもそも脅迫の材料にされるようなことは一切やっていないからね」

公一郎は胸を張る。狩屋興産のえげつない商売は地元でも知らない者がいないと田島からは聞いている。公一郎が正直者なら田島は大嘘つきということになりそうだ。葛木はさらに突っ込んだ。

「しかし狩屋代議士が狙撃された直後にも電話でのやりとりがあって、それがいつもの金の無心だったというのが私には理解しがたいんですが」

行け行けというように池田が視線を向ける。若宮は興味津々という顔で公一郎の表情を窺っている。

「そんなことは私に訊かれても困る。弟が狙撃されたのを知ったのはその電話のあとだった。だからそのときは普通の会話だった」

態度は余裕綽々《しゃくしゃく》だが、公一郎の額にはかすかに汗が滲んでいる。

「しかし人を狙撃してこれから逃走しようというときに、果たして普通の会話ができるものでしょうか」

「あいにく私は犯罪心理学は専門外でね。そういうことはプロの皆さんにお任せするよ」

「では水谷が健次郎氏を狙撃した動機はなんだとお考えですか」

「その点もプロが解明すべきことじゃないのかね」

「あなたがお金を渡さなかったことに対する逆恨みではありませんか」

「それなら私を狙うのが筋じゃないのかね。それにそもそも弟の前に死んだ三人が、水谷に殺されたという確実な証拠はあるのかね」

公一郎は鋭いところを突いてくる。しかし矢口は犯行を自供した。インスリンを使った手口はこちらの読みどおりだった。

梶本と梨田はインスリンによる低血糖症で意識が朦朧《もうろう》としたところで自殺を装って殺害した。

片山はホテルの駐車場で水谷が誤ってぶつかったふりをして脇腹にインスリンを打った。最近のインスリン自己注射器は針が細くて痛みをほとんど感じない。ぶつかられた痛みが勝って片山はそれに気づかなかった。水谷が馬鹿丁寧に謝ったためとくに不審も抱かずに、片山はそのまま車に乗り込んで、表通りに出たところで意識を失い、事故を起こして死亡した――。

しかし矢口を逮捕したことはもちろん、その自供内容についても、まだここでは伏せておきたい理由があった。

「いくつもの状況証拠から、蓋然性《がいぜんせい》は高いと思います。そのあたりは捜査上の機密に属しますので、いまここでは申し上げられないんですが」

「だったら弟の狙撃以外のことで私が言えることはなにもない。それに関しては、自分が彼の子だということを水谷は知っていたはずだから、自分を捨てた父親への積年の恨みが動機だとみるのが妥当じゃないのかね」

「それを窺わせるような話を、水谷はしていましたか」

「私にはしなかったよ。彼にとって私は大事な金づるで、疑念を抱かせるのは得策じゃないと計算していたのかもしれない」

「しかし、水谷が弟さんを殺害したのは事実です。あなたにとっても、それは大きな痛手なのでは？」

「君たちもおかしな噂を真に受けているようだね。私が弟と結託して一種の政商のようなことをやっているという根も葉もない噂が地元にあるのは知っている。しかし弟の政治活動と私のビジネスはまったく無関係だ。弟は狩屋興産の株を一株も持っていないし、私のほうは弟に対して政治献金を一切していない。そこは互いに清廉潔白で、疑うんならうちの帳簿や株主名簿をすべて開示してもかまわない」

得々とした表情で公一郎は言う。思った以上に手強い相手だ。こちらの狙いは殺人の教唆で、手持ちの材料でどこまで追い詰められるか、もともと不安がなかったわけではない。そこをどう攻め切るかが葛木たちにとっては正念場だ。

「弟さんが亡くなっても、狩屋興産の事業にはなんの影響もないとおっしゃるんですね」

「弟の死は悲しいが、それはあくまで個人的なものだ。一方は政治家、一方は実業家。歩んだ道は異なるが、互いに切磋琢磨してやってきた。私にとっては人生の励みがなくなって、これから気力が衰えるようなことがあるかもしれないが。それを乗り越えるのが経営者としての責務だと自分に言い聞かせているんだよ」

一転しんみりした調子で公一郎は言う。その口振りに妙に真摯なものを感じて、あるいは無実なのではという思いもよぎる。政治家であれ実業家であれ、成功した人間には言葉で人を動かす力があるらしい。その言葉が真実であるか否かにかかわらず――。

「さて、お話しできるのはこれですべてだ。私もなかなか多忙な身でね。弟を亡くした悲しみにふける暇もない。この辺でお開きというわけにはいかないかね」

公一郎は腕時計を見ながら腰を浮かす。そのときマナーモードにしていた葛木の携帯が唸りだした。取り出してディスプレイを覗くと、俊史からの着信だった。

「ちょっと失礼を」

そう言って立ち上がり、部屋の隅に移動して耳に当てた。俊史の声が流れてきた。

「やったよ、親父。凄い事実が出てきた。これで壁は突き崩せるよ――」

俊史は声を弾ませる。その報告を聞き終えて、葛木は若宮に歩み寄り、あることを耳打ちした。若宮はバッグに入れて持参していたタブレットを取り出した。

葛木の指示どおりにダウンロードしたのはいましがた送られたばかりの俊史からのメールだった。若宮はそこに添付されていたPDF形式のファイルを開いた。

それは喉から手が出るほど欲しかった、決定的な証拠だった。葛木はその画面のまま公一郎にタブレットを手渡した。公一郎は怪訝な表情で覗き込む。表示されているのは水谷と矢口の預金口座の入出金明細書だった。

「どちらの口座にも、同じ日時にかなりまとまった額の振り込みが記帳されています。その日時は先ほどお見せした通話記録のうちの三件とほぼ一致しています。振り込み人欄に記載された法人の名前はよくご存じだと思いますが」

公一郎の顔から血の気が失せた。

「どうしてわかったんだね」

「矢口の自供からです。じつは我々は、すでに矢口を逮捕しています」

「それを隠していたわけか」

「証拠を隠滅される惧れがありましたので。いまその法人の事務所に警視庁の捜査二課が家宅捜索に入っています。申し訳ありませんが、これから東京までご同行願えますか」

「どういう理由で？」

公一郎は虚勢を張るように顎《あご》を上げる。葛木はポケットから一枚の書類を取り出した。

「逮捕状です。容疑は梶本恒男、梨田正隆、片山邦康の三名の殺害に関わる殺人教唆──」

6

俊史が送ってきた水谷と矢口の口座の入出金明細書は、二課が銀行から入手したものだった。糸口は矢口の供述で、犯行に対する謝礼として、その度ごとに二百万円、三回の合計で六百万円が入金されたという。

二課は全国の金融機関に問い合わせ、水谷の口座も発見した。そちらにも同じ日時にそれぞれ四百万円、三回合わせて千二百万円が入金されていた。

振り込んだのは、まほろば互助会という名称のＮＰＯ法人で、刑務所の出所者や暴力団からの離脱者など社会的ハンデを負う人々の就職斡旋を業務とし、本部は東京にある。

それなら警察とも接触があるだろうと暴力団対策が専門の組織犯罪対策部第四課に問い合わせてみたが、そんな団体は知らないという。さらに法務省矯正局にも確認したが、その法人の存在は知っているものの、業務面で接触したことはとくにないという。

認可したのは東京都で、担当部署に問い合わせてみると、申請時の書類審査にパスさえすれば、その後の業務実態について立ち入った調査は行わないとのことだった。

不審に思ってその団体の役員名簿を提供してもらったところ、思いがけない事実が飛び出した。理事長を務めている柏原《かしわばら》康雄《やすお》という人物は、トーヨー・デベロプメントの脱税事件に関与し、ＪＡＦＩＣからの情報を元に二課が家宅捜索して空振りに終わった、ＹＫプランナーズという海外投資コンサルタント会社の社長だった。

さらにその身元を洗ってみて、驚くべきことが判明した。柏原康雄は狩屋公一郎の娘婿で、狩屋公一郎本人もそこの大株主だった。

不審な事実はそれだけではなかった。まほろば互助会の役員には、もう一人、とんでもない人物が名を連ねていた。現内閣官房副長官の赤沢徹《あかざわとおる》——。それは二課が追っている贈収賄疑惑がこの国のトップにまで及んでいるという推測の強力な傍証であり、同時に梶本、梨田、片山の三人の殺害に官邸が関与した可能性を強く示唆するものでもあった。

二課は外為法違反容疑で柏原を逮捕した。被疑事実はＪＡＦＩＣが突き止めた海外への不正な資金の持ち出しだった。それ自体は額が小さく、普通なら見逃す程度のものだったが、狙いは本命のカジノ絡みの贈収賄疑惑で、いわゆる別件逮捕だった。

本庁捜査一課に身柄を移された公一郎は、殺人教唆については否認しているが、トーヨー・デベロプメントからの政界への贈賄工作に関しては、ＹＫプランナーズを使い、自分がいわばパイプ役を務めていた事実は認めたようだ。

梶本のリストにあった政治家たちへの贈賄はすべてオフショアの金融システムを通じて行われ、当然、高い匿名性が保たれている。政界での口利きは弟の健次郎が行い、実際に資金を動かすのは公一郎の担当だった。

トーヨー・デベロプメントはＹＫプランナーズを通じていまもタックスヘイブンにいくつものペーパーカンパニーを所有していて、やはり政治家たちがそうした国々で開設した匿名口座にそこから金を流していた。国内の金融機関を経ないその手法は、発覚のリスクが少ないと、収賄側の先生たちにはすこぶる好評だったらしい。

ＹＫプランナーズの事務所で発見できなかった収賄側の政治家のリストは、柏原の自宅のパソコンに保管されていた。そこには現役閣僚を含む政界の大物がずらりと並び、なんと現総理大臣の名前も含まれていた。

もちろんその先には実際の金の流れを裏付けるという困難な作業が待っている。しかし大きな山はすでに乗り越えた。いまやマスコミはこの話題で持ちきりで、ここまでくれば官邸も下手なことはできない。捜査を潰すような動きを見せれば自ら馬脚を現すことになる。この流れでいけば、官邸に捜査のメスを入れることも十分可能だろうという。

いまは国会会期中で議員には不逮捕特権があるが、そのあいだ粛々と捜査を進め、会期が終了したところで一気に動いて、一網打尽にすると俊史も勝沼も張りきっている。

狩屋公一郎の逮捕を受けて、地元では箍《たが》が外れたように様々な噂が噴き出していると、羽田がこの日、連絡してきた。

そのメインテーマは兄弟間の骨肉の争いだった。弟のほうは、自分の働きで入ってくる金がすべて兄の会社に流れ込むやり方に実際には大きな不満を持っていたようで、政界引退が視野に入ったいまになって、兄に対して資産の分割を迫っていたらしい。

兄の目から見て弟は、政治家としての才覚はあったが、企業経営に関しては素人同然で、その弟に狩屋興産グループの半分を渡せば、結果的に共倒れになる。そんな理由で公一郎は反対したらしいが、それなら狩屋興産が裏でやっている胡散臭い事実をすべてばらしてやると、弟は親しい支援者の前で息巻いたことがあるらしい。羽田は続けて言った。

「さらに別の話もありまして、健次郎は長男を参院選に立候補させ、自分が引退したあとは衆院に鞍替えさせるつもりだったんですが、じつは党執行部がそれに難色を示していた。健次郎はすでに峠を越えた政治家で、党にとっては重要度が低くなっているのを、健次郎自身は気づかなかった」

「狩屋興産の裏仕事をばらすという話は、それに対する腹いせでもあったわけですね」

「そうだと思います。そんな流れはだいぶ前に始まっていたようで、公一郎自身は健次郎に不安を感じていた。本来なら健次郎にとってライバルに当たる赤沢徹と娘婿の柏原を懇意に付き合わせていたのも、そんな理由からかもしれません」

「もう失うものがない健次郎が、やけになって公一郎の裏仕事を暴露すれば、政界そのものが撃沈されかねない。そこで政権党と公一郎の思惑が一致したとみるのは考えすぎでしょうかね」

「いやいや、大いにあり得ます。水谷と矢口の口座に報酬を振り込んだまほろば互助会の役員に現官房副長官が名を連ねていた。その資金の出所が、じつは内閣官房機密費という見方だって成り立つじゃないですか」

羽田は想像を逞しくするが、ここまでの文脈からすれば決してあり得ない話ではない。

「事件はもう私の手から離れ、この先は本庁の一課と二課のお手並み拝見というところですが、公一郎も柏原もすでに逮捕しています。その口から真実が語られるのも、もうじきでしょう」

大きな希望を感じながら葛木は言った。

7

その夜、俊史が自宅へ電話を寄越した。

「どうなんだ。捜査は進捗しているのか」

「ああ。材料はほとんど出そろったから、あとは国会の会期終了を待つだけだ」

「じつは日中、羽田さんから電話があって――」

その話を語って聞かせると、俊史は強い関心を示した。

「それらしい情報は柏原の口からも出ていてね。じつは半信半疑だったんだけど、地元でそういう噂があるとしたら、裏がとれたことになる。いちばん大きな獲物に手が届きそうだね」

「だったらその情報を、勝沼さんや渋井さんの耳にも入れておいてくれ。柏原から押収したリストには赤沢徹の名前もあるんだろう」

「もちろんだ。逮捕したら一課と二課で交互に締め上げてやるよ」

「頂上までもう一息だな。こんどこそは地検特捜部の鼻を明かせるぞ」

「ああ、勝沼さんも二課長も気合いが入っているよ。でもこの捜査の主役はおれたちじゃない。親父や城東署のみんなや羽田さんや田島さんの執念があってこその結果だよ。おれたちは御神輿《おみこし》に乗せてもらっただけで、むしろ足を引っ張るほうが多かった」

俊史は素直に慚愧を滲ませる。自らも共感するものを覚えて葛木は言った。

「おれにしたって似たようなもんだ。いちばんの殊勲者は県警のはぐれ刑事二人だよ。そういう人たちがいる限り、警察という組織も捨てたもんじゃない。刑事になってよかったと、おれはつくづく思ってる」

「おれもだよ。人生の選択は間違っていなかった。一時は悔やんだりもしたけどね。こうやって親父の背中を追っていけば、おれもいっぱしの警察官になれそうな気がするよ」

「おれの背中なんて、もうとっくに追い越しているだろう」

「単に階級だけの話だよ。警察官としての成長はそれとは別だ。親父や大原さんの所轄魂から学ばなきゃいけないものがまだまだ沢山ある。今回のことに懲りずに、これからもよろしく付き合ってよ」

さばさばした調子で俊史は言う。心に温かいものが湧き出るのを感じながら葛木は応じた。

「また厄介な仕事を持ち込む気だな。もちろん受けて立ってやる」

この作品は２０１７年6月徳間書店より刊行されました。
なお、本作品はフィクションであり実在の個人・団体など
とは一切関係がありません。

徳間文庫

危《き》険《けん》領《りょう》域《いき》

所轄魂

2019年7月15日　初刷

著者　笹《ささ》本《もと》稜《りょう》平《へい》

発行者　平野健一

発行所　株式会社徳間書店
東京都品川区上大崎三−一−一 〒141−8202
目黒セントラルスクエア
電話　編集〇三(五四〇三)四三四九
　　　販売〇四九(二九三)五五二一
振替　〇〇一四〇−〇−四四三九二

印刷　大日本印刷株式会社
製本　大日本印刷株式会社

ISBN978-4-19-894481-0　(乱丁、落丁本はお取りかえいたします)

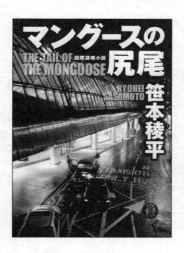